台湾的读者朋友们

大家好！

作为本书的作者

能以这样的方式

和大家见面，

万分荣幸！

也希望大家能

喜欢本书。

梁清散

新
新新日報館
魔都暗影
梁清散 著
瑞昇文化

出場人物

◎梁啟

在新新日報館做著無聊工作的歸國留學生。性格過於冷靜中立，認為做新聞就一定要絕對中立客觀，盡可能不介入到事件中去完成報導（即便這個幾乎不可能做到）。無論事件大小，盡力都永遠冷靜，卻也有想強出頭的一面。

◎譚四

一直在中國沒有出過國的俠士，武功強，精通各種機械。他只對科學探索感興趣，對於其他一切都不屑一顧。總是給人有些玩世不恭的感覺，實則重情重義，在自己認定的道義上決不放棄。

◎「荒江」

中國最早的原創科幻小說的作者，歷史上這個人究竟是誰一直沒有定論。在本作中，「荒江」乃是上海富商家大小姐，天才少女，破格低齡入學聖約翰大學。在學校期間，她用筆名「荒江釣叟」寫了紅極一時的科幻小說《月球殖民地小說》（已坑），後又用筆名「荒江」寫過不少科技時評。

◎辰正

大清國自辦的警察學校中，從初等科一直讀到高等科畢業的優秀學員，打遍警察學校無人能及。辰正眼中容不下一粒沙子。他拋棄所有身分和名份，隻身一人到了上海灘租界，成為一名私警，只為了自己認可的正義，打抱不平。

◎雨果．根斯巴克

歷史上是一位美國發明家、作家、雜誌出版商。他出版了世界上第一本科幻小說雜誌。科幻「雨果獎」就以他的名字命名。

在小說中，他效仿儒勒．凡爾納小說中的情節，準備八十天環遊地球。路過上海結識了譚四，由此捲入上海租界的風波。他精通電學，幫助譚四改造電池；並且精擅西洋拳擊。

◎**鍾天文**

上海灘美人划船俱樂部的划船總教練。八年前，他曾憑藉高超的划船技術征服美人，從而進入了一向只對英美人開放的美人划船俱樂部。

◎**曾傳堯**

銃報館的報館經理。

◎**范世雅**

雅世律師事務所的大律師。

◎**康揆**

南洋公學上院機械特科教習。鍾、曾、范、康被人並稱「滬上歸國四傑」，曾受大清國朝廷派遣赴美留學。

目錄

楔子

光緒三十四年初春，也就是西曆1908年初，上海這座城市已然成為當之無愧的「東方魔都」。

黃浦江上往來的貨船越發繁忙，滾滾濃煙甚至熏黑了黃浦灘上的洋人建築。各大財團為了能有自己的貨運碼頭，不斷在浦西沿岸擴張，弄得黃浦灘被一排排高大貨輪阻擋得暗無天日。

而因為電氣路燈在租界裡大面積推廣應用，到了夜晚，與南市華界相比，自然燈火通明，宛如白晝，浮現出一座喧囂無度的不夜城。

甲午之後，公共租界也好，法租界也罷，都開始再度擴張，吞噬著黃浦江畔的這片土地，就像長了黴菌一樣，攔不住地擴散。

水邊的黴菌仍舊是最濃密的。黃浦江西岸最古老的租借地變得更加繁華。蓋起高樓廣廈已然不算什麼，哥德的、巴洛克的、洛可可的，中式的、西式的、中西結合的，各色建築擠得馬路越來越窄，永遠陰沉的天也越來越遠。建築加無可加，就往馬路上加。公共租界的三馬路剛剛鋪上了還在試驗階段的瀝青路面，熏得馬路兩旁的商鋪門窗緊閉，苦不堪言。沒過幾天，財大氣粗、不可一世的怡和洋行砸錢從澳洲進口一批鐵藜木，用這種昂貴的硬木鋪就了號稱全上海最奢華的大馬路。那股子貴氣，隔上好幾條街都聞得到。

地下的建設同樣瘋狂。

先是有人提出上海要和倫敦、巴黎、紐約一樣挖地下鐵路。後又有更瘋狂的想法，要在黃浦江下面打一條跨江隧道，直接坐著蒸汽機車就能從浦西抵達浦東。想法提出後，竟立即就有人去實踐。結果當然可想而知，隧道剛挖到黃浦江河床下面，江水就破頂湧入，把偉大的幻想家和他的團隊淹回了現實。

當然，在這座不斷滋生著新奇蹟的魔都，有些東西是永遠變不了的。

比如說，與三馬路垂直相交的這條名為「望平街」的不寬街巷裡，長久不變地擠滿了大大小小的報館。外國公墓旁，是響噹噹的申報館。一個石庫門裡也可以擠上七八家名不見經傳的小報館，今天五家，明天十家，有的只是借用別家報館的一張桌子就又辦了一份新報。死死生生，不變的是報館街的活力。

報人習慣中午起床，到報館街吃一頓充當早餐的晚午飯，再進到自家報館開始寫稿。因此，這條街到了傍晚才會格外喧囂。而在報館街側面的小巷裡，就算到了黃昏也略有些清靜。

這麼一條清靜的無名小巷裡，只有一家不大不小的二層報館，報館成立竟也是第三個年頭，多少也算得上是個小小的奇蹟了。報館名叫「新新日報館」，在這個萬事推崇一個「新」字的時代，報館給自己弄了兩個「新」字，顯得格外努力。

而在報館裡面，同樣有著它亙古不變的傳統節目……只要報館經理呂大雄在，就一定能在第一時間聽到他的哀號。

「小梁！小梁！」

這次他召喚的是梁啟，唯一已經幹了一年半還能留在這家報館的年輕人。

聽到呂經理突發心臟病一般的叫喊，梁啟心裡也在哀號，但臉上的表情卻不敢扭曲。還沒進經理室就被嘲笑可不是什麼有面子的事。大開間裡的這幫同僚，個個都在等著沒落到自己頭上的好戲開場。

「快過來！」真不知道經理這又是發的哪門子神經，整個人都趴在了桌面上，顯得歇斯底里，卻突然面帶笑容，「小梁啊，怎麼辦啊！你看看你的名字，叫小梁——咱們報館有小梁，但報紙沒銷量啊。」

「……」

外面那些傢伙絕對在笑了！

不過，梁啟當然不會就此傻愣著束手就擒，白白挨一下午的數落。他自是有萬全的脫身辦法。明顯，正在哀號的呂經理把早就安排給梁啟的任務忘得一乾二淨了。

「經理，」梁啟一臉焦急地說，「從張園約來的照相師傅已經到樓下了。」

「照相？」

呂經理遲疑片刻，就立即想起，「啊啊」地叫了兩聲，跳起腳來，推著梁啟，讓他趕緊下樓。

這可是耽誤不得的生意。

出了經理室，不打算和剛才等著看熱鬧的同僚們鬥氣，梁啟就直接跑著下了樓。照相師傅和他笨重且昂貴的照相機都在報館一樓，似乎已經等得有些焦急。梁啟話不多說，趕著接生婆一樣，把照相師傅連同照相機一股腦兒扔到報館門口等待著的人力車上，然後跟在車邊，催趕著車伕，往吳淞江的舢板廠橋跑。

他們的時間確實相當緊張。因為必須搶在其他報館的記者之前，佔到一個有利拍照的位置。下午一點兩刻，吳淞江上將準時開啟一場宣傳已久、萬眾矚目的盛大划船賽事。想搶有利位置的可不止報人。

所有的人都在去往那座橋，然而所有的人都不可能猜到，人就那樣死了，死得透透的，在眾人的歡慶落幕之後。

賽船

舢板廠橋不在老租界這邊，過了泥城浜※跑馬場，還要往西一些才到。

梁啟是頭一次從報館跑著去那麼遠的地方，感覺自己就和一個苦力沒什麼兩樣，體力早已透支，肺葉一直刺痛。更讓他悲傷的是，沿著吳淞江跑下來，才剛過垃圾橋，就已經看到讓他絕望的大批人流也向同樣的方向湧去。

簡直就像是去趕廟會。

一場划船比賽，竟能有此等影響力，讓人不禁驚歎。不過，比賽確實太過吸引人。雖說比賽只有兩支隊伍參加，一共五場對決，比賽時長頂多一個半小時，但比賽從公布出來那一天起，就已經備受關注。

這是一場……自從大機械時代到來之後，世界上第一次人機大戰——人類和機械的正面對決。

一時間，舉世矚目，不僅上海的報人跑斷了腿，連海外媒體也在密切關注。賽事消息發出後的一個月，從歐洲、美國坐著遠洋汽輪趕來的已不下十家報紙的記者。這場比賽穩穩地成了國際新聞。

更有意思的是，比賽雙方還與世俗成見有著強烈的反差。

代表人類與大自然力量的一方，是靠機械和科技征服世界的洋人。在舢板廠橋旁邊，吳淞江南岸，有一家在原先舢板廠舊址重新蓋起來的俱樂部，名為「美人划船俱樂部」。俱樂部雖然在上個世紀就從美國轉到印度，最後到了上海，有一種逐漸被發配遠東的感覺。但在落腳上海後，他們還是出了不少划船健將，有著傲人的成績，甚至可以和坐落在公共租界黃金地段的英人划船總會一爭高下。

而代表機械一方的，是一幫土生土長的大清國人。他們是一群學生，可以說根本不足以代表大清國，而只是代表他們的學校：南洋公學。

吳淞江南岸路不算寬，但民間碼頭比較集中，頗有市井氛圍。

終於能看到舢板廠橋了，同時也看到了如此集中難得一見的三教九流亂象。看熱鬧的，做

※泥城浜：泥城浜又名護界河、新開河。位於黃浦區。南起洋涇浜（今延安東路），往北沿今西藏中路入吳淞江，長1．4公里。「浜」字為「濱」的異體字，於吳語中讀成ㄅㄤ，在此保留「浜」字。可參考P40「洋涇浜」。

小買賣的，偷錢的，揩油的，叫罵的，四處詢問到底這是在看些什麼的，橋上橋下，什麼人都有。

舢板廠橋不算什麼大橋，可是現在的情形活脫脫就是把《清明上河圖》給加倍還原出來。本來還打算找一個好位置架照相機，可如今看來，別說擠上去了，就算一早就佔好位置，恐怕這會兒照相機也已經擠進河裡，漂向大海了。

梁啟是絕望的，比梁啟更絕望的是人力車伕。

眼看就要成為《清明上河圖》的畫中人，但車伕說什麼也不再往前走半步了。

「我給的錢是到橋頭的啊。」

「再往前走，車就出不來了。車擠爛了誰賠？」

實在拗不過，只好把更不情願的照相師傅給拉了下來，放人力車逃生去了。

照相師傅雙腳一落地，看著眼前亂成一鍋粥的人流，心情更像要燒糊了的粥。

「先拍一張橋上盛況吧……」梁啟苦笑著說道。

照相師傅瞥了他一眼，只是像廟會上護著傻兒子一樣，緊緊抱著自己的相機，一動不動。

梁啟正打算再次拚死往橋上擠，就一眼看到了救命稻草——一輛華麗的馬車，揚著鞭，斜插進人流，向著美人划船俱樂部緩緩駛去。

他認識這輛馬車，更認識馬車裡坐著的兩個人。一個形似黃浦灘上烏黑電線桿的瘦高男人，和一位穿著小翻領、泡泡袖、緹花洋裙的少女。

看著馬車，梁啟不假思索，立即跳著腳高喊：「荒江！荒江！」※

荒江正是那位少女的名字，或者說是她的筆名，更準確地說，是她的筆名之一。幾年前，荒江因為智力超群破格進入聖約翰大學，因為年紀太小，於是淘氣地用了「荒江釣叟」這樣一個極為男性化又老氣的筆名，在李伯元的《繡像小說》雜誌上連載了轟動一時的科學小說《月球殖民地小說》。小說連載一年多後，她任性地扔筆不寫，「荒江釣叟」再也不曾出現。但「荒江」這個簡稱卻成了她後期寫作科學類辯論類文章時最常用也是最喜愛的筆名，於是大家就這樣叫她。

幾年前，梁啟也曾是荒江釣叟的忠實書迷，沒想到後來竟能和她有著如此深的交情——深到他在人群裡連喊七聲荒江，荒江卻不動聲色，頭不回，眼不眨，直接從他面前駛過。

梁啟目瞪口呆，心想要不喊她身邊那根電線桿？電線桿名叫天澤，曾經是荒江的家庭教師，現在是她的貼身經理人，同樣是一個能力卓絕的傢伙。但……呼喊一根電線桿真的有用嗎……

跌入絕望深淵的梁啟，終於自暴自棄，開始琢磨如何應對呂經理——那張臭臉一下子覆蓋

※荒江與梁啟的初識故事，記敘在前作《新新日報館 機械崛起》。

了眼前現實，覆蓋了……忽然聽到車伕勒韁繩停馬車的聲音。梁啟猛地把呂經理的臭臉從腦子裡趕跑，一抬頭，正看見荒江半扭著身子向自己掩嘴笑著。

「鍾叔叔常來我家。」待梁啟他們上了馬車，和荒江面對面坐穩後，荒江看了一眼仍舊緊緊抱著照相機、一點兒都不肯鬆弛下來的照相師傅，不緊不慢地說道，「算你走運，剛好碰上我們。不然，你們就等著比賽結束以後，去拍吳淞江夜景吧。」然後她看向了身邊的天澤，天澤彬彬有禮地認可了小姐的假定。

該死的彬彬有禮……梁啟心裡罵著。幸好他常年混跡報館，早已練就了喜怒不形於色的本領。

荒江所說的「鍾叔叔」，正是這次舉世關注的賽事主角之一，美人划船俱樂部的總教練鍾天文。別看鍾天文已經四十開外，可一身的好體格，仍是上海一埠的小小傳奇人物。美人划船俱樂部原本只對美國人和英國人開放，就算是德國人、俄國人、法國人都別想踏進半步，更不用說中國人。但鍾天文八年前用自己高超的划船技術徹底征服了那幫自視甚高的美國人，俱樂部大門破天荒地為一個中國人打開了。這個中國人不僅進去了，還給俱樂部帶來了改革。這次的人機大戰，就是他和南洋公學上院機械特科教習聯合促成的。

大概因為荒江的盛名，再加上她家本身就是相當有名的富商公館，府上總會聚集各種奇奇怪怪的、有著一技或者兩三技之長的人，鍾天文正是其中之一，這一點梁啟同樣清楚。從看到荒江的那一刻起，梁啟就已經猜到她收到了鍾天文的邀請，可以進到俱樂部裡面觀看比賽。那麼同在一輛馬車上的人，自然就可以直接蒙混進去。聰明的荒江不可能沒有洞察到梁啟這點小心思，她是默許了才讓他上馬車的。

正如梁啟所料，馬車艱難地抵達俱樂部大門時，守在門前的兩個紅頭阿三只是乜斜著眼，沒有阻攔這四個剛下車的中國人，放他們進去了。

美人划船俱樂部院內，除了一棟看上去浮誇、滿是拙劣浮雕的巴洛克式二層獨棟樓以外，只是沿岸有兩間修在水上的木屋和一排臨時搭起來的看臺。剩下的廣闊空間，被百無一用的草坪所覆蓋。

洋人喜歡在空地上鋪草坪，更喜歡踐踏草坪，四個中國人便入鄉隨俗，踩上草坪，徑直走向臨時看臺。臨時看臺是拿竹子搭起來的架子，再鋪上木板，看上去還算堅固，上面基本已經坐滿，全是西裝革履的洋人。按俱樂部規矩，應該都是美國人。正因如此，在看臺一邊坐著的兩個中國人就格外顯眼。

那兩個中國人，一個體型微胖，穿著長衫，戴著圓框眼鏡，文質彬彬；另一個身材精瘦，穿著西裝，戴了頂圓檐禮帽，一副紳士派頭。

只看他們的側影，就知道這兩人是誰了。胖一些的名叫曾傳堯，是銃報館的報館經理，其能力之強眾人皆知。他用兩年時間就讓《銃報》成了可以和《申報》《時報》《新聞報》抗衡的響噹噹的大報，緊接著又創辦了《小快活》這份經久不衰的小報，直至現在，報館已經運營到第七個年頭了。另外那位紳士，名叫范世雅，和曾傳堯辦報同樣的時間來到上海，卻沒有曾那麼一帆風順。他所投身的是律師行業。八年前，整個上海只有十幾個律師，其中無一是中國人。而如今，他的雅世律師事務所已然赫赫有名，就連不少華商都開始請律師打經濟官司了。

曾、范兩人能坐在這裡，當然不是因為他們這些對於美國人來說微不足道的功績，而是因為鍾天文。實際上，兩人和鍾天文，再加上正在江對岸緊鑼密鼓部署參賽機械和操作者的南洋公學上院機械特科教習康揆，這四個人可以說是同年生。這個同年生不是同一年中舉，而是同一年去美國留學，又同一年歸國。

荒江和天澤從看臺一側登上，到了曾、范兩人身邊，十分熟絡地打了招呼，便找附近的空座坐下。梁啟還是很自覺的，沒有跟過去，找了一個既不會擋到觀眾視線白挨洋人數落，又視野開闊容易架照相機的地方，和照相師傅三下五除二地支好了設備，站著等待比賽正式開始。

江北岸原本是荒灘，什麼都沒有，只是堆滿了從吳淞江裡衝上岸的各種垃圾。現在垃圾清理一空，還和南岸的俱樂部遙相呼應地搭了臨時看臺。看臺上已經坐滿觀眾，全是穿著統一的南洋公學學生制服的少男少女。在臨時看臺的中央位置，則是一座臨時戲臺，用途不明。

因為看到了吳淞江上的什麼東西，俱樂部這邊的看臺上熱鬧起來。梁啟把目光從對岸轉向江上，看到已經有人划著船到了遠處舢板廠橋前方。是裁判船準備就緒了。看來比賽即將開始。

從臨時看臺邊的水上木屋中傳來纜繩放重物的滑輪轉動聲，不一會兒已然看到一艘賽船漂在水面上，一個身材健壯的金髮男人，穿著划船俱樂部統一的比賽運動服，雙手握槳，向自己俱樂部一邊示意一下，信心滿滿地把船緩緩划向比賽的起點。

南洋公學一邊，同樣有所動作。

戲臺上來了人。

一個身材修長、把制服穿得一絲不苟的學生，登上了戲臺中央。與此同時，他背後升起一道弧形的圍墻。可以升降的圍墻是什麼材質，隔著吳淞江看不出來，但顯然是有墻以外的作用。制服學生低頭看了看戲臺臺面，似乎是在找準確的位置。他又挪動了幾下，終於抬起頭，面朝吳淞江講話。

學生一發聲，立即驚動四座。不是說的內容，而是說話的聲音異常之大，隔著吳淞江都聽得清清楚楚。看臺上的洋人個個都是一副大吃一驚的表情，根本沒想到對岸的簡陋戲臺能有這般傳聲效果。再看曾、范兩人，倒是顯得格外泰然自若，頻頻點頭稱讚，看來是對這個戲臺的機關早已知曉。

「經過集體投票，」那個學生站在戲臺上向全體參賽選手和觀眾宣布，「首戰決定由『隼鳥號』出賽。」

話音剛落，河灘上一小撮學生沸騰起來，顯然是那些與「隼鳥號」相關的學生。他們互相擊掌，慶祝自己組所造的船獲得最多支持票，首戰出場。

小小的慶祝環節很快結束，一位穿著長衫、胖得誇張的男人走到他們前面，說了幾句，學生們就都下了看臺，向後方走去。那個男人恐怕是因為太胖，走起路來步履蹣跚，沒兩下就被學生們甩下很遠。

那人正是痴迷於機械的康揆，想是成天端坐在機器面前，缺乏運動，竟長得如此之胖。

學生們從看臺後推出一輛四輪木板車出來，上面載著樣貌極為古怪的「隼鳥號」。康揆喘著粗氣趕到賽船下水處，一手不停地抹著腦門上的汗，一手指揮學生們推著平板車過來，按設計好的角度抬起木板，船順利滑入水中。

下了水的「隼鳥號」更容易看清楚。船身並不大，和一般賽船的單艇單槳不同，它仍舊是舊式規格，左右船舷各有一隻船槳。

船上有一個學生，用雙槳將船划到比賽的起點，並排停在了划船俱樂部金髮賽手的船邊。看船體，「隼鳥號」略大一些，但學生的身材和金髮賽手比起來，就文弱瘦削得多了。

不是人機大戰嗎？結果只是給我們看一個瘦小子？機械呢？

恐怕所有人所想像的機械船全都是黃浦灘畔那些蒸汽輪船的縮小版——那種燒著鍋爐，冒著表示力量的黑煙，帶動兩舷巨大明輪打水的機械船。結果卻來了一個乾瘦小子划著雙槳船，招得擠在舢板廠橋上的人們此起彼伏地吹起嘲諷的口哨。而站在岸邊的康揆不為所動，只是目不轉睛地望著江上，像是目送兒子踏上遠洋留學之路。

比賽仍沒有開始的意思。

或許只有在划船俱樂部看臺上的人才能聽到，俱樂部水上木屋裡又一次發出放下繩索的聲音，木屋下面緩緩降下一艘船，船上有兩人，一人划船，一人站在船頭。

划船的看上去十六七歲，同樣金髮，穿著划船賽手的運動服，像個學徒。另一個，西裝西褲西式馬甲，站在船頭，英姿颯爽。

「是鍾天文！快拍，快拍一張。」梁啟一看見船，就立刻拍著照相師傅叫他快搶拍一張。

「哪有這麼快的……」照相師傅雖不樂意，但還是根據梁啟的指示，小心調整照相機下面的支架角度，把鏡頭對準鍾天文，一頭鑽進照相機後面的幕布裡去。

從曾、范兩人開始，整個看臺全體觀眾忽然都為鍾天文的出現鼓起掌來，充滿了敬意。這是多麼了不起的一幕，又是多麼了不起的人物。雖然鍾天文已經年過四十，歲月不可能讓他再像八年前那樣馳騁河道，但他所做出的貢獻，已然無法磨滅。

鍾天文的船來到己方賽手船的旁邊，和金髮賽手說了兩句。選手像是聽了什麼部署，頻頻點頭。隨後，他又向南洋公學的學生說了些什麼，就叫划船的少年把船划離了賽區。

比賽終於要開始了。金髮賽手雙手緊握船槳，全身肌肉緊繃，蓄勢待發，如同拉滿的弓。可南洋公學的學生伸出雙手，向遠處示意「稍等」。

這動作引來橋上一陣噓聲。但學生全然不為所動，自顧自地在「隼鳥號」的中央鼓搗起什麼。他從船尾取出一支搖把，插到雙槳之間的一個圓盤中，開始不斷地旋轉。搖把越轉越緊，就算原本不明就裡的圍觀群眾也猜出了一二——那個圓盤裡必然是一捲相當有力的發條。

「隼鳥號」的發條上滿，那個學生向遠處的裁判示意準備就緒。裁判看到後，舉起了小旗，等待片刻，有力地向下一揮。

第一場比賽……終於開始。

不愧是職業賽手，裁判小旗剛剛揮下，金髮賽手的船槳就在第一時間打入水中，整艘賽船如離弦箭一般衝了出去。這樣的啟動速度，全上海恐怕都無人能及。

可是划出第三槳時，金髮賽手就感到哪裡不大對勁了。實在禁不住好奇，他不甚專業地回頭看了一眼「隼鳥號」。只見那個瘦弱學生似乎才剛剛完成起跑工作，一腳踹向某個機關，根本沒有再在船上操控，而是轉身一躍，跳入江裡，大模大樣地游走了。

啊?!金髮賽手看到這一幕，不由得慌張了片刻，但由於他的專業素養，手上的船槳並沒有停下來，而是一直賣力地打著水。

沒了人的「隼鳥號」顫抖起來。圓盤後面，也就是剛才學生所坐的位置，「啪」的一下，從甲板下面彈起來一個什麼鬼東西。是……一個腰間掛著只鼓，全身都是力學搖桿和支架的人形骨架。

發條的力道開始傳送，人形骨架背後的聯動軸轉動起來，圓錘形狀的手隨之重重地敲到鼓上。

「咚」的一聲。

鼓敲得十分生硬，一聲緊接一聲。與鼓聲同步的是雙槳，每「咚」一聲，船槳都會同步去打水。隨著圓錘手敲鼓的節奏，人形骨架圓球腦袋上貼著的一張咧著嘴的笑臉不停地左右搖擺起來，像是十分緊張地觀看著左右兩邊競賽對手的位置一樣。

起步沒有那麼迅猛，但隨著敲鼓聲越來越快，「隼鳥號」竟也快速地前進起來。

南洋公學的這幫學生簡直就是一群瘋子……看著奮起直追卻滑稽可笑的「隼鳥號」，梁啟不禁讚歎道。跑這樣一場世界矚目的比賽，竟然會弄出一個毫無意義的鼓手浪費寶貴的能量。那個人形骨架彈起來的時候，學生們一齊歡呼，簡直如同認定那個人形骨架才是這艘船的本體。

聽到背後殺過來這麼個玩意兒，金髮賽手趕忙握緊船槳，使出全力，不敢怠慢。奈何後面的「隼鳥號」速度奇快，他剛剛划出第十槳就已經感到身後的壓迫，忍不住又回了一下頭。身後的船，簡直就是一隻搖頭晃腦「咚咚咚」攆上來的小鬼。

不過，這艘發條船雖然擁有近乎恐怖的速度，卻似乎沒有考慮過河上瞬息萬變的水流方向。賽船運動，一方面比拼的是力量，另一方面比拼的是所謂水性，也就是對即時水流變化的嫻熟應對。因此，「隼鳥號」飛速跑起後，立即就被水流打亂了方向，先是跑著「S」路，隨後像是徹底失控，斜向直衝金髮賽手的船。

幸好賽手剛才又看了一眼，正瞅見「隼鳥號」敲著小鼓，魚雷一樣朝自己飛馳而來。這恐怕是他人生第一次在比賽過程中被嚇出一身冷汗來。他來不及思考，全憑直覺，掐準時間，把船槳猛地插進右側水中，同時身體盡可能地向左側傾斜，保持整艘船的平衡。

水上無法急停，就算技藝高超的賽手，也只有聽天由命的份兒。

「隼鳥號」咚咚咚地衝了過來，金髮賽手竭盡全力壓著船，已然瀕臨崩潰。「隼鳥號」全然沒有減速的意思，直衝上來，幾乎貼著完全橫過來的船頭掠過，掀起的浪差點兒把咬著牙保持平衡的金髮賽手掀翻。

化為沒頭蒼蠅勇往直前的「隼鳥號」，咆哮著衝過去之後，不知又哪根筋不對了，畫了一個大大的「C」形。這次它沒有一絲猶豫，以迅雷不及掩耳之勢直接衝上了北岸的河灘，直撲南洋公學的學生們……

發條的力量仍舊很大，「隼鳥號」撞上河灘，側翻橫躺，船槳不停地翹起落下，就像一條在岸上掙扎的魚。而那個人形骨架貼著笑臉的腦袋被甩出去滾得很遠，手卻還是停不住地敲著鼓。

學生們見「隼鳥號」衝上岸，自然無法繼續比賽，於是紛紛跑了過來。不過，這幫學生沒有一點沮喪的情緒，反而跑到「隼鳥號」遺骸旁集體喊了一聲「歡迎回來」。隨後開始分工，一組人小心地避開不斷撲棱的船槳，停掉發條的動力輸出，另一組將船扶正。緊接著他們重新分組，兩人一組圍著「隼鳥號」抄寫船上各處記錄裝置的數據。

金髮賽手全然無視那些站在橋上噓聲一片的圍觀群眾，敬業地完成了全程比賽，緩緩划過終點線。

美人划船俱樂部，象徵著自然力的人類代表，首戰就這樣滑稽地不戰而勝了……

謝幕

還是那個學生，身材修長，制服穿得一絲不苟。

這次他非常熟練地站對了位置，向對岸微微鞠躬，沒有做任何總結發言，直接宣布接下來第二場的參賽船隻及隊員。

「經過投票表決，雙人划船比賽的首戰賽船為——『萬年清號』。賽手分別是美國馬里蘭大學留學歸國的本校教習張豐先生和……」

話音未落，已經全場騷動。聽不懂中文的美國人也很快從身邊的人那裡弄明白了。梁啟忍不住回頭去看曾、范兩人，果不其然，他們臉上寫滿了驚異。完蛋了啊！看見那兩人的反應，梁啟在心裡罵上了一百遍。

急也沒用……他向對岸望去，看到雙人賽船已經下水，兩個賽手已然亮相。坐到前面的是一個學生，並無特別之處，而正在登船坐到後排的那個，就是張豐老師，一身綁袖綁腿的俠士打扮，沒有一丁點兒老師的樣子……

站在江對岸的梁啟看到他現身，更是無言以對，只想往地下去鑽。或許別人只是覺得這人來歷奇怪，打扮也奇怪，梁啟卻對此人再熟悉不過。他不禁又偷看了一下荒江和天澤，他倆的臉色……也都不大好。

恐怕在場幾百人，只有他們三個知道這個張豐到底是誰。張豐什麼的，顯然是化名，這傢伙正是他們那位精通西方科技的俠士朋友譚四。

沒人知道當初譚四為什麼偏要假扮留美歸國人才去南洋公學。梁啟清楚譚四的本事，就算譚四說自己是留學生，也不會有人從能力上懷疑他。但梁啟還是從一開始就反對他這樣做，假扮什麼不好，偏偏要假扮留美學生。在大清國，留日學生最多，滿大街的年輕人，只要識字的有一半都是留日學生，比當街賣假藥的都多。留歐學生也有一些，特別是留德的。可偏偏只有留美學生……三十多年前，容閎把第四批天才幼童帶去美國，幾年後又被朝廷當流放犯一樣勒令召回，此後二十多年，再沒人去過美國留學。說是留美學生，怎麼看都可疑。特別是南洋公學又有正牌的美國留學生康揆在，豈不是自找麻煩？可是譚四只說，康揆那個胖子不過是個痴迷於機械的呆子，根本不會在意機械以外的任何俗事。況且他說留美學生的身分還有其他用處，也就只好隨他便了，誰也沒有那麼多閒工夫去管其他人的雜事。可是現在……梁啟後悔莫及，當初就不該認識譚四這傢伙。他就這樣在四個正牌留美學生的面前大搖大擺地亮相，真是尷尬至極。

但沒誰會顧得上別人的尷尬。譚四已經上了船，和那個學生一起將「萬年清號」划到了起跑線。

經過剛才「隼鳥號」的洗禮，大家都明白這艘雙人賽船肯定有自己的機關裝置。到了起跑線，當著已經等在這裡的對手的面，譚四和那個學生一同將一套複雜的連桿機構佩戴到握槳手一側的手臂上，幾乎從肩一直覆蓋到手腕。

佩戴好設備後，譚四向遠處的裁判舉手示意。划船俱樂部的賽手也同樣舉起了手。和剛才一樣，雙方都準備就緒。裁判舉旗向下一揮，第二場比賽開始。

代表人類的一方再次在起步上佔盡優勢。都被對手整整超出一個船身的距離了，譚四他們的裝置才算正式運轉起來。兩人雙手握槳，一隻手被連桿機構帶動，另一隻手顯然在不斷調整船槳入水的角度。這種人機合作式明顯要比「隼鳥號」那種放任自流式要合理得多。「萬年清號」雖然一開始落後不少，但由於船槳入水的力量遠非人類所及，船速提升奇快，幾乎毫無懸念地超過了對手，筆直向前划行，衝過了終點線。

沒人在意「萬年清號」沒有裝備笨重的蒸汽機，它的動力到底是從何而來，就像一時間沒人在意張豐這個人的微妙身分一樣。剛才還在嘲諷「隼鳥號」的人們爆發出了應景的歡呼。

別人的一點點勝利，都能讓這幫只是來看熱鬧的人感到揚眉吐氣。太陽一落山，整場比賽都會成為茶餘飯後的談資，說上好幾天都不厭煩。當然，這也是梁啟他們這些報人得以生存的肥沃土壤。

取勝後，譚四俐落地踹了一下他和學生之間的裝置，帶動他們的連桿機構緩緩地停止了運轉。等整個裝備都停下來之後，兩個人卸掉裝備，合力將船划回了北岸。

南洋公學的師生似乎全然不在意輸贏，只是用迎接「隼鳥號」一樣的方式迎接譚四兩人。譚四扮演著教習的角色，所以上了岸沒有離開，而是帶著學生們指指點點地開始抄寫數據。

沒有引起什麼不愉快的質疑吧？梁啟又偷眼看了看臺上的兩位，好像沒有太多異樣；遠處的康揆他實在看不清楚，不過他也不關心；而鍾天文則已經開始和第三場比賽的賽手交代什麼取勝法門了。

略鬆口氣，梁啟故作鎮定地扶著看臺圍欄，側臉問照相師傅：「剛才的精彩一幕拍下來了吧？」

「當然沒有，速度太快了。」

梁啟差點兒沒把眼珠瞪出來，可是轉念一想，那船上是譚四，沒拍到也好，也好……

比賽繼續進行，有雙人還有多人賽船。划船俱樂部一方的賽手相當專業，每一場都全力以赴，而南洋公學一方也一如既往，每一場都派出稀奇古怪的船。要說精彩，也不乏一些場面著實有趣，只是梁啟全然沒了觀看比賽的心情，不停地催著照相師傅拍照，別的什麼都無暇關注。

五場比賽結束，耗時兩個半小時，比預計時長多了一個小時，但還算順利，除了第三場——還沒開始比賽，南洋公學派出的一艘形如鍋爐的明輪機械船就沉到了江底。鍋爐船名叫「湄雲號」，所有人都覺得叫「霉運號」更貼切。「湄雲號」是全封閉式設計，幸好沉下去時駕駛艙還沒有關閉，船裡的人順利逃了出來，沒有造成人員傷亡。幾個學生立刻划船到沉船處，可惜輪番嘗試潛水下去都以失敗告終，無法抄錄他們想要的數據，於是灰心喪氣地回到了岸上。

時間拖得有些長，太陽早已從頭頂西斜。五場比賽，除了譚四那場勝出以外，南洋公學的船全都因各種滑稽可笑的故障而落敗。本來滿懷期待的圍觀群眾，自然理解不了什麼叫作「試驗階段」，只顧著嘲笑南洋公學這幫學生不自量力，出來丟人現眼。

眼看比賽結束，再沒什麼熱鬧可以觀賞，人們紛紛打算機智地率先離場，在橋上互相推搡起來。

而算是客場作戰的南洋公學師生，卻一點都沒有要離開的意思。有些人打算再對著南洋公學這幫小毛孩起哄，結果看到那個肥碩得誇張的身軀吃力地爬上了戲臺，似乎十分著急，像是怕戲臺轉眼就跑掉。

這是要發表什麼賽後感言嗎？

爬上戲臺的康揆，認真地站到了中央位置，愣了片刻，像是在為自己鼓氣。隨後，就在所有人都開始好奇這個沉默的機械瘋子要說什麼時，一直低著頭的他，轉身撿起兩支小旗，向划船俱樂部這邊熟練地打了一套旗語。一打完，他就像罪犯逃離現場一樣，悶著頭，連滾帶爬地下了戲臺。

全場鴉雀無聲，就連南洋公學的師生也都愣住了。只有曾、范兩人爽朗地笑了。對岸那個一開始站到戲臺上，制服穿得一絲不苟的學生反應神速，一把拉住了康揆，似乎是在詢問到底怎麼回事。這時的康揆反倒更像是承認錯誤的學生，低著頭，不知說了些什麼。經過一番努力，學生問清楚了個大概，還像關愛晚輩一樣安慰鼓勵了一番自己的老師，然後爬上了戲臺。

「各位來賓，」學生站準位置，字正腔圓地說，「敝校教習康揆先生剛才的一套旗語，一方面是表達了對美人划船俱樂部的敬意，另一方面，康先生的意思是希望……」

學生還沒說完就停住了，因為無論是站在對方看臺正對面的他，還是其他所有人，都看到美人划船俱樂部已經出船了。鍾天文換掉了方才的西裝，穿上一身和其他賽手相同的賽船裝，划著一艘藏藍色單人賽船，回到吳淞江上。顯然，不需要解釋，只是看了康揆的旗語，鍾天文就已經完全明白並且同意了他的提議。

不過，戲臺上的學生還是要把話講完。停頓了片刻後，他繼續說：「康先生希望能再欣賞一次鍾天文先生的高超船技表演。」

語畢，鍾天文已經划到了江中央，向南洋公學一邊舉手示意隨時可以開始。

幾個學生已經緊鑼密鼓地準備起來，從看臺後面推上來一艘不小的普通舢板下水。舢板上裝滿了球形浮標，三個學生在船上，一個負責搖櫓，兩個負責將浮標投擲到設定好的位置。

臨時加戲，當然會再次掀起高潮。誰都樂意多看點兒什麼，就算看不懂也無妨。而對於梁啟這樣的報人記者來說，這更是好事，他輕呼了一句：「太好了。」

不過，照相師傅還是聽到了，便低聲跟梁啟說：「早前說好的照片我拍夠數了，再拍得加錢。」

浮標已經布置完畢。兩排筆直的浮標，夾出一條十分狹窄的通道。走直線是賽船運動員的基本功，就算是在不同的河流中，一般職業運動員只要試上幾次，就能靠船感讓船筆直前行。但是南洋公學擺出的路徑卻相當狹窄，基本上只比船身寬出左右一槳的距離，一槳打歪就會撞到浮標。也就是說，這是一次零容錯的考驗，難度著實不小。

不過，鍾天文一定是面帶笑容的。他示意了一下，船槳入水，賽船衝出。

大家還沒來得及為鍾天文擔心，他就已經完美地穿出了浮標通道。

划船俱樂部一邊鼓起了掌，南洋公學一邊也在鼓掌。橋上的人雖然不懂什麼是「鼓掌」，但鍾天文好歹是華人，他們也隨著拚命地叫好起來。

表演當然沒有結束。浮標道變換形狀，成了英文字母「S」。

難度陡然增高，鍾天文二話沒說，立即完成挑戰。接下來又是半圓形、「Z」形、環形、雙環形……難度一再增高，卻終究難不倒這位水上高手，幾乎可以重現八年前他同樣在這條江上征服自命不凡的美國人的傳奇場面。

夕陽已經斜到一邊，餘輝染紅了吳淞江。斑駁的江面上，紅光映著一艘藏藍色賽船，如同戰場歸來的英雄。但英雄終究也要謝幕，鍾天文已不再是八年前的那個一身傲骨、正當壯年的鍾天文。在七場精彩絕倫的表演之後，他顯然已經體力透支，不能再戰。

南洋公學的學生們自然是善解人意的，他們距離最近，也是最能立刻察覺鍾天文體能的極限。不用什麼鋪墊，他們就把舢板搖上前去，向鍾天文深深鞠了一躬，開始收回那些球形浮標。

鍾天文想站起來回禮，可是已然有些力竭，只好坐在船上點頭回敬。

一片寂靜。過了許久，如雷的掌聲突然再次爆發，從南北江畔，也從舢板廠橋，摻雜著叫好聲，整條吳淞江似乎都在為鍾天文的謝幕歡呼。

不知過了多久，天也漸漸黑了，有些陰雲浮上，飄起了陰冷的細雨。

舢板廠橋上的人退場時自然不讓人安心，互相推推搡搡，幾次有人險些落水，算是划船大賽之後必然出現的餘興節目。只是划船俱樂部的人也好，南洋公學的師生也罷，對此都毫無興趣。吳淞江北岸，學生們收拾著岸邊的殘局，同時開始拆卸看臺和戲臺。俱樂部這邊的紳士們則陸續起立，互相摘帽致敬，排隊離場。

因為照相機太過笨重，行動不便，梁啟和照相師傅只好先挪到一邊，看著這些紳士從自己面前走過，準備等到最後再離開。又等了十來分鐘，終於輪到自己了，梁啟讓照相師傅小心些，千萬別把寶貴的底片摔壞淋濕了，就像是保護著自己身懷六甲的太太。照相師傅抱著照相機，乜斜著眼睛，讓梁啟走前面擋著人流，自己嘀咕道：「天一黑就下雨，真是見了鬼。」

「說起來，天黑得也夠早的。」梁啟想應和一下照相師傅，緩和一下氣氛，結果可想而知，照相師傅根本不予理睬。梁啟只好自己找臺階，掏出新買的懷錶看了一眼，長針指在八點鐘，短針指在四點和五點之間，「才四點不到三刻，天就開始黑了，確實黑得很早啊……」隨著懷錶蓋子「啪」的一聲闔上，空氣重歸冷清。

美人划船俱樂部門口停滿了各式馬車。在老式的自來火路燈照耀下，一輛輛馬車熠熠生輝。馬車排隊駛到門前，由各自馬車上的管家也好車伕也罷下車開門，接自家老爺上車。

只是這種所謂的文明秩序也是個麻煩，一群人排在俱樂部大門口，把不用等馬車的人堵在後頭，無法先行離開，比如，梁啟他們。

原本以為終於可以回去交差休息，結果卻被堵在出口不能動彈。不能走，還下起了雨。西洋庭院全是一個模樣，連個遮風擋雨的地方都沒有。不過不必擔心，找遮雨處只要跟著照相師傅就一定沒錯。出於對自己昂貴設備的愛惜之情，他必然早早就觀察好了躲雨點，以備不時之需。

果不其然，照相師傅用一塊油布蒙上照相機，吃力地搬著它，堅定地邁開步子返回臨時看臺。看臺之間搭著木板，用意本來是搭看臺時搬運建材方便，此時則成了避雨的唯一去處。

遠遠望去，木板下，映著漆黑的吳淞江，有四個人影。根本不用仔細看就知道那四個人是誰。梁啟緊走幾步，也到了木板下面。

天澤站得遠些，隔著禮貌的距離，荒江正在和曾傳堯說自己新文章的構思，范世雅站在一旁點頭稱讚。

「門口出不去，過來躲躲雨，你們聊，你們聊。」梁啟一頭鑽了進去，滿臉笑容。

已經站進來一個人，荒江他們當然不可能真的不管梁啟繼續自顧自聊下去。荒江斜眼看了一下正在用手帕擦腦門上雨水的梁啟，向後撤了半步，讓他暴露在那兩人面前，主動介紹說：「兩位先生，我來介紹一下吧，這位是新新日報館的梁啟。」

顯然兩人聽到名字都一愣。發現荒江已經介紹完了，而且沒有他們所以為的「超」字，他們表情異樣了片刻。幸好梁啟對這種反應早已習以為常，只要等待尷尬逝去即可。

「幸會幸會。范世雅，一個不稱職的律師。」范世雅率先打破僵局，露出相當標準的微笑，沒有拱手行禮，而是相當自然地伸出了右手。

梁啟早就習慣了西方的見面禮俗，知道這是握手禮，沒有愣神，也伸右手去握，同時說了句：「久仰大名。」

「不敢當。」范世雅非常禮貌地完成了整套客套話，微笑著站到一邊。

「曾傳堯。」曾傳堯同樣行握手禮，可他只是自報姓名，連銃報館都不提及。

「久仰大名。」

曾只提姓名，恐怕只有兩種可能：其一，認為梁啟既然是報界中人，當然只要聽到他的姓名，就清楚他到底是怎樣的人物，沒必要再浪費口舌去說明；其二，就是礙於梁啟的報人身分，他有什麼芥蒂並不想多說，以免麻煩。

無論是哪個可能，或者說兩者皆有，曾傳堯這個出了名的狠角，梁啟這回算是當面見識了。

都握完手後，正好照相師傅也抱著照相機走到木板底下，梁啟為他讓出放支架的位置，自己半個身子淋在雨中。而曾傳堯已經和荒江重歸到剛才的話題之中，他操著中氣十足的渾厚嗓音，指出荒江要寫的辯文中還有什麼漏洞。

梁啟聽了兩耳朵，發現果然邏輯縝密，環環相扣，讓人不寒而慄。回想前年自己還不自量力地用筆名和荒江論戰，那時便已然慘敗收場，要是現在有曾傳堯的加持……

雨淅淅瀝瀝地又小了，俱樂部大門口的紳士們也走得七七八八了，眼看這場木板下的小聚就要散場，梁啟多少鬆了口氣。

「小姐，我們的馬車到了。」天澤找準時機，上前一步說道。

荒江也是聊累了，便釋然一笑，應了一聲，就要離開。

「明天下午，張園的南洋咖啡館再聚。」曾傳堯這個人確實古怪，要熱情起來又是異常熱情，當然首先得是他看得上的人物，比如荒江。「咖啡？」梁啟和荒江同樣有些疑惑，不知這是什麼。

「就是café，磕肥。」范世雅過來解釋道，「那家老闆特立獨行地起了一個新譯名，我們都這樣叫習慣了。咖啡館的老闆本人也蠻有意思的。明天剛好又到了我們集會的時候，也歡迎新朋友加入。」

荒江聽了挺感興趣，就又和兩人認真約定了時間，然後在天澤的雨傘下走出了俱樂部大門。荒江走後，曾、范二人自然沒有繼續留下來的意思，和梁啟告了別，也一起走了。

沒想到他們都有這麼深的交情。梁啟盤算著要不要靠荒江從他們身上多扒出些新聞來。正想著，照相師傅不耐煩地拍了他一下，說自己還要趕回去洗照片。梁啟如夢初醒地一看懷錶，又過去了半個小時，肚子也餓得發慌，便和沒好氣的照相師傅一起離開了美人划船俱樂部。

事發

在報館街，一天最熱鬧的不外乎晚飯時間，因為報館的那些報人都有中午起床、下午來報館、傍晚吃了晚飯才開工寫稿的作息習慣。一日之計在於晨，這個「晨」對於報人來說，卻是天黑時分。做飯館生意的商家自是迎合習慣，讓天黑後的報館街喧囂熱鬧得不亞於四馬路的風月之地。

梁啟從美人划船俱樂部回來，餓腸轆轆，本打算直接回租住的公寓倒頭就睡，結果還是先跑到報館街來，犒勞自己的胃。

去的是常去的麵館，點上一碗過橋麵，再加一份三鮮澆頭，美餐一頓。

熱氣騰騰的麵剛剛上來，梁啟喜滋滋地挑起一根正打算往嘴裡送，就見一個愣頭愣腦的傢伙氣喘吁吁衝到自己桌邊。梁啟嚇了一跳，雙手護著麵碗，抬頭一看，發現不是什麼惡人，而是自家報館的一個年輕見習觀察員。

觀察員一般是四處收集素材彙報給撰稿的人，見習觀察員則地位更低一些，還要做一些跑腿打雜的工作。因此一見這麼個傢伙出現，梁啟就知道絕對是報館呂經理又要傳話了。這樣一想，他心裡頗有些不痛快，自己辛辛苦苦收集了一個下午划船大賽的素材，到了晚上卻連一碗麵都不能安心吃完。

梁啟皺著眉，沒好氣地問：「又有什麼事？我不是都跟經理說過了嗎？照片明天才能洗好，我一大早就去取來，耽誤不了上報時間。」

「中……」見習觀察員氣喘吁吁，根本說不上完整的話。

這個見習觀察員是地道上海人，怎麼突然說起河南口音？

「中……」

「慢點說，別著急。」梁啟只好心平氣和地撫慰他，「小二，趕緊倒杯茶過來。」

「中……」

「別中不中的了。什麼中？什麼不中？」

「鍾、鍾天文……是鍾天文……」

「啊？他怎麼了？我剛剛還……」

「鍾天文死了！」

「哦……啊？！」

這下梁啟也傻愣住了，消息實在突然，讓他一時無法理解它的意義。

「死、死在哪兒了？」

這完全就是腦袋發懵才問得出的話，結果見習觀察員的回答更讓他懵了。

「洋涇浜※帶鈎橋下面發現的屍體。」

「啊?!」

梁啟再次驚呼一聲。

那不就是望平街走到頭洋涇浜上的橋嗎？梁啟不由得探頭從小麵館向外張望，感覺都能望見那橋了一樣。

不由分說，梁啟立馬起身，數出可丁可卯※六角錢的麵錢，放到一口未動的過橋麵旁邊，戀戀不捨了片刻，拉著見習觀察員就出了麵館。出來的一瞬間，他也意識到剛才自己是多麼唐突。鍾天文突然死亡，自己竟然大呼小叫，恨不得眾人皆知。這可是在滿地都是競爭對手的報館街上啊！

想到這裡，梁啟把見習觀察員拉過來，壓低聲音問：「消息從哪兒來的？經理通知的？」

「不是不是，是小弟親眼所見。」

「通報巡捕房了嗎？」

「當然沒有。」見習觀察員自豪地回答，「巡捕房的人來了，咱們哪兒還搶得到獨家。」

那你剛才一進麵館就嚷嚷……分明是嚇得慌不擇路，卻正巧撞見我在吃麵，梁啟想。

梁啟狠狠拍了見習觀察員光溜溜的腦門一下，咬著牙低聲說：「都死人了，還不通報巡捕房！」

被打了一巴掌的見習觀察員有點兒懵，捂著腦門看著梁啟。

「還不趕緊，我自己過去看看就行了。」

兵貴神速啊，你這個白痴，通報巡捕房當然還有其他作用，梁啟心裡暗罵，沒有說出口。

「嗚……就去就去……」他還是捂著腦門，突然又停下了，「是通報英捕還是法捕呀？」

梁啟在他腦門上又打了一巴掌，感覺剛才麵錢都打回了七八成。見習觀察員不敢多說話，拔腿就朝英巡捕房跑。他剛跑兩步，梁啟又把他拉住，低聲說：「通報完立刻去找呂經理，我要今晚就下印廠加號外。」

※洋涇浜：洋涇浜是原上海縣城北郊的黃浦江的支河，長約2公里，寬不足20米，當時是上海英、法租界的界河，其所在位置即今延安東路外灘至西藏中路段。「浜」字為「濱」的異體字，於吳語中讀成ㄅㄤ，在此保留「浜」字。其後衍生出「洋涇浜英語」原指舊時在該地區的洋行職員、小販、人力車夫等混雜上海話的蹩腳英語。後泛指不純正的英語。

※可丁可卯：指數量不多不少或範圍不大不小，剛剛好。

見習觀察員用快哭出來的表情答應著，一溜煙跑了。

跑得可真快，不愧是觀察員，梁啟暗罵。他也不敢怠慢，餓著肚子快步向帶鉤橋走去。

洋涇浜屬於公共租界和法租界之間的界河，沿岸無論是規劃還是治安都極為混亂，但路燈卻是有的。大概是英國人要向法國人炫耀，洋涇浜北岸全立上了電氣路燈，帶鉤橋邊正有一盞。明亮的電氣路燈下已經圍上不少人，正七嘴八舌地說個不停。

梁啟不急於鑽進去看。瞅見旁邊常年在這裡擺攤的餛飩麵擔子，他裝作剛巧從此路過，好奇地問了一下擔子攤主。

攤主顯然還沒從驚嚇中回過神來，說話語無倫次，但在梁啟有技巧的詢問下，很快就講了個大概。

在不到一刻鐘前，三馬路上幾座教堂的大自鳴鐘同時敲響六點。聽到鐘聲，攤主就知道一天的晚飯高峰要開始了。就在他準備鼓勁吆喝的時候，無意中往黑乎乎的洋涇浜裡瞅了一眼，正看到有個東西漂了過來。攤主跟客人說過去瞅瞅是什麼東西，便跑上了帶鉤橋，踢開睡覺的野狗，從橋柵欄間趴下去看。正好那東西漂過來，跟他來了個臉對臉，把攤主嚇得當場尿了褲子。

「臉朝上？」

「朝上。」攤主還是一臉恐懼。

「千真萬確?」

「差點兒碰到他鼻子!你說還能是腦後勺?!」

帶鈎橋就算不是什麼大橋,也不可能鼻子碰鼻子,這話多少是有些誇張。不過,這樣說來,確實是臉朝上了,場面著實驚悚。

「知道死者是誰嗎?」

「我哪兒認得出來!穿著洋人的那種衣服,應該是個斯文人。」

看攤主說不出更多東西,梁啟道聲謝,就離開了。接下來就真的要扎進人堆裡去了。作為一名職業記者,他不費吹灰之力就在謾罵聲中鑽到第一排,看到了躺在地上的屍體,和蹲在屍體邊的人。

屍體沒有認錯,正是鍾天文。身上體面的西裝浸透了洋涇浜的惡臭河水。

蹲在鍾天文屍體旁邊的人,顯然不是圍觀者那麼簡單。電氣路燈把那人照得十分清楚,穿著立領單排扣制服,戴著圓頂檐帽,腰上別著一根二尺多長的短棍。一身職業裝,現在老百姓也逐漸習慣了日本漢字稱呼——警察。然而,所謂警察不就是巡捕嗎?即便現在的警察已有從正規警察學堂畢業的,但沒人對洋人租界區的華捕有好印象。在一河之隔的法租界,大名鼎鼎的華人巡捕黃金榮,就是一個藉自己特殊身分胡作非為的惡棍。

警察的帽檐遮擋著他的臉，但還是能看到他嘴上叼著一支紙捲菸，菸頭的火光忽明忽暗。儘管不是鴉片煙，在這種人的嘴上叼著，還是讓人沒有一丁點兒好感。

他像是在給鍾天文做檢查，圍觀群眾因為知道他是警察，都不敢靠近，只能在四周低聲議論，這樣擺弄一具屍體有多不吉利。

梁啟正打算悄悄換個角度繼續觀察，就聽到望平街上傳來雜亂的吹哨聲。

警察聽到，不禁咂了咂嘴，又快速地把屍首下巴向上一抬，瞅了一眼，起了身，圍在四周的人群立刻讓出了一條路，默契至極，讓人群中的梁啟都不禁驚歎。警察二話不說，像個罪犯一樣，趕在三個巡捕房派來的紅頭印捕到來前走掉了。

紅頭印捕胡亂吹著哨子，揮舞著警棍，分分鐘就把聚在屍體邊的閒人哄散。之後看到了屍體，他們就像搶戰利品一樣，七手八腳抬起來就走。

一代英傑鍾天文，在眾人尊敬的鼓掌聲中輝煌謝幕，轉眼竟落得如此下場，毫無尊嚴可言，實在可歎可悲。就算面對任何事件力爭保持冷靜中立判斷的梁啟，都不禁再度歎息。

梁啟隨著人流躲開，看著被抬走的鍾天文，又向另一邊望了望，紅色的亮點在不遠處忽明忽暗。

沒工夫理會什麼警察不警察的，現場已經在其他報館同行有所反應之前就清理乾淨了，梁啟立刻快步往報館趕。

回到報館，上了樓，所有同僚的目光全都投到了梁啟身上。經理室的門突然打開，呂經理滿臉殷切，簡直是曹操赤腳迎許攸的架勢。

一篇短短三百字的號外，配上了根據梁啟描述畫出來的駭人現場圖，連夜印出。第二天一早，大標題寫著〈完美謝幕鍾天文，夜半喪命洋涇浜〉的報紙轉眼就被一搶而空。見到如此局面，其他報館全都只得乾瞪眼，此時才知道頭一天晚上巡捕吹哨跑了一趟是怎麼回事。更讓他們鬱悶的是，一張提早發售的號外，不僅搶了當日全部熱點，銷量取得完勝，更讓所有關於划船大賽的報導統統成了廢紙。哪怕用上了清晰精彩的照片也無濟於事，一夜間沒有人再會關心那場划船大賽，誰勝誰負都比不過事主當晚命喪黃泉更有吸引力。

到了中午，整個報界都氣得咬牙切齒，捶胸頓足。

梁啟把當天自己該寫的報導提早寫完，又補了一條關於「鍾天文事件」的說明，一起給了總主筆，正碰見呂經理哼著小曲從樓下上來。

「哎呀，小梁，你可真是我們報館的寶啊！你這是要去哪兒？」呂經理的心情已經好到了極致，彷彿一場大勝讓他當上了上海報界霸主。

「去趟張園。」

「張園好，找個相好的，好好娛樂娛樂。經理准啦，哈哈哈。」

「是去取照片。」

「照片？」經理瞪大了眼睛，失憶了一樣。

梁啟也不多解釋，向經理禮貌地笑了笑，側身準備下樓。

經理似乎也不在意這些，給了梁啟一個背影，向經理室走去。走到一半，忽然又停住，沒有回身，只是背對著準備下樓的梁啟，怪腔怪調地說：「那都是過眼雲煙啊，過眼——雲——煙——」

他竟唱了起來，完全不知道用的是什麼腔調……

照相師傅的店在張園，去那種地方十分頭疼，但梁啟還是叫了一輛人力車，去了。

張園，一片從誕生之日起就注定不平靜的喧囂瘋狂之地，上海怪奇世界的極致濃縮。昔日這裡是中國闊商薈萃之所，華麗的馬車，高貴的汽油車，載滿歌伎的花車，競速的競速，鬥富的鬥富，交易的交易，近日更是來了一群瘋子，把張園大門口給圍了起來，車人皆不許通過，動工挖地。你要是打聽，人們肯定一臉緊張叫你莫要多事——這可不是普通老百姓應該打聽的事。

但實際上，人們或多或少也知道了個大概。

這是淨社那幫原本霸佔河道不上陸地的地痞流氓在幹的工程。他們還是不放棄開通地下鐵路的理想，不知如何買通了張園主人張叔和，從他的園子門前破土動工。

暴土揚塵的張園大門，現在成了人們最討厭停留的地方。而最受影響的，恐怕還是那些做照相生意的人。好不容易花大價錢買來一台照相機，就是靠著張園大門的那個金屬框架鏤空拱門過活。慕名來張園一遊的人，太多希望能以滬上第一高廈安塏第為背景，和拱門上「CHANGSU-HO GARDEN」的字樣拍一張合影留念。生意最好的時候，有三四架照相機擺在張園門口，等著為各自的客人拍照留念。

新新日報館約的那位照相師傅，正是昔日生意興隆的商家之一。現在梁啟來結算照相的尾款，他卻還是高興不起來。何況他也很清楚，前一天自己累死累活差點兒被踩死在舢板廠橋邊，到頭來拍下的每一個精彩瞬間都成了廢紙。

拿了照片，梁啟被沒好氣地打發了出來。

繁華的張園，難得一見地蕭瑟。盛極一時的飛龍車，竟也有無人乘坐、停運擱置的一天。像駝峰一樣、有著讓人心驚膽戰的陡坡的軌道，只能映著淡紅色安塏第，了無生氣。

或許要感謝那份號外，讓梁啟難得地在下午有些空閒時間。可是當真空閒下來，他才發現實際上沒有什麼地方特別值得一去，乾脆在張園裡，沿著安塏第旁邊的樹林向園子深處走了走。離開安塏第前廣場，雖然園子不再那麼一馬平川，但左右的商家仍舊繁多，彈子房、照相館、大菜館、洋貨商店、茶棚、咖啡館……

梁啟抬頭看看，果然是有這麼一家名為「南洋咖啡館」的地方。回過頭，仍舊能瞅見高聳的安塏第尖屋頂，上面有大自鳴鐘，看得到時間。早就敲過了下午三點鐘，曾傳堯和范世雅恐怕是不會赴約了。

「幹什麼都鬼鬼祟祟的。」

梁啟正盤算著要不要走，背後冷不防有人發聲。

回頭一看，正是荒江的那張小臉。看來她也是特意赴約來的。

今天她只是穿了一身聖約翰大學堂的學生制服，又是另一種正式感。只不過，這身制服是男生制服，再把頭髮盤起來，戴上一頂檐帽，看上去儼然一個青澀帥氣的小男孩，倒也透出幾分調皮。

荒江四周無人。再往遠處角落裡看看，仍舊沒有看到那個電線桿一樣的男人。這就怪了，形影不離的天澤，竟沒在荒江左右。

「你管得可真多。」荒江一眼看出梁啟的疑問，卻不多作解釋。

「哦……帽子不錯。」

不清楚荒江此時的情緒，梁啟絕不敢多話造次，以免自討沒趣。結果他還是遭了荒江一個白眼。

鍾天文的事，荒江肯定已經知曉。天澤不在身邊恐怕也與此有關。

「兩位，何不裡面請？」

南洋咖啡館的門打開，一個樣貌削瘦、顴骨極高的男人微笑著從裡面走出。梁啟和荒江對視一眼，沒有理由不進去，原本就是約在這裡，進去等，總比在門口傻站著等體面得多。

主動招呼兩人進店的男人，多少看著奇怪。梁啟又上下打量了一番這個人，才意識到哪裡有問題，他……沒有留辮子，梳著洋人才會留的三七分頭。

應該是習慣了這種驚異的目光，他領著兩人到了一張鋪著白色桌布的四方桌，才慢條斯理地解釋說：「鄙人不才，是這家咖啡館的老闆，實乃新加坡人，並非大清國子民，所以……」他摸了摸後腦，示意不需要留辮子，「這是鄙人的名片。」

他遞上兩張卡片給梁啟和荒江。卡片上寫著名字：谷孟松。

谷孟松的穿著也頗與國人不同，更像是洋人家裡的管家，西裝襯衫，打著領結，左臂搭著潔白的手巾。

「想必兩位是為了天文先生的事而來吧。」

谷孟松微笑著開門見山，讓荒江和梁啟面面相覷，不知如何接話。

「坐吧，鄙人這裡一向冷清，沒了天文先生，恐怕更寂寥了。」

兩人坐下來，四下打量這家咖啡館，確實是太過慘淡了些。咖啡館面積不大，但也有五張鋪著白色桌布的方桌，每張方桌都配有四張藤椅。進門處有一個高臺桌，桌上是紅銅色的手動研磨器和像塔一樣的鋁製咖啡壺，看上去有模有樣，別具一格，但就是沒有客人。

「天文先生，是一個好人啊。」這樣一起頭，谷孟松的話便滔滔不絕起來，說他自己如何在庚子事變之後從南洋新加坡來到中國大陸，又怎樣在新加坡駐上海橡膠橡皮分公司當翻譯做訂購，眼看著橡膠股票被憑空越炒越高，無法阻止只好離開，就在這個時候，遇見了鍾天文。

「說來也是慚愧，實際上天文先生還小鄙人一歲，結果卻成了鄙人的人生導師，讓鄙人沒有對這個光怪陸離的世界絕望。頹唐一段時間之後，鄙人在天文先生的開導之下逐漸走了出來，重新找到自己的位置。」說到這裡，谷孟松苦笑了一下，「別看我這個咖啡館沒什麼人氣，那是因為中國人還不習慣以咖啡為日常飲料來喝，總覺得是大菜番菜吃後的免費消食湯。可是在這個租界裡，還有不少洋人，英國人、美國人，甚至德國人和更遠點兒的法國人，他們都渴望著能有一家像樣的咖啡館。開了獨一份的地道咖啡館，客人當然就不愁了。這都是在天文先生指點下才慢慢摸索出來的。」

一說到鍾天文，谷孟松的臉色立即消沉，停頓了些許時間，才繼續說：「天文先生他們四人，每個月都會定期來小店聚會……」他低下頭，又停頓片刻，「每月第二個禮拜四的下午三點鐘，也就是現在……」

「四人？」梁啟忍受不了這種讓人窒息的死寂，主動接了話茬。

「『滬上歸國四傑』啊，鄙人這個外人都很清楚，Gunpowder 曾傳堯、Fashioner 范世雅、Magician 鍾天文和……康揆。」如數家珍地說著四個人，卻在康揆這裡被噎住一樣卡了殼，谷孟松就像個蹩腳的說書人，發現聽眾皺眉連忙解釋道，「那都是他們剛到美國時的綽號，要麼是名字的諧音，要麼是性格特點，反正就是亂起著玩兒，卻一直沿用下來。不過，聽說康揆先生從小性格就比較古怪孤僻，大概沒人敢跟他開玩笑，所以一直沒有綽號。其實康先生幾乎沒來過小店，每次聚會，都是天文先生親自去南洋公學請他，才會偶爾出席。更多的時候是天文先生拿個匣子過來，按康揆先生附上的說明，掐著時間抽出相應字條來和另外三位先生討論。」

真是一個怪人啊！

「但不管怎麼說，他們四個來到上海，都是一心為了這座城市，齊心協力、各司其職地讓這裡變成世界矚目的偉大都市。」

「成了世界矚目的東方魔都。」荒江若無其事地說。

「那不是四位先生的錯。」谷孟松像個土生土長的上海人一樣極力辯護，「四位先生也是坎坷啊！大清國對早年的留美學生有多不公，你們自己心知肚明。唉唉！不好意思不好意思，看我這都是怎麼了，說起話來沒個完。但天文先生——就請原諒鄙人失控這一次吧——天文先生天賦異稟，滿懷雄韜偉略，結果臥薪嘗膽八年，正要大展宏圖，竟突然命喪黃泉，還是那般慘死，真是可惜、可歎、可悲啊。」

谷孟松滿是皺紋的眼角飄出了淚花，不過，話已經說到這一步，他也就恢復了常態，拿出一份菜單來遞給荒江。

「這是小店的餐食 menu，既然是鄙人邀請二位進來小坐的，便沒有收錢之理，看二位也是心繫天文先生，敬請二位隨意，不必客氣。」

荒江接過餐單，上下掃了一眼就決定了，抬起頭說：「一份西達糕，一杯咖啡。謝謝。」她並沒有客氣的意思。

梁啟沒有接餐單，只是說：「一樣就好。」

谷孟松恢復了彬彬有禮的侍者模樣，微笑點頭，後撤幾步，轉身去了門口的高臺桌。從高臺桌下面的抽屜中取出一個錫桶，打開桶蓋，盛出兩大匙焦黑咖啡豆，倒進研磨器中。他緩慢地旋轉起研磨器的旋柄，一時間整間咖啡館都瀰漫起咖啡豆被一點點精細研磨的清脆聲和咖啡豆固有的焦香味。

或許是見谷孟松逐漸沉浸到了研磨咖啡豆的工作之中，荒江用眼神示意梁啟坐近一些，打算開始說點什麼。

「確定是臉朝上？」

「恐怕沒錯。餛飩麵攤主正是因為和他臉對臉了，才會那麼記憶深刻。這個記憶應該不會出什麼差錯，他也沒有任何理由誑騙我。」

荒江微微皺了皺眉，偷偷往谷孟松的方向看去，只見他把已經研磨好的咖啡粉倒進一只碗，再從抽屜裡取出兩只雞蛋，打到了咖啡粉裡，用竹筷打散了雞蛋和粉末，倒進咖啡壺，盛上水，擺放到火眼上。他隨手拿過來一件像是鬧鐘的東西，同樣紅銅色，擰了擰背後的發條，便離開了進門處的高臺桌，去後廚準備西達糕了。

谷孟松離開後，兩個人說話輕鬆不少。在煮咖啡的香味中，兩個人對起了前一天晚上的命案細節。

「也就是說，是在六點鐘發現的屍體？」

「三馬路兩頭，一邊是慕爾堂，一邊是聖三一堂，都會準點敲鐘，攤主長年在帶鈎橋邊擺攤，鐘聲不會聽錯。」

「帶鈎橋……為什麼偏偏是那座盛產野狗和癟三的破橋……」荒江嘴裡說出「癟三」兩個字，毫無粗鄙之感，反而還有些帥氣。「咱們把時間重新推算一下。你帶著照相師傅離場時，剛好看了錶，是下午四點四十分左右。按當時散場速度來計算，鍾天文謝幕離開眾人視線大約是下午四點二十分到三十分之間，距離發現屍首有一個半小時的時間。」

梁啟一邊估算，一邊點了點頭。

「然而這一個半小時並不能全算進去。美人划船俱樂部的圍墻之高，滬上有名，而出入口只有那一個。當時的情形你也很清楚，大門外堵滿了馬車，別說坐車了，就算步行都相當困難。」

「走水路去……去赴死？」梁啟有些不敢確定荒江對鍾天文的死的真正態度如何，所以說到這裡遲疑了片刻，但話已出口一半，只有硬把它說完。

「因為划船比賽，昨天吳淞江停運一整天。那時候江上空無一船，如果他划出船來，不用說正在看臺上的我，就算對岸的南洋公學學生，也必然會在第一時間注意到。」

荒江說的沒錯。梁啟不得不皺了皺眉，說：「所以……因為我要趕時間回報館，所以在離開的時候又看了一下錶，是五點過十分。」

「五十分鐘，頂到天一個小時的時間，他從舢板廠橋趕到帶鈎橋，還死了……這之間少說也有八里路吧。」

「恐怕還要多些。」

「坐馬車全速跑過去也要有二十分鐘，更何況當時散場不久，街上的人想必不少。一個小時的時間，要趕八九里路，並且還被殺了。兇手相當辛苦，效率好高啊。」

「要是——我只是假設——要是他死在了水上，比如就是在划船俱樂部死了，屍體被扔到吳淞江裡，一個小時後，漂到了洋涇浜帶鈎橋。」

「俱樂部的人為什麼要殺他們的總教頭？」

「不希望中國人一直踩在美國人頭上？昨天的謝幕表演確實太精彩了，他的光芒已然壓過一切。」

「倒是可以成立，可列入懷疑對象。不過，你不要忘了一個細節。」

「什麼？」

「從吳淞江到洋涇浜，必經南北走向的泥城浜。」

梁啟點點頭，卻一時間沒有發現破綻。

「還沒想到？看來你每次過泥城浜都只是一心要去賭馬，從未注意過那條小河浜。泥城浜的水流方向是由南向北的，吳淞江在洋涇浜的北邊，我問你，這樣一來，屍體是如何逆流而上從吳淞江抵達洋涇浜？」

讓荒江一說，梁啟立即啞然。這時谷孟松端著兩盤剛剛烤好、熱氣騰騰的西達糕走了過來。

「讓兩位久等了，小店的烤箱火力尚可，敬請兩位細細品嘗。」

西達糕實際上是一種甜食糕點，用奶油、糖、麵粉、蘇打、泡開的玉果粉，加牛奶和蘋果酒，將麵稀灌入模具送進烤箱裡烘烤而成。剛出爐的西達糕，蓬鬆酥軟，還帶著淡淡的奶油味和蘋果酒的清香。潔白的瓷盤中間擺著淡黃色的西達糕，一邊還配上了兩種口味的果醬，實在讓人食欲倍增。

谷孟松放下兩只盤子之後，又回到高臺桌，把剛煮好的咖啡倒了兩杯，送了過來。咖啡清澈，帶著濃郁的蛋香，看得出老闆手藝不凡。

荒江和梁啟對面前的糕點飲料讚不絕口，可是讚也讚累了，谷孟松仍舊微笑著站在桌邊，一點都沒有要離開的意思。

本打算把那個警察裝扮的人私自驗屍一事講一講，這麼一來完全沒了機會。梁啟只好拿起小勺，剖開一塊西達糕送進嘴裡，未發一言。

荒江倒是沒有一點拘謹，同樣先吃了一口西達糕，臉上立即洋溢出只有吃到美食才會有的幸福表情，就像來到這裡本就是為了品嘗美食一樣。情不自禁地微笑之後，她又微微抿了一口咖啡，同樣的笑容又浮現到臉上。她把咖啡杯放下後，不緊不慢地拿起手邊的餐巾布，輕拭了一下嘴唇，抬起頭向仍舊站在那裡的谷孟松說了一聲：「真好。」

「謝謝。」

「曾、范、康三位先生，不會來了吧。」

「已經過去兩刻鐘，他們都是極為守時的人物，恐怕是不會來了。」

「感謝您的款待。」

「小姐您太客氣了。」說完，他手搭白毛巾，仍然沒有要走的意思，「恕我多問一句，小姐，您是一位作家吧？」

谷孟松此言一出，荒江和梁啟不約而同地愣了一下。

「沒什麼沒什麼，看到小姐讓我思起不少往事。我在新加坡的時候，曾有緣和美國大文豪馬克．吐溫共進晚餐，您眉宇之間有他女兒的靈氣。那是一位天真爛漫的小女孩，以後絕對也能成為一代大文豪。」

「謝謝您。」

荒江只是得體地微笑，並沒有回答他的提問。

終於，谷孟松離開了他們桌前，退到高臺桌後面。

「怪里怪氣的。」荒江小聲嘀咕著。

能不怪嗎，咱倆被請進來的時候，就已經很怪了……梁啟心想。礙著谷孟松就在不遠處，他這話沒有說出口。

「我想知道到底怎麼回事。」荒江說著，沒什麼特別的語氣，只是又用小勺切下一塊西達糕，挑起，送進嘴裡，細細咀嚼，又喝了口咖啡，把嘴上的咖啡拭去。「一個小時的時間，鍾天文到底去了哪兒，見了誰，做了什麼事。」

「好好好，我去把您想要的信息全都弄來。結果是怎麼樣，大小姐您自行定奪。」

梁啟微笑著吃起自己那份西達糕。

甜美清香的糕點入口，卻不知怎麼，讓他忽而想起兜裡的那幾張照片。雖然已成廢紙，但照片上還凝固著鍾天文生命最後幾小時裡的樣子……可是凝固也只是凝固而已，還能有什麼用處？

梁啟不去想什麼照片，腦中立即開始構想一條合理的線索鏈。這條線索鏈和調查名單過於單薄，卻也多少算是一個開端。只是，真的能查出結果嗎?聽天由命吧。

不過，不得不承認的是……

這裡的西達糕真是好吃。

鍋爐

因為一份號外，《新新日報》至少在三五天內都將處於銷量優勢地位，報館呂經理因此鬆了一口氣，報館全體撰稿同樣為經理鬆了口氣而鬆了口氣。最大的功臣梁啟，自然也有了受益的機會，至少在呂經理鬆氣期間，他算是處於一種半休假狀態。

鍾天文命案之後第三天，梁啟首先去了南洋公學。

南洋公學實乃滬上第一所華人自己籌辦的西學堂，籌辦人正是盛宣懷盛大老闆。已建校十二年的南洋公學，經歷過躊躇滿志的草創，經歷過庚子事變的動蕩，經歷過學生罷課換校長的風波，如今已經成了一所無人不為其自豪的綜合學府。南洋公學不完全是大學，因為它不是只有大學，而是分為外院、中院、上院和特科，可以讓學生從小就接受高品質教育，一路升到上院畢業，成為棟梁。

當年建校，盛宣懷選址徐家匯，實在是有先見之明。幾次租界擴張，徐家匯這裡都沒有受到侵佔，反而成了華人達官顯貴的聚集地，成了另一個上海。

去南洋公學最方便的方法是坐船。梁啟只要從洋涇浜叫一艘舢板，一路上行，來到肇嘉浜，過了徐家匯藏書樓外蜿蜒秀美的李漎涇，回到一段江南水鄉一樣的水路，就到了南洋公學大門。

梁啟特意穿了一身長衫馬褂，戴著頂圓帽，再戴上那副平光眼鏡，像極了教書先生。他跨過南洋公學橋，直接從正門牌樓底下進去了。

路兩邊成排香樟，正是春季新芽生長老葉落下的時節。一條筆直大道，有種一入南洋公學大門便走上了人生康莊大道的寓意。

建校十二年，校園裡的建築越發有了規模。外院裡一群群幼童正在操場上練習棒球，梁啟側頭看了一眼，那些幼童個個體格健康，充滿朝氣。庚子之變後，梁任公曾痛心疾首地寫下了〈少年中國說〉，沒想到幾年後國人就真的能親眼見到少年肩負起中國的希望，至少親眼見到那個苗頭。或許是該做一做這些幼童的採訪報導了，可惜恐怕不會有什麼看點，呂經理不可能同意。

再往前走就是中院。中院樓已在世紀初落成，是磚木結構的古典主義三層洋樓，正南面有柱廊，樓頂有鐘塔，鐘塔四面鑲有時鐘，相當氣派。不過，梁啟並不想耽誤時間，便直接從中院樓邊穿過。過了中院樓，面前一片開闊，正是南洋公學著名的主操場。半年多前，盛宣懷盛大老板的公子盛司琮個人出資，在這裡舉辦了一場盛大的水龍大會。只是現在操場上，早就沒了一丁點兒水龍大會的痕跡。

穿過主操場，就是上院。

上院要比外院、中院複雜得多。建築三兩棟一組，佔據相當面積。經濟科、體育科、鐵路科、農業科、醫學科、音樂科等，各有一小片地盤。梁啟無暇他顧，徑直走向建築群深處，那裡便是南洋公學上院裡最具特色的科目：機械特科。

機械特科的院子相當大，因為不僅要有教學樓來完成日常授課，還要有試驗樓為學生們提供足夠實踐機會。試驗樓就像頗具規模的工廠群，比起棚戶區那些民營手工工廠，條件好上不少。

試驗工廠一共有三座，在教學樓的背面，與教學樓一起圍成一個口字型，直接從教學樓正中央的大堂穿過來即可進入。試驗工廠規格相同，兩層樓高，紅磚坡頂，典型的倉庫結構，煙囪高聳。大型天井一樣的空地，夯土地面相當平整，沒有植被，也沒有裝飾，十分直截了當的實用主義風格。正值實踐課時間，三座有模有樣的試驗工廠的煙囪都冒著滾滾黑煙，場面十分壯觀，讓人不由得心潮澎湃。

三座試驗工廠各有分工，左棟主要用於機械元件鑄造和材料試驗，右棟主要用於機械動力試驗，中棟則是設計和組裝車間。作為一名富有經驗的報紙記者，梁啟自然在來南洋公學之前就做好了相應的功課。康揆雖然有自己的教學辦公室——鑒於他的資歷和地位，還是一間獨立辦公室，且辦公條件優良——可是他偏偏一步都沒進過那間辦公室，就像長在中棟車間裡的樹一樣，挪出去就會死。

這樣一個怪人，能親自出席划船大賽，也算得上奇蹟了。

梁啟直接走到中棟的車間廠房門口，還在門外就聽到叮叮噹噹各種組裝拆卸機械的聲音。他正打算推門進去，卻忽然聽到背後有人輕喊了一聲：「梁先生。」

梁啟回頭一看，是一個穿著南洋公學上院學生制服、樣貌清秀健朗的小夥子。

小夥子名叫黃樟，在南洋公學機械特科讀書，實際上算是熟人，但從一年前而來的冷漠和輕蔑仍舊沒有變過。梁啟不禁歎息。去年的西曆新年，譚四一夥為了阻止當朝鐵帽子王爺鐵爵爺炮轟租界，在江南製造總局展開鏖戰，就連譚四收養的那個孤兒大招都死在了戰場，梁啟卻在出征之前臨時退出了。本是為了去救譚四的恩人，那個叱咤一時的女俠，結果卻一敗塗地，梁啟回來後自然不願多作解釋，情願挨白眼。

「多日不見，你是越來越精神了。」梁啟又上下打量一番黃樟，滿臉笑容地說道。

「是來找康先生的吧？」黃樟沒有搭理梁啟的問候，一臉不符合青春面孔的嚴肅，開門見山地問道。

「確實。」梁啟無可奈何，只好收起笑臉。

「為了鍾先生的事？」
「也確實。」
「別費事了，康先生不在。」
「不在?!」梁啟一臉吃驚。
「隨你信不信，從昨天下午就不見人影了。」
從昨天下午？梁啟已經恢復常態，心裡卻充滿了問號。那個傳說中絕不出中棟大門的康揆，連「滬上歸國四傑」的定期聚會都很少親臨現場，竟在昨天再度離開中棟，而且看黃樟的意思是徹夜未歸，到現在也沒回來。
黃樟也不與梁啟多說什麼，只是冷冷地推門進了中棟。
門一開，裡面的聲音就如同鍋爐火門打開瞬間的熱氣一樣撲面而來。比起拆卸機械的聲音，一群學生激烈的爭論聲更為明顯，似乎是出了什麼岔子。聽到爭吵，梁啟不由自主地往中棟裡走去。
「沒必要再浪費時間吧，梁先生。」機警的黃樟一下攔住了他。真是的……一臉嚴肅幹什麼，事情都過去一年多了，多少該恢復常態才是。梁啟心裡抱怨著，不顧黃樟的阻攔，擠到門邊看裡面的情況。
中棟內部就是一個開放式車間，屋頂的木橫梁全部暴露在車間內。以大門為界，左邊整齊地並排著幾張操作臺，右邊完全空出來，用於擺放組裝機械。此時在場學生全都集中在右邊，那裡擺放著三台已經拆卸到一半的機械，正是兩天前在吳淞江上參加划船大賽的三艘機械船。「隼鳥號」十分顯眼，那個打鼓的人形骨架已經躺在了船體一邊，露出布滿下體的齒輪。三五個學生圍著另外兩艘，一邊拆卸，一邊往本子上記錄著什麼。一共五艘機械船，其中「湄雲號」沉了，應該沒能打撈上來，那麼還少一艘……對，還少一艘「萬年清號」。

黃樟還攔在自己面前，梁啟向右努了努嘴，說：「我這是來做一個划船大賽的後續報導，不算浪費時間。」

面對一個比自己小了七八歲的學生，一臉討好實在顯得太過滑稽。黃樟原本就沒有存心要為難梁啟，便嫌棄地哼了一聲，不再和這個死皮賴臉的傢伙耽誤工夫，從門邊的架子上取下一個本子，向同伴的方向走去。

遠處一小群學生還在爭吵，黃樟也很快參與其中。爭吵聲太過嘈雜，梁啟又完全不瞭解前因後果，所以聽不出頭緒，只好走近探其一二。

「是我記錄的，那又怎樣？」

「那就是不負責任！」

「你們組的人全都在推卸責任。」

「那你們組的還沒有去打撈沉船呢！」

「又是沉船，沉船要是能打撈誰不願意去撈？說這些有什麼用？」
「哪個組的本事不夠一看便明。」
「你這是強人所難。」
「你這是強詞奪理。」
「你這是強扭的瓜不甜。」
「你這是強字成語不會用。」
「你……」
聽了一會兒，大體上就明白了。後來黃樟並沒有參與到爭吵之中，只是站在一邊冷眼旁觀，讓梁啟心中一陣稱讚。
梁啟走近「隼鳥號」，打算仔細看看這個怪模怪樣的傢伙。
「喂！這人是誰啊?!」發現梁啟的學生指著他驚呼起來。
一時間，學生們不再爭吵，一同將目光投向本已混進學生群的梁啟。
梁啟只好向各個角度投來的目光報以笑容。
「你到底什麼人？」
「一定是哪個組派來偷情報的。」
「你腦子是不是停擺了？有這麼老成的學生嗎？」

學生們又七嘴八舌地爭了起來。

「那就是哪兒來的教習。」

「不像，像買辦。」

「買辦來我們中棟幹嗎？」

「一定是哪個洋人看中了我們的船。」

梁啟只有呵呵地賠笑，什麼也說不出來。

「是新新日報館的。」黃樟忽然高聲說道。

嘿！你小子原來在這兒留了一手。

梁啟無奈地看向黃樟，正巧被黃樟解氣一樣回瞪過來。

不必問，接下來不會有什麼好結果。梁啟在「滾出去！」「我們不歡迎你們這種煽動是非的小人！」的叫罵聲中賠著不是退出了中棟。

來到門外，只聽見裡面的學生們又開始爭吵了。

「真是喪氣。」

「幸好你認出來了！」

「還不是我先發現的！」

「又是你立功了？」

「你這是又要吵架？」

「你先把少了的數據找回來吧。」

「你……」

「你看你自己都理虧了。」

這幫學生還真是愛辯啊！雖說是被趕了出來的，梁啟卻一點兒也不著急，更不覺得有什麼面子上過不去的地方，只是重新經過機械特科教學樓，穿過朝氣蓬勃的校園，出了牌樓正門，過橋左轉，在不遠處找了家戲園，喝茶聽戲去了。

這一待，就一直待到了晚上。等到戲園一片花天酒地、歌舞昇平的景象時，他才出來，重新踏上去往南洋公學的路。

南洋公學內並不是處處都有電氣路燈。進了牌樓正門，那條白天的康莊大道毫無照明，梁啟只能藉著陰雲遮掩的月色，摸黑前行，如同走在通往墓穴的神道上一樣。

路過外院，教學樓、幼童宿舍皆已熄燈，看上去就像趴在操場上的幾隻睡熟的野生動物。三層的中院樓，一二層是教室，三層是學生宿舍，都沒有亮燈，一片靜寂。大概是校規規定必須熄燈睡覺。

上院明顯就有不小的自由度。

著名的南洋公學操場上，還有三三兩兩的上院學生在一邊散步一邊辯論難題。幾個科的教學樓倒是都熄了燈，宿舍卻還有幾處光影。機械特科的教學樓也是一樣，些許房間還亮著燈。

穿過教學樓的走廊卻沒有燈，漆黑一片，只能看見對面出口外映進來的昏暗光亮。

剛走到一半，不出所料地聽到右手邊有人嫌棄地嘖了一聲。梁啟轉過頭，向黑暗中微微一笑。

「就知道你夜裡會來。」

「還挺機敏，要不要到鄙報來做撰稿？」

「到中棟去吧，現在那裡不會有人。」黃樟根本不想接梁啟的話茬。

「要是有人更是求之不得了。」

不知道這小子打算故作成熟到什麼時候，梁啟心中暗笑，跟著他出了教學樓，向中棟走去。

三棟唯有中棟亮著燈。梁啟快步趕上黃樟，黃樟則已經猜到他要問什麼，搶先說道：「是我們留的燈，希望康先生早日能回來……」

黃樟欲言又止。跟在左側的梁啟心中暗喜，這是快要繃不住了。

推門進了中棟，空氣比白天沉悶了不少。

在中棟的中線遠端，從房梁上垂下來一盞電氣燈，正對著一張寬大木桌。電氣燈的燈光只夠照亮傾斜的桌面和四周少得可憐的一塊區域。在漆黑的中棟車間裡，像是整個舞臺唯一的主角即將開始激情演說。

進來以後，黃樟又去開了兩盞電氣燈，同樣是懸在房梁上，一左一右各照亮中棟車間的一部分。整齊的操作臺正好有一張被照亮，桌上空無一物。另一邊，大卸八塊的「隼鳥號」安靜地躺在明暗交界處，帶著一絲意味不明的哀怨。

梁啟並不關心「隼鳥號」，只是站在桌子旁邊，想看看這張和康揆朝夕相處的桌子什麼特別之處。不過他也不著急，只要再等片刻，黃樟那小子就一定會主動開口說的。

「梁先生……」

還沒等梁啟在心中數秒，剛才還站得筆直，讓人不由聯想起天澤的黃樟，就開口了。

「嗯？請講。」

「其實我們……」黃樟遲疑片刻，「其實我們就是想聽你給一個說法，比如……」

「好呀，我真誠地道歉。」梁啟立刻打斷了他，「抱歉是我臨陣脫逃懦弱無能自私自利鼠目寸光。」

「一點兒也沒看出真誠來……」

「那要不我現在跪下，磕三個響頭怎麼樣？」說到做到，梁啟轉身就要下跪。

「不用了！」黃樟又氣又急，語調高出一倍。

梁啟笑著說：「那麼，過去的事就先暫時扔給過去吧，當下的麻煩已經夠折騰得咱們團團轉了。」

他特意把「咱們」加重了語氣。

黃樟努力抿著嘴，不願就此認輸的樣子。

梁啟上前一步，拍了拍他的腦袋，說：「這不就是人生嗎？你還年輕得很，別憋著了，憋壞了自己得不償失。跟我說說，康揆他哪兒去了？」

「……」

「那麼，什麼時候發現他不在這裡的？」

「這太容易發現了，康先生幾乎從不出中棟，每天晚上這裡都是燈火通明，所以，只要中棟沒亮燈，就立刻發現得了。」

黃樟低下頭，放棄了抵抗，回答起梁啟的提問。

「這麼說，是天黑以後發現的？」

「確實。」

「他昨天白天有沒有去授課？」

「沒有，剛剛結束划船大賽，整個機械特科都在忙著整理試驗數據。特殊時期，近一個月基本上所有課程都為划船大賽讓步。」

「哦？試驗數據啊。原來你們真是把造勢那麼大、引來國際關注的划船大賽當成一場課外試驗了啊。你們可真是把我們糊弄得團團轉。」

「是你們太一廂情願自作多情了，我們從來沒有說過什麼『人類與科學的角逐』『華人的崛起』這些毫無實際意義的空話大話。真正可貴的是真實有效的賽後數據。」

說到「數據」時，黃樟露出了天真的笑容。

「他授課是在這裡還是在教室？」輪到梁啟冷臉相對。

「那就不一定了。『康先生從不出中棟』只是一種誇張的說法。試驗課在中棟，大家主要是在這邊——」黃樟指了指左手邊那些操作臺，「跟康先生學習機械設計。第一排是功能設計組，第二排是計算組，第三排是設計圖繪製組，第四排是……」

黃樟還在介紹著，梁啟卻不再聽，把斜面桌前的椅子拉了出來，試著坐了上去。椅子是藤椅，坐上去還有些冰涼，梁啟忍不住打了個寒戰。而藤椅的寬度驚人，顯然是根據康揆的身材特製的。

「康揆他平時就在這裡畫圖紙？」

黃樟正介紹得起勁，被梁啟打斷，一下子沒了心情，說：「沒有坐著畫圖紙的。」

梁啟「哦哦」地站起來，伏到桌上，手裡假裝捏著一支筆，比畫起來。

「果然，這樣就順手多了。術業有專攻，確實不假。不過，他整日這麼站著畫圖，怎麼還是那麼胖？」

「喂！」黃樟不滿地低喊一聲。

「對不起對不起，你繼續。」

黃樟一臉不情願地繼續說：「康先生教會我們很多東西，如何做合理設計，如何定向計算和試驗，如何……」

「你們拿什麼計算？算盤？」

「那你以為呢？」

「這可夠累的。」

「我們人多，一個人分擔一部分，最後再由康先生匯總就好。效率非常高。」

「這個康揆可真是比傳說中還能幹啊！」

「這回划船大賽的五艘船幾乎全是康先生一個人設計的。」

「隼鳥號」那個敲鼓人形也是他設計的？這個惡趣味還真是……

「圖紙呢？」

「也是他一人完成，十分強大。」

「那可不是一個人用算盤就能完成得了的吧？」

「康先生的能力遠超你想像，不要以貌取人。他只要熬上兩晚，這些數據就都算出來了。而且你也親眼見到了，除了一艘船沉了以外，基本上全都正常完成了任務。」

真的嗎……梁啟苦笑著。

「你們怎麼知道他熬了兩個晚上的？」

「燈一直開著，而且，兩天後數據就都出來了，這就是證據。」

「哦……」梁啟若有所思了片刻，「先不說這個，譚四又是怎麼回事？」

說到譚四，梁啟的語氣立刻尖厲起來，忍了很久怎麼也要問清楚。

「這……你自己去問譚先生啊，突然質問我算什麼本事？反正我能跟你打包票的是，譚先生和你想知道的事情毫不相干。」

「一時興起，就假冒了一個什麼張豐的名字跑來當教習，還參加划船大賽？這興致還真是清奇啊。」

「就是這麼回事。」黃樟回答得斬釘截鐵，顯得更加可疑。

「算了算了，先說康揆。現在我問些關鍵的。他在划船大賽結束以後回來了嗎？」

「回來了。」

「因為亮著燈？」

「不是，是和我們一同回來的。」

「哦，第二天你們見到他了嗎？」

「早晨見過一面，在中棟門口，康先生給我們講了數據整理的注意事項。」

「門口？」

「沒有試驗課和設計課的時候，康先生一般喜歡在外面的空地授課。他真的不是你們想像的那種終日不見陽光的怪人。」

「發現數據丟了，是什麼時候？」

「昨天下午。我們來報到，並且開始整理數據。結果整理到一半時，『隼鳥號』組首先發現缺了一部分數據。」

「昨天下午沒見到康揆吧？也就是說，是在他失蹤之後發現的？」

「不能這樣就懷疑康先生。」

「那麼你告訴我該怎樣做，才能名正言順地懷疑康先生？」

「康先生有什麼理由要拿走這些數據？」

「這我哪兒知道！把他找回來直接問問不就知道了？」

「……」

「少了的是什麼數據？」

「你能懂？反正從昨天下午開始，各個組就像今天上午一樣爭論不休。」黃樟一臉苦惱的表情，「也不能怪師兄們，少的都是核心數據。你就算不懂也能明白，都是每一艘船在大賽中的細節表現。我們在船上都裝了採集器，記錄水流和動力輸出之間的關係數據，也就是改進這幾艘船所需的一手數據。」

「不如現在再翻翻看，沒準兒會有新發現。」

「怎麼可能？」

黃樟嘴上反抗著，結果還是跟著梁啟一起走向了「隼鳥號」。

敲鼓人形躺在明暗交界處，兩眼瞪得溜圓，眼睛下面咧開大笑的嘴不知為何抹掉了一角，卻依然誇張。頭身比例很不協調，圓圓的大腦袋，曖昧不明的光線，甚是詭異陰森……

被這一側電氣燈照亮的是划船大賽第四艘出場船「福星號」。乍看之下並無奇特之處，小型鍋爐和動力輪的組合並不稀奇，至少現在拆卸後，看上去和一般的小汽輪沒有太大差別。但只要見過「福星號」下水比賽，誰都不會覺得它普通。「湄雲號」直接沉了之後，所有人都為這艘船捏了把汗。這傢伙一下水就立刻傾斜，著實讓人們以為又是一艘沉船。不過下水之後，外行人也能看出「福星號」的設計極為奇特。沉重的鍋爐和作為動力的明輪全都在船尾，而不像平常汽輪那樣為了平衡而設置在船中。「福星號」的傾斜，引來舢板廠橋上的觀眾和划船俱樂部一同驚呼。眼看又要沉了，「福星號」卻似乎要開一個大玩笑一樣，船頭向上以30°的傾斜角度停住，晃了一晃，不再有沉沒的危險。

比賽就這樣開始了，可惜或許是蒸汽鍋爐沒能提前備好動力，划船俱樂部的船已經划出大半程，「福星號」才終於動起來。比賽雖然輸掉了，但「福星號」的速度仍然震驚全場。傾斜設計原來是做這個用的，一般的明輪機械船的動力輪只有三分之一吃水，而「福星號」因為有30°的傾斜，可以讓動力輪有五分之三吃水，輸出的動力自然大幅提升，速度也快了許多。

敢於讓機械船身傾斜，以此擴大動力輪吃水量，這要對船體、動力等方面多麼瞭解，且多麼有信心才能做得出來啊！

看著已經拆卸開來的「福星號」，梁啟仍舊感慨萬千。

藉著燈光，他又假裝內行地看了看船體內部，還有鍋爐。除了確實能看到一些曾經安放數據採集器的接口以外，其餘什麼都沒看懂。

「『福星號』也完全是康揆一個人設計的？」

「終於感受到康先生的強大了？」

「數據都丟了，還談什麼感受。」

說完，梁啟起身不再看船。

「算了算了，今天就到此為止吧。一頭霧水，真是越看越亂。」

「明察秋毫的梁大記者都無能為力了？」

「好傢伙，咱倆才一起待了不到一個鐘，你就學會冷嘲熱諷了。」

「承讓。」

和冷嘲熱諷的語氣不相符的是，黃樟已經滿足而天真地笑了。

兩人不計前嫌地又說笑了幾句。梁啟無他事可做，便決定先行離開，再看看有什麼辦法找到失蹤的康揆。

「對了，我建議你們不要晚上留燈。」

「我們學校的電力還算充足。」

「你不覺得，以康揆的性格，要是想回來，卻發現中棟可能有人，就一定會掉頭逃走？」

「倒是有點兒道理，康先生最討厭和陌生人獨處，跟人打個照面都能讓他狂躁不已。」

黃樟說著，就把三盞電氣燈一起關掉。

中棟重歸漆黑。

了無聲息……

「什麼人？」

梁、黃二人從機械特科的教學樓出來，正準備互相道別，黃樟就看到了一個鬼鬼祟祟卻十分惹眼的人影。

塊頭真是大，梁啟拉著黃樟躲到一邊夾道後觀察那個可疑的人時不禁想。相傳帝都萬牲園門口就有巨人，可是在此人面前恐怕也算不上什麼。可惜身形巨大在此時完全算不得優勢，因為那傢伙笨拙地趴在教學樓右側很遠處的樹後，非但無法隱藏身形，反倒讓他更顯可疑。

「傻、傻山？」確認自己安全之後，黃樟悄悄說出了這個名字。

「你認識？」

梁啟問完，發現黃樟已然不再吱聲。借著夾道裡的微弱光線，能看出這小子竟然緊張得面色煞白，渾身發抖。他不是會兩下子相當實用的關節技嗎？就算面對這種巨型大漢，也應該吃不了虧吧。

看來這個叫傻山的人是個狠角。

只是傻山恐怕是真傻……

他終於從那棵起不到一點遮蔽作用的樹後面躥了出來。由於身高體重的原因，他一跑起來就帶得塵土飛揚，步子踩在地上咚咚作響。他衝到教學樓的穿堂門前，側身探頭往門裡看，將巨大身軀完全暴露出來。若有人從教學樓正面的空地看過去，必定會一眼就注意到一個呆頭呆腦的可疑人員要潛入機械特科幹些見不得人的事。

可惜夜已深，除了梁、黃兩人，再沒有誰有幸親眼見識這樣難得的場面。

傻山繼續觀察了大概五分鐘，終於決定鑽進機械特科。他在裡面橫衝直撞，在遠處夾道都能聽到走廊裡他跑來跑去找不到出路的腳步聲。再過了些許時間，腳步聲終於出了教學樓，漸行漸遠。

見黃樟臉上的緊張表情終於鬆懈下來，梁啟這才又問了一次：「這個傻山你認識？」

「說不上認識。」黃樟深吸一口氣，說，「最近總會見到他在學校附近鬼鬼祟祟。因為個子大得像座山，人看上去又傻得出奇，有同學悄悄打聽過，那些人都管他叫傻山。」

「那些人？」

黃樟遲疑了許久，才鼓足勇氣再度開口，悄聲說道：「是淨社的人。」

梁啟瞪圓了眼睛，明白了為什麼黃樟剛才會那麼緊張。

這時，就算在機械特科的院外，也能清晰地聽到裡面傳來粗暴的砸門聲，緊跟著是門板重重拍在地上的聲音。聲音顯然吵醒了不少已經入睡的機械特科學生，幾個宿舍房間點亮了燈。

被吵醒的學生從宿舍窗口望過去，一眼見到是傻山，便不敢造次，紛紛縮了回去。

得知傻山在機械特科的院子裡，黃樟總算穩定了一下情緒，梁啟連忙帶著他換了一個距離教學樓穿堂門更近但更隱蔽的地方重新躲好。

又傳來一陣拆砸聲音後，沉重的腳步聲一步步向大門靠過來。

傻山的碩大腦袋率先探出。如此近距離看傻山，光那腦袋就已經大得駭人，更遑論它還高高在上。梁啟不由得嚥了一下口水。頭先出來，也不探頭張望，顯然是背著重物，已經壓彎了腰。

如山一樣的身軀從躲在暗處的梁黃二人面前走過，強烈的壓迫感讓他們無法呼吸，沉重的腳步聲震撼著他們的耳膜。終於，他們看見了這傢伙所背著的東西。

鍋、鍋爐？

要不是這個傻山就在眼前，梁啟恐怕都會抑不住驚呼。竟背著一個鍋爐出來了！即便只是一個小型鍋爐，這也未免太誇張了吧。恐怕那些趴在宿舍窗前往外偷看的學生同樣被這種蠻幹行為給嚇到了……

馱著鍋爐的傻山走得很慢，但終究在一步未停地走著，腳步鏗鏘有力，盡顯巨人本色。

看著傻山就這樣馱著鍋爐走遠，梁啟才終於又鬆了口氣，轉頭看看黃樟，問：「這個傻山也是……淨社的人？」

「是的。」黃樟也多少恢復了常態，「有師兄還親眼見過他在垃圾橋淨社總社那兒進出。應該就是淨社的人。」

梁啟沉吟不語。

「那個鍋爐……」

「看上去像『福星號』的。」

「真是越來越麻煩了。」

朋友

淨社，乃是青幫幫口下的一支新貴。從成立到現在一年多時間，就已經遍布整個公共租界的大小河道，可謂是異軍突起的奇蹟幫會。淨社的老頭子叫周華明，實際上他一點兒都不老，才是「通」字輩的小輩，這就顯得他手腕非凡了。他憑一己之力，迅速把淨社搞成了可以和法租界「大」字輩的黃金榮一夥相提並論的恐怖幫會，可見這個周老頭子算得上流氓中的青年才幹了。這樣的青年才幹其實最麻煩，是最讓人頭疼的一類。堅決不恪守青幫老一派的規矩是他們辦事的準則，仗勢欺人橫行霸道是他們的本性。

青幫本來就源於水上，是漕運水手的幫會。在這一點上，淨社倒是相當傳統。只不過，淨社不再做漕運生意，而是在公共租界的大小河流上安營扎寨，四處搭建船屋作為據點，以便在岸上或橋上搶劫之後就近分贓。

原本只是想去南洋公學採訪一下康揆，雖然他是一個相當封閉的人，但梁啟還是有信心能套出些信息來，結果康揆沒採著，卻發現淨社也摻和進來……

不過這次南洋公學之行，也不是一點兒收穫沒有，至少從學生們還有黃樟那裡知道了這兩天康揆的動向。

划船大賽當天，鍾天文的個人表演結束後，康揆並沒有單獨行動，而是跟機械特科的學生們一同回了南洋公學。從舢板廠橋到南洋公學，將近二十里路，就算康揆不與那幾艘機械船一起，而是率先和一批學生坐馬車回程，也要將近一個鐘頭才能抵達。而從南洋公學到洋涇浜，也有十三四里路的樣子，無論是走陸路還是水路，同樣沒有一個鐘頭是到不了的。就算康揆馬不停蹄趕完所有的路，大概剛到靜安寺，鍾天文就已經死了。也就是說，一開始對康揆的設想，恐怕全都要推翻重來了。

康揆在比賽結束之後，揮動旗語請求鍾天文個人表演，可能也並非事先知道鍾天文會死。至少……從鍾天文死時他並不在場這一點來看，二者並沒有直接聯繫。

推理到這裡，原本已經算是走入死路，正巧傻山這個新變量闖了進來。

黃樟認得出傻山，並說這個人經常出現在他們機械特科。因為樣貌嚇人，無人敢問，後來知道是淨社的人，就更不敢多管，任由他出入。傻山在沒有課的時候進過中棟，黃樟對此十分肯定。在這次失蹤之前，康揆確實幾乎沒有出過中棟。那麼就可以判斷出，傻山和康揆至少有過某種聯繫。傻山不可能是什麼決策角色，但這條線索，直接把淨社拉了進來。

淨社，不可能不去關注一下了。

確實麻煩啊！

不過，想接觸淨社，正有個現成的事件可以利用。

事件要從一個月前說起，淨社這幫人好死不死地做出一樁「義舉」，至少乍一看上去是這樣的。

上海開埠六十多年來，洋人蜂擁而至，使得上海越來越龐大，卻也越來越擁擠不堪。變化最顯著的自然就是浦西沿岸，現如今已然被各國公司的輪船碼頭擠得滿滿當當，無一縫隙。黃浦江上更是遠洋貨輪川流不息。這種情況下，貨輪衝撞華人漁船、渡船的事件屢見不鮮，全船被掀翻在江裡也是常有的事。一般來說，人們只能忍氣吞聲，對著揚長而去的輪船乾瞪眼，在水裡等著從野雞碼頭趕過來救援的舢板。

一個月前，黃浦江又發生了這樣一起衝撞事件。淨社不知是怎麼想的，忽然就跳了出來。他們先是派了八九個流氓癟三跑到肇事公司的碼頭外大喊大叫，又召集了不少人深入肇事公司的在華工廠，開始煽動工人罷工。這家肇事公司名為「麥森遠洋公司」。

開埠後的上海，遠洋公司林立。麥森遠洋公司實在算不上什麼大財團，只是個勉強可以在遠東撈一筆的小企業而已。正因如此，他們公司沒有能力使什麼手腕，沒過多久就有要被淨社拖垮的趨勢。事件繼續發酵，只要他們一出船，就會冒出一兩艘舢板，遠遠地藉著浪就翻到江裡去。之後第二天，在碼頭外必然會多上一兩個拄著拐或者被簡陋擔架抬來的人加入圍坐抗議的行列。僅僅過了一個星期，麥森遠洋公司就綳不住了，發出公告，召集從第一次翻船到現在的所有被撞人員及其家屬，逐一發放了相當可觀的撫卹金，這才算了事。錢一發放完畢，公司碼頭門前立即清淨了，工廠裡也再沒人煽動鬧事，迅速得讓人吃驚。

說來這起事件梁啟早有關注，諸多細節可以算是他的私藏，本打算等「鍾天文身亡事件」的熱度過去之後再用，好再賺一票，沒想到這麼快就要用上了。

也罷，不浪費就行。

只是現在需要立即找一個搭檔才行。而這個人選，如此緊急的話……恐怕只有許久未聯繫的譚四了。

想定計劃，立即就去行動。

為了在當天日報下印前填上報導，梁啟來不及先去找譚四商量，只好先斬後奏，到時候強行拖他入局。反正那傢伙不會介意，梁啟對此十分肯定。

從南洋公學回來，第二天一大早，梁啟就趕到了報館，把該寫的報導寫好，隨後迅速跑去呂經理家申請上版。

呂經理這種報界老狐狸，一看就明白梁啟打的是什麼算盤。

關於淨社的這篇報導，並沒有像老百姓認為的那樣去誇讚他們為國人撐腰長臉，而是直指問題核心：撫卹金的去向。不過，行文用詞模糊，語氣卻斬釘截鐵。

「你有多大把握？」

「七成以上。」

「不多啊……」呂經理沉吟片刻，顯然是在計算得失，「出了問題你自己一個人擔著。」

梁啟沒想到這一次經理能這麼果敢，不由得對他那張早就看膩了的臉生出幾分敬意。轉瞬之後，這張胖嘟嘟的臉已然恢復了「你別攪了我一大早趕去菜市場買菜的雅興」的表情。

不過，這副模樣反倒更讓梁啟感到安心，看來經理這關沒有阻礙。他正打算儘快從還穿著睡衣的呂經理手裡要來改版許可，卻見後者眼睛一閃，問道：「這回打頭陣的倒楣蛋是哪個？」

「南洋公學教習，張豐。」

「什麼人……」

「就是您剛才所說的，一個倒楣蛋而已。」

「隨便你吧。」

呂經理進到自己家裡，過了一會兒，拿著一張親筆寫就、蓋了名章的許可書給了梁啟。

「小梁啊……」在許可書遞給梁啟的同時，呂經理竟一反常態，語重心長地說了半句，卻又停頓下來。

空氣中只剩帶著蟬鳴的死寂。

梁啟不想讓氣氛太尷尬，接過許可書，說要趕去印廠，不然一大早趕工的辛苦就白費了，然後便匆匆離開了。

加急上版手續順利辦完，拿了兩份還未褪去鉛火味的報紙從印廠出來，直接去往黃浦灘，找艘最快的野雞渡船，過江去找那個「倒楣蛋」。

譚四你這個傢伙……不管你這次葫蘆裡賣的是什麼藥，我這邊的報導已經出來，你是成與不成都得和我綁在一起行動了。坐在野雞渡船上顛簸過江的梁啟，心裡也和黃浦江一樣波瀾起伏。

一條黃浦江隔開兩個世界。

浦西高樓廣廈，沿著一條黃浦灘大道排開，盡顯魔都本色。浦東卻半是工廠半是蠻荒，運轉的工廠冒著黑煙，不運轉的工廠已然被藤蔓雜草重新攻佔。浦東陸家嘴的黃浦江沿岸，倒是也有些新興的工廠和西方列國的貨運碼頭。

野雞渡船偷偷借洋人的貨運碼頭把客人放下，迅速逃回江上，就像從來沒靠過岸一樣。

渡了江的人們各有去向，多數是回尚存於浦東的村子，也有到浦東工廠上工的，只有梁啟走進了碼頭邊兩家工廠高墻之間的夾道。夾道雜草叢生，濕漉漉的，讓梁啟心生厭棄。每次來這邊都要走這條該死的路，真是讓人不快。穿出夾道，是一條相對寬闊一些的路，可是剛才的壓抑感一點兒也沒有減輕，因為這裡是坐落在浦東的外國墳山。墳山上滿是死在遠東上海的洋人的墳墓，墓碑一排排整整齊齊，由一座哥德式教堂守著，看上去更為陰鬱。

繞過外國墳山，出現在眼前的便是目的地了，一座現如今看上去並不算大的蒸汽發電廠，也就是譚四的居所、據點、實驗室，以及一切。

蒸汽發電廠外觀很普通，常見的磚木結構三層坡頂樓，是二十年前英國人在這裡蓋起的一座用於試驗的功率75馬力的蒸汽發電廠，試驗結束後即被遺棄，現在盡顯滄桑破敗。不過，這只是外觀，裡面卻不盡然。三四年前來到上海的譚四發現此地後，立即修好了廢棄多年的發電機，據為己用，並住在了發電廠裡，而發電廠內部……

來找譚四不需要敲門，梁啟走到蒸汽發電廠的厚重大門前，推開便進。

撲面而來還是那股帶著硫黃味的熱氣，灌入耳朵的還是蒸汽發電機的隆隆聲。

不過……這裡給人的感覺卻是無盡的冷寂。

曾經，好歹這座蒸汽發電廠裡還有大招那孩子，咋咋呼呼沒個消停，讓人不會感覺到空對著碩大機械別無他物的寂寥。但是去年初的那一仗中，這孩子被活活燒死在江南製造總局的大院裡。就是梁啟「臨陣脫逃」的那一仗，也是讓梁啟對譚四終究生出幾分不滿而一時間不願意再有直接往來的那一仗。現如今，空蕩蕩的廠房裡，一座被改造過的蒸汽發電機在閃著火光的鍋爐驅動下拚命旋轉，為什麼東西源源不斷地供著電能。

發電廠裡沒有開啟寶貴的電氣燈，全靠從高處幾扇玻璃窗投射進來的幾束昏黃光柱照明。因此，正對發電廠大門的鍋爐爐門裡，暗紅色的爐火格外顯眼。然而，爐門前……原先給鍋爐添煤是大招那孩子的工作，可現在，煤還是堆在鍋爐旁邊，爐門一開一合地放著紅光，整個發電廠裡只有蒸汽機運轉的隆隆聲和發電機飛輪旋轉的蜂鳴。

如此一想，梁啟不禁冒出一身冷汗。

幸好尚有一分理性，他沒有奪門而逃，而是躡手躡腳地經過灰暗厚重的灰磚石柱，向鍋爐走去，想看個究竟。

沙沙的鏟煤聲也能聽得一清二楚，當然仍舊沒看到半點人影，只有……一支彎曲得怪異的機械臂？

原來是機械臂！

差點兒以為是發生了什麼超自然事件……

這支機械臂的驅動桿固定在地面上，通過雙搖桿機構帶動被驅動桿做出動作。被驅動桿的頂端是一把鏟子，準確地鏟入煤堆，鏟起一鍬煤，平穩地送到鍋爐爐門前。爐門兩側也各安裝了一根曲柄搖桿，可以在恰當的時刻把爐門扒開，讓機械臂將滿滿一鍬煤拋入爐中。

左右兩根曲柄搖桿就像兩隻淘氣的精靈一樣敏捷，機械臂則是兢兢業業、有條不紊地動作著。

那傢伙從來沒在乎過大招的有無吧！轉眼間就能弄出這麼一套機械來替代那個孩子。果然沒看錯他，真是一台冷血的機器！

「喂，你還要對著那台機械胳膊相面多久啊？」一個聲音從發電廠內部搭起來的鐵架二層傳來。一個熟悉的聲音，相當熟悉，就連這種冷嘲熱諷的口氣也再熟悉不過。「電力傳動，消耗的電能遠遠低於發電機輸出的電能，所以使用起來非常合算。好了，你還想看出什麼新結論？」

練過武的人都是這種出場方式，悄無聲息地出現，突然開口嚇唬人……越發令人厭惡了！梁啟朝聲音傳來的方向看去，那裡已經沒人。梁啟立即轉頭——果不其然，譚四那傢伙已經站在了自己身後。

「行呀，多日不見，變敏捷了。」

譚四笑吟吟的，懷裡還抱著一隻黃色長毛貓，一臉滿不在乎的樣子，就像兩個人從來沒有過什麼心結，仍是偶然會面的朋友。

梁啟心中歎了口氣，又看向了他懷裡那隻貓，不禁想起些更久遠的往事。前年的現在，自己還和譚四在租界的大街小巷一起找合適的野貓，去做貓電驅動的自行車。

「呵，你這是又要拿貓發電？」

「我要是說再不想用活體作為動力源，你信嗎？」

「廢話。」

譚四目光逼人，他懷裡的貓卻睡得安穩。

既然已經不得不主動過來，就不想讓場面變得太尷尬。梁啟努力讓自己表情正常一些，向前一步，看了看那隻黃貓，說：「這貓倒是乖，叫什麼名字？」

「馬玉。」

「啊？」

「就是中文的貓叫聲嘛。」

「誰信啊！」

「領養過來時，好心的英國老太太就信了，還跟著學了好幾聲。」譚四左手抱著貓，右手摸了摸它的頭，「是吧，玉玉？」

貓動了動尾巴，仍舊安穩。

看著譚四依舊若無其事的眼神，梁啟歎了口氣，說：「找你有正經事要說。」

「呵，我這個人還能做出您認可的正經事？」

譚四抱著貓，徑自走開了。梁啟乾瞪著眼，一點兒脾氣都沒有，只能等著譚四把貓放到牆角的貓窩裡，又走回來。

「說吧，什麼正經事？最好有趣一些。」

「你肯定會喜歡的，親愛的張豐先生——哦不，準確地說是張豐教習。」

「哎喲！」譚四一臉惡作劇被揭穿的表情。

「別裝腔作勢了。」梁啟沒好臉色地說，「我寫的報導你不可能沒看，看過就必然知道我當天就在現場，親眼看著你搖身一變，成了什麼美國馬里蘭大學留學歸國的張豐。」

「梁大記者的雄文，當然是我等卑賤之人每日拜讀的不二選擇，怎麼可能沒有看過？那可是轟動全上海的報導。一代英傑鍾天文離奇身亡，良知記者不畏懼追查到底——是不是這樣的路數？」

「過譽了，梁某人只是做些分內事，遠不如還要與淨社惡勢力周旋的張豐教習果敢勇武。哦，值得一提的是，我還特意為張豐教習印了些名片，怕淨社那幫蠢貨一時記不住教習的身分。」

語畢，梁啟從馬甲內兜裡掏出了剛剛在印廠一同印出的名片，硬塞給他。

明顯能看出譚四眼中一晃而過的遲疑，雖然只一瞬間就又恢復了常態，但還是被梁啟捕捉到了。他感到十分滿足。

譚四瞅了一眼名片，再加上剛才梁啟所說的話，立刻猜出六七成，便煞有介事地說：「哦，那這位張豐教習可真是平白無故成了倒楣蛋，成了您梁大記者的槍。」

「唱雙簧嘛，總要有一個人站在前面表演吧。況且這位張豐教習的一身本領也不是蓋的，梁某人是對他一萬個信任才肯邀他打頭陣。」

「這也能叫『邀』？」譚四把那張名片在指尖俐落地旋轉了一圈，露出張豐的頭銜：南洋公學機械特科教習。「頭銜都寫錯了。」

「難不成你還沒正式入職？」

「入不入職你覺得我會在意嗎？」

「這事我也無所謂，你看我的。」梁啟又掏出一套名片，給了譚四一張。名片上寫著「雅世律師事務所見習——李同」。

「哈，好啊，咱倆這姓正好配出一個詞。」

「張冠李戴。」兩人異口同聲說道。

譚四拿著名片又看了看，撇著嘴說：「這事兒可就熱鬧了，你是覺得淨社和鍾天文的死有關，才急匆匆地編排了這一齣吧。」

見氣氛已經嚴肅，梁啟不再兜圈子，把前一天夜裡和黃樟在機械特科中棟見到的情況講了一遍。譚四聽得津津有味。聽到傻山背鍋爐，他不禁驚訝不已，顯然還特意掂量了一下自己的負重能力，露出了認輸的笑容。

「到底淨社在整個事件中是什麼作用，真叫人看不明白。」

「確實十分微妙，那麼你覺得范世雅也脫不開干係？」

「既然不能證明沒關係，那不如順便試他一試。」

說著，梁啟把那兩份剛剛印好的報紙交給了譚四。譚四拿過報紙瞅了瞅，心裡更有數了。

「什麼時候開始？」

「越快越好，不妨就今天。」

「不用這麼著急，況且今天我還約了朋友。」

「朋友……」梁啟難以置信地看著譚四。他竟然還能有朋友，或者說，沒有透露過姓名的其他朋友？

「不至於這麼大驚小怪吧。」譚四面帶微笑看著梁啟，「你不也為我帶來一個新朋友嗎？怎麼也不介紹？不過，這位朋友抽文明菸抽得太凶了，也是夠嗆的。」

「啊?!」梁啟愣了一下才明白譚四這話是什麼意思，一身冷汗地往發電廠的窗外看。鍾天文屍體被運走後帶鈎橋暗處裡菸頭火星的記憶再度浮現。

「別看了，早就走了。最近要折騰的事可是夠多的。」

話是這麼說，譚四的語氣裡卻滿是不在乎。

此時，玉玉醒了，或者說是想起來活動活動，從貓窩裡鑽出來，長長地伸了一個懶腰，優雅地走回到譚四身邊，沒有像一般的貓那樣蹭蹭人腳，只是喵地叫了一聲，就又走遠。

「淨社的事，就算是我上了你的套。不過，頭陣要你來打。」

「這不可能，我已經計……」

「你覺得你應付得了淨社那幫流氓？」譚四不等梁啟說完，「別托大了，你就踏踏實實把自己想要的關係都弄到手吧，後面的收尾工作你根本搞不定。」

確實沒錯……梁啟無助地低下了頭。

「行了，我去餵貓。你隨便轉轉，願意看什麼就看什麼吧，我沒你那麼小氣。」

「……」

譚四忽然又回頭說：「千萬別動那邊的機械臂，小心把你的辮子捲進去。也別動蒸汽閥門，別動鍋爐爐門，別動電線線圈，別動韋斯登收報機，別動……」

「夠了！」

「哈哈哈，別動那些東西，其他的隨便看。」

譚四已經擺擺手走遠了。

不對，梁啟不禁嘖了一下，自己這是怎麼搞的，連為何偽裝「張豐」這個問題都沒問出口，一見這傢伙就只能被糊弄得團團轉。

梁啟走後不久，天就漸漸飄起了冰冷的細雨。

譚四把早就準備好卻沒來得及展示的機械組電源關掉，又檢查了一遍有沒有漏掉什麼操作，便把工作間的門關緊，以防馬玉鑽進去搗亂，隨後提了一包東西，同樣離開了發電廠。

外面下著細雨，譚四撐起傘，挎著包，向發電廠門前的樹林走去。樹林朦朧陰暗。

這裡原本是一片野樹林，沒有路。而從去年新年之後，一條小徑漸漸形成了。

走到樹林深處，出現一片空地。空地顯然剛闢出來，砍掉了原來的樹，又清掉了樹墩。空地裡只有兩座姑且算得上有墓碑的墓。兩座墓的樣式大不相同。一座算是中規中矩，一個墳包，前面立著木牌當作墓碑，木牌上刻著「通州劉龍之墓」。另一座卻只能以「怪異」形容，一台巨大的戰鬥機械癱坐在那裡，比它前面的墓碑和少許稀奇古怪的貢品更引人注意。那台戰鬥機械方頭方腦，只能看清身下破損不堪的履帶和左右兩條機械臂，其餘部分全被燒痕和鏽跡掩蓋，破敗得不成樣子。

譚四打著傘，蹲到同樣用木牌代替的墓碑前。木牌上空空如也，只有雨水侵蝕出的斑駁痕跡，沒有墓主名字，也沒有墓誌。

譚四蹲在那裡，發了好一陣子呆，才從包裡掏出一樣東西，平平整整地擺到木牌前的貢盤上。

是一個樣子古怪的扳手。

「又做了個新的。」擺好後，譚四低聲說道。

「哈！俠骨柔情啊。那小子是叫『大招』吧，你就連個正經墓碑都不給人家弄一個？」

「你的功夫真是一點兒長進都沒有，大老遠就聽見腳步聲了。」

譚四不急回身，給扳手支上了一把特製的小號雨傘，才站了起來。身後這人個子不高，沒有打傘，穿著一身邋邋遢遢、敞胸露懷的大袖子長衫，腦袋像個還俗了的和尚，沒有辮子，也不刮頭，只有一層刺一樣硬梆梆的髮茬。

「我還需要會功夫？」

這個流浪漢一樣的人把手揣到懷裡，搓著泥垢回了一句。

說得沒錯，譚四也是無奈，只好隨口問：「你來這兒幹嗎？」

流浪漢向劉龍的墓一努嘴，說：「好歹也是殺了七次才死在我的刀下的英雄。」

「是半把剪刀，算不上什麼刀。」

「你來試試？」

「我可不幹傻事。」

這傢伙名叫勝七※，真名是什麼沒人知道，他從荒江那裡悟出了一套「勝七領域」的算法，因此得了這個名字。所謂「勝七領域」，是一種神奇的概率。他總能找到一個時刻，無論做什麼都能連勝七次。這當然也包括和人決鬥。因此，無論對方是多厲害的高手，在完全不會武功的勝七面前都是死路一條——不，是七條。

勝七當然無意爭鬥，他只是一個嗜賭如命的賭徒而已，沒有嗜血的癖好。他走到劉龍的墓前，靜默著站了一會兒，像是哀悼，更像是在緬懷，如同一個賭徒在回味一場豪賭。

「這個劉龍是你師弟？他也算是救了你的命吧，當初我是去取你性命的。真搞不清你們這幫練武的人，他把你打了個半死，結果輪到我出馬，又拚了命地保護你。」

「行了，今天你怎麼這麼多話？連個祭品都不帶，也敢說是清明掃墓？囉唆完了趕緊走吧。」

「哦？我都忘了今天是清明。」

「我也剛想起來。」

「你這爛嘴我早晚拿剪子給你剪了。」

「就半拉剪子，那不叫剪。」

「……」

兩人又在細雨中無言地站著，整個樹林逐漸陰沉下來。

「呃……對了，」勝七像是做完了禱告一樣，又開口說話，「剛才我過來的時候，遇到個

※勝七：此人以及劉龍、大招的故事記敘在前作《新新日報館 機械崛起》。勝七自行研發了一台神奇的計數器，將賭博獲勝的各種算法安置在裡面，一步步累積，就會觸及到一次可以連勝七次的機會。只要看準這個時機，做什麼事情都會成功，所以被稱為天助奇運的「天命勝七」。

嘴裡叼著菸捲的傢伙，明顯不是什麼善茬。」

「喲？勝大俠什麼時候變得這麼會關心人了？」

勝七沒好氣地「呸」了一聲。

不過譚四倒不總是這樣無休止地揶揄別人，他忽然一本正經地說：「今後倒是有一件事想求你幫忙。」

「好傢伙，譚大俠竟然還有事來求我？」

譚四只是微微笑著。

「行，只要能讓我覺得有趣就行。」

「一言為定。」

「一言為定？你想得倒挺美，看本大爺心情吧。」

勝七兩隻手都已經揣到懷裡，看樣子是打算離開了，但他突然身形一頓，悄悄湊到譚四身邊，低聲說：「喂，好像有人過來了。」

「……您才察覺啊。」

譚四的笑聲一下打破了緊張氣氛。

從樹林裡走出一個打著傘、穿著條紋襯衫和背帶褲的年輕洋人。

「喊，還是一個洋人，你又搞什麼鬼呢？」

「既然被你發現——」譚四走到那個洋人身邊，說了兩句英語，又轉回身來和勝七說，「我還是來主動介紹一下吧。這位是來自美國的有為青年：雨果，雨果・根斯巴克。他是法國大文豪凡爾納的書迷，所以他要效仿小說情節，來一次環球旅行。」

「真是鬼扯……」

譚四又跟那個洋人說了兩句，洋人一臉認真地用勝七聽不懂的英語說著什麼。

「他說這不是幻想，靠雙手就能實現。算了，跟你解釋這些你也聽不懂。反正就是他剛好來了上海，剛好坊間傳說他最擅長做蓄電池，剛好我急需大量的新式蓄電池，剛好……」

「得了得了，頭都大了。你還真是結交甚廣啊，我才不管你那什麼狗屁蓄水池，有時間好好打理打理你那兩個兄弟的墓碑才是正經事。」

勝七攏著手，不耐煩地從他倆身邊走過，在飄著細雨的清明暮色中漸漸走遠。而那個年輕的雨果，此時也只是看著大招墓上的廢棄機甲入了迷。

「那都是上個世紀的玩意兒了，我有好幾套機械組等著試電，抓緊時間吧。」

雨果看著廢棄機甲，戀戀不捨地點點頭。

「你帶沒帶那個手套？」譚四忽然又回頭問道，同時雙手握拳，在面前揮了揮，「來切磋切磋你們美國的拳擊術。」

茶陣

雖說是打頭陣，但只要是和淨社相關，就還是一塊硬骨頭啊！

第二天中午，梁啟到了報館，開始準備去淨社的必要材料。同僚們自然都看到了梁啟增補的報導，這是報人們慣用的手段，可報導對象是淨社，所有人都只是在心中呵呵一笑，等著看熱鬧了。

就在梁啟給自己鼓足了勁，準備出發時，呂經理上來了。

呂經理上下打量梁啟一番，立即明白是要換梁啟來打頭陣，開口要說什麼，卻又嚥了回去，只是堆出一臉討好的笑容說：「小梁啊，今晚我家燒魚，來吃，一定要來啊。要來啊！」

這話說的，就像今天肯定回不來了一樣！

梁啟沒好氣地出了報館，叫了一輛人力車，前往吳淞江垃圾橋。

垃圾橋因為橋邊的垃圾處理站而得名。隨著人口日益增多，暴增的日常垃圾已經讓公共租界不堪重負，於是公共租界在核心區域邊界上修了專門運走垃圾的垃圾處理站和垃圾碼頭。而在它旁邊，正是這座名字不好聽的跨江大橋：垃圾橋。光緒三十二年（1906），英國人的電氣公司開設了有軌電車，而電車要經垃圾橋過江，於是舊橋被改建成了氣派的鋼結構大橋。鐺鐺作響的有軌電車竟然就這樣和垃圾站產生了聯繫。

在垃圾站的對面，吳淞江的北岸，公共租界的核心管轄區之外，就是淨社總社所在了。人力車伕說什麼也不肯過橋，梁啟只好在垃圾橋的南端下車，沿著有軌電車軌道邊的步道過橋。

說實話，沒有誰會樂意去觀察淨社總社，因為它長得實在怪異嚇人。而從垃圾橋上望去，卻剛好能看個清楚。

淨社源於青幫，興於水上，其總社自然離不開水。吳淞江北岸，垃圾橋一角，建起一座外形駭人的畸形大船屋。或者更準確地說，不是船屋，而應該稱為水寨。

在四周全是舢板小船改建成的船屋的包裹下，十艘大型沙船聯排組成三角形陣列。沙船去掉最引以為豪的桅桿，把甲板連成一片。新的甲板上蓋起了造型浮誇的木樓。木樓就像是拿許多木頭牌坊搭起來的一樣，四處都可以看到挑出樓頂高高低低毫無規律的木柱。這種如同把插錯了的魯班鎖硬堆到一起的建築風格，應該是從一開始就缺乏規劃，後來又不斷擴建的結果。

不過，引人注目的遠不止於此。不知道從什麼時候開始，淨社總社的拼裝船樓中央長出了四根烏黑煙囪，煙囪裡冒出滾滾黑煙，從來就沒中斷過。隨著黑煙向天空滾動的節奏，整個水寨的下面還會翻滾出不小的水浪。如此擾動從何而來，不得而知。水寨下面到底還有什麼，更不得而知。

一輛有軌電車「噹噹噹」地響著鈴從梁啟身邊駛過。梁啟走到垃圾橋盡頭，下了橋，再一轉，就到了淨社總社的水寨碼頭前。

實際上，站到水寨碼頭前，反倒並不能直接看到淨社總社的那頭水上怪獸。這個碼頭弄得像香火很旺的關帝廟一樣，半圍著江邊的圍墻。

水寨的大門肆無忌憚地敞開著，左右有兩名大漢把守，就像廟門口的哼哈二將一樣凶惡。只不過，他們顯然是在訓練有素地偷懶，一個在打盹，一個在摳腳。

這一日的陽光出奇地好，鮮有的明媚初春，淨社總社門前再無旁人。帶著一丁點兒暖意的風拂過那兩個大漢，梁啟與他們沒有一絲目光交錯，但他彷彿聽到無盡的浪聲重疊，感到一片肅殺。

就算已經打過一百次腹稿，梁啟還是先深呼吸了好幾次，才終於邁開步子，踏出走向淨社總社大門的第一步。腳將落未落時，摳腳大漢就已經抬起了眼皮，打盹的似乎也一下醒了，梁啟定在原地，兩名大漢立即站了起來，嚇得梁啟趕緊收腳，倒退幾步，比剛才還要遠了幾分，差點兒坐到地上。

梁啟正打算就此逃跑了事，才意識到兩名大漢實際上根本沒有把自己放在眼裡，他們站起來，是因為從總社內部出來了人。或者說那傢伙根本不知道是從哪裡冒出來的，讓兩個大漢立即不再慵懶，假裝一本正經站好了自己的崗位。

梁啟下意識地微微後退，用力嚥著唾沫，開始後悔為什麼偏要找這種麻煩。逃與不逃皆已來不及，從門裡走出來的傢伙用犀利如鈎的目光緊緊鎖定了他。他只好強忍著顫抖，換上笑臉，看向來人。真是一個用全身邋遢詮釋著什麼叫作正牌流氓的傢伙。那人只穿了一件水手藍馬甲，根本沒有繫扣子，袒胸露肚，露出腰間掛著的一把鑰匙……不對，是一根尾端帶環的烏黑六棱鐵釘，看上去相當恐怖。沒戴瓜皮帽，辮子胡亂一紮，後腦的頭髮蓬亂得實在不像話，倒是腦門光溜溜的，再加上嘴唇左右兩邊留著兩撇小鬍子，簡直就是一個泥鰍頭。但這些都不如他左耳朵豁開的一個大口子引人注目，看著那道口子，讓人不由得揪心剩下的半個耳朵會不會一不留神就被撕掉。

梁啟看到這傢伙的耳朵，立即意識到這個泥鰍頭是怎樣的人物：淨社的二頭目——耳朵趙。

竟然第一場交鋒就直接遇到二號人物，梁啟生出一種不妨任由他人宰割的放棄感。

就在梁啟遲疑之際，耳朵趙步伐輕盈，兩步就走到了他面前，一個詭邪的微笑之後，甚是陰陽怪氣地問：「這位先生，是有事找我們淨社？不妨裡面請吧。」

已經毫無退路，梁啟調整了一下呼吸，也說了一聲「請」，就跟著耳朵趙，在兩名裝模作樣的大漢眼皮底下，進了大門，登上浮橋，向水上的這座龐然大物走去。

對於普通老百姓來說，恐怕沒有誰會希望自己隻身進到淨社總社裡面。而真的進來了，梁啟才發現，這裡面要比自己想像的還要更惡劣。不誇張地形容，就如同放大了的老鼠洞。

只有到了水上，才會明白不搖晃的陸地是多麼難能可貴。

腳下的地板永無停歇地吱嘎作響，晃來晃去。這且不說，這個淨社總社的內部連一條算得上給人走的通道都沒有。全是木板和木板夾縫之間的夾道，好一點的帶上一扇快要脫落的木門或者柵欄門。夾道裡點著作用不大的油燈，燻出奇怪的味道，和汗臭味、硫黃味、霉味混在一起。

在這樣的夾道中，偶爾會遇到些坐臥其間的人，同樣邋里邋遢，沒個正形。不過，看到耳朵趙走來，多數會立刻站起給耳朵趙行禮讓行。但也有不開眼或者沒注意到的，躺在路中間睡著了，或者幾個人正圍著賭錢甚歡，耳朵趙會直接把他們一腳踢開。耳朵趙下腳之狠，從那些被踢一腳就爬不起來的傢伙的痛苦呻吟聲中就能真切體會到了。同時，耳朵趙抓壯丁一樣在路上隨便拎了三個人同行。三人默契地與耳朵趙保持一段距離，走在梁啟身後，就像押送犯人一樣。

搞不清到底轉過了幾道彎，又穿過了幾間不明不白、昏暗腥臭的房間，耳朵趙終於停在了一扇破破爛爛的木門前，跟在梁啟身後的三個人立即擁了上來。可憐的木門像是要給拆下來一樣被三個人七手八腳地打開。門內是一間看上去還算寬敞的房間，沒有窗，不知道在水寨中的具體位置。

耳朵趙率先進屋，坐到方桌旁，使了個眼神，臨時跟班三人組立即跑出房間，到隔壁折騰片刻，端了茶壺和幾只茶碗過來。

「坐啊。」耳朵趙朝著梁啟擠出兩個字。

梁啟趕緊坐到了方桌一旁原本就有的凳子上，看著三個人在桌上擺茶碗。

茶碗一共四盞，都倒滿了茶，茶壺沒有擺在桌上，三盞茶碗擺成一線，另有一盞擺在線的左下角。茶碗擺好後，耳朵趙示意梁啟喝茶。

這是……茶陣啊！

見到茶陣，梁啟冷汗冒個不停。

怪不得耳朵趙一直也沒問自己到底來此何意，原來是要先過茶陣這一關。這可是最要命的事了。如果破不了陣，拿錯了茶碗喝錯了茶，很有可能是代表要決鬥的意思。然而自己根本不是道上的人，一介書生竟自不量力跑來冒這種險……

後悔已無用，臨時跟班三人組顯然嚴陣以待，擋住所有的逃跑路線。

現在再看這房間，不知是不是心理作用，那種腥臭味竟也有了幾分血腥氣。難不成破不了茶陣的人，直接就死在這裡？

算了，算了。

僵著是死，拿錯了也是死，橫豎完蛋，不如大膽推斷一下。

梁啟咬了咬牙，好讓自己冷靜下來，以免因為心神不寧而分析有誤。他定睛仔細觀察桌上擺放的茶碗。

按照幫會的知識量來判斷，雖說茶陣充滿玄機，但根本跑不出老三樣的範疇——三國、水滸、八仙。眼下是四盞茶碗，基本上可以過濾掉八仙的隱喻。而水滸中耳熟能詳的四兄弟故事，似乎也沒有，因此這個茶陣最大可能是三國故事。三國故事裡，桃園三結義是幫會最喜歡的，三盞茶碗排成一線，恐怕就是劉關張，那歪出來的一盞代表了什麼呢？寓意自己是淨社三顧茅廬請來的諸葛亮？不可能，這個耳朵趙顯然是一個自命不凡的傢伙，怎麼可能承認其他人是諸葛亮。那麼……就是趙雲了？也不可能啊，自己何德何能當得了趙雲？難道是——三英戰呂布?!更不妙了，那豈不是無論怎麼擺都是死嗎？不對，三英戰呂布的話，應該是圍起來才對，三隻碗擺在一條線上顯然不對勁。

不行，管不了那麼多了。反正玄機必然就在單獨的那一碗茶上，梁啟抬起手，伸向那碗茶。

「嗯？」耳朵趙拉著長聲一哼。

梁啟的冷汗冒得更凶，但既然手已經伸出，只好一不做二不休，按照一開始的想法，把那碗茶推進了線上。

整個房間頓時悄無聲息，一片死寂，所有人似乎都屏住了呼吸，等待接下來應該發生的事情。

大概定格了兩秒鐘，所有人都沒有動作，只有耳朵趙似笑非笑地看著自己。梁啟完全不知所措。

對了，茶陣必須要挑一碗茶來喝，不喝茶不算結束。

本以為安全著陸的梁啟，一下子感覺自己又站回到懸崖邊……別無選擇，只好迅速把剛才那碗也搞不清楚到底是代表諸葛亮、趙雲，還是呂布的茶，端了起來，仰脖一飲而盡。

就在仰脖的同時，梁啟忽然後悔起自己做出的動作。喉嚨完全暴露在外，這個時候無論誰下手，自己都是一擊斃命的下場。在喝下冰涼苦澀的茶的一瞬，梁啟腦中已然浮現出自己喉嚨被割開、血噴一丈、倒地抽搐的慘狀。

「哈哈哈哈！」

死寂突然就被耳朵趙炸裂般的大笑撕得粉碎。

梁啟喝完了茶，茶碗在手中端著，全身僵直。

耳朵趙大笑之後，一副得意揚揚的泥鰍樣子，說：「這位先生，你太有意思了！我們是文明幫會，怎麼會搞什麼茶陣？老土呀！看先生你緊張的，口渴的話隨便喝就好了，茶水我們淨社管夠。哈哈哈哈！」

「哈……」

梁啟終於擠出一聲乾笑。

大概這就算是過了第一關吧……

「趙老闆，」見耳朵趙不再大笑，其餘三個人也跟著靜了下來，梁啟便展開了此行的真正攻勢，「小弟我……」

「好，很好，你怎麼知道我姓趙？」耳朵趙語氣平和，但一雙泥鰍眼犀利地盯著梁啟，幾乎要將他刺得千瘡百孔。

「趙老闆聲名遠揚，咱大上海哪個不認識您趙老闆？哪個敢不認識您趙老闆？」

耳朵趙只是哼了一聲，捋了捋泥鰍鬍子，說：「還算懂事。那你叫什麼名字來著？」

「這是我的名片。」

耳朵趙不耐煩地把名片捏起來看。他剛皺著眉頭拿到眼前，身邊臨時跟班三人組中的一個就立即上前一步，照著名片上的字讀：「李……李同。」

話音未落，耳朵趙不知怎的突然爆起脾氣，回身就給那傢伙一頓胖揍，揍完罵了一句：「就他媽你認識字?!」然後坐回方桌旁，似笑非笑地看著臉上有幾分緊張的梁啟，說，「讓李先生見笑了，我的這幫手下，一天到晚沒大沒小，張嘴就胡說八道。你可能不清楚，我這個人啊，就他媽的煩那種只會動動嘴皮子，根本幹不出漂亮事的廢物。」

說著，耳朵趙把名片扔回桌上，用食指敲了敲卡片上的字。沒等他開口，梁啟馬上把話接上，說：「小弟是雅世律師事務所的見習。」

「律師？又他媽的是什麼玩意兒？」耳朵趙回頭去問。

剛挨過一頓揍的傢伙，還在留著鼻血，忽然被問到，立刻慌了神，用袖子擦了兩下鼻血，帶著鼻音回答道：「就是訟師吧。」

「比較類似，但主要管咱們華人和洋人打官司。」

「我們需要打官司？」耳朵趙再次回頭對著三人說。

三人一同用哈哈的笑聲讓耳朵趙的問話變得更具嘲諷意味。

「您在一個月前，為咱們華人做了大好事，讓混蛋洋人嘗到了應得的苦頭。」

梁啟忽然這麼說，耳朵趙一時沒反應過來說的是哪件事，把泥鰍眼瞪睜得溜圓。

「就是找麥森遠洋公司討回公道那次。」

耳朵趙呵了一聲，似乎是想起了那檔子事，沒有打斷梁啟，讓他繼續。

「趙老闆和咱們淨社是做大事的，這件大事咱們做得漂亮，也給咱們中國人長了志氣。不過呢，做大事總是會不小心忘了些小人物。小弟最近這幾個星期，就一直在受理麥森遠洋公司事件的後續賠償個案。」

「個案？」

「就是一些您看不上眼的小百姓索賠的案子。」

「那又怎樣？」

「這不，幫他們要來了錢之後，他們還專門寫了表揚信。」梁啟從包裡掏出一沓信件，相當有說服力地放在桌上，「就讓小弟給您讀幾封。」

「他媽的表揚你們的信，給我讀個屁啊！」

「您一聽就知道了，」耳朵趙一暴躁，梁啟被嚇得不輕，但還是硬著頭皮開始讀信，「『首先要感謝的是敢於為我們小老百姓出頭撐腰的淨社。』」

「淨社」二字一出，果然收到效果。暴躁的耳朵趙鬆了眉頭，就像原本惡狠狠炸著毛、全身緊繃的野貓被忽然摸了下巴一樣。

梁啟像是受到了鼓舞，又挑出幾封信讀了起來。

「『為民族爭了一口氣，淨社好樣的！』『讓洋鬼子們吃屎去吧，淨社！』『淨……』」

「停！剛才那封說是讓誰去吃屎？」

耳朵趙一把將信搶了過去，看了看又覺得頭疼，扔回了桌上。

「當然是讓洋鬼子們吃屎了。我再接著讀幾封給您聽……」

梁啟繼續讀下去，讀到耳朵趙的耐心即將再次耗光，他忽然話鋒一轉，說：「可是，就在今天，有這麼一份報紙，竟然刊登了一篇不太和諧的文章。」

語畢，他把報紙也從包中掏出，展開在耳朵趙面前。

耳朵趙蹺起二郎腿，又哼了一聲，一把抄起報紙，舉在面前，瞅了兩眼，不耐煩地塞給了鼻血，呵斥一聲，讓他讀給自己聽。

鼻血用袖子使勁擦了擦鼻子，湊近了報紙，也皺起眉頭，賣力醞釀了許久，開始一個字一個字地讀了起來。

「星……星星日、報！光、光、光者三十三年！二……」

「操！憋了半天就放出一個蔫兒屁。讀這些屁玩意兒幹嘛？你沒明白我們親愛的拐彎抹角李先生的意思嗎？這他媽的報紙上絕對他媽的有我們的報導，讀有我們的！」

「啊？」鼻血慌了神，開始在報紙上四處亂看，顯然根本不知道淨社的報導寫在哪裡。

「滾滾滾！」耳朵趙一把將鼻血打到一邊，抓起報紙扔給梁啟，「就是這樣一幫廢物，你自己讀。」

梁啟這一天都在體會著什麼叫做如履薄冰，不過接下來冰層將更薄。梁啟也醞釀了片刻，主要是醞釀出新的一份勇氣來，隨後刻意不緊不慢地讀起了自己寫的文章。

當梁啟讀到報導中提及淨社可能在和麥森遠洋公司私下勾連，合謀訛總公司銀子時，耳朵趙不出所料地拍著桌子又發起火來。

「他媽的，我們忙裡忙外不都是為了咱大清國，為了咱大清國的子民嗎？你們說對不對？」

「對！」

「對！」

「對！」站著的三個人就像屋裡有回音一樣，輪番應和。

這樣的反應，正中梁啟下懷。

「小弟這次來，就是為了此事。說真的，現在的報館簡直都沒了良知，毫無根據的東西就敢隨便亂寫，根本就是惡意中傷！」

「誰受重傷了？」耳朵趙滿眼嗜血的興奮。

「沒有沒有，小弟的意思是，咱們不能坐視不管。可能趙老闆看不上眼，但這個《新新日報》在前幾天剛剛搶了鍾天文命案的首發，簡直是大紅大紫，現在幾乎要比《申報》還有影響力。他們的話，不容小覷啊。」

「誰他媽的會去看什麼狗屁報紙？連張畫都沒有。」

「不過，他們最近經常在往康腦脫路※那邊跑。據小弟的內線說，他們打聽到關於那邊的一張什麼地契的消息，要在上面做些文章。」

一瞬間，包括鼻血在內的三個人一擁而上，七手八腳把梁啟按在了地上。

果然全中了，梁啟臉死死貼在地上，心中卻沒了恐懼，只剩下對接下來每一步棋的盤算。

耳朵趙緩緩起身，摘下腰間那根可怕的鐵釘，在手裡耍著，蹲到梁啟旁邊。

「李先生，」耳朵趙用六棱鐵釘啪啪地拍了拍梁啟的臉，「你知道剛才都說了些什麼嗎？」

那鐵釘上還能感到耳朵趙溫熱的體溫，梁啟感到一陣惡寒。

被壓得太死，梁啟掙扎了幾次都開不了口。大概多少還想聽聽他死前的求饒，耳朵趙示意鬆開一點，讓他說話。

梁啟大口喘了許久的氣後，微微抬起頭來說：「趙老闆，是您誤會了，那些是他們報館的人在……」

「那又如何？」耳朵趙打斷了梁啟的辯解，「叫幾個兄弟直接把那個什麼玩意兒報館給掀了不就結了？至於你李先生，直接沉到吳淞江裡我看是最讓人放心的。」

「您不知道報館都會串稿子嗎？」

兩年前譚四弄起來的W實業比報館私下串稿子更可怕，只不過，那東西當然不能暴露，況且現在還存在各種問題，沒有調試成功……

※康腦脫路：今名康定路，位於上海市靜安區，１９０６年由上海公共租界工部局修築。

「特別是《蘇報》被端了之後，」梁啟繼續說著，「各家報館都警惕起來，就是怕再出現一家報館被端掉，稿子就死了的慘劇。」

「這傢伙說了一大堆什麼亂七八糟的東西？是不是傻了？」耳朵趙拎著梁啟的辮子，讓他腦袋完全揚了起來。

「二當家的，」鼻血再次不知死地插話，「他的意思好像是說……」

「報館已經連成一片了。」梁啟努力搶話，「要想暴力封鎖一個消息，就得把全上海所有報館統統端了，不然……」

聽到這裡，耳朵趙算是明白了，猛地鬆開了梁啟的辮子，重新蹲到他面前，用變得冰冷的六棱鐵釘拍了拍他的臉，問：「所以，李先生，你來的意思是打算要挾我們淨社咯？」

「當然不是了！趙老闆您誤會了。小弟是和咱們淨社站在一頭的。淨社為了大清國，為了我們這些老百姓，做了那麼多的好事，付出了那麼多的犧牲。況且、況且小弟所在的律師事務所，就是專門擺平這種事的。」被按在地上的梁啟用盡可能快的語速說，「就算當年的四明公所事件※，要是有我們出馬，都不用流血，走動走動就能把事給鏟了。我們有信心給您把事辦得漂漂亮亮，讓淨社從此變得更光輝耀眼，當上民族脊梁。」

耳朵趙笑了起來，聲音在封閉的房間裡格外刺耳，笑聲中三人慌忙收手。如釋重負的梁啟，掙扎著從地上爬起來，扭了扭胳膊，疼得耐不住，呻吟了兩聲才坐了起來。

「李先生，坐到凳子上來。地板太潮了，坐久了會生病。」

梁啟爬回到凳子上坐下，重新整理出一副笑容，面向收回了鐵釘坐下的耳朵趙，說：「趙老闆，這點小事，都包在小弟身上便是。」

「說吧，你這般周折，到底是想要什麼好處？」

「趙老闆果然是明事理的大人物，那小弟就斗膽說了。」

「請。」

「我們把這事給鏟了以後，也勞煩淨社各位大爺多照應著點我們小小的事務所。」

聽後，耳朵趙卻只是哼了一聲，把鼻血又招呼到身邊，陰陽怪氣地說：「他說要咱們照應著他們的事務所。」

「真是癩蛤蟆想吃天鵝肉。」鼻血趕緊附和著說。

「呸！」耳朵趙毫不留情地又搧了鼻血一巴掌，罵道，「真他媽的是個狗屎腦袋。」

鼻血不知道自己到底又說錯了什麼，嚇得連連後退，不敢吱聲。

面露猙獰的耳朵趙扭回頭看向梁啟的瞬間，又換回了那副讓人毛骨悚然的笑臉。

※四明公所事件：19世紀發生在上海法租界，由於徵地築路遷墳引起的法租界公董局與寧波同鄉會之間的中外流血衝突事件，前後共發生兩次，分別在1873年和1898年。

「李先生，你這話就奇怪了。你們的老闆是大名鼎鼎的范世雅吧？這樣的大人物還需要我們照應？」

「看您說的，我們老闆和您比起來還不是一個地下一個天上？更何況……最近鍾天文死於非命，我們老闆當然想找個靠山。」

耳朵趙拉著長音，「哦」了一聲，笑了。

「不過……」梁啟頓了頓，「小弟還有一事相求。」

「講。」

「公共租界的新區地契糾紛，因為有了四明公所慘案這一前車之鑑，多少也是華人裡相當敏感的話題，所以……」

「別他媽支支吾吾的！有屁趕緊放。」

「所以小弟想找淨社求個人，算是在辦事上能有個震懾。」

隨後，梁啟把傻山的外貌特徵描述一番。耳朵趙顯然沒有認真聽，或者說做出了一副不需要自己認真聽的姿態，等著手下過來告訴自己到底他要的人是誰。

三個人你看看我，我看看你，結果還是把鼻血推了出來。鼻血咧著嘴，踉踉蹌蹌地過來，趕緊俯到耳朵趙耳邊說了兩句。

「哈哈哈哈！原來要的是他呀。小老弟，你還真有眼光。就憑你這眼光，我就信你了。你們幾個，帶他去領人，好好交代清楚，別給我添堵。」耳朵趙站起了身，「今天這茶喝得有點兒意思，李先生，希望我們以後還有緣能再坐下來喝完茶。告辭。」

目送耳朵趙出了這間泛著魚腥味的密閉房間後，梁啟終於長吁了一口氣，差點兒癱坐到地上。

書場

終於得到傻山了。

梁啟暗自慶賀了一下，但也覺得好像哪裡不大對勁……

更不對勁的是，這個傻山恐怕是真傻。自從那天被梁啟和跟班三人組一起領了出來，他就一直沒離開過梁啟左右。

傻山在淨社總社裡有自己的房間，在底艙深處。按常識來說，能在總社有自己房間的都是幹部，即便是底艙，那也不容小覷。只是或許因為腦子不靈光，他那間小屋裡就如同牢房一樣空無一物，連一張床都沒有，更不用說那個被馱回來的鍋爐的蛛絲馬跡。再加上整個工作交代，只是鼻血說了一句「二當家讓你這段時間跟著這傢伙走」，傻山痴呆地「嗯」了一聲就結束。看來想要從這個人身上突破，還要從長計議了。

只是這「從長」，真是有些要命了。

傻山的外貌過於招搖，走在大街上毫不意外地引來眾人矚目。這一點，讓慣於躲在安全角落暗中觀察的梁啟大為不適。原本只是打算有個可以多接觸傻山的機會，從他嘴裡能套出些線索，結果誰會想到是這樣。更可怕的是，傻山這傢伙居然到了晚上還跟梁啟一起回了他租住的公寓。

「晚上你不回船上嗎?!」梁啟忍無可忍。

傻山卻毫無反應，只有被嚇得四處亂竄的路人、街邊哭起來的小孩、躲在屋裡關著窗子大罵的婦人。

進了石庫門，剛才的嘈亂把房東老頭都招了出來，結果一冒頭就看到這樣一個怪物，也著實被嚇得不輕。

房東老頭被嚇得腿軟，倒是難得一見的妙景，多少讓梁啟的心情好了一點，便顧不了其他房客的怒目，帶著傻山上了樓梯。傻山沉重的腳步踩在吱嘎作響的木質樓梯上，真是讓人備感擔心。

上了二樓，走廊極為狹窄，房東老頭恨恨地在背後戳著梁啟，用極低的聲音咬牙切齒地說：「你記著，等這傢伙不在你身邊的時候，有你好看。房租漲一倍。」說完，他迅速逃回了自己的房間，鎖緊了房門。

隨便吧，梁啟沒好氣地打開了自己的房門。

「我就住這兒。」

沒反應。

「床就一張，你看著辦吧。」

「撲通」一聲悶響，伴著房東老頭又罵了幾句的雜音，傻山已經倒在了房間正中央，一翻身，睡著了。

這樣的人，真的能成幹部嗎……

梁啟小心翼翼地爬到自己床上，極為不安地闔上了眼。

和傻山相處，簡直可以稱為一門難以鑽研的技藝了。這個人幾乎不說話，只是在必要的時候說一聲「好」「嗯」「什麼」「知道了」之類，完全不知道他到底有沒有想法。也怪不得淨社的人會如此放心，放傻山出來。這樣一想，真不知道傻山和自己哪個更傻了。

只是時間不等人，既已如此，便按計劃進行下一步的部署好了。至於傻山，只好徐而圖之，碰碰運氣了。

計劃繼續。

計劃第一步：在房間裡睡上一整天。

雖然多了傻山如雷般的鼾聲，梁啟還是堅持下去，一直扛到第二天太陽偏西才終於從床上爬起來——第一步終於完美完成。

計劃的第二步則是要為「浦東有能人」的坊間傳言開始做鋪墊。

造輿論本來就是報館的分內事，更何況這種雙簧戲梁啟唱得多了，可謂輕車熟路。可是現在情況略有不同，身邊多了一個形影不離的傻山……

報館是去不了了，而且這次的對象是淨社，靠報紙來傳播輿論確實效率大打折扣，那幫烏合之眾根本不會看報紙。因此，在傻山跟著一起回了住處之後，梁啟就開始思考該如何應對。

去滿桂香書場。

滿桂香書場在四馬路與三馬路之間，和一品香飯店在同一個里弄內，和英國人蓋的跑馬場隔著一條泥城浜遙相呼應。它其實只是上海上百個大小書場中的一個，光看規模毫不出奇，比起天樂窩、小廣寒那種響噹噹的大書場來，更顯些許寒酸。然而，現如今就算是那些大書場，都會對滿桂香眼紅，因為他們從四馬路一家妓館挖到了寶——在妓館中無人光顧，卻在書場一夜躥紅，這位紅遍上海的女說書，便是妙卿。

妙卿算是梁啟的老相識了，在梁啟還是初出茅廬的報界新人時，他就常去她所在的妓館，直入她的房間。不過，他們並非那種關係，因為梁啟在妓館是辦正經事的。在上海，妓館的規矩嚴密，進了屋拉了簾子，其他人就絕不許再進，所以各界人士有了在妓館房間裡談事的習慣。而那時的梁啟，正是抓準這個規律，每日起早貪黑蹲在妙卿房間裡偷聽其他房間的談話，書寫當日新聞。

那都是兩年多前的事了，誰也沒想到妙卿竟然能在其他方面躥紅。有著老交情的梁啟，自然也會時常光顧滿桂香，只是因為妙卿有了許多金主打賞，他怕誤了她生意，幾乎沒再搭過話。

梁啟是掐好時間來滿桂香的。泥城浜河邊本就是讓那些有錢的華人跑馬車耀武揚威的街道，此時更少不了華麗的馬車停在街邊。這些人或許是去一品香吃大餐，但更可能是前來滿桂香聽書的。

滿桂香門前支起看板，看板上大幅張貼畫，畫著妙卿曼妙的容姿，也寫著妙卿的大名和今晚的篇目《隔壁王生》。

原來這場要講妙卿的名篇，怪不得會有這麼多的聽眾趕來。梁啟尋思著結束之後怎麼才能和妙卿搭上話，迎面撞見滿桂香的賣票小廝來打招呼。

「這不是梁……」

賣票小廝本和梁啟相熟，看到梁啟自然開心，可是一來才說到「梁」字就被梁啟瞪了回來，二來猛地發現梁啟身後的傻山，頓時被嚇得哽咽，一口氣沒能倒過來，生生地膈肌痙攣起來。

「對，兩位。」梁啟接著那個「梁」字跟打著嗝的賣票小廝說道。

小廝狼狽不堪地撕了兩張票給他們，躲到一邊捏著鼻子鼓氣治痙攣去了。

這座石庫門里弄的一角完全被滿桂香改造成了戲樓的樣子，書場便在一樓。挑簾進來，二十來張方桌已經座無虛席。裡面烏煙瘴氣，全是吞雲吐霧吸著紙菸或者菸斗的闊少們。

騷動就像扔到湖面的石頭激起的浪，從書場大門開始傳到深處。當然，這石頭就是傻山，所有人都敬而遠之地迅速讓開了兩個桌子的距離，傻山往前走，人群就向後退。同時，不少人把怒目投向了傻山身邊的梁啟。

傻山還是有點兒作用，正發愁來晚了沒地方坐呢。梁啟想著，輕鬆地挑了一張視線不錯的桌子，坐了下來，又遞給傻山一張板凳。傻山接過板凳，仍是一聲不吭，低頭瞅準位置，坐了上去。

沒塌，很好。

雖然多有不滿，也沒人敢正面衝突，只好紛紛找了新的位置就座。

嘈雜騷亂還未消停，戲臺上就有了動靜。兩個小斯抬上來一口四腿木箱。

見到這口四腿木箱，台下人已經叫好連連。

小斯們把四腿木箱擺好，打開箱蓋，斜著支起來。箱蓋開口朝向台下，四條腿短小可愛，像極了一頭蹲在台上朝觀眾張開大口的獅子。調好箱蓋角度，一個小斯便開始在木箱的右側安裝那支秀氣的搖把。喙嗒一聲脆響，搖把裝好，兩人就退下了。

這口四腿木箱便是妙卿諸多特點之一。

高級妓女到書場演出，雖然是個潮流，但她們絕大多數都是在臺上唱一段京劇，說一段評彈而已，就連崑曲都因為難度太高幾乎無人願意挑戰。這樣把書場當了戲院，她們自然也要有自己的樂器，彈琵琶是最常見的，也有帶著小演奏班子唱京劇的，唯獨妙卿，一上來就與眾不同——她的伴奏樂器是一台大型手搖八音盒，也就是現在擺在椅子旁邊的四腿木箱。

而另一大特點就是，她基本不唱，更不搔首弄姿，只是講，講坊間或真或假的亂現狀，或虛或實的怪趣聞。獵奇也好，雅趣也罷，完全就是妙卿她獨自另闢出來的蹊徑。

剛才那兩個小廝再次上場，這次抬著的是一張西洋式美人榻。

這又是妙卿的另一大獨特之處。

從第一次登臺演出，妙卿就是這樣半臥在美人榻上來說書的。或許只有梁啟知道，妙卿她本人就是這麼一個慵懶性格，永遠一副睡不醒的樣子，對誰都是愛答不理，偏偏嘴上從不饒人。她把自己的本性毫不吝嗇地在臺上發揮到了極致，反而收到奇效。當初聽得此事，連梁啟都不禁拍手稱奇。

臺上已經布置妥當，待小廝下臺，終於等到了全場主角妙卿登臺。

妙卿穿了一條鵝黃色百褶長裙，一件墨綠高領錦緞馬甲，從後臺一挑簾，徐徐登臺。

全場沸騰起來，叫好的，吹口哨的，還有激動得把茶杯碰到地上摔碎了的。

而妙卿不為喧雜所動，依然是慵懶的步伐，冷冷的眼神，向台中央的美人榻走去。只不過……再如何故作冷淡，她還是一眼瞅見了傻山，有了一瞬間的皺眉。

機不可失，梁啟就在這一瞬給妙卿使了一個眼色。不過，妙卿已然恢復常態，慵懶地歪在了美人榻上。

美人榻的扶手邊，就是八音盒的秀氣搖把。沒有任何開場白，妙卿側臥在美人榻上，就像擺弄頭髮一樣，動著手指輕搖起八音盒來。

古怪如鐘磬同鳴的前奏響起。

全場靜了下來。

「近些天，妾身啊。」妙卿還是那副慵懶的聲調，神奇的是聲音綿軟柔和，卻能讓全場都聽得清清楚楚，「總是睡得不好，真是惱人。」

話音一落，像是演練過千百遍一樣，全場齊刷刷地發出了挑逗的起哄聲。

「說是去看看醫生，開幾方藥來吃吃。可是妾身又如何出得了門？別說出門，便是出了床榻，哪還有入眠之理？」

撥動八音盒，樂音空靈。

「更何況要真是尋醫問藥，那老大夫少不了給你來一整套的望聞問切，雙指按在你手腕上，搖頭晃腦，指頭敲得比脉還起勁。妾身左等沒有結果，右等沒有結果。一曲《空城計》都讓老大夫在我手腕上敲完了，還是遲遲不說妾身的病到底是個什麼。妾身沒了主意，也不能總是讓他這麼握著手腕不放啊，只好悄悄抬頭來看，結果這老頭自己倒是睡著了。

「且說這難眠之症，實際上妾身是知道病因的。而且偏偏不是一劑方藥能治得的，如果定要尋醫問藥，豈不強人所難？到頭來還要怪罪妾身戲弄醫生。真是為難了妾身。」

妙卿有意停頓片刻，台下立即有人輕佻地喊道：「那是因為隔壁的王生！」

喊完後，台下哄笑起來。

妙卿卻不反駁也不肯定，只是慵懶地側過身，再次撥動八音盒，音樂逐漸變得舒緩。

「原來你們都住在那王生的隔壁咯，也是備受不堪入睡之苦？這王生果然為害四方，害得我大清國都羸弱難眠了。

「人生最怕是什麼？對門餐館裝新房，隔壁夫妻吵架忙。妾身這睡不好的毛病，就是因為那王生一家，天天吵日日吵夜夜吵，無休無止無休無止無休無止……終於，還是把妾身給吵毛了，乾脆聽他一聽，這一對夫妻到底在吵些什麼。要是有一點兒不合妾意，乾脆殺過去和他們一起吵算了。

「這一聽，還真聽出了個事情緣由。這對原也是結婚有十年光陰的恩愛夫妻，來了上海，想的不是升官，而是發財。可誰想得到，那王生整日東奔西走，卻還是顆粒無收，只害得老婆在家給人洗衣縫補，賺錢養活夫君和獨子。

「年前，王生老婆已然忍無可忍，只好得空就去靜安寺燒香拜佛，望早日脫離苦海。大概菩薩顯靈，這天她在從靜安寺回來的路上，就在大街上見了一張破紙，像落葉一樣被風吹來吹去，跟自己一樣，好不可憐，便心生憐憫，把那張紙撿了起來。這一撿可不得了，翻來一看，竟是一張五十洋元的橡膠股票※。王氏多少識點字，立刻明白手中之物價值連城，慌忙塞進懷裡就回家。

「王氏不敢隱瞞，把橡膠股票交給了王生。王生一見大喜，立馬拿著股票跑去洋行換錢，王氏想攔著說再等等升值都沒攔住。不過，那時這股票還是紅火，王生足足換回三百洋元，一夜間富甲里弄。可有錢之後，也就麻煩了。」

妙卿輕搖八音盒，待了片刻繼續。

「這男人一有錢，不外乎就那麼幾項用處，花天酒地，賭博賽馬。再有些錢，包個院子，找個小的，背著老婆快活去了。可偏偏這個王生，是有賊心沒賊膽，只顧著張揚自己有錢，卻連四馬路都不敢踏上一步。」

台下一陣噓聲。

「看看，就知道你們男人都是一副嘴臉。」

雖然這是嗔罵，卻看著嫵媚動人。

「沒膽子進妓館，沒膽子包小妾。哪怕上張園打個彈子球，都沒有膽子只剩球。那你們說

※橡膠股票：此處涉及晚清的一次重大金融危機「橡皮股票風潮」。「橡皮」是晚清時期對橡膠的稱呼。此次金融危機爆發於1910年，小說故事發生時危機尚未引爆，正是橡膠股票價格飆升的時期。

這個王生怎麼辦？這無從宣泄的色欲如何是好？人家自有妙法，專看上了咱家對門的茶樓。

「這茶樓裡有個招待女孩，叫小九。長得水靈通透，人也機靈，要妾身看了都喜歡，不怪那王生看中。又是得了重金，自然是一時豪氣逼人，把自己家重新裝了個遍。有了錢改改生活環境，王氏當然樂意，她怎知這些全是為了對面的小九？

「新居煥然一新，四處都顯得貴氣。對面茶樓的老闆還有小九都看在眼裡，終日等著這個王生會有什麼動作。

「『我就沒見過你這麼慫包的男人！』」妙卿忽然模仿起王氏來，那種在老公面前撕破臉的樣子瞬間衝破她慵懶的外皮，在所有人面前爆開。

「『我、我不是只進去過一次嗎……』」她又模仿起王生，唯唯諾諾的樣子惟妙惟肖。

「『對！你就進去過一次。你進去一次還不夠？』

「『哪有像你說得那麼不堪，我可沒揩油小九。』

「『哎喲！你看你看，你自己都說出了揩油。』

「『說沒有就是沒有！』

「『你這是有錢了硬氣了？那票子還不是我撿來的？』

「『現錢可是我去換的，當時你還攔著說要賺大，要不是我當機立斷換了錢，轉眼那股票就成了廢紙一張。』

「『對對對，都是你英明神武，咱家都是你一手拉扯才挨到現在。』

「『你就少說兩句不行嗎？當著兒子的面。』

「『你還敢提兒子！我跟你說，打你有錢那天起我就都想好了，你想娶小就娶小，你想去四馬路就去四馬路，只要把這個家給我留住就行。可結果你……竟是看上了對門小九，你看上就看上吧，我全都忍了，大不了罵你個白眼狼忘了當初受窮是誰冬日裡洗衣夏日裡裁縫才讓這個家沒人餓死，可結果你……』

「『我不是沒去嗎！』

「『對！那是你不敢去，你這個慫包。』

「『那你還吵鬧什麼？』

「『你不敢去你叫兒子去?!』

「『我……』

「『兒子總要學著做個男人……』

「『放屁！咱們兒子，才八歲！』」

「才八歲」三個字話音一落，一人演兩角的妙卿又回到本人的角色，卻沒了剛才的慵懶，側著坐直了身子，一臉大吃一驚的表情，同時快速搖動八音盒。八音盒放出譏笑一般的樂音，讓氣氛更加熱烈。

「大家看看，妾身這難眠之症是不是冤得很吶。竟是讓這種窩囊廢給折騰得徹夜難眠。」

還沒完，所有人又靜了下來。

「這樣一想，妾身更是氣不打一處來，怎麼也要好好教訓他一番。

「『可你這！你這也太明目張膽了吧！』

「他們還在吵著，妾身已然奪門而出，推開他家房門就要罵上兩句。正看到那王生，雖是被老婆罵著，卻一臉春光，迷戀地握著兒子的手，往自己臉上貼著。嘴裡還嘀咕著：『老婆子你就別吵了，我只是想藉著兒子手摸摸小九嘛，犯不得事，犯不得事。』」

妙卿又是剛才那個吃驚的表情，更為誇張，更為逗笑，全然沒了一開始的慵懶，這種反差把氣氛推到了最高點。妙卿手搖八音盒，怪異得難以捉摸的謝幕曲也隨之響起。

全場一片哄笑。

一口氣聽罷《隔壁王生》，梁啟也覺得甚是過癮，連茶都忘了喝，這時再喝，裡面早就混進了令人討厭的菸味。

妙卿從美人榻上徐徐起來，敷衍地向台下行了一禮，就回了後臺休息。兩個小厮立刻上來，重新布置舞臺，給四腳手搖八音盒更換了新的音滾，同時把美人榻搬了下去。又等了些許時間，妙卿再度在眾人歡呼聲中出現。還是那副慵懶眼神，換了一身馬褂男裝，搖著羽扇，瀟灑登場。

她重新走到舞臺中央，半倚在八音盒上，一手搖著搖把，一手搖著羽扇，再次開始。不過，接下來是些短笑話，又講了三個，贏得些笑聲，整場演出就算結束了。

演出結束，妙卿立刻離場，這也是她有別於其他女說書的地方。給妙卿捧場的闊少不少，但他們都很清楚這是妙卿的規矩，絕不出臺。來聽書的，就只是來欣賞妙卿的臺上風姿，不得越界。雖然妙卿也因此備受同行姐妹的嘲諷，但規矩還是毅然決然地立起來了。隨著她越來越紅，更是沒人敢破。

紳士闊少們本沒有結束就離席的習慣，然而此次略有不同，因為傻山的存在，他們多少有些不適，有的走，有的躲，嘴裡抱怨著，還有的把剛從後臺出來的小廝叫過去，耳語著什麼。

想要轟我們走？梁啟猜得八九不離十，卻在心裡笑了。

那小廝聽完吩咐，瞥了眼梁啟，或者更準確地說，是偷眼看了一下傻山。傻山正面無表情地用比例極不協調的粗手指擺弄著眼前相形之下小得可憐的茶碗，彷彿什麼都沒有注意到。小廝向那位衣冠楚楚的紳士作了個揖，便向梁啟走來。

「先生，那位紳士說您的朋友實在太有礙觀瞻，不知可否賞臉離開？」小廝表情凝重，當然，這話是避開傻山的視線說的。

「哦？」梁啟似笑非笑地回應。

小廝用極低的聲音說：「姐姐捎話，老地方見。」

「要不要演一齣再走？」梁啟微笑著低聲問。

「別別別，您饒了小店吧。」

「多謝了。」梁啟放下幾角錢小費，拍了拍傻山的胳膊，「走吧。」

傻山站起身來都隆隆有聲，同時似乎聽到了站得最遠的地方傳來些許如釋重負的歡呼。

老地方？走出滿桂香，終於逃脫煙霧繚繞的惡劣空氣，深吸了一口帶著泥城浜裡泛出的臭氣的潔淨空氣後，梁啟疑惑片刻，才醒悟那「老地方」到底是哪裡。

這個老地方還真是夠老的了。

敘舊

「你帶著的那個到底是什麼生物？」

「只是一座會自己走動的山而已，別太在意。」

所謂老地方，不可能是其他什麼別館。雖然和妙卿有一年沒有私下聯繫過，但梁啟瞭解她的性情，她不可能因為紅了就有動力換地方住。

到了昔日妙卿所在的妓館，不等熟悉的老鴇說出「梁」字，梁啟率先伸出兩根手指說：「兩個人。」

老鴇自是人精中的人精，看到一年未見的梁啟，又看到他身後跟著傻山那個怪物，自然知道事出有因，不敢深究，趕緊問：「還是老地方？」

「兩個房間。」

「好哩！」老鴇熱情地應著，趕緊叫來小侍女安排。

安排妥當，老鴇沒有離開，而是神祕兮兮地走到梁啟身邊，笑吟吟地低聲說：「妙姑娘剛回來，交代了就等您來。她現在是大紅人兒了。可是讓人頭疼啊，就是不接客，老身又拿她沒轍，原先都是您關照著她，現在……這不是讓白花花的銀子全都打水漂了嘛。她只聽您的，先生您一會兒就幫著老身勸她幾句可好？今晚的費用，外加上您那個……那個朋友的，都算在老身身上了，可好？」

「媽媽，您就放心吧。」梁啟擺出招牌式的笑容，滿是親和力，「我就先上去了。」梁啟沒給一點兒承諾，倒是順水推舟應允了老鴇請客。

老鴇找了幾個姑娘一起來服侍傻山，傻山稀里糊塗地被她們拉拉扯扯地往樓上走。一開始，梁啟還擔心會出現什麼不可阻擋的暴力事件，可看到這樣的場景，真搞不清是傻山真傻，還是幾個姑娘實在太有魔力，直接迷惑了他的心靈。

掀開妙卿房間的門簾，一切都是久違了的樣子。不大的房間，除了一邊的床榻，只有一張書桌，書桌上擺放著已經不再接電線的設備：重錘式忽斯登發報機，以及一部可以直接吐出文字或者繪製圖畫的收報機。這些都是一年前剛開始運轉的W實業的遺產，那時還真的發揮過作用，只是現在已經完全停用了。

「呦呵，居然還是一塵不染？」頗感懷念的梁啟走到電報機旁，忍不住用手指輕拂了一下，驚歎道。

回頭看妙卿，她卻根本沒有要搭理他的意思。她已經卸完妝，換了便服，和一年多前並無兩樣，慵懶地靠在床榻上，對梁啟毫不遮掩地打著哈欠。

梁啟正想說點什麼，就聽到外面鬧了起來。

幾個姑娘你爭我搶地喊著：「哎呀！進不來啊！怎麼辦！」

這一鬧，就連一向慵懶的妙卿都皺著眉坐了起來，嘖了一聲，說：「我先過去看看情況，先把你那怪物朋友安頓好了，咱們再慢慢敘舊。」

還真有大姐的風範。看著妙卿出了門，梁啟不禁又是一陣驚歎。

沒變的譚四，沒變的荒江，沒變的黃樟，卻是變了的妙卿。

妙卿似乎有什麼特別的魔力，出去不一會兒，喧鬧就平息了。門簾一掀，妙卿一臉疲憊地走了進來。

「你可把她們坑慘了，回頭好好犒勞犒勞她們，帶她們去一品香吃個大菜什麼的吧。她們一定會高興。」

「這都不是事兒。」梁啟嘴上說得輕鬆，眼神卻有些許不安，一直在往外看。

「那傢伙連我們的房門都塞不進去，剛才……」

「他可不是什麼朋友。」梁啟用極低的聲音搶話道。

「別這麼含糊其辭。咱們有多久沒在這個房間裡聊過天了？」

「你可是大紅人啊，梁某哪敢……」

「別人不知道，我還能不知道？」這回輪到妙卿搶話，「你救那位女俠，恐怕只有我一個人是全程看在眼裡。」

「到頭來還是勝七出的手，跟我沒什麼關係。」

妙卿還想再反駁些什麼，忽而從外面傳來如雷般的鼾聲。

「我去，這傢伙到底是傻的。到了妓館，居然還是說睡就睡著了。」

聽到鼾聲後，梁啟顯然放鬆不少，妙卿也為姐妹們鬆了口氣。

「好了，咱們先別敘舊了，現在是有要緊事才來拜託你。」

鼾聲是非常明確的信號，說明這時候講話最安全。於是梁啟把自己所做的計劃鉅細靡遺地與妙卿講了，同時也說了因為有傻山如影隨形，報紙這個利器完全用不上，只能託妙卿來為「浦東有神人」造勢，引起淨社注意。

「不就是讓他們覺得只有譚四才救得了他們嗎？這事容易。」

「不是譚四，是南洋公學的教習張豐。可千萬別說錯。」

「我能有那麼蠢？」

「嘿嘿。」

「別突然賣乖了，你們也真是夠膽大的，連淨社都敢算計。」

「趁傻山在這裡睡著，我回趟報館。該給我們呂經理彙報一下進程了。」梁啟沒再接妙卿的話茬，只是俐落地整理著自己的東西。

「我看啊，你和那個傻山，半斤八兩。」

「對了，順便給我來個你的印章簽名什麼的，我們呂經理可是迷你迷得不行。」妙卿皺著眉，看著這位久違了的朋友，還真打算去研墨。

梁啟急忙擺手，尷尬地笑著說：「算了算了，記下了回頭我再來取吧，咱倆來日方長。」語畢，梁啟逃離案發現場似的出了房間，趁老鴇還沒明白怎麼回事，一溜煙躥上了四馬路，向報館而去。

所謂「燈紅酒綠」，實在是太適合形容夜晚的四馬路了。家家妓館都生怕自家生意不夠紅火，在門前樓上掛滿紅燈籠，照出入夜以後這座魔都所有的欲望。只是一旦離開這條滿是欲望呼喚的嘈雜大街，轉到支巷裡，便立即如同進了另一個世界。這裡陰冷潮濕，帶著霉臭的氣息和屎尿的味道。

這是從四馬路回報館的近道，梁啟習以為常。不過，就在走入小巷深處，即將看到望平街的光明之時，他忽感不對。

梁啟並不會武功，可是報人特有的直覺讓他本能地立即回頭去看。一道黑影。還沒反應過來到底是怎麼回事，他已被一掌擊中，昏厥過去。

待到恢復意識，梁啟只是感到強烈的頭痛帶來的眩暈感。

終於，他還是強忍著睜開了眼。

一方面視力還沒有恢復，另一方面光線也過於昏暗，梁啟只能看到眼前有一點暗紅火星和一個身材粗壯的人影。暗紅火星時而變亮一下，隨後是刺鼻的菸味。

嘖，原來是他……

但梁啟沒有吱聲，深知此時如果說了「原來是你」恐怕凶多吉少。人影叼著菸捲走近梁啟，就算看不清到底是什麼人，也能真切地感受到危險的氣息壓迫得人瑟瑟發抖。

或許正是由於恐懼的刺激，梁啟完全顧不得頭痛的困擾，開始飛快地分析處境。

一間十來尺見方的狹小房間，自己坐在貼近墻根的位置。感覺地面不算冰冷，是木地板。鼻子裡幾乎被捲菸的味道所充斥，但仔細辨別，感覺還有些發霉的潮濕味道。然而這一點毫無意義，在上海的初春，霉味只是這座城市的背景氣息。房間沒有窗，隱約只能看到那個人影後面是房門。因此，無論如何喊叫，恐怕都是無濟於事，還有可能激怒對方。

自從上次在帶鉤橋檢查鍾天文屍體之後，這個菸鬼似乎就盯上了自己。梁啟回想起前兩天去譚四那裡，譚四也提到有個菸鬼跟著來過。所以……

梁啟吃力地抬起頭，感覺脖子都快要斷了。但就在他想再緩緩的時候，卻見那個人影忽然動起來——或者說是那個暗紅色亮點忽然靠近了自己——梁啟還沒有反應過來該如何應對，小腹又重重地挨上了一拳。這一拳力道拿捏得很精準，讓他既痛到眩暈嘔吐，又能保持清醒，不會再次昏厥。

梁啟乾嘔起來，氣都喘不上來。

那個人終於開口說話。

「少裝糊塗。」略帶沙啞的聲音，大概是吸菸太多的緣故。聲音就在耳邊，煙嗆得梁啟睜不開眼。

好想拋去一個怨恨的眼神，讓這傢伙知道自己還完全沒搞清楚情況，怎麼裝糊塗。可是估計就算那傢伙在他面前，也未必看得清摻雜在乾嘔的痛苦表情中的那些微妙信息。

那傢伙相當懂得張弛有度，只是給了梁啟小腹恰到好處的一拳，便退後兩步，在黑暗中看著被審問者在痛苦中掙扎。

「咳、咳……這位英雄，您……」

「我說過，少裝糊塗，你我早就見過面。」

在沒有摸清這傢伙的目的到底為何之前，梁啟只敢「嗚嗚」呻吟，不能泄底，更不能冒失地激怒對方。然而，這個人說話字正腔圓，一點口音都聽不出來，完全無法判斷更多的身分特徵，恐怕是受過專門的訓練，故而能這樣無懈可擊。

這個人的聲音也未透露他是怎樣的情緒。梁啟也是控制情緒的高手，自然知道做到這點是何等困難。

「英雄，您想知道什麼？要不，咱們先點個燈，慢慢說。」梁啟對著漆黑和菸頭的光點諂媚地笑著。

沒有回應，只有光點傳來的菸絲燃燒聲。

「我這不是一腦門子糨糊，完全不知道從何說起嘛！要不英雄您來起個頭？」

還是沒有回應。

「英雄，既然咱們以前見過，何不好好敘敘舊，小弟擺桌酒席，不是難事。」不待反應過來，那個菸頭亮點已經再次來到梁啟面前，同時他小腹又挨了一拳。

「咳、咳……咳、咳……英雄，咱們有話好好說，您到底想要……」

又是一拳。

梁啟幾乎要吐了，緩了好久才終於把氣喘順。

「英、英雄……別再打了，我說，我說，我全都交代……」

「嗯。」

仍舊不帶一絲感情。接下來依舊是菸絲燃燒的聲音，梁啟嘴裡嚐到一股血腥味。

「我、我……」

已經不可能再蒙混過關，梁啟開始迅速篩選可以說出來的信息。

第一次見到他是在鍾天文死時帶鈎橋邊，他在檢查鍾天文的屍體，之後印捕趕到，他躲到路燈陰影後面，還一直注視著帶鈎橋現場。剛才他說「早就見過面」，想必就是在那個時候。梁啟看到陰影裡的菸頭火光，他必然也看到了梁啟投來的目光。接下來，就是在譚四那裡，譚四說有個菸鬼也來到他的發電廠附近，說明那一天他是一路跟過了黃浦江的。那麼那一天的事想必瞞不過他。再之後，可以確認他一定在身邊某處的，就是從妙卿所在的妓館出來之後。他能知道梁啟在妙卿所在的妓館，多半是梁啟進去之前就跟上了，況且那時有傻山在，跟踪簡直易如反掌。他既然連黃浦江都能跟過去，其對梁啟的關注度絕非一般，那麼，他絕不可能不知道梁啟和淨社有關聯。只是到底知道多少，便很難猜測了。有太多未知數了，所以最穩妥的辦法還是拋出鍾天文來，或許反而能套出些信息。

「是……」連挨兩拳引起好長一段時間的乾嘔，梁啟藉機盡可能地拖延時間，捋順思路，「是因為鍾天文的死？」

「你有資格反問嗎？」

「哎呀，是是是，英雄別再打就好了。鍾天文死那天，我確實在現場，還看到了您英勇地去為鍾先生驗屍。對了，您穿了身警察制服，還會驗屍，您是咱們大清國自己的巡警學堂高材生吧？」

梁啟這是鋌而走險，但對方既然穿著警察制服，警察的身分就沒打算隱瞞。

「再次提醒你，別忘了自己的處境，繼續。」

「嗚……是是是，後來的事情您也都清楚。印捕趕來，處理了現場，所幸沒有引起太大騷動。」

「上報了還不夠嗎？」

「哈，是呀，您說得對，那些報館就是那樣唯恐天下不亂。」

「嗯，繼續。」

什麼？他並沒有反駁……這讓梁啟多少有些束手無策。雖然沒有反駁，但「上報」是他提出的，卻有兩種完全不同的可能：知道梁啟是新新日報館的報人，或全然不知梁啟的真實身分，只是關注鍾天文死本身。鍾天文之死的報導轟動全城，反倒成了梁啟試探的絆腳石。不僅如此，在短短幾句對話交鋒中，梁啟感到他同樣是在試探自己，試探自己到底掌握了他多少信息。

這下可是越來越不好玩了。

「鍾先生的死，讓我們都非常痛心。所以小弟決定不做沉默的大多數，決心把殺害鍾先生的凶手揪出來，繩之以法，為先生報仇。」

「揪到了淨社那裡？」

幸好是漆黑一片，不然當梁啟聽到這個人口中提到「淨社」時的眼前一亮，肯定會被察覺。

不過，「淨社」對於兩人來說，都是安全牌，因為傻山那傢伙太過顯眼，如果有意迴避反倒顯得可疑。

「英雄明察秋毫。」

「為什麼盯上淨社？」

此時還不能透露傻山背鍋爐的事情。

「淨社是水上霸主，鍾先生的屍體又是在洋涇浜上發現，首先想到的當然是淨社。」

這是梁啟急中生智想出來的理由，說出來之後發覺也蠻有道理。

「照你的邏輯，划船大賽該是淨社舉辦才對。」

語氣仍是不帶感情，但是這話本身就帶著某種情緒，對淨社和划船大賽都有情緒。或許有機可乘。

「鍾天文先生的死，真是可悲可歎啊！還是和那同窗密友實力對決之後遇害，多少有些讓人在意。」

「繼續說淨社。」

「淨社……」

原來他關注的是淨社。可是這也奇了，自己顯然在和淨社有交集之前就被盯上了，那他是從一開始就覺得自己會和淨社有聯繫，還是說早就查出了些別的什麼?·顯然，他極力想從自己這裡挖出更多關於淨社的未知信息。

只要有所求就好辦，不妨再套套話試試。

梁啟隱去和耳朵趙直接接觸這一節，而把茶陣著重講了一番，像是在傳授淨社的密語暗號。如果他能反駁對茶陣基本一竅不通的梁啟，那就達到效果了。只要有「嗯」「繼續」之外的正面交鋒，就總能抓到些新的枝節信息，逐漸拼接組合。

「進總社裡面，沒有蒙你的眼睛?」

「沒有。」言多必失，此時只要不再被打，盡可能用最少的字回答他的提問就好。

「還活著放你出來了?」

「小弟現在確實還算是活著吧……」

「那就有意思了。你這麼說，讓我怎麼相信你是第一次和淨社接觸?」

「這……」確實蹊蹺啊，梁啟本人也一直想不明白其中玄機。

「哼。」那人在陰影中頓了頓，「你是如何接觸淨社的?」

「直接去淨社總社。」

這不是剛剛才說過的嗎?

「目的？」

「為了鍾天文先生遇害一事。」

「你的身分？」

「……熱愛鍾先生的普通市民。」

「為什麼會在鍾天文屍體邊出現？」

「呃……剛好路過……」

突然間，對方發起了攻勢。

「什麼樣的工作，會讓你在那天晚上有那麼高的興致，穿著一身西裝路過臭名昭著的惡賊流竄之橋？」

「我……我是律師事務所的助理。」還不是暴露報館身分的時候。既然他這麼關注淨社，不妨就沿用這個假身分。同時，萬一他本身和淨社有私下聯絡，抓自己只是一次試探，這樣說也算是上了一道保險。「那天晚上剛好給一個客戶送文書。」

「從哪兒送到哪兒？」那人突然間又到了梁啟身邊，強烈的壓迫感再次降臨。

「從藍格志拓植公司送到張園。」沒有時間細想，只好趕緊說出。

因為剛剛聽了妙卿的書，裡面說到了橡膠股票，現在搞橡膠最大的公司就是這家，所以情急之中脫口而出。

「哦？藍格志拓植公司在什麼地方？」

「是、是他們的一個駐租界辦公室……」

「在哪兒？」

「就在英商上海總會旁邊……」梁啟趕緊想了一個合理的位置。

「哦？」菸氣更濃人更近了，「從洋涇浜口到張園，少說也得有八九里路吧。你這瘦弱小的身板，怕是剛到跑馬場就已經累得氣短了，居然不坐車？」

最後五個字，他是逐字說出的，就算什麼都看不見，梁啟也能感到對方瞪圓了雙眼。

「哎呀，英雄，您可不知道我們經理有多摳門。守財奴啊，一分車錢都不會給，我們這種小職員苦得啊……」

「那敢問你們這個守財經理是誰？哪天我去會他一會。」

「這……」真是被逼到絕路上了，「別別別，英雄，您就饒了小的吧。您要是去了，小的飯碗難保啊。小的可是上有……」

「什麼案子？」

「啊？什麼『什麼案子』？」

只聽他呵一聲冷笑，梁啟感覺自己的辮子被猛地向下一拉，整個頭皮都要被撕下來一樣，痛得嗷嗷叫了起來。「案……案子是小案子，不足掛齒，啊——橡膠股票的所屬權糾紛……」

「誰和誰的糾紛？」

「有利洋行和……」

「你和淨社是什麼時候開始接觸的？」

梁啟剛說到一半，突然又被那人的提問打斷，一時間腦子完全卡殼。他剛一停，立刻又被狠狠地揪了辮子。揪辮子比拳擊小腹更可怕。小腹挨拳的確更痛苦，但因為生理反應，對於意志力還算堅定、腦袋還不慌張的人來說，多少是一個趁著喘息整理思路的機會。而此時，撕裂頭皮的疼痛毫無間歇，讓人只能立即回答。

「三！三天前！」梁啟號叫著回答道。

「在哪兒？」

「垃圾橋！淨社總社！」

「怎麼聯絡？」

「剛好撞見出來的人！」

「呵，不對吧，剛才說的是『守衛通報』。」

「啊！」

梁啟已經開始陷入絕望。可就在此時，眼看梁啟精神防線已經瀕臨崩潰，那人突然停手了。同一瞬間，那人竟然已經遠離了梁啟。要不是那個菸頭在黑暗中過於顯眼，根本都不知道他已經迅速移動到了這間房子另一端的牆邊。梁啟終於明白了為什麼那人有了突然反應——在菸頭亮光附近，傳來了開門聲。

啊！有人來救自己了？誰？是傻山醒了摸到了這裡？不可能。那是……譚四？

梁啟根本沒心情去猜謎，只是暗喊「不妙」。無論是誰，恐怕都要被伏擊了。

就在梁啟為門外的人捏了一把汗的時候，門邊悶悶的一記拳風已經打向了黑暗中唯一的光點。

電光石火之間，梁啟還是有了一絲不切實際的希望，不過轉眼他又跌回到失望的谷底。只見那個光點在黑暗中畫出了一條極端複雜的暗紅色曲線軌跡，躲開了一連串的突襲。

突襲者沒有就此罷休，繼續窮追不捨地出拳，時緊時慢，時而力足，時而頓挫，兩人在木地板上不斷地滑動挪步。

所有的動作都是黑暗中進行，只看得到那支菸頭的暗紅色軌跡變幻莫測。

有那麼一瞬，梁啟欣賞著那條暗紅色軌跡，忘記了剛才被拷問所帶來的疼痛和恐懼。

兩人過招原本應該越來越緊張，結果那個突襲者卻還偷空漫不經心地說了一句：「我去，竟然打的是燕青拳。」

「呵，倒是識貨。」咬著菸頭一直不鬆嘴的傢伙，在接招的百忙之中也不示弱地應了一句。

「我去！換招了？」突襲者的聲音略帶驚訝，但聽得出他出拳依舊有條不紊。

果然是譚四。可這是來救自己的態度嗎……聽著他們一來一往的嘲諷，梁啟只有苦笑。不過，已經沒時間猶豫了！機不可失，他強忍住胃部痙攣帶來的嘔吐感，在地上翻了個身，貼著牆根一點一點向門外爬。

顯然那個叼菸的傢伙發現了梁啟在往外爬，但黑暗中的譚四拳拳緊逼，那傢伙想去抓梁啟，卻無法分身。

終於，梁啟爬出了這間黑暗的小屋。

小屋出來就是樓道。樓道雖然沒有燈，但有窗，窗外的電氣路燈照進了光亮。既然窗外是電氣路燈，那麼此處的位置就好判斷多了。是在公共租界，而且是幾條橫向的主幹道之一。

聽外面街道寂靜，恐怕已經是深夜。

顧不了太多了。梁啟爬到樓道裡，扶著牆緩緩站起來，感覺力氣恢復了不少，雙腿也沒有那麼打顫，便盡可能快地向樓下跑去。

梁啟東倒西歪地還沒有抵達一樓，就聽到剛才那間小屋裡傳出一連串奇怪的聲音。先是有什麼重物砸到地板上，本以為是打鬥的人中有一個被摔到地板上，但他立即否定了這個猜想。隨後又傳來一連串聽起來甚是悅耳的機械聲。是那種零件突然散落，又立即重組起來後的聲音。齒輪的咬合，還有環扣的對接，啰啰作響。

梁啟愣了片刻，又聽到那間屋裡傳出沙啞的叫罵：「卑鄙的傢伙！有本事堂堂正正地打一場啊！」

隨即再無打鬥，只剩下金屬和墻壁碰撞的聲音，感覺相當粗暴。

梁啟扶著墻，終於走出了這棟小樓。

原來是在泥城浜和洋涇浜交界的位置。

又回頭看看剛才被困的地方，梁啟心中一歎：到頭來，還是靠譚四又一次來營救……

傻子

梁啟沒敢再去報館，直接回了妓館。可以說，他的心情已經差到了極點。

他不喜歡被救，這樣顯得自己非常沒用，讓人心有不甘。比起這個，他更不喜歡的是被打，特別是被打得鼻青臉腫。疼，自然是重要原因。臉上掛彩，必會引人注目，無論是善意的還是嘲諷的，梁啟都不喜歡。作為一個報人，能融入事件現場的影子中，才是理想狀態。盡可能不引人注目，基本上已經成了多年從業的報人的本能。

而更氣人的，是傻山。

雖說不算什麼死裡逃生，但既然自己鼻青臉腫地回來了，好歹也做了兩天搭檔的傻山卻對自己不聞不問，如同什麼都沒有看到一樣，只知道傻傻地跟在梁啟身後。

當初借來傻山，雖說是偽裝，但也是希望淨社給自己一個能在危急時刻出手相助的人，結果這傢伙……

這樣想著，梁啟多少有些洩氣。

在把傻山從溫柔鄉中叫醒帶走之前，梁啟自然忘不了先找妙卿幫忙打聽一下昨晚傻山在床榻上是否漏嘴說出什麼來。

結果，妙卿打探一番，帶回來的消息是，這傢伙竟然一個字也沒說，梁啟不由得更洩氣了。

「嘴這麼牢？」梁啟不敢相信地盯著妙卿。

「不是嘴牢不牢的問題，那傢伙就沒開口說過一個字。」妙卿瞅了一眼梁啟，「嘖，你能不能離遠一點兒，看著你的臉就嚇人。」

「太冷血了……」梁啟嘀咕著，卻真的挪遠了一點。

「那個怪物，根本就不通人情。好不容易塞進房間，結果看到地板就直撲過去，跟倒了一棟樓一樣，轟的一聲倒地就睡。幾個姑娘忙裡忙外累得揮灑香汗，結果……」

「從另一方面說，倒也安心了些。」

「就你會說他好話。一宿過去了，這怪物一直鼾聲如雷，吵得整棟樓的人都睡不著。你還是趕緊把他叫醒領走吧。天一亮，你要是撞到鴇母，她絕對抱怨死你。」

那老鴇的嘴臉立刻浮現在梁啟眼前。他二話不說，迅速收拾東西，顧不上什麼妓館規矩，跑去傻山房間，三下兩下叫醒了他，拖著就走。比從那個小黑屋裡逃得都快。

「傻子。」倚在窗邊，正好能看到已經上了四馬路的兩人身影，妙卿低聲自語。

四馬路已經沒了入夜時各家火紅燈籠的照耀，只有空洞明亮的電氣路燈，讓寂蕭街道做好了迎接清晨的狼藉的準備。

或許是因為冷風，也或許是因為傻山的沉重腳步，梁啟終於清醒過來，意識到剛才有多危險。雖然和傻山已經相處兩天，可這麼猛地把他叫醒，萬一他有起床氣，當場把自己徒手撕碎都不是不可能發生的。

幸好……這傢伙恐怕是真傻。

可是這種真傻，也是梁啟一開始萬萬沒有料到的。

原本以為這個人腦袋不夠靈光，又擔任了淨社的某項重要任務，多少能從他的嘴裡套出些信息，特別是康揆的下落。結果此時才明白為什麼耳朵趙這麼容易就答應讓傻山來陪梁啟辦事。這不是一大疏忽，而是一步妙棋。傻山因為智力問題反倒守口如瓶，再加上身材奇特，梁啟帶他走到哪兒都容易暴露行踪，簡直是一舉多得的妙招。

不過，不管有多少沒能計算在內的變數，該走的下一步棋也還是要走的。

佈局已經鋪開，妙卿必然能把該傳播出去的信息迅速傳出去。那麼在信息發酵之前的這段時間裡，梁啟只要扮演好自己的角色就好。

而這個角色第一步要做的，自然就是去康腦脫路實地考察一番。

對於一個報人來說，連軸轉本就是家常便飯，一宿未睡根本不算什麼。就算再加上一身的瘀青疼痛，也還是算不上什麼大不了的事。

梁啟拖著步子，帶著傻山，在冉冉升起的朝輝下，一同步行前往康腦脫路。有傻山在，坐人力車是不可能的。應該沒人敢拉，就算有人吃錯了藥想拉，恐怕也根本拉不動。坐船卻又是梁啟所不希望的——在發酵期，必須盡可能少地接觸淨社成員。

曙光逐漸普照上海。為了討生活不得不起早貪黑的窮苦人紛紛露了頭，做起自己該做的買賣。泥城浜畔已是人頭攢動，沿著臭河擺滿了早晨應該有的攤位。空氣中瀰漫著生煎的油煙味、蔬菜的腐敗味、報紙的油墨味、彩票的銅臭味……叫賣聲、砍價聲、爭吵聲充斥著整個清晨。

過了泥城浜，景象則是三步一變。

從泥城橋過河，馬路還算寬闊，路邊是奢華的跑馬場。因為是清晨，還沒有跑馬賽事，便看不到那些停靠在跑馬場高墻邊的一排排華麗馬車，和從那些馬車裡下來衣冠楚楚、進場豪賭的洋人紳士。三三兩兩破衣爛衫的流浪漢，開始收拾自己少得可憐的家當，離開夜晚的避風場所，進行白日的遊蕩。還有幾輛不起眼的推車，是專為不被允許進場卻也想賭馬的華人設立的場外馬票販賣點。

過了跑馬場，沿大路一直走下去，就能到張園了。只不過，這並不是他們的路線。離開跑馬場的高墻不遠，他們轉入小路，朝西北方向走去。這小路也好，小路之間的小巷也罷，則又是另一番景象。

路越走越狹窄，越走越崎嶇。就算是這樣一個沒有下雨的清晨，小徑中也能感到四處都陰暗潮濕，散發著霉臭。

張園以北吳淞江以南這片地方屬於公共租界，但因為這裡昔日長期是棚戶區，成為租界後又被英美財團迅速瓜分，所以變得異常畸形。這裡不可能像中區那樣，慢條斯理地認真規劃出整齊劃一的石庫門里弄。各家都只想著如何才能在盡可能短的時間裡佔據更多空間，其中也包括垂直空間。結果自然而然，買來的地上建起的是一座座用竹架子木板子搭起來的下窄上寬的里弄套樓，看上去十分詭異。很多街道如同架起了穹頂，根本無法一眼望到天空。

因為公共租界的無度擴張，洋人用極低的價格「永租」下來原本屬於中國老百姓的地皮，再轉頭趕走原本住在這裡的老百姓，要求他們花租金住房。這使得那些本來就住在棚戶裡的窮苦人和曾經有片地產的農戶都變成了無家可歸者，只好流浪街頭。太多精打細算建起來打算賺錢的里弄套樓全都成了空樓。

街道環境原本已經相當惡劣，又因為樓是空的，街上卻滿是流浪漢，於是顯得更加不堪。狹窄的街道上，到處是老百姓私搭的茅草棚，成了一道道線狀的棚戶區。為了取暖而燃燒的劣質木材的刺鼻煙氣、犄角旮旯各處都有的屎尿臭味，還有人的食物和任何一種尚能存活於此的動物的味道，這一切充斥在有著穹頂一般的陰暗潮濕的街道之中。

這會兒倒幸好有傻山了。

梁啟終於第一次覺得有這樣一個龐然大物在自己身邊，是多麼有安全感。如果是往日，給他一百萬個理由，他也絕不會進到這片地帶中來。去康腦脫路的辦法千千萬，沒有萬全把握，誰會神經病一樣從這裡穿過？

從這片街巷棚戶區鑽出來，倒說不上是豁然開朗，依舊是狹窄街道，但建築明顯有所規劃，算不上光鮮，可好歹是整齊劃一的石庫門里弄，與街巷棚戶區一條窄街相隔，如同陰陽分界。

恐怕過不了多久，這條分界線就又要向前推進了。終有一天，一切都會被污穢無情地吞噬。

再向深處穿行，轉過幾條看上去精緻的小巷，才是一片豁然。

就如同從地下世界鑽入人間一樣，他從狹窄的小巷冒出頭來，正見晌午陽光普照大道，人來人往，讓人依稀以為是在公共租界中區。

康腦脫路，正是當年公共租界越界築路擴張侵蝕華界的主要大街之一。

道路平坦夯實，不是硬地，適合跑馬車。街兩邊建築齊整，卻沒有中區那麼多的商鋪，全是些不對外開放的會所和高級公寓，彰顯著洋人不可一世的氣勢。街道的盡頭是一座哥德式天主教堂，這也是洋人世界不變的習慣，修了路必要建教堂。天主教堂與整條洋樓馬路相得益彰。

因為已是晌午，街上的人多了起來，卻還是和中區大馬路二馬路沒法相提並論。在那邊，洋人也好買辦也罷，日頭下全是行色匆匆，總怕趕不上飛逝的時間一樣。在這裡，則只剩下有錢有閒人的悠閒舒適，以及大量被調配過來的紅頭印捕，以及……許多華人？

一到康腦脫路，梁啟就已經感到，這裡的氣氛很不尋常。

街邊蹲坐的，三兩成群大搖大擺走在馬路上的，全都是華人，四處都是華人。甚至那些耀武揚威的紅頭印捕，都會對這些華人敬而遠之，避免正面衝突。比巡捕還要橫行，就連洋人看他們的眼神都有三分厭惡七分恐懼，遊蕩在康腦脫路上的這一群華人，只可能是淨社的人了。

淨社派來了至少二十人在這裡巡街，彷彿整條街就同河道一樣，已被他們的勢力所控制。真如毒瘤蔓延一樣啊！梁啟皺了皺眉，帶著傻山上了康腦脫路。

走在康腦脫路上，立刻感到傻山確實是淨社的幹部，恐怕地位還不算太低。無論多麼地痞無賴樣子的淨社成員，在傻山走過他們身邊時，都會立刻肅穆站立，行注目禮。而這個時候，梁啟臉上的傷反倒成了一種保護色。在淨社眾面前，當然不可能讓傻山走在後面，於是梁啟在傻山左後側，一臉青腫，看上去就像揍挨了以後被強拉著過來的人一樣。

康腦脫路基本上是橫向延伸，東邊直通吳淞江，西邊則貫穿整個昔日的棚戶區。傻山和梁啟背對吳淞江往深處前行，街道兩側也微妙地開始有所變化。方才那些高級公館會所逐漸減少，建好卻尚未有人入住的洋樓逐漸增多。在這些洋樓門前，都掛有房屋租賃廣告。路過廣告招牌時，梁啟都會留意，可以說這條街全由一家名叫「兆順地產」的美國公司掌管。

在虹口那邊，美國人已經靠租地造屋反噬業主的方式奪下大量土地。看來這條街他們也想故技重施，一口吞併。

雖是走在傻山身後，但近兩天兩人多少也有了一丁點兒默契，只要梁啟發出三兩個簡短聲音，他就知道該繼續走還是停留片刻。就這樣，梁啟兩人走不多久，便到了早已查清地址的目的地。

果不其然，和左右那些兆順地產的洋樓極不搭調，這裡是一大片屋不屋棚不棚、破磚爛瓦的廢墟樓。廢墟樓裡成了聚集淨社眾最多的地方，好像這裡是他們默認的基地，或者必須要有重兵把守的要塞。

見傻山出現，這裡的淨社眾同樣紛紛行禮。大概眾人都認為傻山就是傻子，行禮之後就不再講更多禮節，恢復了方才的樣子，賭錢的，鬥毆的，吃酒的，唱曲的，大呼小叫的，在廢墟樓的每一個角落裡，釋放著只有地痞流氓才會有的躁動。

只要瞅一眼就能明白他們之間的利益關係。兆順地產想獨吞整條康腦脫路，卻唯獨淨社把守的這片地方，他們沒能弄到地契，也沒找到持有地契的人。就算是在租界內，洋人要想開發地產，也只有從地主手裡買來土地轉讓權和新的地契，抑或找地主商量，租用土地二三十年，蓋房盈利。而兆順地產擅長後者，卻不知怎麼讓淨社那幫烏合之眾鑽了空子，佔了一塊土地，讓他們無法進行合法開發。

再說回淨社。之前梁啟有意提及報館打探到了地契的消息，他們能有那麼過激的反應，就說明最關鍵的地契同樣不在他們手中。地契只是一張紙，上面沒有名字，不需要做任何轉戶手續，誰拿到這張紙，地就屬於誰。所以如果地契落到美國人手裡，那淨社就全盤皆輸了。假若美國人還要反咬一口，說這些日子淨社在這裡進行暴力活動，那整個組織受到制裁也不是沒可能的。公共租界的洋人早就看淨社不順眼，若是能抓到他們的把柄，就算沒辦法徹底驅逐，能將其重創，也是洋人們樂於見到的。

回頭來說兆順地產，同樣不是無懈可擊。他們除了沒有淨社佔領的這片地的地契以外，恐怕其他房產也未必全部合法。只要找出兆順地產不合法的地方，以1905年之後上海會審公堂在租界進一步強硬起來的勢頭，想要扳倒他們也不是不可能之事。這一層利害關係，兆順地產的人自然心知肚明。

這也就是近些年華人律師事務所開始出現的原因，而范世雅的雅世律師事務所自然是華人律師業的典範。在范世雅擔當華人律師的華洋公案中，華人在洋人的強權壓制下勝訴的案例已是屢見不鮮，足以振奮整個民族的自信。若此事真有人委託給范世雅處理，恐怕康腦脫路整條街的面貌都要為之一變。只可惜，梁啟並非真的雅世律師事務所律師助理，更是自認為一名報人，不會過分干預任何新聞事件，只是盡可能躲在角落觀察事件的發酵和結局。

在淨社總社時，梁啟曾說他們報館打探出了關於地契的消息，這並非一時虛張聲勢的說辭。康腦脫路本就是梁啟近來關注的重點之一，只是因為發現和淨社有關，才遲遲不想深入調查。因此，在來到此地之前，梁啟便已經對此事的背景有了相當的瞭解。

廢墟樓佔地有一畝四分，與旁邊的氣派公館比起來，面積不算大，可是當不當正不正地插在中間。樓的原貌已然無存，從廢墟框架來看，僅能辨出曾經它是一棟磚石結構的二層樓房。

第二層所剩無幾，只有立在廢墟裡的石柱和殘破的木質樓梯表明這裡曾經還有一層。

恐怕就連淨社和兆順地產都不清楚這棟二層小樓曾經是什麼了。然而，做新聞的梁啟卻接觸到了線索。

梁啟帶著傻山又在廢墟轉了一圈，覺得演得已經足斤足兩，便出了廢墟。

剛從廢墟轉角走遠一些，忽然聽到街巷角落發出「嘶嘶」的聲音。

什麼玩意兒……

梁啟往聲音的方向看去，只見一張鬼鬼祟祟的臉。那人趴在牆角後面，一直努著嘴向他發出聽來有些令人作嘔的聲音。

要說鬼祟，又和這人所穿的衣服極為不符，那是一身算得上考究的西裝。現如今華人穿西裝不算什麼新鮮事，可穿的人再多，也很少見到像此人這樣把西裝穿得這麼猥瑣的。更何況他對此還全然不知。

饒是如此，梁啟看到這張牆角後面的臉，心裡多少還是喜悅了片刻。竟直接撞上了他，倒是省去了翻地溝把他揪出來的麻煩。

此人名叫李玨，算得上是梁啟的一個熟人，或者說是他佈下的諸多線人之一。此人的本職工作是個自由買辦。所謂「自由」，不過是個好聽點的說法，實際上就是根本沒有固定工作的去處，在各大公司之間周旋，洋人要買什麼，他都能辦，卻又在誰那裡都幹不長。不過這樣打游擊一樣的工作，正是梁啟最需要的。各種各樣的一手內部信息，都能在李玨那裡打聽到一些。而李玨所能「買辦」的，實際上絕大多數也要靠梁啟所掌握的情報網，否則就調配不出優於競爭對手的最優方案。

可謂是互通有無、互助互利的健康關係了。

顯然，李玨在召喚梁啟的同時，也一眼看到了傻山，並且被嚇得不輕，雙腿一軟，差點兒一屁股坐到地上。梁啟倒是抓準時機，一個跨步到了李玨身邊，攙住這個遠比常人瘦小的身軀，同時迅速把自己「李同」的名片塞到他的手中。

李玨手中突然多了一張團成球的名片，立即明白了梁啟的意思。他以最隱蔽的方式拈開紙團，瞅了一眼名片上的姓名，沒工夫仔細看職位之類，就重新站穩，滿臉笑容。

「哎呀，怎麼這麼巧在這麼荒郊野地的地方碰著，李先生？」李玨有意強調了「李先生」三個字。

「可不是嘛，真是巧了。李先生您現在是在哪兒高就？」

「不敢不敢，都是本家，何必這麼客氣見外。小弟我幫著兆順地產弄弄這條馬路。」

兩人默契地對視了一會兒，李玨明白，梁啟這傢伙現在絕對能給自己帶來生意上的契機。

「去附近的酒樓坐下來敘敘舊？」

兩個人異口同聲，這讓李玨不禁心中一喜。自己現在確實是被那張地契和滿大街淨社流氓弄得焦頭爛額，更不用說兆順地產的美國大老爺，一個個就知道給自己施壓，沒給過一丁點兒實質幫助，害得自己火冒三丈、心急如焚。而梁啟這傢伙，顯然也在為什麼事情著急，否則不可能和自己一樣急於坐下一談。他身後跟著的那個龐然大物，李玨早就有所耳聞，是淨社的幹部級怪物。梁啟這樣鬼鬼祟祟地塞個假名片過來，恐怕也是被什麼事給逼到了這裡。無論到底是什麼事，只要對方急，且在絕境，就一定能從中榨出利益來。

李玨路熟，便自告奮勇，帶著兩人去了一家附近的酒樓。

酒樓掌櫃顯然和李玨十分熟絡，可看到傻山，卻是不甚樂意接待，生怕嚇跑客人。但在傻山面前誰敢造次，掌櫃只能甘認倒楣，把三人往裡帶。李玨像是終於欣賞夠了酒樓掌櫃那張硬撐著笑容的扭曲面孔，開口說帶到幽僻一點的雅座就好。聽到「雅座」，掌櫃才終於鬆下口氣。

雅座不大，和大堂只用屏風隔開，還是能聽得到外面唱曲的嘈雜。而另一邊靠著窗子，窗外就是康腦脫路，路上滿是淨社的人，同樣嘈雜得很。

三人就座，梁啟選了靠窗的一角，側臉往外看看，用下巴指了指遠處被淨社眾佔領的廢墟，開門見山地說：「為了那塊地方頭疼呢？」

李玨心想，要說頭疼，恐怕咱倆半斤八兩，不過他還是苦著臉不說話，示意有淨社的人在這裡，無法開口。

「沒事，」梁啟自然是立即明白，指了指傻山，「他是個傻子。」

就算已經打了好幾套腹稿，成竹在心，李玨還是萬萬沒想到梁啟竟能如此直接，敢指著淨社的幹部，說他是傻子。這可不得了……難道自己之前統統都是誤判？梁啟這傢伙雖然用了假身分，卻已經成功混到了淨社幹部的位置？不可能，以自己對梁啟的瞭解，這傢伙那點兒本事，淨社絕對不可能看得上眼。還當上了幹部？簡直天方夜譚。可是……越是這麼推斷，感覺就越是往死胡同裡鑽。李玨已經是滿腦袋的疑問，幾近抓狂，卻又不敢表現出來。

李玨內心的種種盤算和波動，都被梁啟看在了眼裡，顯然剛才那句話收到了足夠的成效。當然，對於傻山，梁啟其實從未掉以輕心。梁啟說「他是個傻子」，只是因為，從與傻山接觸的三五天來判斷，如此直說，他不會做出任何反應而已，但這也絕不意味著梁啟會真的把他當傻子來對待。讓傻山聽到的每一個字，都要做好他會全盤交代給耳朵趙的最壞打算。

李玨一邊左右權衡著新的利害關係，一邊不讓氣氛對自己太過不利，搶著說道：「咱們打開天窗說亮話，看你這回的來意，是……知道那片廢墟的地契在哪裡？」

梁啟一笑，瞥了傻山一眼，道：「說到地契，也許咱倆要站在對立面上了。」

「敢情是我自討來一場鴻門宴。」

「這就是李先生太見外了，咱們還什麼條件都沒開，怎麼就成鴻門宴了？」

「說吧，別藏著掖著了，婆婆媽媽煩死人。」李玨沒了好氣。「小弟呢，手頭當然沒有那裡的地契，要是有，也不至於跑到這棟酒樓上來和李先生談笑風生了。」

「別賣關子，趕緊說吧，你想怎麼著？我什麼情況你是知道的，我就是一個買辦，洋人想買東西，我就幫著辦。沒什麼本事，就是混口飯吃。和您——」李玨早就看過梁啟硬塞給他的名片，「李大律師比起來，簡直微不足道。」

「關子嘛——該賣還得賣。」

「呸，一個關子能值幾個錢！」

「現在這個關子，恐怕可以值一條街。」

李玨差點兒拍桌子罵街，可是一來有傻山在這兒，二來梁啟顯然是有地契的線索，誰會在看到實惠之前翻臉？好你個梁啟，老子也捏著你不少把柄，早晚讓你認栽。李玨在心裡放著狠話，卻咬著牙沒有吱聲。

他心裡盤算著什麼，梁啟當然猜出了十之八九。餌扔得還算有效果，他便一邊看著窗外，一邊繼續慢條斯理地說：「你知道這條康腦脫路是怎麼來的嗎？」

「廢話，誰不知道？」

「說來聽聽？」

「你太得寸進尺了吧。明知我是給洋人幹活的，這是要當面搧我耳光嗎？」

「看李兄說的，哪兒有那麼嚴重。你看這兒也沒有洋人，就當是咱們朋友找了個談資閒聊幾句，別有負擔。」

能沒負擔嗎？李玨心裡暗罵，說不準哪天自己的話就登報了。不過，他和梁啟合作也不是一天兩天了，知道梁啟不會把信息源泄露出去，就算寫報導也肯定會把該保護的該隱藏的都做好。報人泄露了信息源就等於砸了自己的飯碗，以後別想再吃這口飯。只要關係到切身利害，報人就會誠信的。但這次，不可控因素太多了。

「越界築路的結果，這個大家都知道的，對吧。」梁啟把視線挪回雅座裡，「別那麼緊張，這不都是生米煮成熟飯的事了嗎？但我跟你說，你們爭的地契就是那時遺留下來的一個繁雜問題，你是不是就提起興趣了？」

說到這裡，梁啟偷看了一眼傻山，可惜他依舊無動於衷，就像一座雕塑。

玩弄信息的本領，梁啟這幾年算是越來越老道。任何信息都有價值，只要拋得準，拋出就會有回報。要是拋得好，沒準兒還可以有雙份回報。「九年前鬧拳亂的時候，你在哪兒？」

「少兜圈子，說重點。」

「那時候公共租界還被臭河溝泥城浜給攔著，連跑馬場都是郊外。這個地方更不是公共租界，還是一大片棚戶區。法國人倒是成功擴張了法租界，英美兩國當然看著眼紅，開始盤算怎麼擴張，結果就有了『越界築路』的辦法，康腦脫路……」

「這些連三歲小孩都知道，趕緊說重點。」李珏聽得火冒三丈。

「李兄，你看看你，這麼不耐煩。康腦脫路的歷史捋清楚了，就能找到你們夢寐以求的地契了。」梁啟其實是希望傻山有所反應的，可惜依舊一無所獲。「康腦脫路就是那時越界築路計劃中的一條。看看現在的地圖就知道，這條路幾乎橫貫了庚子之後的整個公共租界新區。別著急，聽我慢慢來說，咱得先瞭解康腦脫路給公共租界贏來了多少租借地面積，才能明白它的意義。當年，英美兩國聯起手來搞事，在這片棚戶區開始勘探，規劃鋪路的線路。隨後，就發現了那個。」梁啟再次用眼神示意窗外那座廢墟。

「啊？」李珏也忍不住轉過頭去看，「那個？你說的就那個廢墟？當時就有？是什麼？就這個樣子？」

「是一家醫院。」

「醫……醫院？」

「沒錯，當時那些洋人，恐怕也都和你現在一樣吃驚。而且，那還是一家西洋式的醫院。」

「喂，你該不會是瞎編故事來騙我一頓茶錢吧。那破地方要是一所醫院，我怎麼一丁點都沒聽說過？」

「誰稀罕你們這破地方的二手曬乾茶？」梁啟撇著嘴，根本沒動過面前那碗茶，三個人裡只有傻山在喝。

「你積點兒口德吧。」

「好好好，接著說。發現這家醫院，簡直比發現敦煌莫高窟還讓他們興奮。我們現在回頭看，那簡直就是他們擴張租界的天賜之禮。一發現棚戶區裡的西式醫院，他們就立馬找了《字林西報》的洋記者去報導。文章迅速登出，裡面全是讚揚西方文明光芒萬丈，一家西式醫院如何在最惡劣的環境裡拯救中國老百姓卑微的性命。《字林西報》是英文報紙，但是只要他們刊登什麼重要報導，上海其他報紙都會陸續翻譯轉載。一時間，全上海都在傳頌這家被埋在棚戶區深處的醫院。」

「呵，這我倒是明白了。洋人還真是夠陰險，接下來他們是不是就該借勢說保護文明醫院，修路以清蠻荒？」

「李兄高見，簡直是洞察世事啊。」

「別給我戴高帽子，這一手洋人們輕車熟路，把咱們大清國玩弄得蒙頭蒙腦多少年了。」這樣的話從李玨那張耗子一樣的尖嘴裡說出，實在可笑至極。要是說洋人玩弄大清國，那他這樣的人就是幫凶，根本脫不開干係。

「如此一來，根本不需要洋人再寫什麼了。完全沒搞懂報紙是怎麼操作的華人報人，紛紛開始自發地報導那家醫院，有的還特意實地踩點考察，費盡了心思，以為終於抓到一個熱點，可結果……人家洋人藉著華人報館無知的幫襯營造的輿論，讓修這條路順理成章地變成了無比正義之事。特別是當時山東那邊拳亂越鬧越凶，『保護文明火種』當然刻不容緩，勢在必行。你說可笑不可笑，藉著保護文明的名義就這麼侵佔了咱們大清國又一片土地。得了，這個說了都是氣，不說也罷，接著說這家醫院吧……」

「不用了，我這個人啊，沒別的優點，就是善於在你這種東拉西扯裡抓重點。那個倒楣地方原先是個醫院——那很好，只要有了這條線索，我自己就能把藏著地契的人找出來。呵，淨社的人，」李玨現在也敢大膽地挑釁傻山了，「絕對不可能比我的人手快。謝了……李大律師。」

「李兄，小弟我白誇你洞察世事了。稍微動動腦子想想啊，要是這麼容易就摸到線索了，你怎麼從未聽說過那個地方曾經是一所醫院？」

「這……」都已經站起身要走的李玨又坐了回來。

「你現在的東家兆順地產是美國人的產業。他們還能不知道八九年前這裡的血雨腥風？」

李玨啞口無言。

「現在你還覺得洋主子靠得住嗎？」

「你別冷嘲熱諷，我都讓你給說糊塗了。既然八九年前洋人們，或者說英國人美國人就經手過這個地方，還因為這個什麼鳥醫院，把一群報人玩得團團轉，那為什麼他們單單沒有這家醫院的地契？還招惹到淨社，讓他們給佔了地盤？這合理嗎？到底該誰好好動動腦子再講故事？瞎編也至少要有個限度吧。」

「嘿，腦子還真是快啊。可惜呀可惜，可惜你掌握的情報太少，所以擺在明面上的事情完全連不到一起去。實際上——」

「行了，」李玨毫不客氣地打斷了梁啟，因為他對梁啟相當瞭解，知道這傢伙既然說出口，就一定是深思熟慮過，不可能講漏洞百出的故事來糊弄人，所以既然他說這些矛盾下面有著深層次的聯繫，就肯定有。但他肯定不會在這個時候說出謎底，因為他必然要做交易，才會講這麼多，「我沒時間跟你在這兒閒扯，現在又有淨社的人在，你到底想要什麼？」

「爽快，敞亮，不愧是認識多年的李家兄弟。我的訴求很簡單，淨社的大佬不是也在場嗎，咱們拉拉手，和解糾紛。」

「和解？笑話！」李玨聽了這四個字，突然變得怒不可遏，「你知道他們淨社打傷我多少兄弟嗎？現在想來和解？你問問那些斷胳膊斷腿、再也沒法上街討生活的兄弟同不同意再說吧。別把我當傻子耍。就算你不說，我也能查出來。你就後悔今天多嘴透露給我這些信息吧！再會！」

梁啟目送李玨憤然離席，卻只是笑而不語，因為在李玨發怒的同時，梁啟已經悄悄塞給了他一張剛剛在桌子下面寫好的紙條。紙條上寫著幾個關鍵特徵：身高五尺四寸以上，男，華人警察，日常穿警察制服，受過專業刑偵訓練，燕青拳，吸菸無度。只要按這些關鍵特徵查明此人的身分來歷和生活習性，就會有關於地契的更核心信息拿來交換。

再看看傻山，還在不停地喝著已經冰涼的茶水。真不知道他到底聽懂了這場對話中的幾成……不過，無所謂了，李玨的線算是放出去了。在利益面前，誰都不是傻子。只等著之後轉手交給譚四去收線了。

過橋

若不是鍾天文身亡事件，大概有一年時間沒有和梁啟正經碰過面了，真是一個讓人不舒服的契機。譚四心裡念叨著，手上卻沒停，繼續搖著櫓。

說是在搖櫓，實際上只是做做樣子，這艘烏篷船是近日來他和那個要周遊世界的美國小夥子雨果·根斯巴克一起改造出來的。雨果這個歐裔美籍小夥子雖然年紀輕輕，卻已經是遊歷了半個地球的旅行家，人情世故上早就是個老手，走到哪裡都吃喝不愁，還能玩得盡興。

結果計劃趕不上變化。雨果原本打算效仿凡爾納小說做86天環遊世界，在旅途中，剛剛抵達大清國的上海，就停下了腳步，一下沉迷於這個東方魔都不能自拔。之所以會沉迷，一方面是因為這座城市自帶魔性——過度奢華的大馬路，燈紅酒綠的四馬路，只要有錢什麼都能買到的不夜城；另一方面是因為他遇到了譚四這個奇人。

雨果確實是有一手做蓄電池的本領，但那只是個業餘鑽研的愛好，偶爾會倒騰些組裝好的蓄電池給當地工廠主換些零花錢而已，結果到了上海第一天半夜，這個譚四就摸上門來，說是想聊聊蓄電池。

雨果在大清國各大城市也算待過不少時日，一見譚四的打扮，就知道他是個習武之人。這種武夫，雨果是看不上的，又仗著自己在美國的幾年一直在訓練拳擊，更是不怕黃種人的花架子。

可是萬萬沒想到，這個武夫不僅笑著就把自己打出去的七八拳殺招輕鬆化解，還忙裡偷閒開口說起英語，雖然帶有著華人特有的口音，但比大街上的洋涇浜英語不知高到哪裡去了。一個武夫會說英語，這令雨果大感驚異。一輪交手過後，雨果踉踉蹌蹌重新站穩，又愣了許久，才意識到這人原來是要和自己談蓄電池的事。

真是奇思妙想。雖然不知道譚四是從哪裡得到的消息，知道自己善於弄電氣設備，特別是蓄電池，但就他所提出的蓄電池改造設想，就連堪稱半個電池專家的雨果也大吃一驚。譚四所說的鎳碱代替鉛酸的構想，簡直和遠在美國的大資本家愛迪生正在進行的研究如出一轍，更加上他所說的優化電池盒結構以提高輸出功率的改進，徹底讓雨果決定先留在上海了。

和譚四的合作讓雨果意想不到地愉快。這個中國人竟然和自己有著諸多共同之處，比如都是機械迷，都喜歡鼓搗各種稀奇古怪的設備，一進試驗車間就不能自拔。特別是前一陣子，兩個人沒日沒夜地設計組裝調試再組裝，終於造出那艘「萬年清號」機械賽船。「萬年清號」的動力裝置就是雨果根據譚四的構想改造出來的高效蓄電池。吳淞江上說是比賽，其實就是一次試驗，試驗數據拿回來分析繼續改進，就有了現在這艘改造烏篷船的動力裝置。

站在烏篷船尾的譚四確實就是擺擺樣子，所有的操作，全靠躲在烏篷裡的雨果完成。烏篷裡已經被各種改造設備塞得滿滿當當，只是在一大堆複雜的操縱桿後面，有一只圓凳，可供雨果坐著操作。

由於烏篷船的動力是蓄電池，並非蒸汽機，因此在操縱桿後面的那些指針顫抖的錶盤上的讀數並不表示氣壓及水溫，而是每一個關鍵節點的電流電壓。而這艘烏篷船的下面更是驚人。一根從船底穿出的橫軸帶動一對貼在船底的雙輪，輪是輪船兩側常見的明輪，雙輪一順一逆地旋轉，可以造出向前向後、偏左偏右的推動力。

為了避免過多不必要的麻煩，他們等到天黑以後，才用小車把烏篷船運到浦東這邊已經下班沒人看守的輪船碼頭下水。

一艘靜悄悄的烏篷船橫渡黃浦江，向依然燈火通明的浦西駛去。

譚四的想法是走洋涇浜。因為這次下水試船的主要目的是考驗蓄電池的耐力，要是走黃浦江，水流太急，會產生太多難以控制的誤差。而更主要的原因在於，如果在黃浦江上試船，無論是逆流而上還是順流而下，走遠了萬一電池沒電，在湍急的江上搖櫓多累呀……

黃浦灘上走著的紳士女士根本不會注意到在電氣路燈照不到的地方，在岸邊停靠的一艘艘巨輪外側，正有那麼一艘水下結構極為古怪的烏篷船駛過。

過了金碧輝煌的英國總會，一下子烏漆墨黑，臭氣熏天，到洋涇浜了。

洋涇浜河道本就極窄，三條舢板並行都相當困難，公共租界一側又常年停靠著一排載有破爛東西的烏篷船，在洋涇浜上行船就更困難了。洋涇浜的公共租界一邊同樣立有電氣路燈，但法租界一邊，不知是對黑夜的抵抗太消極，還是洋涇浜本身的氣質使然，只感到那裡是光亮背後的黑暗。

入夜的洋涇浜，沒有白天那種川流不息與嘈雜……

只是剛一進來，就感到有無數道目光投向這艘船，從徐徐駛過的岸邊停船上，也從迎面而來的平跨木橋二洋涇橋上。譚四嘖了一下，心中暗歎，現在的上海真的是沒有一塊地方能隨心所欲地試驗了。在黃浦江上，會有各方外國勢力干涉，擋了哪艘輪船的道都會被直接撞翻。法租界水文不熟很難駕馭，而在公共租界內，就像現在，完全無法逃開淨社眾的眼睛。

再看看坐在烏篷內的雨果，對森森然的目光毫無察覺，還在認認真真地搬動身邊方向各異的操縱桿。譚四撇了撇嘴，繼續扮演著船夫。

二洋涇橋從頭頂越過，前面不遠便是三洋涇橋。和樸素的二洋涇橋不同，到了三洋涇橋，四周已經重新熱鬧起來。客棧、酒樓、通宵達旦營業的商鋪，臨街而立。亂七八糟停靠的閒船湊在一起，足足佔了三分之二的河道，幸好沒有過往船隻，不然想通過可是要勞神了。

因為河道變窄，雨果不得已放慢了船速，眼睛緊盯著前方，雙手握住一根操縱桿，小心翼翼地控制著角度，一點都不敢鬆懈。而譚四看到的卻是，連岸上推獨輪車的苦力也有幾個開始盯著自己的船。

橋上更是有一道犀利的目光。

沒想到淨社竟然能有這麼快的速度。從過了洋涇浜第一座橋外洋涇橋算起，到三洋涇橋不過五分鐘的時間，他們就已經全線戒備了。自己這艘船真有這麼稀奇搶眼嗎？

就在烏篷船即將從三洋涇橋下緩緩駛過時，譚四一抬頭，正看見橋上那人，留著泥鰍鬍子，向自己似笑非笑地撇了一下嘴。

三洋涇橋的陰影蓋過頭頂，新一段河道從橋下的昏暗中徐徐浮現，仍是那樣嘈雜，仍是岸邊停靠了雜亂船隻，仍是狹窄的河道……

橋從頭頂掠過，譚四趕緊又抬頭去看橋上，那個人果然已經換到這一側，正望著橋下，露出一臉獰笑，以及手中的一根一尺來長的鐵釘。

雖然帶著自己那把轉輪手槍，可是周遭這麼多市民，不可能在這裡開槍。譚四正在心中暗叫不好，那人就已經出手。鐵釘離手，直奔譚四眉心。譚四倒是不慌張，右腳向旁邊一滑步，一閃身就躲開了。可是就在閃身的一瞬，譚四猛然意識到或許這鐵釘的目標本來就不是自己，而是雨果。那人好似早就計算好了烏篷船向前行駛的速度，鐵釘從譚四面前劃過，直奔烏篷下的雨果後腦而去。

原來鐵釘後面還有繩索相連，譚四立即右手一圈，抓住繩索，順勢向下一盪。幸是及時，鐵釘在專注開船的雨果腦後不遠改變飛行方向，直插進篷頂。

一切只是發生在一瞬之間。當鐵釘插進烏篷之後，雨果才聽到身後的聲音，立即回頭，正要問發生了什麼，卻看到一根觸目驚心的鐵釘就插在自己腦袋後面的烏篷上。

雨果嚇了一跳，手上操縱桿一鬆，烏篷船猛地向左一轉，撞上了法租界一側岸邊。雨果趕緊調整操縱桿，卻越急越亂，船悶聲猛退，又向後方橋墩撞去。譚四並不閃身，雙手扶櫓，向船尾內側一敲，船的動力立刻消失，只剩慣性。船櫓重新插入水中，用力攪了兩下，船就當當正正停在了狹窄河道上。

就在譚四鬆開繩索去搖櫓時，橋上的人已經雙手換了牽握繩索的姿勢，就等著船停下來。船一停，他立即右手一抖，向後一拉，鐵釘像變成了鈎子一樣，把整個船篷掀起。長長短短的操縱桿像水怪露出水面一樣，引得兩岸英法租界的圍觀群眾一陣驚呼。

鐵釘已經飛回那人手中。他擺開架勢，又要揚手擲釘，卻與站在船尾的譚四對視片刻，收了釘子——他已經被封住了所有攻路，佔不到一點便宜。

見有空當，譚四背對著雨果大喊一聲：「跑！」

雨果立即複位所有操縱桿，重新啟動全船電力，不再小心翼翼，而是猛推前進桿，船蹭著法租界的河岸，躥了出去，速度之快，讓橋上那人為之一驚。可是緊接著，整條洋涇浜彷彿都活了。停靠在岸邊的破船，忽然像從墳場裡鑽出來的野狼一樣，三三兩兩地動了起來。

幸好烏篷船的爆發力強勁，不等前路被堵死，已經衝出了最近的一層包圍。從三茅閣橋鑽過去，再往前便是無人管轄、陰霾籠罩的帶鉤橋了。

遠遠望去，橋上已經站了四個壯漢，一同拿著一張大網，鋪天蓋地拋下，遮住了帶鉤橋下面的橋洞……

梁啟早就知道在洋涇浜上又出亂子了，他所租住的公寓本就離洋涇浜不遠，聽得到吵吵嚷嚷全是人。可是他看看如一尊巨佛一樣正襟危坐在房間正中央的傻山，就知道自己哪兒也去不了。

只好忍著報人的本能衝動，靜聽外面的情況。

外面的人聲，多是看熱鬧不嫌事大的附近居民，但其中顯然也有……淨社眾的聲音，比如，耳朵趙那陰陽怪氣的嗓音。

一開始，他以為耳朵趙率領一批人馬殺來抓自己，但轉念一想，又覺得這不合理。就以自己的身分來說，根本不需要一群人來抓，傻山就在身邊，要想拿人直接傳個話就行。耳朵趙的聲音近了，多少能聽到一言半語。原來是有一艘船不守淨社河道宵禁的規矩，從黃浦江開進洋涇浜了。

淨社的河道宵禁規矩毫無實際意義，就是為了彰顯水上霸主的威嚴。到底從幾點開始算是宵禁，從來沒有過明文規定，只是公共租界的老百姓默默遵循著天黑不上河的規矩，連洋人都不敢輕易冒險。但總會有個把不知死活或者不懂規矩的船隻違規，可都是兩三個淨社眾拎著棍子跳上船打一頓就能解決，這次卻……

梁啟見傻山對外面的嘈雜紛亂無動於衷，便大著膽子趴到了窗邊，假裝看夜景，實為聽動靜。

耳朵趙早已走遠，但似乎已安排淨社眾去下幾座橋埋伏。居然如此興師動眾！可從急匆匆跑來跑去的人那裡聽到，說是因為船太古怪，小嘍囉們不敢造次，才會去通知了頭頭來定奪。

能一下子鬧出這麼大亂子的人，在全上海恐怕……也只有譚四一個了。梁啟皺著眉，心裡暗想譚四是不是已經早就把他們倆剛商定好的計劃給忘得一乾二淨，只顧得自己鬧個痛快……

房門忽然敲響了，就在外面亂糟糟的時候。

譚四雖是站在船尾，但船尾翹起的弧度，正可以看清前路。前路已被一張漁網封鎖。開船的雨果當然也看到了，不過他相信譚四一定有辦法突圍，所以根本沒有放慢船速，繼續全速向帶鈎橋開去。譚四僅用四步便跳到了船頭，途中只是跟雨果說了一聲「緊貼左岸」，順便拎起一根兩尺多長的套筒扳手。

譚四昂首挺胸，站在船頭，頗有大俠風範——假若乘風破浪的氣勢破開的浪沒有那麼惡臭，船也沒有因為一直蹭著河岸高速前進而發出刺耳的摩擦聲的話。

烏篷船就這樣一頭撞向了帶鈎橋下面的漁網。眼看就要撞進去，譚四向前一探身，伸長了胳膊，讓兩尺多長的套筒扳手率先觸到漁網，隨後向右一挑。那漁網就像清早掀起的蚊帳一樣，讓船飛馳著就鑽了過去。

一切都發生得太過迅速，橋上佈網的四人一時間竟然毫無反應。直到看到對方揚長而去，才面面相覷，明白過來。

淨社的人不會越界到法租界，所以就算四人在帶鈎橋上一字排開，離法租界一邊還是相對稍遠，這漁網左側自然有了點空隙。

捶胸頓足也於事無補，只好期待下一座橋能攔住那艘破船，不然少不了挨耳朵趙的毒打。

譚四掂了掂套筒扳手，重量長度粗細弧度都十分順手，可是這麼來之不易的一樣工具，怎麼也捨不得拿來當武器打鬥。用來挑開漁網就算是完成了它額外的任務，譚四戀戀不捨地把它扔還給雨果。

帶鈎橋上四人，見船已經跑遠，顧不上收網，拋了漁網就往下一座橋跑。四人當然是從公共租界一邊去追，奈何沿岸已經有了不少看熱鬧的人。雖然圍觀人群看到四人從橋上氣勢洶洶衝下來，都是嚇得趕緊退讓，但外圍擴散的速度終究趕不上內部逃竄，慌亂的人群反倒把路給堵得更死。四人發了狠，抄起木棍鐵棒就往路人身上打，路人有的落水有的哀號，終於把路讓了出來。

譚四回頭看著，有些於心不忍，卻也無能為力。

船倒是保持勻速向前開著，岸上的四個人追得更快，踩著躲閃不及被直接推倒的人，手忙腳亂，但還是搶先趕到了下一座橋鄭家木橋上。

四個人跑到橋上，就像四隻躁動的猩猩一樣，跳著腳向駛來的烏篷船叫囂。鄭家木橋要比帶鈎橋低矮不少，可是這一回因為沒有漁網，也沒有最開始那個高手，橋上的人基本上形同虛設。四個人各有各的主意，一個舉著剛才在路上撿到的破磚頭，一個仍拎著打人的木棍，一個不知從哪兒弄來根長長的竹竿，還有一個則只是脫掉了上衣擰成一團，拚命拍打木橋的圍欄。

先是磚頭。扔得毫無水平，連洋涇浜的河水都沒碰到，直奔岸上飛去，幸好岸邊已經無人圍觀。磚頭砸在岸邊的石頭護欄上，碎成了三瓣兒。譚四搖搖頭，本來還打算接住了再丟回去的。

隨即而至的是竹竿。竹竿估計有一丈長，拿竹竿的傢伙挺懂得借勢，照著迎面駛來的船頭戳了過去。加上船前進的速度，這一戳力道著實不小，不過譚四只是一個側身，像是在竹竿上打了個滾一樣，再轉身面對前方時，那竹竿已經握在了譚四的手中。譚四順勢向後一拉，那人還沒反應過來，雙手仍是緊握竹竿，於是失去重心，向前一撲，被扯進了洋涇浜，濺起了不小的惡臭水花。

竹竿在手，譚四更是有了戰法。手腕左右一抖，揮著棍子不知是扔還是打的那個，以及扔磚的傢伙，統統被打下水。

鄭家木橋近在眼前，譚四拋開竹竿，向前一躍，雙手正好抓住木橋的木欄，借勢一曲身，標準的單杠體操動作，就從木欄和橋身之間鑽了進去，隨後立即單手撐地，一個滾翻，卸掉衝力，跳起身來，照著赤裸上身的傢伙當胸一腳，跟著向前一步，單手一撐對面木欄，一躍而過，跳上剛好從橋下駛出的烏篷船。整套動作行雲流水，引來遠處還在瞻大圍觀的人群一陣驚呼。

那個赤裸上身的傢伙，被一腳踹得暈頭轉向，竟跟著譚四摔了下去，不偏不倚，正朝著開船的雨果頭頂落下。而雨果處亂不驚，只一抬頭，斜向上打出一記右手勾拳，打皮球一樣，把那傢伙當空擊入河中，又引來一陣叫好聲。

一拳打完，雨果迅速又扶回操縱桿。船只是晃了三晃，繼續向前駛去。「耗電情況如何？」譚四見暫時不再會有人來騷擾，放鬆了些許，問向雨果。

雨果認真看了面前的儀錶盤，說道：「百分之二十三。」

「那也差不多了。」

譚四嘀咕了一聲，卻讓雨果聽到了。雖然最後這一聲嘀咕用的是中文，但雨果畢竟在大清國待了相當一段時日，聽個語調都能猜出六七成。

「李先生。」

梁啟打開門，看到一個相貌堂堂的陌生人，年齡看起來不大，眉宇之間卻帶著深邃老練，像是久經世故。說是陌生人，卻依稀感覺在哪裡見過……這還不是重點，當這個人看到房裡的傻山時，竟一點兒都沒有露出驚恐的表情，恐怕來者不善。

「范先生想跟您聊一聊。」面熟的陌生人說道。

范先生？梁啟一下明白過來，為什麼會覺得這個人如此似曾相識了。眼角鼻子都和范世雅有相像之處，連聲音都有幾分相似。梁啟不由得抿著嘴笑了。

開門的時候，他說的是「李先生」。看來范世雅對自己的行動有了不少瞭解，以他的能力，恐怕也調查過了……消息從哪裡漏到范世雅耳朵裡？只有一個可能……李玨。

確實可惡，但各有各的目的，也怪不了他。現在該演的戲份，還是不能偷懶，都得演好。

梁啟露出為難的表情，並向屋裡瞥了一眼。

「沒關係，范先生同樣想見見這位英雄。」

正說著，窗外忽然響起了奇異的哨聲，像是吹葉子一樣的聲音，但是明顯比吹葉子響很多，聲音尖細，甚至有些恐怖。

聽到哨音，梁啟和來客都愣了片刻，卻見傻山突然站了起來。兩人一時竟不知所措。就算是和傻山已經相處了一段時間的梁啟，也從來沒見過這種情形。傻山聽著哨音，仍是面無表情，奪門而出。嚇得門前兩人連忙閃身。

傻山踩著沉重的步子，奔出了公寓。直到腳步聲漸漸遠去，消失在外面街道盡頭，房東老頭才終於跳出來，朝樓上的梁啟罵了兩句。

兩個人面面相覷。片刻過後，那人微微一笑，說：「既然那個怪物忽然跑了，那麼不妨就您單獨來一趟吧，梁先生。」

那人忽然改了稱呼，顯然梁啟的身分早被識破，梁啟只好勉強一笑，點點頭。沒辦法，只能見機行事了。

那人直到現在也沒有遞上一張他自己的名片，是有意要把身分隱瞞到底嗎？還是說，就是為了造成信息的不對等，給梁啟施加額外的壓力？無論是出於什麼目的，梁啟還是跟著他出了公寓，走到大街上，和慌亂狂奔的淨社眾逆向而行，朝公共租界的北區前進。

上海的律師事務所在幾年內逐漸增多，主要是因為租界裡要按照洋人的法律辦事，中國傳統的訴訟公堂起不上作用。這些律師事務所專以調解華洋糾紛為業務。既然洋人佔了律師事務所的一半工作，當然是離洋人的公堂越近越有利於得到更多案子。在公共租界英領館附近，特別是圓明園路，除了各家氣派公館外，也是律師事務所的聚集地。范世雅的雅世律師事務所也不免俗，在吳淞江畔圓明園路南端。

本是為了離報館近些，免去上下班路途勞苦，梁啟所租住的公寓在望平街左近，算得上公共租界的中心地帶，去圓明園路自然不遠。

出了公寓走不遠就是三馬路，此時原本應該是報館的報人最忙碌的時候，家家報館燈火通明焦頭爛額才對。結果因為淨社在洋涇浜上大鬧，現在只剩燈火，沒了喧囂。初春的風陰森森、冷瀟瀟，吹不動電氣路燈，更吹不動後馬路上奢華公館的玻璃窗。

雅世律師事務所並不在街面，而是在弄堂臨街的二層。弄堂的石庫門實際是在後馬路上，走到後馬路和圓明園路交界處，進去右轉上樓便是。上到二樓可以看到門前立著招牌，沒有燈，只是藉著夜色可看一二。僅從外面看，赫赫有名的雅世律師事務所，並不氣派。

帶路人走到事務所單薄的房門前，在用窗紙遮光的玻璃上輕敲了三下。屋內可以看到明亮的燈光，隔著窗紙玻璃無法判斷是電氣燈還是煤油燈。

兩人靜候片刻，就聽到裡面的人緩緩應道：「請進吧。」

帶路人推開門，讓梁啟先進了屋。

果然點的是一盞電氣燈，燈泡掛在屋頂正中央，燈光耀眼。房間佈置極為簡潔，與門正對的是一張長桌，桌上滿是書卷。桌的左右各有兩架頂到屋頂、沒有多餘裝飾的書架，唯一算得上點綴的就是擺在桌上的一座自鳴鐘，用鏗鏘的鐘擺聲提示著時光在不斷流失。

而坐在桌子後面的正是這裡的主人——范世雅。

范世雅背後是一扇左右打開的玻璃窗，窗外是寂靜的夜色。

「原來只是一個人來的，先請坐吧，」范世雅還是那種溫和的語調，「梁先生。」

梁啟沒打算客氣，直接坐在了桌子對面的凳子上。剛好可以瞥見范世雅桌上的書卷，看上去都是些打捆而放的文書，分門別類，看似雜亂，實際極為有序。

「恕范某這麼晚叫梁先生前來，白日裡案頭的工作實在太多，總也騰不出手。吾侄來幫忙打理日常，卻又不夠爭氣，全然幫不上忙。」說著，范世雅看了看仍舊站在門口的那人，「稀奇，你先下去吧。我和梁先生單獨談一談。」

果不其然，是他血親。范稀奇雖然被說無能，卻還是一副彬彬有禮的樣子，不動聲色，點點頭，退出了房間，關上了房門。

「梁先生，我范世雅講究效率，不做無用功，所以我們開門見山吧，你這幾天是一直在調查我天文好友的案子吧。」

「小生哪有什麼資格調查案子，只是剛好撞見那樣的英傑遇害，怎麼可能不想知道真相。」

「梁先生精神實在可嘉，我們大清國的報人如果都像梁先生這樣，那啟發民智根本不是一句空話了。」

「范先生謬讚，說到報人，曾傳堯曾經理那才是我們全體報人的楷模。」

「老曾只是改不掉的憤世嫉俗。」范世雅頓了頓，繼續說，「不知梁先生調查到了什麼程度，不妨與范某說上一二。好友之死讓人痛心疾首啊。」

梁啟想了想，沒有任何隱瞞的必要，況且以范世雅的實力，恐怕現在手頭的線索並不比自己少，隱瞞了反倒不利。便把那天晚上在帶鈎橋發現鍾天文屍體，還有康揆莫名失踪，與范世雅說了。具體的細節，自然還是有所保留，比如關於那個不明來歷的警察。

「康揆啊……」范世雅的無奈表情比剛才說侄子無能還真切，「那時候剛到美國，我們還是四個幼童，到了麻省孟松學校讀英文，大作家馬克・吐溫帶著女兒來探望我們，就算那時候無事不罵上兩句的傳堯都表現得恭敬得體。只有康揆他啊……對人家不理不睬，自己坐在角落裡，也不知道嘀咕些什麼。馬克・吐溫特意過來和他說話，結果他倒好，反問人家到底懂多少機械常識，不懂就不要隨便來搭訕，自己是一定會上耶魯大學的，到時候造出世界上最大最強的機械。你說說，真是只能當他童言無忌了。」

「康先生也是性情中人了。小生倒是好奇大作家聽到這話是什麼反應？」

「那可是有意思了，馬克・吐溫聽了哈哈大笑，就是那種美國人的笑聲，嚇得我們幾個連忙想打圓場。倒是大作家自己度量非凡，笑過後點頭稱讚說：『那豈不是比法拉第※還要偉大？』好傢伙，結果人家立馬頂上一句：『我只搞機械不搞電磁。』大作家再次哈哈大笑，簡直讓全場人都無比尷尬，幸好他女兒機靈，拉著她父親要開始跳舞環節。康揆呀，真是不懂一點兒人情世故。」

「真是奇人奇事啊。」梁啟發自內心地讚歎道。

「不小心就跑題了。都是陳年往事，年歲一大，就喜歡追憶童年。」

范世雅像是在舒緩情緒一樣垂目片刻，「他居然會離開南洋公學……是什麼時候發現不在的？」

「鍾先生發生意外之後第二天。」

「哦……那已經有好多天了啊。可能去的地方，你自然是有線索了？」

「姑且只是一些猜測，恐怕他拿著『隼鳥號』的數據，去了淨社。」

「淨社……」

梁啟盡可能地在明亮的燈光下觀察此時的范世雅，卻發現他只是在沉吟，毫無情感流露。

范世雅沉吟了好一陣，終於又緩緩地說道：「看梁先生臉上的傷，想必吃了不少的苦頭。佩服梁先生的膽識，可是李同先生的行為，范某卻多有疑惑。」

※法拉第：指「麥可．法拉第」，英國物理學家，在電磁學及電化學領域做出許多重要貢獻，其中主要的貢獻為電磁感應、抗磁性、電解。

該來的終究會來，終於要正面交鋒了。

梁啟連忙承認自己假借雅世律師事務所的名義之事，但事出有因，自己對華人開的律師事務所知之甚少，一時間只能急中生智用了范先生的名號云云。

「外邊已經讓淨社鬧得翻天覆地了，你還真是心大。」

兩個人都往窗外看了看，就好像從這裡能一眼看見洋涇浜似的。

「小生有太多地方思慮不周，也要請范先生多多指教才是。」

「其實梁先生已經算是這代青年中的佼佼者了。只不過……范某惜才，不知梁先生是否願意到鄙所做事？」

「范先生太抬舉小生了，恐怕小生只有寫寫新聞的本事，要說去做一個叱咤風雲的律師，難以勝任。也請范先生有話直言，小生洗耳恭聽。」

「呵，那范某就直說吧。為了我天文好友喪命一事追查真相，范某全力支持。康揆失蹤，必有緣由，范某會竭盡全力把老友找回。而康腦脫路的康腦脫醫院，請不要插手。既然你是報館中人，當然非常清楚當年庚子之亂時，康腦脫醫院到底都發生了些什麼，我友老曾從沒打算放過他們，請都交給老曾全權處理吧。以他的能力，我想你也應該是信得過的。」

「當然當然，如果是曾經理親自出手，必會馬到成功。」

梁啟嘴上恭維著，心裡開始揣測范世雅這些話到底是何用意。只是單純的直接警告？是有意透露線索讓梁啟繼續追查？還是在佈下的重重陷阱中放下誘餌？以范世雅在事件中所處的位置以及他本身的地位來說，根本不需要透露出這麼多的信息給梁啟，只要一句「你離整個事件越遠越好」就足夠了。

所以，今晚的對話大有玄機，只是一時還無法看透，姑且照舊行事，到時候范世雅要是發難，再想辦法對付就是。還有，那個范稀奇，恐怕也是一個變數。

「鳴金收兵。」

「『金』是什麼？」

在大清國有段時間的雨果，多少也會說上幾句中文。他一邊控制著複雜的操縱桿，一邊還是忍不住好奇，用蹩腳的中文問了一聲。

「就是剛才那種哨聲吧。」譚四依然站在船頭，沒有回頭。不過，他意識到雨果估計聽不懂，便用英語敷衍地解釋了一下。

陰森的哨聲響後，烏篷船已經駛過東新橋，朝西新橋而去。岸邊原本全是小吃攤，到了晚間藉著電氣路燈的照耀，正該是生意最興隆之時，結果已然只剩東倒西歪的攤位，沒了攤主。一群又一群的淨社眾從北面的小巷湧出，有的追著船跑，有的站在北岸叫囂。雖然岸上亂成一團，但看上去確實在擺出一副圍攻的架勢。

過西新橋還算相安無事，只是看著淨社眾無序地湧動。可再往前，就看到了如山一般的壓力。不遠處便是洋涇浜最後一座橋——北八仙橋，一個異常巨大的身軀站在橋的正中央。不僅身軀巨大，這人雙手還高舉著一頭不知從哪兒弄來的看門石獅，已然蓄勢待發，只等譚四他們的船一到就砸下去，架勢甚是駭人。

就連一直優哉的雨果，都倒吸口氣，渾身僵硬，瞪圓了深邃的雙眼。

譚四看到傻山倒是輕鬆一笑。「行了，附加任務也完成了。」

他不再站在船頭，卻也沒有回到船尾，而是跳到雨果身後，朝著他屁股底下的座位踹了一腳。

雨果猛一回頭，還沒開口，譚四就用安慰的語氣回答了他：「沒事，這船隻是消耗品，電池最重要。」隨後俯身把座位下面的電池抽了出來。

船再一次像被突然抽掉了靈魂的軀體一樣，沒了生氣，只是由著慣性向前滑行。

說來也怪，譚四本打算靠他和雨果的本事跳上岸去，闖出一條路逃走。可是向北岸一看，竟然有一塊地方空無一人，或者說是剛才還站在那裡的人，都已經躺在四周呻吟打滾。這塊真空地帶正對著一條漆黑小巷，簡直就是再好不過的逃跑路線。

管不了是不是陷阱，手舉石獅的怪物越來越近，光是那氣勢就壓迫得人喘不上氣。譚四把電池塞給雨果，立即跳到船尾，搖了兩下櫓便已靠岸。淨社眾正要從兩邊衝來填補空白，兩人卻已然翻身登岸，跑進了小巷。

「呵。」小巷裡果然有人。

「呵你個鬼！菸味兒八里外就能嗆死人。」

譚四根本沒有停步，只是忙裡偷閒揶揄兩句陰影裡的人。上次交過手，他可不想在這種地方和這個狠角色再動手。

雨果抱著蓄電池箱跑得飛快，卻根本沒感受到任何壓力。他跟在譚四後面，只是笑著喊一聲：「你們大清國真好玩兒。」

這句中文說得倒是真地道。

掮客

傻山沒有回來。

天已經大亮，可是梁啟依然不敢輕舉妄動，繼續在房間裡靜候。太陽開始攀升，隨後又起了陰雲，到了下午，淅瀝瀝下起了冷冰冰的雨，除了奔走生計的人們還打著傘疲憊趕路，就連苦力都不在街面上淋雨趴活兒。看著窗外，路燈逐漸亮起來，濕漉漉的路面影影綽綽地映著對街建築，卻依然不見傻山的巨大身影。

這麼輕易就擺脫掉了？多少有些無趣啊。

沒有什麼需要帶的東西，除了一把雨傘。梁啟拿了傘就出了門。近六七天來，因為傻山的存在，房東老頭早就習慣了做縮頭烏龜，根本不敢再罵。

雖然終於重獲自由，但梁啟還是不敢去報館，生怕傻山離開後，那個心思縝密的耳朵趙會派人來跟踪自己，去了報館恐怕前功盡棄。於是此時最安全又能獲得信息的地方，就只有之前帶著傻山去過的妙卿所在的妓館了。

看看日期，正好這天妙卿沒有滿桂香書場的演出，算是閒時。除了書場，她不會去其他地方，直接去四馬路找她即可。

仍舊是燈紅酒綠四馬路，紙醉金迷名利場。

歌聲笑聲喧鬧聲，瀰漫在四馬路每一個無人知曉的陰暗角落。

梁啟算是相當受老鴇歡迎的客人，因為從不拖欠費用，可是這一晚當他打算去妙卿房間時，卻看到老鴇面帶難色。

沒有阻攔，卻又好像有什麼難處……

搞什麼？難不成因為上一次傻山，老鴇對自己記恨在心了？不可能，只要錢給得夠，她絕不會在意那些事情。

梁啟疑惑著走上二樓，到了妙卿的房間門口，卻發現房間竟是放下門簾的，這就代表著房間裡有人。

怪了。一來妙卿絕不會接待其他客人；二來，退一萬步講，如果真有客人，老鴇是不可能讓自己上來的。思來想去，不得要領，梁啟索性不理會妓館的規矩，挑簾進了房間。

「呀！你這是闖房間啊！」

梁啟剛一探頭，就聽見妙卿似嗔似笑地一喊。

只好硬著頭皮進來了。

梁啟進了屋，抬眼一看，房間裡確實有人！是……

荒江？

梁啟的尷尬表情一定非常滑稽。原本總是擺出高姿態的荒江，都哧哧地笑出聲來。

「你一個大小姐……怎麼好意思跑妓館……」

「哎喲，還以為梁先生是進步人士，沒想到滿腦子全是僵化思想，冥頑不化。」荒江說話還是那樣不依不饒。

荒江這一身打扮，顯然是為了來妓館而有意為之。她穿著精緻的刺繡馬甲，合身的長衫，戴著一頂後面有假辮子的瓜皮帽，把頭髮都藏到了帽子裡，從上到下透著俏皮公子哥的勁兒。這樣的公子哥真是……好吧，無論怎麼裝扮都能一眼看出是個女孩子。

見妙卿和荒江是一同坐在床頭，梁啟便坐到自己常坐的桌邊圓凳上，又感覺與她們距離有點兒遠，怕說話會被隔壁聽到，就端起圓凳想靠近一些。

「真磨嘰。」妙卿懶洋洋斜靠在床邊，嘲諷著梁啟。

梁啟知趣地端著圓凳坐了過去，結果沒留神，被荒江用一根勿求人戳了腰眼。他差點兒摔到床腳去，荒江卻毫不在意，收了勿求人，直入主題，讓他趕緊說南洋咖啡館之後都有什麼進展。

不過，梁啟還是先問起妙卿那邊進展如何。妙卿只是說，剛放出消息，就發現有人來打聽，估摸著就是淨社的人，一身的魚腥味。

才過了大概一個禮拜就能收得成效，當然是件好事。但這真的都歸功於妙卿的影響力嗎？梁啟陷入了沉思。

突然，他的腰眼又被狠狠地戳了一下，梁啟哀號著看向荒江。

「誰讓你不理我。」

梁啟趕緊陪不是，把近半個月來自己收集到的情報統統交代出來。比跟范世雅說的詳細得多，比跟那個警察說的痛快得多。梁啟條理清晰地把線索和尚不完整的信息都講了一遍。

妙卿打著哈欠，荒江轉著眼珠。

「還真是比想像的複雜多了。如果說一開始就懷疑是淨社做的，那現在想來他們未必是真凶，或者說未必沒有幫凶，甚至還有更深的主謀隱藏在幕後。」

「也不能隨便懷疑別人吧。」梁啟猜到荒江是在懷疑誰了，但他覺得在找到確鑿證據之前，還是要更客觀來調查才好。

「當然不能懷疑，只是一些推測，找到下一步該著重往哪個方向走。先說康揆吧，咱們最開始就把重心偏向他，結果也確實沒錯，這個人的確有問題。就連范世雅都默認了你所說的『康揆偷偷送數據去淨社』的事，恐怕他多少也是知道的。不，以一家律師事務所的情報收集能力來看，他不僅知道，應該還清楚更多細節才對。那麼現在的問題就是：其他幾位到底都知道多少？」

「鍾天文恐怕就是……」

「未必比范世雅知道的多，范世雅明顯是想插手爭奪康腦脫醫院地契的案子。打著他的名號去騙淨社，算是你瞎貓碰上死耗子。當然，就算你冒充別的律師事務所，他也照樣會找上你。只是現在還無法判斷他到底向著哪一邊。」

「也可能已經能判斷出來了。」梁啟本以為妙卿會覺得無聊直接睡著，卻沒想到她聽得津津有味，甚至還用期待的目光催促他不要故弄玄虛，趕緊接著說，「關於康腦脫醫院，實際上跟他們四個干係甚大。至少同為滬上歸國四傑之一的曾傳堯是這樣看的。他們四個，應該算是連為一體的。一個人的事，就是四個人共同的事。」

「你剛才說過，范世雅特意強調曾傳堯會全權處理，不會放過他們。可報館不是巡捕房，也不是律師事務所，就算不放過他們，能做什麼?而這個『他們』是指的誰？」

「報紙嘛，更重要的是向民眾傳遞事實……扯遠了，說說那個『他們』吧，恐怕就是那起陳年舊事的主角之一。」

不能怪荒江對該事一無所知，事件發生時她還很小，就算她再聰明，也不可能鉅細靡遺地瞭解整個事件的來龍去脈。何況這起事件平息之後，多少受到了全上海報界的淡化處理，大家都緘口不提，習慣了快節奏接受信息的民眾迅速就將這事遺忘了。只有梁啟這樣的報界人士，在對事件做過調查之後才可能瞭解大概的脈絡。

「上海報界被洋人玩弄於股掌，自然想報一箭之仇。」梁啟先是把前幾天對李玨所講的內容又講了一遍，接著說，「奈何正趕上庚子事發，只能噙著一肚子的窩囊氣，全力關注起華北局勢。洋人當然也關心拳亂，但在康腦脫路的開建上並沒有鬆懈。一轉眼，一條敞亮的馬路就橫貫整個滬西棚戶區。」

「不對不對，」荒江機敏地打斷了梁啟，「你一開始說過，范世雅直接提到『康腦脫醫院』這個名字，可是當時還沒有康腦脫路，沒有康腦脫路，又何來康腦脫醫院這個名字？」

「你說中要害了，那個棚戶區裡的醫院到底是什麼時候有的，叫什麼名字，實際上沒人知道，就算是最先報導此事的《字林西報》，也根本沒提過醫院的名字。估計他們發現的時候，醫院就沒有名字。所以，『康腦脫醫院』這個名字就是越界築路屈辱之後才出現的，偷梁換柱。」

確實是一次猥瑣的偷梁換柱行為。所謂的「正義」本來就偏袒洋人，而當馬路真的深入那片棚戶區的腹地，直達醫院時，華人才發現不知道從什麼時候起，醫院已經人去樓空了。不知道那幫人有沒有再打聽過昔日醫院的管事或者院長的下落，只是知道他們立刻開始打起新的如意算盤。轉眼間，無名醫院有了名字：康腦脫醫院。

洋人確實有著相當的手段，康腦脫醫院從掛名成立起，就又切中時代痛處——荼毒大清國的鴉片——成了一家規模龐大的戒煙館。

荒江咂咂嘴，也對此唏嘘不已，說：「八年前，個頂個的蠢。」

「還有更蠢的。康腦脫醫院成立之後，翻回頭來，拿著三節算帳、現錢結算的誘人條件，開始在華人的報紙上花錢打廣告。」

「呵。」妙卿忽而一笑，「這幫洋人還真是把我們中國人的根性給摸透了。」只要有便宜，就算是碎肉末也要先叮上一口再說的蒼蠅性格。

「康腦脫醫院結錢結得痛快，更是弄得那幫報館不計前嫌，服服貼貼。雖然北方拳亂，可在上海本地，簡直是一片和諧景象。直到……」

「直到曾傳堯的《銃報》出來？」

「沒錯，直到《銃報》。」梁啟看著荒江，「《銃報》當時剛剛創刊，曾傳堯也還是個名不見經傳的報館經理。可是這個報紙就跟它名字一樣，完全是為了開戰而生。他們第一戰就看中了康腦脫醫院。也許是因為康腦脫醫院在當時確實有名，他們所做的戒煙膏藥，相當奏效，甚至有不少外省鄉紳慕名跑來成箱買走。」

「這就有意思了。」荒江坐在床頭晃著雙腳，「先不說《銃報》，單說戒鴉片。據我所知，最有效的戒斷辦法就是禁閉數日，直到戒斷。也有幾種所謂的戒鴉片藥丸，效果都微乎其微。

八年前居然能有奇效戒煙膏藥，我就算沒見過那膏藥具體是什麼樣的，也能猜出那膏藥絕對有問題。」

「所言極是。膏藥問題大了去了。恐怕曾傳堯也是從你這個思路出發，敏銳地察覺到疑點，便派人深入暗訪。說到『深入暗訪』，這大概是咱們大清國有自己的報紙以來的第一次。僅此一點，曾傳堯就足以載入史冊了。又扯遠了，說回戒煙膏藥。銃報館的報人暗訪發現，原來所謂的戒煙膏藥，根本就不是在戒煙用的，而是用提煉的鴉片膏，加入澱粉類的基底，混上醋，製成透皮吸食劑。這樣的膏藥，貼上當然可以解煙癮，因為它比大煙更毒。《銃報》當機立斷，把真相披露出來。報導一出，不僅報界，視康腦脫醫院為中華救星的鄉紳父老都為之嘩然。」

「真是再次狠狠地抽了那幫只為收點廣告費就刊登醫院廣告的報紙的臉。」

「而且打得既準又響。」梁啟應和妙卿道。

「痛快痛快。」妙卿不禁讚歎一聲。

「可是，」荒江的眼珠又滴溜溜地轉了起來，「康腦脫醫院早就不復存在了，甚至八年後的我們連聽都沒聽說過。范世雅卻說『老曾不會放過他們』，到底是什麼意思？這樣說來就更意味深長了。」

「確實啊……再加上地契的問題，又有淨社來添亂。曾傳堯和康揆會不會本身就有什麼矛盾？說來淨社能在兩年內崛起，那個周華明手段毒辣是一方面，另一方面不也是因為他們有各種稀奇古怪的水上機械……」

梁啟說到這裡不禁停了下來，欲言又止。

妙卿忽然伸了個懶腰，靠在床頭的角度更歪了一些，懶洋洋地說：「那個周華明，神神祕祕的，別跟去年的幕後黑手鐵爵爺一樣，一直不露面，結果出來一看，竟是個蒸汽機，讓我們這些圍觀的大跌眼鏡。」

屋內突然一陣安靜。

梁啟只好打著哈哈說：「不能不能，得是傾一國之力才能造得出算力那麼強大的蒸汽驅動差分機。淨社再強，也不可能做到。」

「你可真是用盡氣力洞察天地。」荒江瞥了一眼梁啟，「還是本姑娘出馬吧，明天再去一趟張園南洋咖啡館。」

被荒江這麼一說，梁啟才意識到確實可行。

「好的，那就下午前去，上午我打算再走訪走訪。好不容易重獲自由……」

「誰管你。」妙卿和荒江異口同聲道。

面對這樣的氣氛，梁啟還沒來得及說什麼，就見荒江從床上跳下來，回頭向妙卿一笑。他心想不妙，就已經被小姑娘連推帶趕地從床邊弄到了房門邊。

「行了行了，你趕緊出去吧。一個不懂規矩闖房間的人，有什麼臉面在這裡說說笑笑？礙手礙腳的。哦，對了，既然你來了，妙卿姐姐今晚的包場費就麻煩你給結一下吧。來都來了，姐姐會記得你的好意的。」

語畢，梁啟已經被推出門外，而荒江早就回了屋裡，隨即傳來她們嘻嘻哈哈的笑聲。

別的不說，她倆可真是一對兒敲竹槓的好手啊……

沒了傻山，梁啟確實感受到了久違的自由。

第二天，梁啟再度出門，神清氣爽，腳步都輕快了許多。更主要的是，兜了一大圈，局算是基本佈好，終於可以回歸事件初始、案件本源上來調查了。

時間大概是上午十點鐘，梁啟直接去了泥城浜的東岸。

泥城浜曾經也是租界的界河，東岸為早先的英租界，西岸則是華界。不過之後租界一再擴張，讓這條縱向流淌的浜涇溪流失去了界河的意義，只剩下終日不斷的臭氣，熏著兩岸的高檔餐館和娛樂場所。

而這條河濱東岸，三四里的路，白天與夜晚完全是兩個世界。

夜晚歌舞昇平、爭奇鬥豔，可到了白天，除了河濱臭氣以外，只有日常的繁忙景象。那些名家店鋪，就像懼怕陽光一樣變得黯然失色、了無生氣。奔跑在馬路上的，只是川流忙碌的人力車，街邊蹲守的全是等著拉活的獨輪車苦力，他們三三兩兩聚成自己的小團體，不說話，只是目光呆滯地看著過往行人。在他們中間，又夾雜著不少遊商散販。

越往北走，路邊的小販也就越多，鹹魚爛蝦，水果蔬菜，什麼都賣。但這些小販不是梁啟想要找的，他們只在白天出沒，一旦入夜，都會收攤回家。況且這些人都只會看著眼前一寸的地方，就算馬路上有人拖著死人過去，他們都不會做出任何反應，頂多會擔心自己因為分神而被偷。梁啟所想找的，在白天未必出現，只能碰運氣。

一直走過四馬路，向著三馬路而去，在路邊終於還是發現了一個。他獨自一人，佔了一塊位置不算太好的拐角，旁邊的牆根還有尿跡。拐角緊挨著一根烏黑的路燈柱，讓人覺得頗有幾分憋悶。

在晚上，這一帶的路燈下面都是他們這種人的身影，或者說都是他們的攤位。四馬路與泥城浜東岸的馬路相交，從四馬路輻射開來的妓館更是集中在泥城浜一側。因為妓館的繁榮，自然而然地生出了這麼一批人。他們一到路燈點亮，就會佔了路燈下面，借著光亮讓他們的「商品」熠熠生輝。不過，所謂的商品實際上並不需要付費，路人也好，慕名而來的人也罷，只要聚在路燈下，就可以隨便看他們搬來的架子上掛著的一張張美人畫片。畫片不單是用來欣賞，實際上是四馬路上及其周邊大小妓館所有掛名妓女的畫像，畫像上還會寫上幾句她們的嗜好、特長等。這些路燈下的小販，就是做著為想去四馬路快活的人引路，從妓館抽取酬金的生意。

正所謂妓館掮客是也。

這些妓館掮客收入頗豐，泥城浜一帶治安又很成問題，所以他們都養成了小心謹慎的習慣，時刻觀察四周的風吹草動。這等機敏，正是梁啟所需要的。只是到了晚上，雖然四處都有妓館掮客的身影，但他們身邊終究會圍著不少人。人多眼雜，反倒不便，況且忙生意的妓館掮客也顧不上梁啟的詢問，給錢也不行。但白天的問題在於不好找，妓館掮客多像耗子一樣，見到陽光立刻就躲起來沒了蹤影。

因此，真找到這麼一個白天出現的妓館掮客，梁啟興奮得簡直就像搬開礁石發現一隻螃蟹。

之所以確認這個人就是妓館掮客，不僅是因為昏昏欲睡的他把攤位擺在了燈柱下面，更是因為他晚上所用的畫片架子就橫放在一邊，佔了好一塊地方。

梁啟若無其事地走近他的攤位，蹲下來仔細看。白天的攤位只有一張破布，四角拿破磚頭壓住，髒兮兮的破布上只賣三樣東西：菸捲、彩票和報紙。

菸捲，顯然是那種仿造的劣質美國菸，根本不必拿起來聞就知道它有多刺鼻。彩票看起來也並不怎麼樣，主要的是幾家根本沒聽說過的商家發行的。另外則是一本髒兮兮的抄本，抄本旁邊放著一張圖表。那是泥城浜對岸的跑馬場裡的跑馬分析圖，看來他這裡也在偷偷賣洋人禁止華人銷售的賭馬票。

梁啟隨便翻了翻抄本的內容，畫著比例扭曲的各種馬匹，還標出名字和編號，似乎這樣就能通過馬的體格來判斷到底該賭誰獲勝概率大。放下抄本，最終還是要看他的報紙。

擺在最明顯位置的自然是銷量最好的《申報》。在梁啟蹲在攤位前看菸捲和彩票的工夫，就已經有兩個人買了《申報》。隨後擺放的還有《時報》《上海新報》等幾份大報。

並沒有自己家的《新新日報》……

算了，這無所謂。

把大報翻開，露出的是藏在下面的小報。

小報在賣相上要比大報賣力得多。每份小報都是一張開本只有《申報》一半的報紙，在最醒目的位置放著最有衝擊力的內容。為了這樣的版頭，每個小報編輯都花盡了心思，比如什麼「蓬萊事發真相大白」之類。要不然就是「英人格蘭特」或「美人奧克斯」最新長篇小說連載，可是細看之下，內容不外乎東拚西湊一些有的沒的坊間傳聞，而什麼格蘭特、奧克斯，根本就是槍手頂著洋人名字偽裝的。

隨後看到了銃報館的副刊小報《小快活》。

眾人皆知曾傳堯的辦報手腕，但看到《小快活》的版頭還是讓梁啟眼前一亮，大感驚喜。《小快活》上有著真刀真槍的東西：報頭旁就是一幅美人圖。梁啟饒有興趣地拿起這張《小快活》，想起美人圖不止這一期有，算起來大概已經連續登載半個多月了，是在展示四馬路各家妓館評選花魁的參賽小姐。美人圖本身也花了不小的價錢，竟是出自大畫師吳友如的徒弟之手。美人圖的線條透著幾分嫵媚香豔，眼神更像是吳大畫師親自執筆一般，攝人魂魄。

這一手，恐怕沒少向那一堆妓館要錢，甚至直接找這些名妓要錢。沒想到銃報館也做起了妓館掮客的營生，但小報不就是幹這些事情用的嗎？倒也無可厚非。曾傳堯果然是吃透了報界這些彎彎繞的門道。

梁啟正要把《小快活》放回去，忽然改變了主意。他另一隻手裡原本捏著一枚銀圓，這會兒又放了回去，笑嘻嘻地把報紙塞到了妓館掮客手裡。

那掮客漫不經心地從梁啟手上接過報紙，卻發現報紙下面還有東西，不由得遲疑了一下，還是接了過去。報紙下面是一張像紙一樣的薄片，手感怪怪的，硬度不低，又比紙光滑。他接過來，翻過來一看，不禁倒吸口氣，再抬眼看面前這個客人，正意味深長地笑著。

「什、什麼意思？」掮客盡可能壓低聲音問道，同時把手裡的東西一起塞進了懷裡。

「用來交換些信息。」梁啟說得直截了當，知道自己扔出來的籌碼夠份量了。

「就一張照片，值不了幾個錢。」

「小弟又不是拿照片來賣錢，只是告訴兄台，小弟我有你想要的信息。不賣錢，只交換。」

「這可是妙卿！」

梁啟一笑，又遞給了他一張紙條，說：「這是她私人德律風※號碼。」

掮客看了一眼，卻不知真假，皺著眉頭。

「不信你可以去試，不過你得先有一台……」

「我們自己就有德律風。」掮客意識到自己賭氣失言，於是趕緊閉嘴。

「就是要有這種氣勢。」梁啟乘勝追擊，「不過，打通了，她接不接聽，就又是兩說了。」

掮客沉吟片刻，說：「你想交換什麼？」

「回答我幾個問題，非常簡單。」

「要是不回答呢？」

「德律風號碼已經看過，現在你沒有『不回答』這個選項。小弟不才，既然有妙卿的信息，在妓館裡的手段你也能猜到一二。」

「別小看我們背後的人！」

「一碼歸一碼，現在先來回答一個問題再說。」

掮客雖然不甚情願，但一來看梁啟十分堅定，猜不透他的背景，二來有妙卿的信息作為交換條件，如果真能得到，在他的組織裡也算立了大功，所以姑且看看再說。

梁啟見他已上鈎，便問了第一個問題，給出了一個時間範圍，問在此期間的晚上泥城浜可

※德律風：德律風，就是電話，舊時「telephone」的音譯。

出過什麼特別的事情。這個時間範圍自然將鍾天文身亡那天包括其中。

能做妓館掮客的都不是笨人，腦子足夠靈光，記憶力和洞察力也都算得了中等以上水平。他的回答真實度還是可以的，況且這個問題並不是用來詢問，只是用來確認。

得到的答案就是：沒有。

算是證實了案發第二天荒江在南洋咖啡館所說的：泥城浜的流向由南向北，屍體不可能從吳淞江順泥城浜漂去洋涇浜帶鉤橋。現在進一步確認，就算開船將屍體運過去也不可能。昨晚已經驗證，如果有人膽敢破壞淨社宵禁，絕對會鬧得滿城風雨。

「那麼，淨社自己的船可曾出現？」

「你已經問完了。」

不愧是做情報生意的，說出來的每一個字都必須得到好處。不過，就算他不回答，答案也基本上是明擺著的。淨社根本沒有理由會大費周折，運著鍾天文的屍體，扔到更為喧鬧、根本不是棄屍之地的帶鉤橋附近。特別是淨社的宵禁威懾力十足，入夜之後，河就空了，淨社自己的船都不需要在河道上巡邏。如果有淨社自己的船出現，同樣相當顯眼，招來懷疑。

「哦，倒真是一點兒都不肯放水啊。可惜接下來我再給出的籌碼，以你的級別，恐怕……接不住吧？」

「你……」妓館掮客咬牙道。

「帶我去見你們當家的。交易要對等。」

「別得寸進尺。」

妓館掮客剛要發作，一個削瘦的小販就急匆匆地跑到他身邊，耳語了幾句。只見妓館掮客臉色不佳，卻無可奈何，只是狠狠地咂著嘴，不再說話。

換了後來的削瘦小販來面對梁啟，說：「那麼，就請先生隨我一行吧。」

玉蘭公會果然名不虛傳，這麼快就已經有高層知道，還做出反應了。

早就想親自會上一會，正是撞上來的好機會。

梁啟向削瘦的小販作了個揖，說：「謝過了。但不知可否讓小弟推延一天，明晚前去拜訪。」

「呵，當家已經料到。明日入夜，仍是此地，恭候閣下。」

「請。」

削瘦小販沒好氣地也說了一聲「請」，兩人便就此分開。

本來只是打算用一枚銀圓把猜測確認一下，卻搭上了神祕的玉蘭公會的線。這麼容易就搭上線，恐怕確實是玉蘭公會的當家早就有所打算，盯上了自己，但順水推舟各得好處倒也不錯。

用錢買來的是商品，用情報換來的才是上品。

只不過，要先去找妙卿賠罪了。

張園

按照約定的時間，梁啟趕到張園。

張園還是那個樣子，大門前排著等待拍照留念的長隊，安塏第裡說書唱戲喝茶遊藝無所不有，廣場上充斥著飛龍島軌道車的飛馳聲和遊客的尖叫聲，嘈雜又繁華，刺激著來客的每一絲神經。

南洋咖啡館，算不上是曲徑通幽，但藏在樹林後面，倒也有些寧靜的氣氛。而咖啡館的門口，這一次杵著那個電線桿一樣的人。

天澤站在咖啡館門口，說明荒江已經提前抵達。梁啟不喜歡讓別人等自己，便快步趕了過去。結果正要進門，卻被彬彬有禮的天澤攔住。

「現在下午三點鐘，小姐晚間五點三刻在徐家匯藏書樓有晚宴，從這裡坐馬車到徐家匯藏書樓，需要十到十三分鐘。從咖啡館走到張園大門坐上馬車，需要七分鐘。晚宴需要提前十五分鐘抵達，以示禮貌。因此……」

「五點鐘，」梁啟伸出手掌，「五點鐘的鐘聲一敲響，我立馬把你親愛敬愛可愛的小姐全鬚全尾地奉還於你手上。行嗎？精確嗎？滿意嗎？」

天澤在梁啟的一連串問話下，只是迅速計算了一下五點出發的新時間表，對他的嘲諷根本無動於衷，不卑不亢說了一聲「請」，算是認可了梁啟的時間安排，放行了。

真不知道這個電線桿一樣死板的人，知不知道前一天他家小姐是在妓館過的夜……

進到南洋咖啡館裡面，依然是冷冷清清，沒有其他客人。只是這次，荒江沒有坐著，咖啡館的谷老闆也沒有在門口的櫃檯後面。兩個人站在咖啡館中間，一人手裡一根頂端彎曲的長桿，看著地面上畫的格子，玩著什麼。

「好傢伙，還真是少有的熱鬧啊！」梁啟有意抬高些嗓門，好讓兩人注意到自己已經進來。

「別吵，讓我們先玩完這局。」

荒江根本沒有抬頭，拿起一枚紅色圓盤，擺在地上格子的己方一端，用手裡長桿，將圓盤在光滑的木地板上巧妙地向前一推。圓盤穿越了層層格子，直撞遠端寫著數字「10」的格子中的一枚藍色圓盤。藍色圓盤被撞出去，紅色圓盤穩穩代替了它，停在格中。

「哈哈哈，小姐在運動方面真是天賦異稟啊！鄙人甘拜下風，甘拜下風。」谷老闆手裡拿著長桿，看著自己的圓盤被撞出後，反倒開心得很，「好了，梁先生已經到了，你們聊吧。鄙人去給你們煮咖啡，烤西達糕。」

荒江聽到「西達糕」更是開心，放下長桿，從懷裡掏出一只手帕擦了擦額頭微微冒出的汗，到了上一次的窗邊桌位，像剛入學的小孩在食堂餐桌旁坐好一樣，滿面微笑地等著上菜了。

「你們剛才玩的是什麼？」梁啟也坐了過去，但還是忍不住回頭看看地上新畫上的遊戲格子。

「推圓盤。等你的時候，谷老闆怕我無聊，特意挪開桌椅，在地上畫了比賽格子，陪我玩的。」

「你玩得不錯呀。」

「也是第一次玩，全是谷老闆教的。」

「怪不得他說你天賦異稟。」

「空澤老師當年教導有方。」

不小心自己說到了故人，帶著梁啟一同沉默下來。

「哎喲，兩位今天是怎麼了？」谷老闆端著兩杯熱氣騰騰的咖啡，不解地問。

「一些舊事，不足掛齒。倒是這次我們再來貴店，谷老闆知道為何嗎？」

「鄙人的西達糕上海第一？」谷老闆不像是一個愛說笑話的人，但估計他是因為看到荒江的情緒多少不好，才特意說笑。梁啟知道他的好意，所以配合老闆哈哈一笑。

「唉，其實鄙人知道你們的來意，咱們也不拐彎抹角兜圈子了。」谷老闆把咖啡放在桌上，感覺整個人都放鬆下來，「鄙人就把知道的全都告訴你們吧。上一次確實有所隱瞞，但我以為鍾先生的死就是終點，怕說多了引起不必要的懷疑，所以……卻沒想到康揆先生會失蹤。如果能彌補什麼，鄙人也算是有所欣慰了。」

梁啟幫谷老闆端來一把椅子，讓他一同坐下來細說。

「康揆先生並不是從一開始就不來小店，而是因為他們曾經在小店大吵一架，從此他才賭氣再不參加他們的聚會。」

果然如他們所料，這四個之間存在某種矛盾，且已然爆發過不止一次了。

事情之始雖已過數載，卻滿是美好的回憶。多年前，在鍾天文找到失意沮喪絕望的谷老闆，提議他開起這家南洋咖啡館之後，他們四人就形成了每個月在咖啡館聚會的傳統。一開始咖啡館的生意相當慘淡，還是接觸外國人最多的鍾天文和范世雅幫忙四處宣傳，才終於打出名聲，有了維持生計的根基。而四個人並不求回報，只圖能有一個固定地點聚會。谷老闆知道他們也非俗人，情願用心地為他們服務，並偷偷把每個月第二個禮拜四的下午特意留給他們，不讓他人干擾。聚會傳統延續數年之久，四人風雨無阻，無論局勢如何變動，他們所來暢談的理想從未變過。

「理想？怎樣的理想？」

「鄙人上次也說過了，就是通過他們四人的努力，讓上海成為舉世矚目的偉大都市。」

真敢說啊。梁啟心中冷笑，但沒有打斷谷老闆，讓他繼續講下去。

「說是『理想』，恐怕先生、小姐已經在心中嘲笑了。」

這麼說並不是因為谷老闆有多強的洞察力。當今世上到處都是荒唐言論，期刊報紙上寫滿紙上談兵的大話空話，只要冠以空名，就能招搖撞騙，賺得錢財。「理想」在人們眼中只等於跳梁小丑的「滑稽」了。

「他們四人有切實的計劃。」谷老闆全不在意，繼續說，「比你們大清國的洋務派還要務實。而且四位先生各有分工，各盡其能。康揆先生最懂實業，他要將實業工廠完全機械化，增加生產速率，提高生產質量降低生產成本。不是誇口，幾年來鄙人所見的康揆先生的設計圖便不下百種。最瘋狂的時候，一個月時間，康揆先生就能拿來十來份設計圖和其他諸位先生探討，熱情之高，就連旁觀的鄙人都為之感動。另外三位先生當然也都在一邊出謀劃策，一邊做著自己應該做的事情。一座偉大都市，不可能只有實業支柱，其他三位先生的智慧謀略同樣必不可少。曾先生掌管輿論，洞察人情，『社會』這個詞從日本國傳入大清國之後，在曾先生的實踐中，鄙人才第一次看到了力量。通曉洋人法律的范先生，則可以讓這座偉大都市再不會被外人矇騙，而能真真正正立足於世界，和倫敦、巴黎、紐約平起平坐。同樣作為外人的鄙人，見證了先生們的思想和才華，不禁羨慕不已。若是我南洋新加坡能有幾位先生這樣的才俊，也不會落得如今……不提這些，再說鍾天文鍾先生，鍾先生雖僅是划船俱樂部的總教頭，但他善於周旋，視野廣闊，格局頗大，雄才偉略眾人皆服，可以說鍾先生才是四人的核心和靈魂。對外，鍾先生善於為他們的理想爭取更多援助；對內，他更是善於糅合另外三位各種天馬行空的想法，使之切實可行。」

「確實是我所認識的鍾叔叔。」荒江認真聽著，連喜愛的西達糕都未再動過一下。

「唉，可也許真的是天下沒有不散的筵席，再志同道合的夥伴，也終究有分道揚鑣的一天。大概是去年春天，或者更早一些，可惜鄙人並沒有察覺到。康揆先生變得越來越急躁，一向只談機械的他有時甚至會吼上兩句作為宣泄。康揆先生吼起來，著實嚇人。但平心而論，鄙人也明白康揆先生為什麼會越來越急躁。到了去年，范、曾兩位先生的事業皆蒸蒸日上，在鄙人看來，他們確實對他們四人的『理想』計劃越來越不上心了。最為務實的康揆先生當然忍受不住，時常為此大發脾氣。但鍾先生所言不錯，四人所設計的偉大都市藍圖已經基本成型，然而真要實施又是另外一個層面上的問題。沒有錢，也沒有人手，這些都要從長計議。康揆先生自然無法反駁，因為錢也好人手也罷，四人之中恐怕只有鍾先生能有辦法。鍾先生又將責任全攬到自己身上，每當康揆先生發作，他就會立即出面道歉賠不是，誠懇得讓發作者都於心不忍。」

谷老闆頓了頓之後繼續說了下去。

「可是，周旋不開的那一天終會到來。關於『人手』，康揆先生早就提出他在南洋公學的學生都願意為了這個『理想』而奮鬥。而他一說出這話，范、曾二位就紛紛反對，批評他不應該把這些事情告訴乳臭未乾的學生。有很多計劃尚不能公開，萬一泄露，只能壞事。康揆先生自然反駁，再拖延下去，同樣只會壞事。他三番五次地爭吵，而在去年秋天，衝突終於爆發了。就連鍾先生也攔他不住。那次聚會，康揆先生沉著臉，等其他三人都坐穩，只是說了一句『我要靠自己的力量把上海徹底改造成機械之都，我的學生們都已經開始著手，不需要各位先生、大人勞心勞力』，便揚長而去，再沒來過小店。」

「好傢伙，這個新理想還真是可圈可點。」梁啟讚歎道。

「上次老闆說過，康揆來參加聚會，多是靠鍾天文去他那裡取個帶機關的匣子，掐時間抽字條來討論，不知是否屬實？」荒江把四人的尊稱去掉，有著要客觀分析整件事情的決心。

「其實鄙人上次並沒有說謊，只是……對一些事稍加掩飾……」穀老闆被忽然追問得有些狼狽。

「能說說他們這樣能討論出什麼來嗎？多少還蠻好奇。」

「太專業的，恕鄙人實在不懂。大概能明白的是，從去年秋天到出事之前，康揆先生宣稱已經在南洋公學建起了他的機械帝國。」

「機械帝國?」梁啟忍不住問道。

這樣的稱呼，未免太誇張了點吧。南洋公學的情況，大家又不是不知道，就算機械特科再受重視，也遠遠到不了「帝國」的程度。

「也是鄙人聽得的一面之詞。」聽到梁啟的追問，谷老闆的眼神也恍惚了，「因為這家可憐的咖啡館，鄙人實在無暇脫身，就算是對鄙人恩重如山的鍾先生，鄙人也從未登門拜會過，現在想想真是讓人扼腕痛惜。」

「老闆請節哀。」荒江用少有的柔和語氣安慰道。

谷老闆還想說些什麼，但看到荒江已經掏出懷錶看了一眼，便就此打住。一見荒江看錶，站在外面的天澤的樣子也一下浮現在梁啟腦中。想到那根電線桿絕對一直在門外以秒計時，他立即不寒而慄。

剛過四點三刻，離承諾天澤的五點鐘整還提前了十來分鐘。

可是天澤接到荒江之後，立刻邁開長腿，帶著她向張園外走去，就像這多出來的十幾分鐘根本不存在一樣。

因為還是初春，不到五點鐘就已經是一片暮色。

金色的張園，電氣路燈尚未點亮，飛龍島上的軌道車還在循環往復地帶著新客人尖叫著，還有些小姐騎著園子內租來的自行車，在東倒西歪愉快不已地互相嬉戲追逐。安塏第大概有夜場的演講，因為有不少衣冠楚楚的紳士陸續進去。白天的遊人大潮已經退去，現在門前全是接送夜晚來消遣的人的華麗馬車，一排排堪稱一景。

南洋公學的那個成果匯展時間倒也不難查，到時候直接過去看個究竟即可。而現在，該是去找玉蘭公會接頭人的時候了。梁啟看著時間，重新向泥城浜走去。

抵達前一天約定的地方時，正好入夜。那根電氣路燈已然點亮，路燈下聚攏了想找樂子想揩油想不勞而獲的人，圍著架子上的美人圖品頭論足，吸著口水，個個獐頭鼠目。

人群邊上，正是那個削瘦小販。

不愧是玉蘭公會，雖然做事神祕，但信用還是守的。

削瘦小販沒有說話，只是遞了個眼神，便率先往四馬路方向走去。

梁啟跟在後面，猜測著到底會去哪裡。剛好四馬路上有慶典活動，寬闊的馬路中間排了一溜的花車。一輛輛花團錦簇的花車全都架起高臺，彰顯著每家妓館的實力。花車上的雖然不是各家花魁，但她們扭動著身軀，在花車的紅燈籠包圍下，同樣美豔非凡。還有的花車，在四周裝了煙花，向街道兩側噴灑著金色花火。圍著花車痴痴地看著的人們把街道都塞得擁擠不堪，任由花火噴灑在自己頭上，決不願離遠。

沿著四馬路的邊，還算是有些縫隙可以走。梁啟跟著那個削瘦小販，在這群欲火焚身的人身後走過。越往前走越熱鬧，梁啟不禁詫異，難不成神祕的玉蘭公會真的大隱隱於市，就藏在最熱鬧繁華的地方？

走到最核心的位置，一枝香大菜館旁邊，是座石庫門。削瘦小販帶著梁啟，離開滿是花車的四馬路主街，進了這個石庫門里弄。石庫門里弄內自然也全是妓館旅社，不少沒有參加花車遊街的妓館藝妓，都趴在自己的房間窗內，探著頭，滿含渴望羨慕地看著四馬路。兩人並沒有去支弄，只是來到里弄的一家看起來很有人氣的旅社。削瘦小販一挑簾，率先進去了。

「青蓮旅社」。梁啟跟進去之前，先看清了這家店的名字。

大概是因為四馬路上太過熱鬧，青蓮旅社裡面倒是有些許冷清。掌櫃看見削瘦小販帶著人進來，沒有招呼，也沒有阻攔，一個小廝樣子的人立刻迎上來引路。繞過櫃檯，通過大堂，三人進了一層的旅社走廊。

在寸土寸金的四馬路上，誰都沒有擁有深邃走廊的資本。走廊才走了幾步，便已到頭。走廊左右看來是客房，各有兩間。走到最深處的左手邊一間門前，小廝手裡拿著鑰匙把房門打開，削瘦小販推門便進，小廝退了下去。梁啟跟了進來，發現門內並沒有什麼玄機，只是一間普普通通的客房而已……

梁啟正這麼想著，就見削瘦小販反鎖房門，又拿出一把鑰匙，插進一邊的櫃子鎖眼裡，擰了一下。他拔出鑰匙，走到房間正中央的八仙桌前，用力把八仙桌向下一按。只聽八仙桌「喀嗒」一聲脆響，陷下去一截，緊跟著，整個房間發出了隆隆聲，四周的牆壁開始向上移動。更準確地說，是整個房間的地板在向下移動，帶著床鋪、桌子、櫃子。不多久，濕漉漉的灰色磚牆就代替了剛才旅社房間的白牆出現在四周，繼續向上移動。

看著這樣的設計，梁啟先是驚歎一番，然後點點頭，認為這樣才對得起玉蘭公會的名號。

地面下降到一定程度，潮濕陰冷之氣已經滲透整個房間。磚牆的左側，終於出現了變化，露出一條拱形隧道。

隧道用的竟然是電氣燈照明，隔不多遠就從頂上吊下一根鐵鍊，懸掛一個橢圓形籠子一樣的燈罩，裡面一個白熾燈泡，照得整條隧道如同囚牢。想想剛才的機關，應該是一座在英美都有的升降機，旅社外面沒有蒸汽機的煙囪，那估計是電力驅動的。既然能大費周章地修造密室，順便多連幾個電燈泡也不算什麼大不了的吧。

不過……這樣的耗電量，難道不會被英國人的電氣公司注意到？

隧道不長，走不多遠就到了頭，是一扇巨大的木門。這次沒有什麼機關密鎖，削瘦小販直接推開了木門。嘈雜之音如潮水一樣從門內撲面而來。

門內景象，讓梁啟立即明白了剛才的疑慮完全就是瞎操心。

簡直就是一處……地下張園。

更重要的是，這座地下張園裡，基本上全都是洋人。

一座地下城，更是一座真正的不夜城。穹頂之上佈滿電燈，照著整座城的歌舞昇平。在地下，竟也有建築和街道，一排排的洋樓，門前都妝點著極為少見的電氣燈箱，忽紅忽綠，閃爍著鬼魅誘人的光，妖豔攝魂。

十來級臺階與地下張園相連，削瘦小販趕著梁啟過了木門，把門重新關好後，便率先下去了。一直站著未動的梁啟深吸一口氣，跟著一同下了臺階。

空氣中全是甜膩膩的香氣，不潮濕，不乾燥，也不渾濁。

走到地下張園的街道裡，更是渾然不覺這是在地下了。來來往往全是衣冠楚楚的洋人，梁啟兩人反倒顯得異類。這一點實在叫人有些難受，梁啟不禁想到，或許在小刀會之前，英租界就是類似這個樣子，真是讓人不爽。

不過，這裡確實還是震撼到了梁啟，他一邊跟著削瘦小販走，一邊不斷地驚歎。這麼一座地下城，不僅是地面上的四馬路那樣妓館和茶樓的集中地，更有各式花樣百出的新式娛樂場所。書場戲樓、茶館酒家、彈子房、老虎機、保齡球……賽烏龜，玩雜技的，賭角鬥的，甚至還有大大小小好幾家電影院。看了電影院門口張貼的海報就知道，他們放映的幾乎都是世界上最快運到中國的最新電影。

而在這一切的背後，當然能嗅到最為純粹的白花花銀子的味道。

「這邊請。」一路無言的削瘦小販，終於低聲說道。

梁啟抬頭看看，是一座弧形建築，看外觀既像戲樓又像馬戲大棚，看不出個所以然，只好跟了進去。

進來先是一條黑漆漆的甬道。甬道走不多遠，有一張桌子和一個看門的。看樣子是要收費才能進入，不過削瘦小販走在前面，只是和看門點了一下頭，兩人就都放行進了甬道盡頭的門。

又是一次撲面而來的聲音洗禮。

但眼前的場面，梁啟從未見過。一片開闊的空間裡，擠滿了穿得浮誇怪誕的洋人男女。他們戴著面具擠在一起，跟著旋律變幻不居的怪異樂曲扭動著身體。

說實話，就算是去日本留過學，見識過大千世界的梁啟，也還是覺得有些不堪入目。梁啟跟著削瘦小販從群魔亂舞一般的室內廣場外圍走到對面，上了樓梯。在二層柱廊上，又能鳥瞰剛才的亂舞之地。原來樂曲源於場地中央一人彈奏鋼琴一人吹奏西洋小號，兩人完全沒有西洋樂的優雅，就連彈鋼琴的也在不停地隨著零亂快速的節奏扭動著身體。真是難以理解的一種狂歡。

在柱廊上走了不遠，削瘦小販停下腳步，用帶暗號的節奏敲了十來下房門。門隨即打開，小販止步不前，讓梁啟獨自進入。

梁啟明白，終於到了今夜旅途的終點。

走進房間，房門立即關上。屋裡幾乎沒有什麼光亮，只有一盞可憐的豆油燈，幽幽地照亮著周邊不大點兒的區域。本以為是燈火輝煌，以為會用更多想像不到的東西來展現他富可敵國，卻沒想到是這個樣子……

「梁先生。」光亮的邊緣發出緩慢低沉的聲音，「老夫恭候多時了。」

「您……」梁啟忽然有些懷念被房門無情隔絕在外的嘈雜喧鬧。

「老夫便是玉蘭公會主人宗義民。呵，很少會有人知道老夫的真名實姓，希望梁先生你能珍惜自己所得的厚待。」

這麼輕易就說出了名字，真的是沒告訴過別的人嗎……幸好屋裡光線昏暗，梁啟的表情多半不會被這個宗義民看到。

「您知道小生？」

「坐呀。」宗義民緩慢地說，「哦……靠墻那邊有椅子，你自己摸過去坐。光明全是靠銀子買來的，請原諒老夫的些許吝嗇。」

梁啟苦笑著去摸椅子。磕磕碰碰中，他發現這間房子空空蕩蕩，冰冷得讓人打顫。向前摸了幾步，確實有把椅子。摸清楚了方向，他便坐下了。坐下的位置很微妙，依稀能看到一點宗義民的影子，胖得像尊彌勒佛。

「老夫這裡感覺如何？哦……我是說外面那些場面。」

自己這間房有多寒酸，他倒是心知肚明。梁啟說話也被帶得緩慢，說：「兩個字：震驚。」

「你們這些報人啊，真是會敷衍。」

「哪有哪有，真的是太震驚了，讓小生一時詞窮，無以形容。」
「都是洋人喜歡的把戲而已。老夫研究洋人多年，也算是吃透了他們這幫異族的喜好。你覺得外面那幫人如何？」
「無法評價……」確實如此。
「那叫『舞場』，洋人最愛的娛樂活動，甚至比什麼彈子球、保齡球還要沉迷。現場演奏的舞曲，是從美國流行起來的調子，非常不入流。可偏偏美國人都特別喜歡，不僅美國人，現在連古板的英國人也都喜歡上了這個調子。你說是不是很奇怪？但他們就是吃這一套，這個就是情報帶給老夫的價值。」
梁啟在黑暗中誠懇地點頭，他開始相信宗義民這個習慣黑暗的胖子能看得到自己的一舉一動。
「一宿過去，整個舞場都會被洋人的汗臭味熏得污濁不堪。在地下，想要清理臭氣可是相當困難。但是就算如此，考慮到他們花的銀子，我們依然穩賺不賠。老夫敢保證，再過十年，這種舞場將遍布上海大街小巷。可是那時候獨賺這筆錢的機會就沒有了。掌握先機，全靠完備的情報。咱們就是要把洋人從咱們大清國搶走的銀子，統統再賺回來，一文都別想帶出大清國的國土。」
還真是有著民族大義的理想。梁啟沒有插話，倒是想看看他到底能自言自語多久。

「不過，外面，也就是老夫一手創造的這個只有狂歡欲望和金錢的世界，依然是表世界，而這裡才是真正的裡世界。」

驟然，一股莫名的壓迫感從黑暗中襲來，衝到了梁啟面前，感覺就像這個剛剛還在慢條斯理地東拉西扯的人，一下子變得無比嚴肅認真，甚至是爆發出了不可一世的霸氣。

「老夫一生，最喜歡也最熱衷的，就是事無鉅細地收集信息。別的，甚至那些銀子，都只是附屬，身外之物。老夫只有掌握了所有信息，才感到這個世界是存在的。」

聽他說到「信息」兩個字時，梁啟想到了不停「搓手」的蒼蠅。

「所以，」梁啟深吸一口氣，緩解一下剛才突如其來的壓迫感，「您對我應該是瞭如指掌才對，喜歡吃什麼，喜歡走哪條馬路，喜歡穿哪雙鞋，喜歡……」

「這些不是重點。」

「好吧……」梁啟默默縮了回去。

「所以，該拿出你的誠意了，年輕人。」

「小生來到此地，一直是抱著來做交易的心態，沒想到是想讓小生單方面付出。」

「哈哈哈！」

意料之中的笑聲，卻還是讓梁啟毛骨悚然。

「沒錯，叫你來就是要做交易。沒有交易，何談誠意?沒有誠意，更免談交易。」宗義民的語速有了微妙的改變，「所以，請你先拿出自己的籌碼看看。」

「哦……其實昨天小生已經表明了，關於妙卿的……」

「呵！你還真是小看了老夫。你真覺得老夫手上沒有妙卿的所有信息？」

「呃……」梁啟早已料到，索性閉嘴，看他出招。

「說出你想要什麼吧，老夫會直接向你索要足夠份量的東西作為交換。」

您早就已經想好了吧！

「想要查的寫在這上面了。」梁啟起身遞過去一張紙。

紙在桌上只停留了一瞬，就被宗義民拿起，捲成一圈，伸進了豆油燈裡。豆油燈可憐的火光驟然增亮，那張紙被點燃，同時照出宗義民的輪廓。

待到紙完全燒盡，房間重歸方才的昏暗後，宗義民才繼續說：「在紙上記錄信息是最笨的方法。紙，永遠是人類最不可靠的夥伴。你要盡可能謹慎地和它們打交道。好了，直接說出你的要求。在這個房間裡，你難道還擔心外界能有人聽得到？」

確實，根本聽不到一絲外面舞場的喧鬧。

「谷孟松。」梁啟說道，「張園南洋咖啡館的老闆，谷孟松。我希望能得到他的全部信息。」

宗義民意味深長地「哦」了一聲之後，徐徐說道：「很好，三天後你再來即可。青蓮旅社，你應該知道怎麼進來。」

「嗯。」

就像等待審判一樣，梁啟等待著聽到自己要付出的是什麼代價。

「不用緊張，我要你做的事非常簡單：為我擺平一個人。」

「誰？」

不祥的預感。

「他近十年來應該叫作……譚四。」

查案

「一年前，」宗義民在黑暗中徐徐說著，「他在黃浦江上弄出的那場爆炸，沒有人會忘。」

這個時候不宜說話，梁啟只是靜候。

「老夫幾乎不會離開這裡，但瞭解外界的手段還是有的。譚四他弄了一個W實業，還招攬了不少年輕人加入。可惜一年來根本沒有發展起來，是不是太暴殄天物了？」

「宗老高見。」

「說服他，讓他帶著W實業加入老夫麾下。」

「小生雖不是W實業的人，但當時的W實業多少也是集結了報界的力量，如今就算想要東山再起，恐怕……」

宗義民冷笑一聲，打斷梁啟道：「你覺得你們報界能有老夫現在的實力？」並沒有給梁啟反駁的餘地，宗義民繼續說，「而你，也要清楚自己現在所處的位置。老夫並沒有在和你討價還價。你開出了你想要的東西，老夫自然等價向你索取。你若是認為條件不對等，大可以立刻離開。老夫從不強求交易。」

「三天，同樣是三天時間，我會給您一個答覆。」

「到時候不要讓老夫太失望。」

梁啟從青蓮旅社出來，感到一陣恍惚。看著四馬路上花車依舊，一時分不清自己此時是地上還是地下。回首看看青蓮旅社，在里弄內顯得極不起眼。那麼一個電動升降機，不可能運送那麼多人到地下，他們一定有另外的祕密入口，供有通行身分者出入。既然能在四馬路上弄個青蓮旅社，上海任何一個洋人頻繁出入的建築物，他們恐怕都有能力讓它成為地下張園的入口。

不過這些都無所謂，當務之急是……

梁啟還在四馬路最熱鬧的區域急行，立刻又感到一陣再熟悉不過的力量把自己拉住。同時，一股已經讓自己感到恐懼的菸味襲來。

「英雄，英雄！別打，千萬別再打小生了！」聞見菸味，梁啟就慌亂萬分地開始掙扎，卻又不敢大聲呼喊，怕激怒對方，反對自己不利，「咱們有話好好說，我什麼都交代。」

只聽身後冷冷地哼了一聲。

梁啟心中暗喊「不妙」，卻沒有等來那熟悉的一擊。

「你哆嗦什麼？」那人在梁啟背後冷冷地說道。

「還不是英雄武功蓋世，霸氣震得小生膽戰心驚。」梁啟不敢回頭。

萬一他不想被自己看見，自己肯定會挨上一掌。

四馬路上狂歡依舊，花車下的男人開始集體喊拍子，花車上的藝妓舞動得撩人心魄，慶典大概已入高潮。

只有墻角這兩人，一前一後，站得彆彆扭扭。

「你的那個朋友，是叫譚四吧？」

怎麼回事，今天全都衝著譚四去了……

梁啟苦笑著，不敢說不是。

「不用這麼緊張，你和他都已經洗脫嫌疑，不會再為難你們。」

「什麼嫌疑？」就算有再被打暈的危險，梁啟也要問個明白。

「你沒有必要知道。」

猜你就會這麼說……

「在下還有要事要辦，特意前來是要提醒你，小心珍惜你的那位朋友，他現在的處境十分凶險。」

「啊？」這根本不用你說，梁啟默默歎氣，「你怎麼知道？」

「這你更不用知道。」

「不是不是，我還沒說完。我是想問，英雄您是怎麼知道小生會在這裡的？」

「呵。」他只是冷笑一聲，卻並不作答，「還有，你跟他說，等事情結束，我會去找他，來一場堂堂正正的比試，請他務必收拾乾淨，準備好一決雌雄。」

說著，他從梁啟身後走出來，直接向四馬路的大街走去。剛走了幾步，又停住，側臉與梁啟說道：「沒有必要那麼恐懼在下。在下辰正※，一介無照警察，平生所愛就是打抱不平。」

語畢，他大步流星，揚長而去。瘦高的身材，一身筆挺幹練的警察制服，一頂圓頂檐帽，走在花車下，在被同樣的欲望勾得動作完全一致的男人之中，顯得格外惹眼，卻沒有人在意。

怎麼會有人的名字是早晨？這種掃除黑暗的正義感也太刻意了一些吧……

梁啟看著那個名叫辰正的菸鬼警察走遠，感慨良多。

接下來的步驟需要稍作修改了。回去睡上一覺，再跑一趟康腦脫路。至於譚四，他本來就麻煩纏身，相信他不會因為多等一天而出事，隔日再去也不遲。

交易這種事，實際上非常微妙，只要知道「是交易就一定要付出代價」，就不太會吃虧。因此，就算是玉蘭公會無所不能，梁啟還是更想從李玨那裡交換相對廉價的情報。

康腦脫路混雜如故，兩側矗立著華麗洋樓的街道，滿是流氓地痞，全是淨社的人。值得慶幸的是，傻山是淨社的幹部，不可能被派到這種偏遠之地，執行蹲守任務。梁啟到了康腦脫路上，多少安心了些。回想起與傻山共處的日子，只有發自內心的不安和恐懼。

滿街都是兆順地產的廣告張貼畫，「大促銷」「大回饋」字樣隨處可見，十分醒目。每棟洋樓的租金一跌再跌，現在還贈送各種福利，可整條馬路還是越來越蕭條。

「老梁……你可算來了。」一陣陰慘如鬼叫的聲音傳來。

梁啟一臉木然，循著幽幽的聲音傳來方向看去。一面寫著「促促促」三個大字，卻不知道所促為何物的廢舊旗子旁邊，坐著一個比流浪漢還面容憔悴的傢伙，正用哀怨的眼神看著自己。

「你……可算來了……」

簡直是有氣無力。

「這不是李玨李先生嗎！」梁啟特意光明正大地和他打招呼，「可真是一日不見，如隔三秋啊。」

「別跟我打哈哈，你可算把那個跟屁蟲甩掉過來找我了，我已經等得海枯石爛人憔悴了。」

「有那麼大個兒的跟屁蟲嗎……」

※辰正：古代計時單位，相當於早晨8點到9點。

「這地方不方便說話，」李玨用他那雙老鼠眼滴溜溜地看了看四周走來走去的流氓，更低聲地說，「還是上次那裡，咱倆分頭過去。」

話一說完，李玨又變成一副形容枯槁的流浪漢的樣子，抱著那根旗桿，面如死灰。

梁啟率先向多日前那家酒樓走去。進了酒樓，迎上來的又是上次那個掌櫃。掌櫃一眼認出梁啟，皺了皺眉頭，直接把他帶到了上一次的雅座。

過了足有半個小時，終於聽到雅座屏風外有了窸窸窣窣的聲音。隨後，那個熟悉的老鼠一樣的腦袋探了進來，帶著一個令人厭棄的笑。

「怎麼樣，小爺這演技？」李玨一坐進來就興致勃勃地問。

梁啟還沒來得及苦笑，李玨又噌地站了起來，故作拍桌，怒瞪梁啟，「和解？笑話！」

竟然能完全重現那天的語調和動作。這一幕這傢伙從那天到現在到底重溫了多少遍啊……

「您是演技第一。」梁啟豎起了大拇指，「上四馬路隨便找個樓子唱一齣，都能當上個角兒。」

「兄弟我馬上飛黃騰達。不對，四馬路的樓子……有男人唱戲的嗎！」

「行了吧，趕緊說正事。」梁啟重歸一本正經的表情，「上次託你幫我查的人，應該已經查到了吧。」

「哦？看起來老梁你很著急呀。」安穩坐下的李玨挑起眉毛說。

「少來，我手上的東西，你更著急要。」梁啟說著，特意用誇張的眼神往窗外康腦脫路上看。

李玨本來雙手十指交叉在嘴前，準備反唇相譏，聽了這話，十指狠狠地扣在了一起，咬著牙說：「你去給我買酒！這家酒樓的紹興酒還算喝得下去。這點兒面子總能給吧。」

「是是是，李大能人想喝酒，我梁某人當然立刻給您買來了。」梁啟說著已經出了雅座，找掌櫃要了最好的紹興酒，又要了三種肉菜下酒。

待梁啟回到雅座，只見李玨已經手裡拿著個本子等著了。

「又是你那個萬惡的活人簿。」

「你這張嘴長出來是不是只為了挖苦人？」李玨抱著他的活人簿，用吝嗇的眼神瞥了瞥梁啟，「白瞎我上次為了你那麼賣力演戲。」

「你那戲演得太逼真了。現在回想一下，你哪塊兒是演的，哪塊兒又是真的？我還真是越琢磨越糊塗了。」

「真是狗嘴吐不出象牙。」李玨沒有把本子給梁啟看，「說正事了。身高五尺四寸以上，男，華人警察，日常穿警察制服，專業刑偵技巧，燕青拳，吸菸無度……你還真是會抓重點，亂七八糟，讓我差點兒白忙活一禮拜。」

「李玨李先生，人稱『萬事通』，沒有辦不到的事。」

「行了吧你。大清國在京城建善後協巡總局才幾年的工夫，再到咱上海，巡警部出來的人，掰著手指頭都能數清楚。可是，就因為只有這麼些人，我一一對照來看，發現無一符合。」

「哦？這就有些出人意料了。」

「有些？我看你是早就猜到這一層了。」

「哪有哪有，快繼續吧。」

「哼，」李玨頓了一下，「是人都知道，上海開埠六十多年，租界裡警察一直全是洋人，派一幫紅頭阿三吹吹哨子。華人警察？那只能讓人想到法租界那邊的黃金榮。可是黃金榮他們只是些野路子包探，既不可能穿著巡警部的警察制服出來到處晃，也不可能懂什麼刑偵技巧。那就奇怪了，你要查的這個人，警察制服是從哪兒弄來的？刑偵技巧是從哪兒學來的？不消說，我就注意到了一個這兩年才有的新玩意兒。」

「警察學堂？」

「你這不是挺明白的嘛。」

「還不是你引導有方。」

李玨只是冷笑，繼續說：「帝都早在庚子之後就有了警察學堂，說是培養警察人才，實際上，我看就是老佛爺她自己想再弄一批禁衛軍。那個不說了，說咱上海。你也知道，因為租界的特殊性，警察這種機構很難立足。不過警察學堂還是有了那麼幾家，對吧？」

「嗯，虹口那邊反倒比較集中。」

「有意思的就來了。以前小爺我也從來沒關注過，這回一查才知道，原來警察學堂內部還分等級。」

「願聞其詳。」

「分初等、中等、高等三科。但凡入學，皆從初等科開始，進修些粗淺的文理知識、大清律、照料外國人的須知、體操、持銃、刀法、徒手等一大堆文的武的初級本領。三個月為限，學成就可以充任巡警，發套制服，腰帶配一根短棍，上街巡邏。」

「很好，咱們的『制服』有了，接下來……」

「接下來，有志進取的，參加一場考試，打一回擂臺，擇優晉級，就能到中等科。中等科的科目就厲害了，算學、地理、撰寫公文都得學，還要學小隊操練、擊劍、射擊、刺刀，都實用得很。」

「行，咱們可以繼續晉級了，這中等科沒有我們想要的。」

「中等科又是兩個月學習，之後再次考試打擂，通過篩選進入高等科。高等科要學更多操練之法自不多說，文化方面要接觸到國際警察法，還是很令人驚訝。同時，既要學習帶領小隊作戰的戰術，還要學……」

「刑偵審訊技巧。」

「沒錯。所以按你給的條件來看，剩下的人寥寥無幾。」

李玨終於把他那本活人簿拿上了桌，打開給梁啟看。

真不愧是「活人簿」，散發著「閻羅王生死簿」的氣息，每一頁都是人名，就像只要被記錄在此，其命運便已經被閻王掌控。

李玨是不可能讓梁啟看到活人簿的全部內容的。梁啟也是心知肚明，自然不會自討沒趣地要多看什麼，只是伸著脖子往攤開的一頁上瞅。一眼就看到了「辰正」二字。

梁啟苦笑一下，問：「你這活人簿，真的不是你平時記點鬼鬼祟祟的小心思小祕密的日記？」

「說什麼呢?當然不是什麼鬼日記。」

「那好，我要找的人就是這個，」梁啟指了指，「辰正。」

「你確定？」

梁啟便把前一天晚上被辰正攔下的種種粗略說了一下，當然隱去了從地下張園上來和譚四有險的情報。

「你他媽的不是知道是誰了嘛!還找我查!」

「息怒息怒，這不是昨晚剛發生的事嘛。再者說了，就以你我的合作默契來說，我相信你能懂我的意思，並不是託你只查出一個名字來而已，對吧？」

「呵！你還真是打得好一套雲手。不過，也是意料之中，果然是這個辰正。」

「何出此言？」

「因為這個人在警察學堂裡的表現太突出了。我不多加一分注意都不可能。況且只有他一個人打『燕青拳』。」

「打什麼拳也會有記錄？」

「因為屢次晉級考試，他都輕鬆奪冠。中等升高等的擂臺上，這傢伙愣是直接挑戰車輪戰。要知道，能參加中升高考試的，都不是弱者，少不了江湖上想混口官飯吃的狠角色，結果在擂臺上，全被他三拳之內打翻，震驚全場，一時傳為佳話。他不僅得了『辰三拳』的綽號，識貨的人還把他打的一手燕青拳給傳了出來。」

「太好了，燕青拳這一條也符合了。」梁啟在空中畫了個圈，「就差吸菸一項。」

李玨斜乜了梁啟一眼，沒有理他空中的那個圈，說：「菸鬼特質，真不算什麼有用的線索。」

「每次襲擊我的時候，都是必不可少……」梁啟不自主地揉了揉自己的後腦，「說說吧，你肯定不可能止步於此，接著摸出了什麼？」

「那是肯定，一旦讓小爺我感興趣的人……且慢，他媽的該你交貨了，別想再賴帳，小心我招呼兄弟們敲掉你滿嘴牙，拔了你這根爛舌頭。」

「好好好，該梁某人獻醜了。我也不怕你聽了就跑，好酒好肉都還沒上來呢。這家酒樓的上菜速度，還真是合了我意。」

說笑之後，梁啟把那晚講給妙卿和荒江的事，又講給了李玨聽。

事情始末聽完，李玨咂舌稱讚著「這個曾傳堯還挺能幹的嘛」，又一下反應過來，說：「所以你的意思是，那個破爛康腦脫醫院的地契的下落，在當時就做過深度調查報導的曾傳堯是知道的？」

「然也。」

「然你個頭。曾傳堯要是知道地契下落，為什麼自己不來分一杯羹？你們報界插手地產的還少嗎？不缺他曾傳堯一個吧。更何況，現在康腦脫路的事情已經鬧得滿城風雨了，居然還坐視不管？退一萬步講，就算這個曾傳堯不愛錢財，那他不想平息這場混戰嗎？你們報界的良知呢？都扔到洋涇浜裡去了？」

「這也能拷問到良知上？要平息混戰，你們兆順地產撤出，不就立刻天下太平了？」

「呸！真是跟你說話，三句都嫌多。」

「已經說了三百句話了，我看你還沒聽夠呢。」

上菜的時機恰到好處，小二端著酒菜進到雅座。見到不僅有酒，還有三種肉菜，李玨一下就面帶喜色，一洗方才的不悅，夾起肉就吃，又拿紹興酒往下送，簡直像餓了七天八夜一樣。

不過，梁啟倒是不急，等他便是，這傢伙絕對是在趁吃菜的工夫打起新的盤算。算計吧，只要有算計，就會有可乘之機。

「他在查案。」李玨吃光了眼前整整一盤肉，終於又開口了。

「查案？」梁啟疑惑地看著李玨，隨後才故作恍然大悟狀說，「哦！你在說那個辰三拳啊。」

「這個愣頭鵝，拳頭確實硬，能從警察學堂高等科卒業，腦袋應該也不傻。就是耿直得可笑。根本不懂什麼叫『暗中調查』，到哪兒都是直來直去，所以小爺我隨便叫了幾個兄弟一打聽，他的動向啊底細啊就全都摸得一清二楚了。」

確實是辰正的特點。經過這三次接觸他，梁啟同樣體會到這個人雖說知道藏匿氣息，卻根本不懂做事的時候如何找到掩護。

「他查案？」梁啟問，「什麼案子……能輪得上他一個華人警察在租界裡查？」

「一起八年前的失蹤案。」李玨喝了一口酒，緩緩地說。

「這就尷尬了……」梁啟沉吟片刻，「他一個剛剛從警察學堂卒業的人，憑什麼去查案，還一上來就查一個根本不是眼下的案子？八年前……呃，八年前……該不會……」

「康腦脫醫院？」兩人異口同聲地說了出來，說出以後又各自嫌棄地看著對方。

「別演了，你早就猜到了吧。」李玨冷笑著說。

「原話奉還。」梁啟也冷笑一下，「至少你比我早知道好幾天才對，他在查的是什麼案，我才剛知道。不過，真要多謝你費勁摸索出來的線索。現在看來咱倆還得綁在一起一段日子了。」

「要命，恐怕近期想擺脫你確實不現實。」說著擺脫不掉，李玨還是站了起來，「小爺我吃飽喝足，得給兄弟們掙口糧去了，恕不奉陪。請。」

「請。」

李玨一離開，梁啟立刻沉下心來思索這些新的細節。辰正上一次拷問自己時，流露出了對淨社相當的關注，可是他真正在查的是八年前的失踪案。難不成淨社真的和那個失踪的醫院院長有關？可是八年前，還根本沒有淨社這個組織。疑點確實還有很多，關聯似乎也變得更複雜……

看著李玨走到康腦脫路上，漸行漸遠，梁啟心中一陣歎息。李玨這個人就算再精於算計，好歹也是合作多時的夥伴，只能祝他吉人天相了，這塊地，他們是永遠不可能得到了。

誤判

隔日清早，還遠沒到起床去繼續奔走的時間，窗外晨鳥剛開始嘰嘰喳喳，就聽到有人敲門。

梁啟搖搖晃晃，在春日陰冷的清晨，瑟瑟發抖地去開房門，卻發現門外站的是他完全意想不到的人。

是——天澤？

確實讓人大吃一驚。天澤絕不會輕易來找自己，如果來了，絕對是有大事。該不會是……

「小姐在樓下等候，穿戴整齊後，一同前往浦東。」

梁啟鬆了一口氣，卻仍舊一頭霧水。

「到底發生了什麼？別神神祕祕的了，心裡發慌得要命。」

「昨夜在張園樹林裡發現了谷孟松的屍首。」天澤不動聲色地答道。

梁啟倒吸口涼氣，點頭低語道：「好，稍等。」

比意想不到的人來訪更意想不到。清晨的頭腦混沌睡眼惺忪，全部一掃而淨。

停在公寓門外的，還是荒江那輛專屬四輪有篷英式馬車，車伕手握韁繩坐在車前。天澤走在前面，為梁啟彬彬有禮地打開了馬車車門。只見荒江小小的身材，坐在裡面一角。

荒江不是那種過分悲天憫人的性格。剛剛結識的人死掉了，她自然會有些情緒波動，但對她來說，理性永遠要高於其他。看她樣子與平日無異，梁啟便放下心來。只是事情越發讓人頭大了。

上了馬車，梁啟坐到荒江旁邊，天澤也隨之進來，坐到了對面。

多少應該先問些情況再說。

可是……和天澤面對面坐著，還在這麼一個密閉狹小的空間裡，簡直就是災難。這個人就是一台行走的精密機器。只要抬頭與天澤對視，尚未開口，天澤就會恰如其分地向自己點頭微笑。幾次後，梁啟甚至開始懷疑這個人連微笑時嘴角上揚的角度都經過精密計算和嚴苛訓練，剛好表達禮貌和拒絕雙重含義，分毫不差。

詢問天澤未果，只好轉向荒江。荒江正心不在焉地看著車窗外。

本以為荒江也不會在路上多說什麼，她卻忽然側著臉，看著外面開口了：「其實谷老闆給我們發過兩次求救信號，可是我們偏偏全都沒注意到。」

說完，她歪了歪頭，不再說話，意思大概是待會兒到了譚四那裡再細說。

求救信號？自己確實已經開始覺得谷孟松有問題了，不然也不會找玉蘭公會去調查他。這次的凶手難道就是宗義民？不可能，以宗的習性來說，殺人完全沒有好處，反而有可能引起太多關注，暴露自己的生意。那個地下張園要是被公之於眾，必定不是什麼好看的新聞。不是宗義民的話，難道還是殺害鍾天文的凶手？無從判斷，只能到譚四那裡再深入探討了。

馬車到了黃浦灘，再換船，又步行，便再次抵達了久違的蒸汽發電廠。

在浦東陸家嘴上岸之後，天澤倒是略講了一二細節。一大早府上的德律風響起，接了才知道是譚四特地找德律風打來，告知了谷孟松的死訊，並要他們迅速叫梁啟一起趕到蒸汽發電廠。

譚四竟然清早找到一台德律風通知荒江，看來他當時確實是十分焦急了。

想著當時譚四焦急的樣子，梁啟推開了發電廠大門，讓荒江先進去。

發電廠內樣貌依舊，氣氛看上去還算緩和。

「嘿，可算都到齊了。」

氣氛立刻不妙了……

譚四從廠房內多出來的竹腳手架上跳下，穿著一身灰不溜秋的連體服，上半身還縫了許多口袋，裡面裝滿了東西，鼓鼓囊囊，頭上戴著一個紅色的玻璃頭罩，讓聲音變得滑稽可笑。

完全沒有一絲天澤所描述的焦急樣子。

竹腳手架後面是一艘從沒見過的機械船。機械船通體金屬結構，尚未完工，龍骨船肋暴露在外。船肋竟然已經包裹了整艘船的三分之二，這一點看上去頗為奇怪。

「原來梁大記者也對機械感興趣，真是失敬失敬。」

才第二句話就這麼惹人生氣。梁啟根本不想理他，倒是更在意廠房裡的氣味，說：「你這裡搞什麼鬼名堂，一股子電弧燈的臭味。」

譚四已經把紅玻璃頭罩摘下來，夾在腋下，嘀咕了一句：「這破玩意兒就不是好人戴的。」同樣沒接梁啟的話茬，徑自去工作臺放紅玻璃頭罩。

真是一如既往的臭臉。

天澤站在門邊，與眾人距離精準，不遠不近，既可旁觀，又可介入。荒江則一進發電廠，就自覺地跑去取了譚四用細藤條擰成狗尾草樣子的逗貓棒，和馬玉玩到了一起。上次見馬玉覺得它是一隻相當孤傲的貓，沒想在荒江面前竟能玩得這麼歡樂。

這些人……個個都沒有應該的緊張感嗎？

「我的老朋友們，」譚四放好紅玻璃頭罩後，就像個晚宴主持人一樣發言了，「我先來給大家介紹一位新朋友。」

只有梁啟一人沒好氣地往譚四手指的方向看去。這位新朋友，真會玩神祕，特意躲在那個未完成的機械船後面，等到譚四介紹，才走出來。出來一看，竟和譚四穿著同樣怪異的服裝，只是沒戴紅玻璃頭罩。而且，還……是個洋人？

譚四一如既往地介紹雨果，又將他的國籍來歷興趣愛好講了一遍。大概是因為聽了太多次，就算僅對中文一知半解的雨果，都能在應該微笑的時候及時擺出微笑。

聽到雨果是凡爾納的書迷，本來捨不得放下逗貓棒的荒江不禁抬眼看了看這個歐裔美籍小夥子。雨果早就注意到了荒江，見她終於有所反應，雨果立即大步走到荒江面前打招呼，一副美國式的熱情派頭。

雨果對荒江早有耳聞，知道那位寫出了紅極一時的《月球殖民地小說》的荒江釣叟實際上是一個才華橫溢的小姑娘。如今在這裡，似有凡爾納之力相助，雨果立即將她認出。

說英語荒江當然不成問題，但雨果一上來就講了許多關於科學小說的理想，弄得荒江實在不耐煩。看了看他和譚四穿著的完全同款工作服，又看了看站在一邊尷尬且不知所措的梁啟，荒江先是用英語說了一句「說正事」，又緊接著用漢語笑著說：「看你們男人相愛相殺，倒是有趣得緊。」

「她說什麼？」雨果不解地用英文問譚四。

譚四撇了撇嘴，只是與雨果低語兩句，轉回頭來，也擺出要說正事的架勢。荒江等人聚了過來，天澤重新規劃了他與眾人的距離。

「這回事態發展確實有些猝不及防。谷孟松的屍體是今早凌晨被發現的。」譚四說。

「今早發現的屍體？」梁啟不禁看了看外面的天色，此時頂多上午十點鐘，「你這消息未免太靈通了點兒。」

「確實，消息靈通應該是你們報館獨佔的特性才對。」

「你今天是吃黑火藥了？沒點都能炸，說話處處針對。」

「你自己清楚。」

被譚四這麼一說，梁啟自然心虛，但嘴上不能示弱，說：「合著這次來根本不是要商討計劃，而是對我興師問罪了？」

「行了你們兩個，這是讓外國友人看笑話？」

荒江不屑地打斷了兩人的爭吵，再看雨果，還是一臉茫然。

「你們吵得我心煩。」荒江微微側了一下頭，又重新炯炯有神地看向譚、梁和聽不懂中文的雨果三人，一點都沒有要逃避的意思，繼續說，「這次確實是我疏忽了，本應該提早料到這一步，避免悲劇，卻遲遲沒有發覺。」

荒江話已至此，梁啟不禁想到她在路上就說過，谷孟松發過求救信號，只是大家都沒有注意到。所謂大家，恐怕就是去過兩次南洋咖啡館的自己和荒江兩人，那麼谷孟松到底透露了什麼信息？

梁啟回想自己開始覺得谷孟松不對勁，實際上是在和范世雅面談那天。范世雅說了很多有的沒的毫無意義的話，或許是為了達到另外某些目的而放的煙幕彈，但從范的這些話中，梁啟不小心就抓到了一個信息——他們留美幼童當年都是在一家名為麻省孟松學校的地方學習英文。這「孟松」兩字未免太過巧合，從而讓梁啟生疑。

不對。

或許是谷孟松死訊的衝擊，讓梁啟忽然醒悟了另一層。老謀深算的范世雅怎麼可能會欲蓋彌彰地說走嘴？那晚的談話本身就有太多地方意味不明，難不成是范世雅有意透露？但現在依然無法判斷范世雅是站在什麼立場上對待整個事件。姑且把范世雅的立場放到一邊，單看谷孟松的名字，恐怕范世雅就是要透露他的名字有蹊蹺。很有可能都不是原名，而是一個化名。這麼說的話，這個化名恐怕都是一次求救信號了。可惜被大家……一次次地忽視了。

「你還沒有發覺嗎？」荒江看向陷入沉思的梁啟，「我們第一次去南洋咖啡館的時候，谷老闆就發出信號了。你還記得在他滔滔不絕地講了許久歸國四傑的豐功偉績之後，冷不防地說了什麼嗎？」

被忽然一問，梁啟一時語塞，但還是想了起來。確實在當時感覺有些唐突，但他以為只是谷孟松為了緩解之前過分激動的情緒而強行轉移話題，恭維起荒江來。

不過，荒江還是搶先說道：「『我在新加坡的時候，曾有緣和美國大文豪馬克．吐溫共進晚餐，您眉宇之間有他女兒的靈氣。』」可以說，荒江學得惟妙惟肖，「當時我太大意了，那麼明顯的信息，卻沒有發現。稍有常識的人都知道，馬克・吐溫完成環球演講，從新西蘭出來後直接去了錫蘭，根本就沒有到過新加坡，連馬六甲海峽都沒走過。他是怎麼和馬克・吐溫還有他女兒共進晚餐的？另外，馬克・吐溫距離新加坡最近的一次旅行只有那次環球演講，那一年是西曆一千八百九十五年，馬克・吐溫已經……六十一歲了。他有兩個女兒，在當時都不可能……」荒江頓了片刻，「不可能和我的年齡相仿，讓谷孟松聯想到一起。可以說，一句話裡他上了雙保險，結果我們卻……」

「也許加上他的名字的話，就不只是雙保險了。」梁啟接著把方才根據范世雅的話所做的推理也講了一遍。

聽了梁啟這一層解釋，荒江更是歎息不已，說：「那就更加確認他的真實身分根本不是什麼南洋新加坡的商人，而是……和另外四個人一樣的留美幼童，我們中國人能有緣見到馬克・吐溫的，恐怕只有當年那幾批在麻省孟松學校的留美幼童了。而到了我們第二次去，他已經有些慌不擇路地在發出暗示。你還記得他硬是要和先到的我玩『推圓盤』遊戲吧？」

「確實，對那個遊戲我也印象深刻，你玩得非常好。」

「當時的好勝心，讓我徹底錯失了救谷老闆的最後機會……」

「也不要這麼自責。」

「推圓盤明顯就是水手才會玩的遊戲，甲板才是最佳的遊戲場地，馬克．吐溫又是最著名的以『水手』自居的作家……他是在極力想讓我注意到第一次的暗示，可是我……」

看著荒江說著說著有些要哭的樣子，梁啟甚是心疼，結果還沒來得及說點什麼安慰的話，一直在給雨果做翻譯的譚四卻出聲說道：「那就有意思了。」

有意思你個鬼呀！梁啟狠狠瞪了譚四一眼。

「你們沒有想過為什麼谷孟松要用這麼曲折的暗示，而不是明著跟你們說嗎？另外，據我所知，幾年來所謂『歸國四傑』都會在南洋咖啡館定期聚會，高談闊論。谷孟松和他們四人到底是處於什麼樣的關係呢？」

「先試著回答你的第二個問題吧。」荒江打起精神，專注於眼前的問題，她專注的樣子確實可愛多了，「在我看來，應該是五人同志關係。他們皆為留美幼童，共同在美國生活那麼多年，就算不是同屆，也基本上不可能不相識。」

「這可未必。」譚四詭譎一笑，「大家都忘了一年前，就是這傢伙看我不慣的時候，」譚四瞅了一眼梁啟，繼續說，「就有過這麼一個無人知曉的留美幼童出現。」

「過身客？」

梁啟、荒江，甚至站在不遠處的天澤，都想起了那個曾經讓人聞風喪膽的可惡的名字。只有雨果，沒了譚四的翻譯，又恢復了一臉茫然。

譚四點頭的同時，給雨果簡單說了兩句。

「你的意思是，谷孟松其實是和過身客一樣，是當年容閎挑選的留美天才幼童中那些作為備份的影子幼童？」

梁啟實在不想將憨厚話癆谷孟松和那個用殘忍手法與大招同歸於盡的過身客聯想到一起，可是，讓譚四這般提醒，再想一想諸多細節，又覺得只有這樣才解釋得通諸多疑點。所謂「影子幼童」，本就是不為人知且不會公之於眾的那批備選天才幼童。三十五年前，從廣東遠渡美國，長途遠征，一走就是一個半月甚至更久。路途艱險，誰能保證精挑細選的天才幼童都能活著抵達美洲大陸？為保證抵達美國時的天才幼童數量，給每一個百裡挑一的天才幼童再選一個同樣天才的影子替身以備不時之需，放在當時的條件下，容閎的做法無可厚非。讓大清國真的強大起來，這才是高於一切的目標。而這些影子幼童，沒有對口的經費，更沒有和真身一樣的待遇。只要正身還活著，他們就永遠只能當個影子，以至於幾乎所有正身都根本不知道他們還有影子存在。影子幼童在美國的生活其實也很悲慘，絕大多數為了吃飯，甘願到舊金山做一輩子苦工，直至累死。但也有像過身客那樣靠著過人的才能，暗地裡考上了美國的大學，暗地裡畢業，暗地裡歸國的。這些影子幼童到底有多少學成歸國，沒有人知道。但可以料想的是，無論他們有多少，都算是歸國留美學生中的異數，帶著某種不切實際的復仇怒火，過身客就是最典型的一例。

「你早就知道谷孟松是當年的影子幼童吧？」梁啟的語氣多少還是有些不滿。
「這還真是誤會在下了。最終確認他就是影子之一，實際上是在他死之後。」
「怎麼確認的？」
「就是在荒江講完他的暗示之後。」
本是等著譚四接著說下去，結果發現他只是那副高高在上的樣子，不與多言，令人生厭。但道理確實已經很明白了。
就在大家再次陷入沉默時，雨果忽然拉著譚四說了幾句，看樣子帶著某種壓抑很久的興奮。
「他說什麼？」荒江皺著眉頭問。
「他說，」譚四一本正經起來，「聽了我們的討論後，他說……他不僅喜歡凡爾納，也一樣喜歡柯南·道爾，希望大家能成為交心的書友。」譚四在說「大家」這個詞時，特意看著荒江。
荒江只是手扶額頭，不理會這個外國書呆子。
不對，哪裡還是不對。一個念頭在梁啟腦中一閃而過。
谷孟松的死和鍾天文的死到底有多少關聯？谷孟松為什麼要暗發求救信號？既然谷孟松是當年的影子幼童，那他與歸國四傑的關係就變得更加微妙了。是什麼引起了殺意？為何在此時，在光緒三十四年春天才起殺意？

是連環殺人，還是殺人滅口？在谷孟松是當年影子幼童的身分被揭開之後，這兩種情況變得皆有可能了。

「倒是有個題外話一直想問個清楚。」

對於梁啟來說，直接提問感覺要比推理來得更可靠。

「問吧，我的朋友。」

這語氣真是讓人厭惡。

「你突然偽裝成留美學生去南洋公學，還在划船大賽上出盡風頭，恐怕也是和影子有關吧？」

「既然已經看出來了，又何必多問？」

「不是看出來沒看出來的問題，我需要的是你口中的肯定答案。如果你早就知道影子會有動作，所以這麼大費周章地假扮身分，為何……」

「我確實察覺了，那又能怎樣？」譚四語調並沒有變化，卻生出一種咄咄逼人的氣勢，「到底誰是影子誰是正身，我沒有調查出來。影子要對誰出手，同樣沒有摸清。這些我說了，你是不是也不會相信？」

荒江正要皺著眉過來勸架，梁啟倒是先放棄了堅持，把話往緩了說。

「算我唐突，也是心急。谷孟松的身亡，讓我們有不小的心理壓力。」

「得了吧，我們都不是警察，有哪門子壓力？」譚四卻不依不饒。

「說到『警察』，你還記得之前那個菸鬼吧？前天晚上，他特意找到我，說要我轉告你現在恐有危險，要多加小心。」

「哦？前天晚上？那就有意思了。既然我有危險，怎麼不立刻來通知我？幸好我有天大的幸運，不然今天凌晨發現的恐怕就是在下的屍體了。」

梁啟擦了擦腦門上的汗，無言以對。

「那麼現在該換在下問你了。」譚四越發咄咄逼人，「前天晚上，你去哪裡了？」

「啊？我晚上去哪裡，跟你有關係嗎？」

譚四冷笑一聲，說：「要知道，那個菸鬼警察並不只是你一個人的『朋友』。」

原本就心虛的梁啟歎了口氣。該說的終究是要說出口。本來想找個更好的時機來講，但現在已經不會有其他時機了。

梁啟誠心誠意、毫不保留地把那晚自己和宗義民所談的內容講了出來。在他講到地下張園和那個舞場時，就連聽譚四簡略翻譯的雨果，都為之驚歎。

事情全部講完，譚四立刻又恢復方才的態度，斜著眼睛瞅了一眼梁啟，冷冷地問：「這個宗義民值得信任？」

「不能信任太多。」

「不能信任你就賣我？」

「這就是抬槓了，不信任就不能做交易了？大家都是為了能儘快解決危機，你別高高在上教訓人。一分錢一分貨，賣你剛剛好。」

話趕話，越說越不對付。

「你們兩個，這是明擺著想讓本姑娘來做和事佬嗎？有意思嗎？」荒江不耐煩地瞅了他們一眼。

譚四梁啟各自把頭扭向一邊。

氣氛凝滯了一會兒。梁啟扭回頭來，不看譚四，直接問荒江：「看來那傢伙叫咱們來就只是為了宣佈我開始調查的人死了，好嘲笑奚落諷刺揶揄我一番。」又轉頭朝向譚四，「沒正經事商量的話，我還要回趟報館，恕不奉陪了。」

梁啟邁步往發電廠大門走。經過天澤身邊時，他並沒有幻想過這個精密儀器一樣的男人會做出什麼緩和氣氛的舉動，但還是停下腳步，沒有回頭，說：「小心別把命丟了，譚大俠。」

「不送。」

譚四嘴上這麼說，語氣很生硬，但顯然是做出了想要阻攔的動作。可惜距離太遠，他條件反射地抬了抬手，卻並沒有抓住什麼。梁啟出了大門，一去不返。

算計

蒸汽發電廠門外空氣凜冽，梁啟終於能吐出胸口鬱結之氣。

譚四這傢伙，真是沒來由地犯病！就算谷孟松的死和自己脫不開干係，那也沒必要處處針對，句句抬槓。出現問題就應該立刻去解決，大清早把自己折騰過來，結果只是沒頭沒腦的一頓訓，簡直可笑。梁啟心裡抱怨著，又回了陸家嘴岸邊。早晨不會有野雞渡船在浦東這邊趴活等客，想往浦西去，只能碰運氣。幸好運氣還不錯，剛好有條野雞渡船划來下客，他趕緊連跑帶喊地上了船。

尚是早晨，黃浦江上卻已忙碌起來，洋輪來往不息。船家熟練地躲開每一艘橫行霸道的洋輪和這些龐然大物在江上泛起的浪，而梁啟的思緒已經飛向他處。

影子幼童……

這確實是當年一腔熱血只為強國的容閎思慮不周而留下的禍患。這些影子幼童同樣經過精挑細選，天賦異稟，卻在國家面前微不足道。身為影子，沒有名份，沒有資助，還能活下來，更學成歸來，這種人恐怕在一定程度上要比那些正身更優於常人。

谷孟松的死暴露了「影子幼童」的存在，讓鍾天文之死有了相對明確的推理方向，但事情也同時變得更加複雜，關係和線索更加盤根錯節，需要仔細調查和梳理。

歸國四傑到南洋咖啡館聚會，這應該是確鑿無疑的。至少在鍾天文比賽之後，是范、曾二人主動邀約第二天在南洋咖啡館一聚，表明他們知道此地，並知道谷孟松此人。當年的影子幼童這個身分背景，為什麼會給谷孟松惹來殺身之禍？連環殺人也好，殺人滅口也罷，背後都沒有直接的邏輯。如果一定要推理，自然要從這五人身上的共同特性和關係入手。比如說……除了谷孟松，還有另外一個影子？

梁啟忽然發覺問題有了方向。

這樣假設，似乎很多問題都迎刃而解。為什麼谷孟松會預知自己有危險？因為他早就知道另一個影子的存在。另外三人應該是一直不知，不然不可能這麼多年來沒有動作。而鍾、康、范、曾四人的名字在冊備案，確實是當年容閎帶去美國的留美天才幼童正身。也就是說，四人之中有人從影子升格為正身了。升格的時間，最合理的就是赴美途中。在船上，鍾、康、范、曾中的某一個死掉，從而影子升格。只有這樣，另外三個正身才不知道那個人並非正身，而是影子。因為在去美國的船上，正身和影子是嚴格隔離的，在年幼的正身還沒有互相熟悉之前，更換掉一個，幾乎不會被察覺。而對於影子幼童來說，則是另一番境遇。在船裡，空間有限，他們恐怕不會有單獨的房間。像運送豬仔一樣，把他們塞在底艙，不許出來，就已經算是最仁慈的對待了吧。因此，升格一個影子，必定是這個可怕底艙裡的大新聞。

可這還是沒能解答為什麼兩起命案都會突然發生在此時，而非他們從來到上海至今的其他時間點。影子不可能都是過身客那樣的偏激亡命徒。那麼，必然是現在有什麼……

一直在沉思的梁啟猛地意識到哪裡不大對勁。

這艘渡船怎麼已經朝吳淞江口外的白渡橋划去？

眼看進了吳淞江……梁啟心中暗叫不好！

梁啟垂死掙扎般喊了一聲船家，渴望是他一時糊塗，划錯了航線。可結果自然如他預料，船家完全不予理睬，只是快速讓舢板從外白渡橋下面駛過，進了吳淞江。

沒戲了沒戲了，這是死期將至啊！

垃圾橋出現在不遠處，彷彿早已恭候多時。梁啟感到了幾分絕望。

水上的怪獸，冒著意味不明的黑煙，發出永不停息的機械聲——淨社總社那座恐怖的水寨，再次出現在他眼前，壓得人透不過氣。在此之前從未在水上體會過，原來這座機械怪獸泛起的波浪如此洶湧，讓人站在小船上只有眩暈。

「上岸。」船夫的口氣像在趕犯人一樣。

梁啟無助地摸著纜繩，爬上了簡易碼頭。

「進去。」

船夫押著還沒站穩的梁啟，上了浮橋，進了淨社總社大門。

同樣的隆隆怪響，同樣的腥臭夾道。一樣的路途，不一樣的攻防關係。此時的梁啟，手中沒了籌碼，只感到深深的不安和恐懼。

幽暗的通道裡，坐在兩側那些無所事事的人紛紛投來白眼，就像是已經走入冥界，四周全是等待撲上來撕裂新鮮魂魄的惡鬼。

那個船夫連推帶搡地把梁啟又趕到上次那個房間門口。

「進去。」

不想進去啊……梁啟苦著臉，卻不由自主地推開了門。

還是那張方桌，還是那個位置，還是那個耳朵趙。

「我們可算又見面了，親愛的李先生。」耳朵趙還是陰陽怪氣的腔調，一手把著炭火暖手爐，一手搓著泥鰍鬍說，「有沒有想念我啊?寒舍可是隨時為李先生你敞開大門。哦，不，怪不得你不來，都怨我總是稀里糊塗，把你的名字都叫錯了。應該叫你梁先生才對，是不是？」

梁啟倒吸口冷氣，卻也算是預料之中的場景。只不過他預料了太多場景，這是最壞的那個。

「我們都是老朋友了，梁先生，你還愣在那兒幹嘛？坐呀。」

看了一眼這個沒有窗的房間，在方桌的對角，早就準備了一張孤零零的板凳。

「嗯？」耳朵趙又搓了一下泥鰍鬍，突然尖叫一聲，「坐啊！」

梁啟嚇得兩腿一軟，差點兒直接坐到地上，但還是堅強地挪了過去，坐到冰冷的板凳上。

「這樣才像朋友的樣子。好了，我再給你介紹一位新朋友，讓你們見見面。進來吧。」

耳朵趙向門的方向喊了一聲，門立即打開，一個獐頭鼠目的腦袋探了進來。

李玨！果然是這個混蛋！

「哎呀，老梁你可算來了。」李玨還是那副笑臉，非常自覺地拎著個板凳進來，坐到了梁啟正對面。

「你……」梁啟咬著牙，牙齒卻在打顫。

「老梁，你看看你這凶神惡煞的樣子。小弟我又沒吃你的喝你的，也沒欠你的銀子，何必這麼咬牙切齒？」

「沒想到你們倆早就認識了？」耳朵趙陰陽怪氣地說，「我還發愁該怎麼介紹呢。你們這些讀書人，最麻煩的就是那一大堆規矩。省心了，省心了。」

「趙老闆，看您說的。我跟梁先生可是多年的老朋友了。」

「呵！李大買辦，咱倆還真是多年的老朋友，就說咱倆合作了多少筆買賣吧，哪一筆不是你這個演技派忙裡忙外，把賣家給糊弄得團團轉吃下來的？」

「哎喲，老梁，看你這話說的。小弟我可是一心為了咱們大清國才這麼賣命。」

這傢伙居然這麼不要臉……輪到誰說給大清國賣命也輪不到他啊，一個買辦，最大的本事就是幫著洋人把大清國的銀子運出去。

「好戲！」耳朵趙笑不攏嘴，「這是要在我面前演一齣《三岔口》嘍？看看誰先摸著誰的小辮子？有意思，有意思！」

梁啟心想，這個時候決不能鬆懈，必須追擊到底。結果，自己還沒來得及開口，李玨就再次搶先發話。

「趙老闆，咱們大清國的地，怎麼能讓洋人拿著？小弟我可是一萬個為了咱們著想，才特意跑來為您獻計獻策。」

「你這計策還真是萬全。先幫著洋老爺把一整條馬路都搶下來，最後剩一塊無主之地，實在沒頭緒，搶不下來，才跑來『獻計獻策』。這『計策』還真是來得難能可貴啊。」梁啟說。

「沒頭緒？你可是在說笑話？地契的下落，小弟早就有線索了。」

「哦？」梁啟有意把聲音拉得很長，「所以你連地契不在趙老闆手裡這件事都給調查透了？還敢說你大費周章地跑來這裡，不是為了把地倒騰給洋人？」

「夠了！」耳朵趙狠狠地一拍桌子，「都他媽的給我扔到江裡餵魚！」

李玨嚇得一下跪倒在地。

梁啟看在眼裡，反倒放下心來，原來這傢伙根本沒有和淨社談成深度合作，只是單純地出賣自己，想換取些現成利益。

「趙老闆息怒，」這才是乘勝追擊的時機，「沒有地契，咱們照樣穩贏。」

因為耳朵趙拍桌大吼，外面已經衝進來兩個淨社的大漢，但讓梁啟這麼一說，耳朵趙又緩和回來，微微一個冷笑，揮揮手讓進來的兩個大漢暫時先退出去。

「最好你能說動我幹掉那個耗子精，而不是幹掉你。」

「趙老闆，我這個辦法，這傢伙，」梁啟指了指仍舊癱坐在地上的李玨，「必不可少，還是先留著他的小命為好。」

話語剛落，就連李玨都大吃一驚，不敢相信這個已經被自己出賣了的人居然還要冒險保自己，一下被感動得熱淚盈眶。

但在梁啟的盤算中，當然不是真的還能對這個出賣自己的人大發什麼慈悲，還要在鬼門關口拉他一把，而是假若不拉住他，自己多半也會玩完。原因不難理解，李玨和洋人的關係確實尚有利用價值，而更重要的是，耳朵趙是幫派中人，行走江湖，最恨的不外乎背信棄義的小人。李玨出賣自己本來就是自損五百的一步棋，給人的印象本就不好，也就使得梁啟輕易轉守為攻。因此，在此時還能不計前嫌力保老友，等於又給自己上了一層保險。

「不知這傢伙有沒有給趙老闆講康腦脫路的由來？」梁啟找回了自己的說話節奏，有條不紊，循循善誘。

耳朵趙摩挲著暖手爐，說：「廢話連篇。就算他沒說，老子也清楚得很。」那就是說過了，還真是死要面子。

「那想必也十分清楚庚子年間洋人的康腦脫醫院是怎麼瞬間垮下來的吧？」

「有屁快放。」耳朵趙語調低沉，語氣森然，讓人不敢不從。

「放啊，快啊。」李玨哭喪著臉，如同在哀求。

「閉嘴！這兒沒你放屁的份兒。」嚇得李玨又縮了回去。

「靠的是一份報紙。用筆誅殺強過千軍萬馬。而今天趙老闆既然已經知道小弟的真實身分，那自然也清楚小弟在報館的作為和筆誅的能力。」

到底有多大能力，對於耳朵趙這個大外行來說，梁啟放一百個心他不會識破。

「筆誅？呵！你們讀書人就是這麼陰險，手段噁心得老子都嫌你們腐臭不堪。」梁啟抿著嘴，笑給耳朵趙看。

「別以為這麼一句『筆誅』就能糊弄過關。你的計劃一五一十全他媽的給我交代出來，敢有一點出入，立馬要了你的狗命。」耳朵趙朝著門外喊了一聲，「進來個人！」

門立馬推開，進來的果然是那個鼻血。耳朵趙一看，皺著眉揮手說：「去去去，拿紙筆過來。」

鼻血接到指令，立刻嘴裡念叨著「紙筆紙筆紙筆」，又轉身出去。

「全他媽的是廢物。」此時耳朵趙的語調不高，卻更加駭人。

室內一片靜默，只有意味不明的機械轟鳴時而震得地板顫抖。

也不知道鼻血是跑了多遠的路，上上下下去了哪幾層，過了好一陣子，他才終於端著紙筆戰戰兢兢地跑過來。早就等得不耐煩的耳朵趙本打算像上次一樣一巴掌抽在鼻血的臉上再說，但看見他手裡捧著的硯臺裡還有墨，怕濺得到處都是，只好收手讓他趕緊鋪到桌上，開始記錄。

「行了，梁先生，請講吧。你的計劃，我這小弟會一五一十全都給你記下來。」

鼻血舔著筆頭，吃得一嘴黑，煞有介事地開始準備記錄。

「好，那小生就開始了。」梁啟整了整衣領說，「其實筆誅非常容易，只要抓到『正義』二字，什麼文章都做得出來。庚子時，曾傳堯就是抓到這一點，直接擊垮了洋人。」

「說重點。」

「是是是。小生上次去康腦脫路時，就已心生一計。在康腦脫路的一頭，有一座天主教堂，不知趙老闆可曾注意？」

「嗯，是有那麼個玩意兒。怪模怪樣的，看著就噁心。」

哦？果然，他去過康腦脫路，恐怕還不止一次。

梁啟從懷裡掏出兩枚銀圓，遞到了耳朵趙身邊的方桌上，說：「小生出這兩元錢，希望趙老闆能派一個徒弟去那個教堂辦一件事，用這兩元錢買一樣東西回來。」

「那個破教堂能有什麼東西值這麼多錢？」耳朵趙已經把兩枚銀圓摸到手裡，把玩起來。

「教堂裡的神龕。」

「哦？是古董？」

「非也，實際上可以說它一文不值。但就是因為它不值錢，花大價錢去買，才會讓偷偷賣的人不敢在事件爆發時出來說話，而且『買』這個行為本身，也是必不可少。買了教堂的神龕之後，就請這位英雄盡情地大鬧一場吧。」

「呵，盡情？我看你應該是有所指吧。」

「趙老闆料事如神！要帶著這座教堂神龕跑一趟英人電報局。在那裡鬧，就說必須要把這個神龕賣給電報局，賣十五個大洋，少一角都不行。電報局裡的人必然會問：『為什麼偏要賣這種玩意兒給電報局？』就回答說：『是教堂的人說的，教堂的神龕只要拿出教堂，七七四十九個小時之內找到新主，就能放出強大電能，用來發電。電報局電報局，一個電字不是就需要電嗎！憑什麼不買我的神龕？眼看四十九個小時就要過去了！』如此這般鬧上幾場。」

「哦？聽起來倒是有趣，可是我問你，誰信這種神龕發電的鬼話？」

「當然沒人信了，現在都什麼年代了？可是大家都不信，偏偏冒出一個人來信，這說明什麼？」

「有人狠狠地騙了這個蠢材。」

「正是如此！現如今老百姓最恨什麼？正是洋人不停地欺騙糊弄我們。只要我們抓住這一點，『正義』就已經站在我們這一邊。那麼，小生的這桿筆，當然就能派上用場，大開殺戒了。」

「哈哈！梁先生啊梁先生，我好像說過吧，你才是真正的老狐狸。」

「趙老闆，您謬讚了。接下來才是關鍵——達成咱們的目標。不過，在此之前，其實我想跟趙老闆說明一下，小生的目標並不是讓淨社趕走兆順地產，獨佔康腦脫路。」

「啪」的一聲，耳朵趙的巴掌狠狠地拍在桌上，嚇得鼻血哀號一聲，差點兒跪在地上。耳朵趙平靜片刻，說：「最好你能給我一個滿意的答覆，不然你立馬變成魚食。」

「趙老闆明鑒，小生我絕對是全心全意為了淨社利益最大化來做計劃的。獨佔康腦脫路，看似坐擁全部財產，其實會成為眾矢之的。況且在小生前面一番折騰後，康腦脫路肯定會變成一塊燙手山芋。到時候誰先伸手誰倒楣。所以，小生的計劃是：共治。這條馬路，如果在庚子之前，咱們搶下來把洋人趕走，還算得上民族英雄，得個虛名，名揚一時。可是現在，那裡已經是名正言順的租借地，就算硬取，最終也會因為工部局和《土地章程》在那裡，不得不歸還土地。來硬的，肯定是一場空，還自損了人馬和信譽。」
「扯了半天，說重點。」
「方法很簡單，一條名聲變臭的馬路，地皮最便宜。我們只要去和兆順地產談，把這條馬路的經營權轉讓過來即可。地還是屬於他們，但經營由我們來做。簽上一份長期租用的合約，租金要極低，並且簽死不許毀約，這樣一條馬路也就收入咱們淨社囊中了。」
「他們憑什麼和我們簽約？」
「憑兩點。其一，馬路已經等於砸在手裡，耗下去只有平添損失，作為利益至上的商人，他們絕對不容忍。能有組織樂意接盤，他們求之不得。其二，就是因為我們有他在手。」梁啟用下巴指了指坐在地上的李玨。
忽然被人一指，李玨一臉驚恐。
「這個倒楣蛋剛好是我們所需要的。」梁啟繼續說，李玨已經緊張得喘起了粗氣，「和洋人談判需要技巧，技巧需要人實操。小生是報館中人，趙老闆已經知道，這個身分很難出面。如果需要有人往復周旋，那麼李玨當然是最佳人選。他既是兆順地產的金牌買辦，又可以為我們所用，讓他主動來和我們談判，再往回傳話說服洋人，幾個回合下來，還怕康腦脫路跑了？」
李玨還是睜著一雙小眼睛緊緊盯著梁啟，完全無法判斷梁啟這一步是要害他還是要救他。
「聽起來你的計劃簡直是天衣無縫了？」

不好，耳朵趙恐怕是起了什麼疑心，只好加碼。

「不敢不敢，事在人為。因為小生從一開始就是這樣計劃，雖然……」梁啟停頓了片刻，把隱瞞身分的事實抹過去，「想必趙老闆已經聽說了我那位在浦東的能人朋友。小生著手操辦此事後，就已發現自己能力不足，難以駕御，所以早早就開始尋求我那位能人朋友幫忙。現在計劃雖有些許變化，但實際上差別不大。由他出面代表咱們淨社去談判，以他的手腕，必然馬到成功。」

對不起了，譚四。梁啟心裡默默地想著，計劃趕不上變化，事已至此，只能自己率先自作主張，保命要緊。

耳朵趙手捋泥鰍鬍，看著梁啟，許久笑而不語。目光讓人捉摸不透。他又看了看還在吃力地畫畫一樣寫字的鼻血，也沒有出手去教訓，和藹卻讓人膽戰心驚地笑了笑。

梁啟和李玨偷偷地四目相對，目光中全是無力和無助，繼續靜候著最終審判。梁啟能打出的牌基本上已經全都打出，接下來結局怎樣，只能聽天由命了。

「兩個禮拜。」耳朵趙忽然說，「按洋人的計時方式，兩個禮拜，給我康腦脫路的經營權。」

「這……」梁啟沉吟，「恐怕事件發酵最少也需要……」

「兩個禮拜。」耳朵趙打斷了梁啟，完全不給他討價還價的餘地。

李玨坐在地上，使勁擠眉弄眼。無論兩人之前有多少恩怨，此時此刻都是拴在一根線上的螞蚱。

梁啟向李玨回敬一個意味深長的笑容，又開口說道：「兩個禮拜就兩個禮拜，不過，小生還有一個請求。」

李玨倒吸口涼氣，知道接下來絕對不妙。

梁啟繼續說道：「希望事成之後，小生能連本帶利地收回自己付出的投資。」

「嗯？哈哈哈哈！」耳朵趙爆笑起來，「梁啟，你他媽的給我聽好了！別他媽的以為我剛才覺著你在理，你就能蹬鼻子上臉！連本帶利？你給我什麼了？」耳朵趙掂了掂那兩枚銀圓，「這兩元錢從剛才到現在就一直他媽是老子的！」

李玨已經絕望得全身發抖。

但梁啟沐浴在耳朵趙的吼叫和笑聲之中，依舊泰然自若。

「哎呀呀，趙老闆，是小生措辭不當，可千萬莫要怪罪。」必須讓耳朵趙認為自己是貪圖利益才和淨社談合作，不然一旦被他發現真正目的，恐怕會打草驚蛇，既讓調查失去線索，也讓自己身陷險境，落得個谷孟松的下場，「小生當然想得點兒甜頭了，您看，這是人之常情。」梁啟搓著手看著耳朵趙，「而且，說實話，小生要是真弄出這麼大動靜，也算是雙腳都踩到獨木橋上了。為防萬一，多少也得給自己鋪一條後路。所以小生斗膽，求到時候淨社能賞賜給小生一間商鋪，讓小生做點兒小本買賣，有個生路。」

「常言道：貪心使人喪命。」耳朵趙雙臂抱胸，恢復平靜，一臉的哲思。

哪兒來的諺語……

不過，顯然耳朵趙是信了自己。

梁啟終於鬆下這口氣。

「滾吧。」過了許久，耳朵趙平靜地說道。

奔走

簡直是重獲新生。

當梁啟從淨社總社那個腥臭陰暗、噪音不斷的恐怖水寨裡走出來以後，才真切地感到自己可能還是活著的，同時難以抑制地全身顫抖起來，如同惡寒襲身，無法抗拒。

「我真是差點兒被你最後那一招給嚇死啊！」李玨像一條街邊跑來討好的野狗，搖著尾巴，諂媚地說。

真想一拳打爛李玨的鼻子。可是一來自己沒有這個本事，二來打也於事無補，只能徒增不信任和變數。

「好自為之吧。」梁啟厭棄地說，「別忘了我們只有兩個禮拜時間，幾乎還是等於死路一條。」

「啊？我以為你有十足把握呢。」

「各自逃命吧。」

「啊？啊？別呀！淨社人的本事你也不是不知道……就算我逃到天涯海角，他們也肯定能把我弄死。更何況，天涯海角哪兒有咱們租界待著舒服？」

「你自作自受還怨上我了？要不是你出賣我，拖我下水……」說著，梁啟氣不打一處來，狠狠地踹了李玨一腳。

「你他媽的打我？啊？你他媽的有種啊！行！小爺我記住了，你等著。有你好看！」冷不防挨了一腳的李玨撂下這句狠話，跑了。

看著滑稽可笑又可恨的李玨跑遠，梁啟只有無奈和對未來的絕望。

從淨社總社出來，感覺全身都被掏空，梁啟什麼都不願多想，只希望趕緊回家，重重地摔到床上，睡上一覺。

過了垃圾橋，遠離了淨社總社的威懾，像個遊魂一樣的梁啟好不容易叫到了車。一路顛簸，終於回到住處，卻發現別說回家，就連那棟公寓樓的大門都很難接近了。

看公寓樓大門前擠著不少圍觀群眾，梁啟就知道自己想回去睡上一覺的微小願望已經被無情地剝奪。

無奈之下，梁啟只好抖擻精神，上前看個究竟。

梁啟剛一走近，就被房東老頭看到。他穿著一身睡袍，蓬頭垢面，就像是被逐出家門的怨婦。房東老頭一看到梁啟，立刻撲上來，抓住他的肩膀就開始哭訴。這一幕看得周圍笑聲不斷，比去看戲都有趣。梁啟連哄帶勸，和房東老頭周旋了好久，才終於從他斷斷續續的抱怨中聽出個大概。

原來梁啟一早剛走沒過半個小時，兩個凶神惡煞一樣的淨社人就來了。還沒等房東老頭反應過來發生了什麼事，兩個流氓就已經踹開房東的門，把穿著這件睡袍的房東老頭從被窩揪出來，劈頭蓋臉就問李同住哪個房間。

「李同？什麼李同？我哪兒知道李同是什麼玩意兒？」房東老頭還是一副驚魂未定的樣子，反反覆覆地跟梁啟抱怨著，「我就知道你和他們有關，前幾天帶了那麼個怪物來，把我的地板都踩壞了！我還沒找你要賠償！」

「所以？」梁啟抬頭看看自己的房間對街的窗戶，語氣出奇地平靜。

房東老頭不敢抬眼看梁啟，只是支支吾吾地說：「你得賠，你得交雙倍房租。」

這一天到底是撞了什麼邪，四處被人賣……

甩開喋喋不休的房東老頭，走進公寓門廳，只見一片狼籍。門廳裡本來沒什麼東西可砸，所以地上散落的顯然都是從自己房間裡扔出來的。梁啟邁過扔在樓道裡的自己的日常雜物，經過躲瘟神一樣避之唯恐不及的鄰居，進了自己的房間。

房間裡更是慘不忍睹，僅有的一個櫃子和兩個書架全被掀翻，書和衣服雜物被扔了一地。

梁啟踮著腳避開雜物，來到書架前，把其中一個扶起來，在散落附近的書中翻找起來。

果然，關於康腦脫路的調查記錄全部被拿走了。

梁啟深吸一口氣，看了看自己那張床。不知來的那兩個人是憋了多大的火氣，可憐的床鋪被褥已然被撕爛扯破，棉絮滿地。想湊合著再躺一會兒恐怕都難。

早晨走後不到半小時，這兩人就來了？

梁啟繼續仔細翻找，看會不會有漏網之魚。

時間踩得有點太準了……他回想起清晨去譚四那裡的路上，天澤說譚四火急火燎找了德律風，通知天澤荒江快帶自己過去。現在再看，恐怕是他得到了淨社會對自己不利的消息。

到頭來，清早之所以召集那場尷尬聚會，除了要和自己吵上一架，譚四還要救自己一把？故弄玄虛，真是令人惱火。要是他能直說，自己說什麼也不會獨自一個人離開浦東，還坐著渡船自投羅網。梁啟苦笑著。

不過，躲得過初一躲不過十五，被淨社逮著是早晚的事。

而且這件事還有一些讓人費解之處。剛剛在淨社總社和耳朵趙對峙，無論結果如何，起因自然是身分暴露引起他震怒。那麼一早來擒人的，為什麼開口閉口都是在問「李同」這個假身分？以淨社眾渾不怕的性子，根本沒必要隱瞞自己已經知道了真相。進一步說，他們根本沒有這個隱瞞的意識。

另一方面，能在案頭繁雜的資料手札書籍中，把關於康腦脫路的全部材料精準地挑走，這種情報素質實在沒辦法和看報拿反、「光緒」讀成「光者」的淨社眾關聯到一起。是耳朵趙他們扮豬吃老虎？他們本來就是老虎了，這樣偽裝又有何用意？抑或是說，耳朵趙的勢力也只是淨社組織的小角色？

多猜無益。當下可以確認的是，沒搞清楚兩個淨社的人和耳朵趙到底關係如何之前，這個地方暫時是不能住了。梁啟大概收拾了一下可憐的房間，把該扶起來的櫃子扶直，該收上去的書收好。不宜大張旗鼓，便沒有拿箱子，只用手提包裝了些必需品，就離開了。

梁啟路過房東房間時，向裡面瞅了一眼。房東老頭已經回屋，他便好聲好氣地給了老頭些補償金，並加了點小費，拜託他幫著把房間打理打理。

房東老頭雖然滿嘴抱怨，但收錢還算痛快，讓梁啟放下些心。門外看熱鬧的人還沒散，又不敢進來，只肯在街上交頭接耳，見事主出來，立馬嚇得紛紛讓出一條路。

在不明真相的群眾的竊竊私語聲中，梁啟默默走出。一直走到三馬路上，才算兩耳清淨。時間已過中午，報館雲集的三馬路上熱鬧起來。大街上奔跑著送報到各個銷售點的小童，大中小報館的撰稿，有的穿著馬褂長袍，有的穿著西裝馬甲，有的戴著瓜皮帽，有的戴著圓沿帽，大搖大擺無所事事。這裡面少不了熟面孔，碰見梁啟，都是來一句「好久不見」「有大新聞別忘了幫襯一下兄弟」這樣的恭維話。

在報界摸爬滾打兩年多的梁啟，多少算是報界中堅，對報館的工作談不上喜歡，但也並不討厭，只是一直厭惡報界同行這種禮貌的冷漠。可現在，這種客套的場面話反倒讓他感到舒坦。住的地方暫時不能回了，譚四那裡一時也不想去，現在恐怕……反倒只有報館算得上唯一歸宿。真是有些諷刺，但自己的腳步竟已經自行向自家報館走去了。

久違了的新新日報館，久違了的……

剛上報館二樓，正和從經理室出來的呂經理不期而遇。真是久違了。

「小梁？」呂經理的語氣就像大白天撞見鬼，或許他真的認為梁啟已經死了。

「經理。」梁啟回應。

「唉！小梁回來了，大家過來歡迎啊。」

在經理的號召下，梁啟獲得了幾聲並不熱情的問候。

「真是的。」呂經理自己也覺得怪沒面子，抱怨了一聲，「小梁啊，能全鬚全尾地回來就好，可是讓經理擔心壞了。你不在的時候，咱報館也有了新變化，你猜是什麼？」

肯定沒好事……

「咱們報紙也有英文名了！」

呂經理招著手讓梁啟到經理室去。進了經理室，他從案頭拿起一張紙，展開給梁啟看。紙上用毛筆寫著不倫不類的英文字母：NEW NEW NEWS。

「怎麼樣？咱們報紙的英文名，夠新穎夠氣派夠朗朗上口吧？」

梁啟看著，卻沒有氣力回應。

呂經理立刻察覺，把紙放下，嚴肅起來，說：「我知道你有情緒，有不滿，有委屈，可是咱們報人，就應該任勞任怨不低頭。」

梁啟正想低下頭休息一下疲憊的雙眼……

「經理……」梁啟終於開口說話，希望能在報館留宿幾晚。他沒有說具體原因，但實際上，呂經理看到梁啟手裡鼓鼓囊囊的手提包，就已經猜到一二。

「我這間辦公室姑且借你留宿。」呂經理頓了頓，「既然已經回來，那就立刻回到自己的工作崗位上。知道你辛苦奔波，但無故曠工還是不允許的，不然如何讓我服眾？現在你就不要再做記者了。咱們報紙最近在連載大作家情可待寂寥生的新小說，但他已經一個多月沒有交過稿了，現在你馬上就去他住處，把稿子給要過來。」

呂經理語氣堅決，有種不容馬虎的氣勢，給了梁啟這個情可待寂寥生的住址，便讓他把手提包放下出去了。

梁啟手裡拿著情可待寂寥生的住址，向那些還沒開始工作，正在閒聊的同僚微笑致意，然後下了樓。坐到一樓的會客藤椅上，總算可以休息片刻……

情可待寂寥生？梁啟不得不苦笑著罵了一聲。這要不是呂經理有意安排，老天都要發笑了。這人才是真正的老狐狸。

這個寂寥生說是在《新新日報》上連載小說，其實只是發了三四回的東西，然後不了了之。而他的主戰場，真正的發表重鎮是在稿酬比《新新日報》高了一倍的銃報館《小快活》。想要接觸曾傳堯，這就是切入口。不過，這個切入口能有多大，尚未可知。

渾渾噩噩地，梁啟終於在藤椅上睡著了。

在夜幕降臨之後，電氣路燈緩緩亮起，把上海租界照得如同一條條交織的金鏈。四馬路三馬路燈火通明，人聲鼎沸，正是熱鬧之時，然而再往上走，過了吳淞江，沿岸馬路上便鮮有行人了。

接近垃圾橋，空寂更甚。

只有一個人影，靜悄悄走在橙黃色電氣路燈下，向著漆黑江水中陰森恐怖的淨社總社走去。

儘管氣勢駭人，淨社總社的浮橋口依然有人把守。把守的兩名大漢，一年來第一次見到有人夜裡主動走向淨社總社，不免大吃一驚。就在吃驚的空當，兩人驚異地發現這個人已經到了浮橋上，越過自己的守衛線，大搖大擺向水寨大門走去。

「喂！」兩人向著浮橋異口同聲地高喊。

那人立刻轉身，一臉不滿的表情，雙手向下揮動，示意少安勿躁，莫要出聲。

守衛自然不會聽他擺佈，罵著不三不四的髒話，壓了上來。兩人手上各拿一根長棍。在往常，這樣的架勢足以把周圍的老百姓嚇跑，可惜現在浮橋上的人絕非等閒，他們一出招就已等同敗北。

兩個人擠著撲上浮橋，一個用長棍捅向擅闖者，另一個則是劈頭蓋臉向下掄。擅闖者在狹窄的浮橋上輕巧地移步側身，躲開刺來的長棍，順勢握住棍頭向後一帶，大漢一個狗吃屎，一頭撞到浮橋沿上昏了過去。而另一個棍已劈下，無法收勢，只能眼睜睜地看著同伴被奪走的棍子掄到自己的腰上，哀號一聲，倒在同伴身邊。

守衛倒地，擅闖者卻沒有立即過浮橋，而是轉回頭來，一臉無奈地對著兩人說：「我最不贊成的就是一上來便用拳頭說話。你們啊，就不能在動手之前先動動腦子？」

話音剛落，就聽淨社總社的水寨如同一頭從美夢中驚醒的怪獸一樣，發出金屬摩擦的刺耳怪叫。

怪叫讓擅闖者沒了教育兩個倒楣守衛的興致，踏上了浮橋。

剛邁出兩步，就見浮橋盡頭緊閉的鐵門上方，塔樓樣子的裝置打開了一扇窗。有人影出現在窗中，黑乎乎看不出樣子。只見那人從旁邊端起一支槍架在窗口。

看見槍口對準自己，擅闖者卻一點沒有恐慌，只是全身警覺起來，為接下來的應對做好充足準備。他右手悄悄探進懷裡，還抽空對身後的守衛說笑：「這還像點樣子。」

窗內本來一片漆黑，忽然閃起火光，十分顯眼。

火光乍現，擅闖者卻不屑一顧，右手又鬆懈下來。

「什麼呀，居然是火銃……連把正經一點的槍都沒有嗎？」

「轟」的一聲爆炸，窗口射出了一條火舌，駭人地號叫著擊向擅闖者。擅闖者只是抓準時機向後撤了兩步，便輕巧地躲開了子彈。

見子彈「啪」的一聲鑲進浮橋，擅闖者咂舌歎息，似是又開始給倒在地上的兩個守衛上課一樣地說：「看見了吧，這種落後的武器，既沒有速度，又沒有準頭，連破壞力都不夠。你們這樣搞防禦拿不上檯面啊。堂堂淨社總社，要是讓洋人看到了，又要笑話咱們大清國無能了。」

擅闖者嘴上說個不停，手也沒停，已經把剛才的長棍又撿起來，瞄準不遠處的窗口，趁裡面的人正在重新填充彈藥，用力抛出。長棍帶著風聲，正好戳中窗內那個倒楣蛋的腦袋。

一擊命中，擅闖者滿意地拍了拍手，跟兩個還是爬不起來的守衛說了一聲：「哥倆兒，在下先進去看看，咱們後會有期。」便再次走上了浮橋，留下身後那個沒有昏厥的守衛不停地呻吟。

走到浮橋盡頭，看見漂浮在吳淞江上的鐵怪大門緊閉。他湊近瞅了瞅，確實無懈可擊，想必內部有機械機關鎖死，不是一時半會兒撬得開的。又抬頭看看方才的窗，倒是還敞開著，但高度同樣難以一躍而至。

方才擊中窗內人的長棍掉落回浮橋上，倒是可以一用。不過，這位擅闖者懶得費勁去跳，又東張西望，尋找其他防衛疏漏點。就在這時，伴隨著雜亂的齒輪咬合聲，面前原本緊鎖的鐵門緩緩打開了。

「這還差不多。」擅闖者等著鐵門完全打開後，向漆黑的通道拱手說道，「在下南洋公學教習張豐，前來拜會，望能通報。」

結果譚四自報家門的聲音只是在通道裡迴響，無人回應。譚四撇了撇嘴，再拱手說了一遍。依然毫無回應。

「這可叫人如何是好。在下課業繁忙，只有今夜得閒，若是再約，又不知是何年何月了。能不能叫貴社掌事的直接來和在下談上一談？我們都有可以互相交易的籌碼，虧欠不了。」譚四故意大聲歎了一口氣，「算了，那就恕在下冒犯了。」

話語剛落，他就甩手進了鐵門。

剛一進來，就見通道兩側一陣閃爍，十來步一盞的電氣燈無聲點亮，把方才還是伸手不見五指的漆黑通道照得一片橙黃。

「原來是這種待客之禮，在下真是三生有幸，才得此夾道的電氣燈相迎。」

通道在電氣燈的照耀下，雖是明亮，卻更顯詭異莫測。每一盞電氣燈都套著鐵籠保護罩，鐵籠的影子映在對面墻壁上，讓整條通道看起來也像漫長的鐵籠。

果然和梁啟描述的一樣，通道幽長，充斥著從下而上的機械隆隆聲。只是與梁啟來時不同，這次沒有通道兩旁東倒西歪、無事可做的流氓，兩側偶爾出現的木門也都緊閉。沒了那些注視來客的無賴眼神，這條通道反倒變得令人窒息。

譚四深吸口氣，結果被通道裡的腥臊霉臭味嗆得不行。

「這幫人就不能給自己的老巢通通風嗎……」譚四嘀咕著，繼續沿著電氣燈照亮的通道指引著向前走。

確實是走向另一條路了。梁啟說過，他是被耳朵趙帶著走了一段通道，便進了左手邊的木門，穿過一間房間，再到另外的通道，而現在自己並沒有穿過任何一扇木門。隨便吧，這幫人還能瘋到為了做掉自己把整個總社水寨弄沉不成？只要不沉，終究有辦法應對。

譚四繼續向前走，看似漫不經心，但處處留神機關。一邊走一邊算著步數。就在這條筆直的通道差不多快要到頭，前面已無電氣燈照明，不遠便又重歸黑暗時，右手邊的一扇木門嘎吱一響。

「呦？還是個自動門？」譚四嘴上不閒著，推開了這扇自動開鎖的虛掩著的木門。門一被推開，門背後的漆黑就一下被數盞電氣燈照亮。

「夠豪氣。」譚四拍著手，走了進來。門後不是一個普通的房間，而更像是張園裡的馬戲篷，開闊的圓形場地，在不計成本的燈光照射下，顯得格外空曠。

木門在譚四進來之後立即「啪」的一聲關閉了。場地裡還有四扇門，彼此間隔相同，分布在圓弧墻壁上。譚四身後的門一關閉，另外四扇便隨之打開，衝進十來個打手，個個膀大腰圓，看上去就甚是能打。

看到此等架勢，譚四還是不忘先問上一問：「各位朋友，在下南洋公學教習張豐，前來拜會貴社掌事，有……」

譚四還沒客氣完，十來個打手已經從四面撲向他。

「怎麼都不聽在下把話說完？算了，看來必須先過這一關。」譚四苦笑一下，「來吧，正好練練新把式。」

在打手們撲向自己的同時，譚四雙腳前後分開，跳躍兩下，做了極不尋常的準備動作，雙拳一前一後舉起，前手架在眼前，後手護住下巴。第一個打手已經撲來，譚四沒有用往常習慣的招式去抓對手借力拋出，而是輕巧墊步側向一滑，閃開攻擊，隨後藉著躲閃的勢頭，猛一擰腰，帶動右拳直擊他的顴骨。這一拳打得結結實實，把那打手打得側飛出去，倒地呻吟。

「威力不小嘛。」譚四滿意地說，同時步伐早已調整回來，又是滑步躲開新一輪攻擊，不出右拳，直接用左拳畫出一條弧線迎擊對手。這次打中的是面頰，憑手上的感覺，料想對手的下巴已經被打脫臼。

接下來就不是單槍匹馬的對手，而是三兩個一組，成群殺至，但都奈何不了譚四的輕巧步伐。他如閒庭信步，遊走在眾人的空當之間，同時毫不留情地出拳反擊。譚四的每一拳幾乎都照著對手面門揮去，只是偶爾因為剛好位置不合適或者身高懸殊，而去重擊對手的腰部和腹部。

不過基本上全都是一拳擊倒，打得暢快淋漓。

不到兩分鐘，所有對手皆已倒地呻吟，喪失戰力。

看到對手已全數解決，一直輕快地跳著步子的譚四長舒一口氣，多少覺得有些疲憊。

「這下滿意了嗎？在下此來，無意尋釁結仇，只望能和掌事的一談。」他不知該和誰說，只好對著空曠的場地中央喊話。沒想到喊完之後，立刻有了反應，卻並不是譚四期待的結果，而是五扇木門皆開。

又是十來個打手衝了進來。沒機會多話，譚四一咬牙，重新擺出架勢，長拳短打再戰起來。

新一撥對手，再次全被迅速打翻倒地，但譚四也是汗如雨下，雙拳已然皮肉綻開出了血。

可是就在譚四剛剛停下腳步，還沒來得及擦汗的時候，五扇木門再度打開。場景一如剛才，又衝過來十來個大漢。

「喂！」譚四趁自己站在場中央還有片刻時間喘息，朝著頭頂大喊，「不帶這樣的！有完沒完？在下只為來……」

根本來不及把話說完，對手已經越過滿地的同伴再次殺到譚四身邊。這回譚四不再墊步躲閃，而是氣一沉，紮了個馬步，沉肩墜肘，含胸拔背，換了一套打法，雲拽提按之間，已經有三四個人被打翻在地。

只不過，這次譚四無心戀戰，只是給自己爭取了一個極短暫的空當，大喊一聲「夠了！」從懷裡迅速掏出他那把轉輪手槍，朝著天花板就是一槍。槍聲在密閉的場地裡格外響亮，不論是站著的還是倒地呻吟的，統統渾身一震，一時都停下了動作。

不知是從哪兒傳來了一陣令人作嘔的笑聲。

譚四不肯放鬆。既然亮了槍，也算是打出了底牌，就看接下來怎麼談判了。

「張先生，哦，不，是不是應該稱呼你譚四譚先生？」依然不知道聲音從哪裡傳來，但可以肯定的是，這個陰陽怪氣的人並不在現場。

「既然你們已經知道在下的身分，明人不做暗事，何不開誠佈公，坐下來慢慢談談？」譚四的語氣已經變得一本正經。

「你有什麼資格和老子談？」

「資格？當然是我手裡的這個傢伙了。」

「一支已經打掉一發，只剩五發子彈的轉輪手槍？」

「呵呵，我豈不知該有備而來？當然了，你這個躲在安全地方的傢伙是看不到的，可你最好別小看我的轉輪手槍。」說著，譚四用不可置信的方式把轉輪從槍中迅速取出，更換了滿彈的新轉輪，同時從懷裡掏出了一串鞭炮一樣的滿彈轉輪。

「你還真有一手。」那聲音的主人就好像能看到一樣。

局勢瞬間逆轉，在場沒有倒地的人皆不敢輕舉妄動，進退兩難，只好等待那個聲音再次發令。

「但是，」聲音更加陰陽怪氣，「我敢保證你根本不會殺人。你再有神技，也都只是擺設。」

「哈！」

譚四沒有反駁，但轉輪手槍在手，又有剛才的表演，他目光如炬地看著四周，結果還是沒人敢邁前一步。

那個聲音一時沒有再出，場面僵持不下。

「再僵下去估計外面天都亮了，你們兄弟不用出去幹活嗎？」譚四終於主動打破僵局，「我說這位躲在不知道什麼地方的英雄，想必您就是貴社二當家趙老闆吧？趙老闆自然清楚在下的來意，在下誠信而來，希望趙老闆同樣能以誠相待。誠信嘛，才是交易的基礎。」

「你這嘴皮子不比拳頭功夫差啊。」

「這是您還對在下不瞭解，在下鼓搗機械的功夫更好，我聽你們這下面的噪音，怕不是有的鍋爐輸出功率不足了吧。不知貴社考不考慮聘在下來做個機修師，好好排查一番？」

「你還真會小看我們。」耳朵趙的聲音停頓片刻，「譚大俠單槍匹馬闖關，顯然不是只為了來幫我們鏟事吧？莫非有求於我們？呵，真是想不到譚大俠原來是這樣的大俠。」

「這可是趙老闆誤會了。我要是無欲無求而來，你們能放心讓我辦事？我拿著條件來交換，只要公平，我們雙方都放心，不是嗎，趙老闆？」

「哈哈哈哈！」聲音從場地的四面八方傳來。

耳朵趙笑了好一陣子，終於發出命令，說：「行了，你們都下去吧。」

五門再開，沒有負傷的人又拖又抬，帶著傷員一同離場。跟著，五門又關，隨即一道門再次打開，顯然就是接下來該走的那道了。

寂寥

是樓梯？

譚四看到那道木門後面，竟是一條通往深處的樓梯，不由得感到好笑。不知道另外幾道門後面是什麼樣，但照這條樓梯的坡度判斷，另外幾道後面不可能也是樓梯。那麼這道門出來的打手，豈不是要爬上如此陡的樓梯才能出場？表情愣是和其他幾道門的人一樣淡定，實在辛苦這道門後的兄弟了。

樓梯與方才的通道比起來，不友好了很多。通道裡全是電氣燈照明，就算有意指引到這個比武場，那也是敞敞亮亮，好歹讓人看得清路。而現在的樓梯，除了比武場燈光把譚四的身影拉長到虛無之中以外，只有深不見底的黑暗。

譚四正想回去向耳朵趙抱怨，木門就像猜到他的意圖一樣，迅速關閉，斷了退路。譚四歎了口氣，把轉輪手槍收好，又從懷裡摸出了一根棒子。他摸索了一下棒子的頂端，小心翼翼地從那裡把它掰斷，棒子立刻噴出了耀眼的銀光。

「這玩意兒真夠嗆鼻子的。」譚四舉著銀光棒，捂著鼻子往下走。

一邊走一邊繼續抱怨給前後漆黑的樓道聽：「我說趙老闆啊，你就給在下開個燈好不好？你看看我這個棒子噴出來的煙，嗆死了。咳咳咳……你們這個水寨通風又不好，本來味道就不對，煙越來越多，你們排得出去嗎？咳咳，怕是你們接下來一個月全得聞這個煙味了，何苦啊。咳！哦，我明白了，你們淨社的宗旨一定是小弟性命如草芥！你早就盤算好了，煙靠剛才那幫小弟過來人力吸走對不對？可真是壞透了啊咳咳咳……」

譚四說個沒完，咳得更沒完，結果一直走到樓梯盡頭，還是沒有遂他心願。既然已經到了門邊，不必再照明，譚四當機立斷，把那個還在噴著銀火和煙的棒子用特製的蓋子一壓，火就熄了。

「這破玩意兒，每次蓋上都能燙死人！」

這道門不是上面那種機械門。譚四甩甩手，去摸剛才已經看準的門把手，同時開始計算這扇門和門後房間在淨社水寨裡的位置。那條通道一直斜插向水寨中心，而剛才的樓梯一共二十四級臺階，所以深度大概十五六尺。這個深度，吳淞江的話大概已經快到底。就這個水寨的深度來看，足以給淨社一個「深不可測」的評價了。

譚四握住冰冷的門把，向下一按，門即打開。

「太好了！」譚四笑呵呵地說，「這邊不是另一條樓梯，在下可算放心了。」

房間不大，點著奢華的電氣燈。燈只有一盞，但房間裡佈滿了各式各樣的鏡子，使得房間格外明亮。在鏡子包圍的正中央，一個人坐在雕飾繁複的沉重的太師椅上。

果然就是那天晚上站在橋上用繩鏢的高手。

「譚大俠。」

「趙老闆。」

耳朵趙拈著他的泥鰍鬍，笑而不語。顯然他也一下認出了面前這個譚大俠，正是那天夜裡開船破了淨社宵禁的人。但兩人都沒把這件事說破，只是心照不宣地確認了對方。

同時，譚四用最快的速度仔細觀察了一番這個佈置怪異的房間。卻沒有發現任何操縱桿和機關，只有明晃晃的鏡子。鏡子都是洋人的水銀面玻璃鏡，價格絕對不菲，但看不出用處。只好初步判斷，剛才耳朵趙並非在這個房間窺視自己。他們淨社，還真是喜歡大費周章地故弄玄虛。

「趙老闆，咱們就開門見山吧。在下可以幫你把康腦脫路談妥。我想李同，嗯……既然趙老闆已經知道在下的真名實姓，想必也查出了他的，那在下就不拐彎抹角了。梁啟他今天早晨肯定是被你們抓來了吧。既然他到了你們這裡，肯定要周旋一番才能全身而退。那麼談判的任務想必還是落到了在下頭上，所以在下現在主動請纓，算是時機剛好吧。」

「你的消息相當靈通啊。」

「不是，這都是根據現實情況做的推斷。真實與否，在下並沒驗證。」

「不用緊張，姓梁的老子上午就放了。」

「不會是留下了胳膊腿之類的才放走吧？」

「呵，隨你怎麼想。」耳朵趙拈著鬍子冷笑一下，「姓梁的就是一條狐狸，做他的朋友，你小心點兒吧。」

「多謝趙老闆好心提醒。」譚四不動聲色地回應。

「老子對你們之間的事可沒興趣。姓梁的說了，讓你代表我們淨社去找兆順地產談判。既然他推薦你，老子就信你一次。具體談判事宜，外面會有人給你交代清楚。」

明明是早就打聽清楚了那個傳言中的「浦東能人」的底細，譚四心裡冷笑。

「那麼在下也說一說自己的訴求了。」

「請吧。」

「在下想從淨社借一個人，僅借一天即可。」

「哦？」恐怕譚四的要求確實出乎耳朵趙的意料，他把吃驚完全表現在了臉上，「借人？找我淨社借人？這還真是新鮮事了。大新鮮事。以譚大俠的武功，不可能是想要借打手吧。」

「趙老闆明鑒。因為在下想借的人只有淨社才有，所以在下才會鋌而走險，專門拜訪。」

「說吧，拐彎抹角，跟個讀書人似的，酸氣。」

「淨社是水上霸主，咱們華人在水上的驕傲。在下想借的，正是淨社最好的機械船操控師。」

「哈哈哈哈！」又是耳朵趙的那個陰陽怪氣、像是豪放卻讓人憋悶的笑聲，「我說譚大俠啊譚大俠，你如此大費周章，就為借一個機械船操控師？你還真是會說笑話，老子是個粗人，懂不了那些虛頭巴腦的洋人科學，可是這個老子還是相當懂的。機械船操控師我淨社隨便挑，你剛才打翻的人裡就有四五個，個個都是一等一的水平。」

「我要最好的。」

「都他媽是最好的。」

「淨社最好的機械船操控師難道不是康揆？」

突然聽到「康揆」這個名字，耳朵趙愣了片刻，雙眉一緊，說：「你他媽的在說笑話?!」

「哎呀。」譚四一臉驚慌失措的樣子，「您別介意，在下也只是道聽途說而已。只要是高手……」

「老子沒興趣跟你兜圈子。」耳朵趙不耐煩地打斷了譚四的話。

「是是是，全聽您安排。」

「行了，老子去安排，給你最好的機械船操控師。明天晚上直接過來領人。不過，你給老子記住，這是交易，你先得了好處，必須拿出十萬分的精神給老子幹活。要有一丁點兒讓老子不滿意，你，還有那個姓梁的，全都會直接墮入人間煉獄，到時候別怪老子心狠手辣。」

「在下今後全都仰仗趙老闆的。」

「呵，」耳朵趙又是一聲冷笑，「不用裝模作樣。你小看淨社的實力，是你一生犯下的最大錯誤。滾吧，明天來領人。」

一直站著的譚四，向耳朵趙作了個揖，說：「告辭。」

耳朵趙不予理睬，手裡玩弄起別在腰間的那根鐵釘。

譚四一撇嘴，轉身將去，忽然又停下腳步，側回身來，像是剛想起什麼來，說：「對了，趙老闆，不知您聽沒聽說過，留美學生界有個什麼影子殺手軍團？」

耳朵趙的眼神比他手上的鐵釘還要冰冷，短促地說：「從未聽聞。」

「那就對了。在下也一直認為，堂堂淨社可不會甘願做這種勾當。」

「你該不會認為鍾天文是我們幹掉的吧？」耳朵趙語氣竟比剛才還要平靜。

「看您說的，怎麼會呢。」

「你剛才已經一腳踩進鬼門關了。」這句話是一個字一個字從耳朵趙牙縫裡擠出來的。

「哦？」譚四的語氣卻越發輕鬆，「我倒覺得自己現在甚是安全。在康腦脫路任務達成之前，在下這條命，貴社不僅不會要，還得保著才對。」

耳朵趙只是狠狠地瞪著譚四。

「唉，趙老闆別動怒啊。在下只是順口一問，千萬別放在心上。」譚四笑著就走，忽然又轉過身來說，「對了，還有……趙老闆能不能幫忙把這樓梯的燈打開啊？……呃，算了算了，您慢慢坐著，樓梯走過一次，在下摸黑也摔不著。您……身體健康萬事如意。」

嘴上亂七八糟地說著，譚四已經自覺地從黑漆漆的樓梯走了。

情可待寂寥生……

在報館暫住一宿的梁啟，感受著整條報館街最寧靜的清晨時刻，真不知到底誰才是最寂寥的那一個。窗外望平街的電氣路燈已經熄滅，整個魔都早該被太陽照亮，卻因為陰雲細雨而顯得昏昏沉沉。

地址在手，梁啟已感到這個寂寥生多少有些與眾不同。

自從梁任公的《新小說》創刊之後，大清國寫小說的人就雨後春筍一樣往外冒。可是，真要說寫小說，多是兩類人。一類有著遠大抱負，把小說當作啟發民智的利刃。這些人不僅寫小說，還辦報辦雜誌，硬要把聲勢造到最大，李伯元、吳趼人他們就是如此。另一類則像荒江這樣，原本是安府的千金，寫小說純是娛樂，相當隨性，當然也習慣性地隱姓埋名，筆名背後到底是誰很少有人知曉，更不用說獲悉作家住址。

不過，近幾年倒是有第三類人逐漸成了氣候。就是一批職業小說作家，說白了便是賣文為生的人。這樣的人，多數會把住址告訴來收稿的報館編輯，以便不必奔波就能交稿。當然，這其中不乏各種狡兔三窟、四處躲避編輯的人。

至於這個寂寥生該歸到哪一類，與其憑空猜想，不如親自去拜訪一下來得實在。拜訪之後，無論看到的是什麼樣的人，都能以此為依據，繼續籌劃針對曾傳堯的計劃。

寂寥生的住所在愚園和張園之間，倒是情理之中。這兩個園子，張園中西合璧，把世間最稀奇古怪的東西全都聚於園中，愚園則位於古剎靜安寺旁，是座典雅別致的傳統園林。兩者雖然風格迥異，功能卻相差不遠，聚集了全上海幾乎所有叫得上名的或者還默默無聞想要往上爬的文人墨客。一個以寫小說為生的人，住在這兩個園子之間，算得上最明智的選擇。只要有集會，無論是在哪個園子，都能及時趕到，可謂近水樓臺。

清晨的望平街不太容易叫到人力車，梁啟一直走到三馬路上，才有車來載。

一路濕滑，人力車跑得不快，但細雨寒風迎面撲來，打濕了梁啟，好生淒涼。

半個多月來，這條路竟然跑了無數次。路過張園時，或許是因為天氣陰冷，竟沒了喧囂，就連飛龍島，遠觀過去都像是一夜間生了鏽跡。

終於到了寂寥生所留的地址門前。

下了車，撐著傘，梁啟沒有急於進去，而是仰頭仔細觀察了一番。

真不愧是一個筆名叫「寂寥生」的人的住處。不僅自己，就連這街道，甚至張園似乎都被這名字感染了。或許是個不得了的人物。更何況，他的這間住所，二層的中式小樓，雖然被擠在兩邊的弄堂山墻之間，顯得有些狹窄，但終究是獨棟，條件自然比石庫門裡的房間好上不少。

從外觀來看，獨棟小樓二樓遊廊和一樓門窗風格統一，沒有東拚西湊的感覺，更沒有肆意侵佔公共空間的意思，顯然這一棟小樓都是寂寥生一個人居住，沒有其他人合租。看來，《小快活》的稿費不菲，確是屬實。這傢伙靠寫小說就過上了不錯的日子。

寫小說這門營生，自從可以拿來養家糊口甚至發家致富，三教九流只要能寫兩個字的人就都摩拳擦掌躍躍欲試。雖然是報館的記者，但除了荒江，梁啟還從沒有接觸過小說家，很多關於小說家的劣跡自然都是道聽途說，從未親眼見識。所謂劣跡，無非是偷梁換柱，把自己寫的小說冠以瞎編的外國人名，冒充翻譯小說，或者直接把外國小說翻譯過來當成自己所作——這種都算是技術含量比較高的。更有編輯去某個小說家的家裡取稿，推開門，發現一間屋裡坐了六七個人，一問全都是某某某，竟是多人共用同一個筆名，今天你寫明天我寫，胡亂拼湊地搞創作。

那麼，誰知道這個寂寥生又是怎樣的小說家，正派與否呢？

撐著傘，梁啟走到門前，輕敲了三下。

沒有響應。

又敲了三下。

依然無人應答。

這棟小樓左右都是牆壁，沒有鄰居，無法打聽。敲門恐怕不會再有作用，梁啟撤後兩步，向著樓上喊道：「寂寥先生，小生從望平街新新日報館來。我們報館經理呂大雄，想必您也應該認識。呂經理派小生前來，正是因為先生在本報所載小說《南雲記》深受喜愛，望先生再能賜稿。稿酬皆按《時報》《新聞報》小說稿酬計算。即便是在其他報紙上刊登過的小說，也不礙事，稿酬不變，現款結算。先生意下如何？可否開門細商？」

梁啟把該喊的話全都喊完。這樣的條件可以說是相當優厚，若是一般小說家，絕對會跳著出來接待。然而，話喊完，又等許久，依然毫無回應。

看來是家中無人了。

梁啟走回到門前，說了一聲「那小生就冒犯了」，便推開了大門。

方才敲門時，梁啟就已經發覺這門並沒有上門閂，屋內無人應答，外面也沒有鐵鎖鎖住大門。若是屋內真的無人，那只有一個可能，就是寂寥生突然匆忙地走掉了，連門都來不及鎖，抑或因亂而忘。

再加上進門時，又打了招呼，還沒有人衝來阻攔，屋中確是沒人。

雖然沒有鄰居街坊，但梁啟還是用最快的速度閃身進屋，絕不拖泥帶水，生怕被任何人看到。

一窗一門的寬度，進來以後顯得有些侷促。左手邊是一架立櫃，櫃子旁邊一張方桌，右手邊則是木質樓梯，看上去倒是並不陳舊，只是光線著實昏暗。方桌上沒有東西，沒有燈檯痕跡，左右只有兩把方凳，看來是用餐之類的桌子，不是用來寫作的，也並不像用來打麻將的。一樓沒有會客區域，這一點倒是有些出人意料。地址既然是公開的，來收稿的編輯自然要到這裡，卻只給兩把硬梆梆的方凳。這個寂寥生的生活如果說真的寂寥，恐怕也是因為他性情這般孤傲吧。

梁啟踩著嘎吱作響的樓梯，上了二樓。

二樓因為外面還有遊廊，面積更小了些。一張床緊挨牆根，一張書桌和一把藤椅貼在窗邊，另有書架和放衣物的樟木箱。大概是為了節省空間，房間裡並沒有去外面遊廊的門，估計想要出去，需要翻窗了。

房間裡基本上沒有霉味，還帶著點樟木味道，並且有著住過人的日常雜亂，被子只是團在一角，床鋪上還有睡過人的褶皺。書架上的書，擺放得橫七豎八相當零亂，更有不少堆放在書桌上。桌上高高矮矮亂七八糟地堆了許多舊報紙。

倒是有些賣小說為生的樣子了。

梁啟先到書桌前看了看，桌上擺著一盞豆油燈。打開燈瞅了一下，燈芯是舊的，燈油剛剛灌滿，還沒用掉多少。看樣子這裡確實是寂寥生長住的地方。桌上雖然亂糟糟堆滿了書，但沒有一頁紙是寂寥生的手稿。可以說，他所寫的小說，在這間房內一個字也找不到。門沒鎖，人不在……梁啟說了一聲「抱歉」，打開了樟木箱，裡面的衣物一部分疊著，但也有一部分翻得零亂。

看來，是寂寥生突然起意，急匆匆離開了這裡。僅帶走了自己的所有作品和日常必備的幾件衣服。

這就有意思了，為什麼會突然出走？

梁啟沒有多猜，只是繼續檢查，看能不能找到更多的蛛絲馬跡。

想要瞭解一個小說家，最直接的方法就是研究他都在讀什麼書。然而，書架上的書極為稀鬆平常，不外乎是些刊印出來的話本小說，新小說幾乎沒有，只藏著幾本梁任公在日本印的論爭集。剩下的則是市面上最為常見的幾種外國書，多是經過多次轉譯，最終從日文譯來。逐一拿起來翻看，依然只能再度給予「稀鬆平常」的評價。全是些泛泛而談的東西，內容多是把某一門西洋學問剔掉精髓胡亂歸納講解，美其名曰：某某學之速成。

感覺完全是一個才學淺薄之人。

再去看書桌，倒是有意思得多了。桌上沒有留下任何寫作的痕跡，更沒有遺留的手稿，但堆滿了報紙，都是相當有年頭的舊報紙，這便微妙了。

一個寫小說的人，為什麼要攢這麼多舊報紙？走近翻了翻，更是讓梁啟大吃一驚，這些舊報紙幾乎連聽都沒聽說過，年代皆是五六年前，甚至還有更早的。再看地址，竟不限於上海，北京、天津、濟南、武漢、廣州，各地的報紙似乎都被這個寂寥生收集了來。難不成這個人有收集舊報紙的嗜好？好幾堆的報紙，有的高達三四尺，對個人來說，可謂是相當可觀的收藏，何況這些報紙還都如此偏門難找。

可是從他所看的書來判斷，他應該是一個相當淺薄的人才對，為何在收集方面又如此與眾不同，這讓梁啟有些不得其解。仔細研究一下這些報紙之間的關聯，或許能有答案。

梁啟剛要翻開這些舊報紙來看，忽然聽到樓下有動靜，是兩個人到了這棟小樓門口，正在說話。

梁啟心中一驚，但越是這種情形就越不能慌亂。

是兩個人站在樓外說話，顯然不是寂寥生回來，而是來了訪客。梁啟不由分說，先躲到窗邊見機行事。幸好寂寥生的窗是玻璃的，又因為內外亮度相差非常大，在暗處的梁啟並不會被外面的人發現，他便側身探頭向外看了看。

兩個人都穿著長衫馬褂，戴著瓜皮帽，樣子斯文，像是報館中人。兩人站在門前，暫且沒有要進來的意思，說話聲音又有些肆無忌憚地大，這正合了梁啟的意。

個兒高的那個皺眉觀看，像是在找什麼東西，門邊的犄角旮旯都瞅了一遍後，顯得更是生氣，向著矮個兒說：「怎麼今天還是沒稿子！」

是來拿稿子的？看來確實是報館的人了，卻不知是哪家報館。不過，近來寂寥生只在《小快活》上連載小說，這兩個十有八九都是銃報館的人了。兩人在門口摸索，看來這是寂寥生的習慣，如果寫出新稿子會按某種形式擺在門外，供按時來取稿的人拿走。這倒更印證了梁啟進門時見到一樓擺設後的猜測。

這個「寂寥」二字，大概是他自己營造出來的吧。

兩個人還是在門外轉，矮個兒嘀咕著什麼，隔著玻璃窗聽不清楚。不過，很快高個兒又暴跳起來，朝著樓上喊：「寂寥生！你自己算算已經有幾天沒交稿子了！三天！我給你算著呢。今天已經是第三天了。事不過三，人的忍耐是有限度的。你給我聽好了，你有本事就一輩子不交稿，一輩子再也別寫小說。」

高個兒越喊越怒，而矮個兒只是緊拉著他，想阻止他繼續口無遮攔下去。

「現在我們已經找到廣告填充你的小說版面了，你懂嗎，你已經被替代了！你就一點兒都不覺得羞恥嗎？堂堂七尺男兒，連個正臉都不敢露了嗎？輕易就被替代，心裡一點兒都不感到恐慌嗎？我要是你，就跪著出來求饒。你仔細盤算盤算吧，除了我們《小快活》，哪家報紙還能給你這麼高的稿酬？你自己心裡一點斤兩都沒有嗎？當縮頭烏龜也解決不了眼下的危機，還不如趕緊給我滾出來面對。」

因為高個兒一直朝著二樓罵，梁啟還是有些擔心他會看到自己，於是側身全部隱到窗邊的牆後，只是用心聽著他們口中流出的情報。比如說，這下確定他們就是銃報館的人無誤了。

高個兒還在罵，結果矮個兒忽然說：「先生，好像門沒有鎖。」

梁啟心中一緊，冒險又側臉看了看下面，只見矮個兒已經走到門前，被遊廊擋住了身影，此時反而輪到高個兒顯得遲疑猶豫，伸手去阻攔矮個兒推門。

這個時候最考驗心理承受力，越是貿然行動，就越會被當場發現。

梁啟只有屏住呼吸，伺機而動。

根據現在的狀況來看，反倒是一上來就氣勢洶洶的高個兒可能更了解寂寥生。他們已經斷稿三天，同為報人的梁啟，當然真切地明白那種「在印廠裡等著印刷，版面上還空著一大塊無法填上」的焦慮和憤怒。因此，不論高個兒多麼了解寂寥生的習性，不論他們本來就有什麼約定，此時都再沒有理由阻止他們推門而入了。

時機就在兩人進到小樓一層之後。

一層鬆動的木地板幫了梁啟的大忙，嘎吱聲讓人輕易就能判斷出他們到了哪裡。他們絕對也是第一次進到屋內，一進來就對寡淡的佈置一陣驚歎。梁啟緩緩地推開了身邊的窗，不發出一點聲響。

只有這個時候才能開窗。梁啟過來時已經觀察到，外面遊廊基本上是鏤空扶欄，從下面能將遊廊上的情況一覽無餘。只有他們進到屋裡，自己才有可能躲出去。

梁啟沒有功夫，不可能做到翻身一躍還悄無聲息，但他有的是小心謹慎。他把屁股一點點挪到窗框上，再坐在窗框上悄悄縮腿，慢慢轉身。為了防止不小心摔出去，他確定自己坐穩之後，才開始繼續把身子向外轉去。此時已經聽到了兩個人上樓梯的聲音。

不能急，越是在最關鍵的時刻，就越不能急。梁啟終於完全轉過身，腳一沾地，就立刻趴了下去，從打開的窗子下面爬過，同時慢慢把窗重新關上，悄無聲息……

「先生！」

就在窗關到一半的時候，忽然聽到那個矮個兒的聲音，梁啟心中大叫不好，同時不敢再動。

現在只有……祈禱這兩人足夠粗心。

「那個窗戶剛才是關著的，對吧？」

完蛋！這下完蛋了！矮個兒一提醒，高個兒也發現異狀。聽到兩個人的腳步聲向窗邊逼近，梁啟下意識地往身後的墻上靠去。不靠則已，一靠立刻發現玄機：這根本就不是一堵墻，而是一道暗門，而且根本沒有阻擋，一靠上去立刻就開了。梁啟一下子摔了進去。

這一摔，梁啟算是徹底暴露了。方才兩人喊著「外面有人」，就開始翻窗戶出來。

刻不容緩，梁啟立刻觀察捽下來的地方。實在算是幸運，或許寂寥生開這道暗門本就是如此用意，暗門的另一邊不是旁邊里弄住宅的單元房，而是公用的灶間。又值上午前後不搭的時間，沒人在這裡。可此刻根本不是鬆氣的時候，聽著暗門那邊兩個人正笨拙地翻窗戶出來，梁啟繼續尋找掩蔽方法。

灶間非常狹小，只有灶臺上還擺著兩碟冷菜，一碟豆乾，一碟筍乾。

「我去！先生，這裡好像有道暗門。」

事不宜遲，梁啟俯身伸手去摸豆乾。同時那扇暗門被推開。

兩個人氣勢洶洶地闖過門來，正看到一個驚慌失措的惶恐表情。不過，這樣的惶恐，倒並不像是要倉皇而逃的樣子，而是那種……趁上午沒有人悄悄跑到炊房偷吃百家菜卻冷不防被人撞見的窮酸困窘模樣。

「喂！看沒看見有人跑出去？」高個兒劈頭蓋臉就問。

梁啟被嚇掉魂一樣，說不出話。

高個兒咂著嘴，說了一聲「追」，就帶著矮個兒衝出了灶間。

幸好這天是在報館過夜，出門時根本沒有打理自己，隨便穿了件長衫就跑來了，樣子顯得頗有些落拓。這樣想著，梁啟卻一點沒有鬆懈。兩人剛剛出去，他就立刻從暗門回到寂寥生的小樓。

回來後，立刻看那道暗門，果不其然，這邊有道門閂。梁啟趕緊把門閂別上，才算略感安心。

那兩個銃報館的人都不是傻子，出了灶間一看樓道裡樓梯上全沒有人，自然明白剛才的偷嘴窮書生就是先他們一步到寂寥生家裡的人。兩人立刻折返回灶間，果然發現書生已經不在。氣急敗壞地去開暗門，結果發現暗門被反鎖，更是生氣。

矮個兒的問：「那個人該不會就是寂寥生吧？」

「當然不是！我見過寂寥生，不長那德行。誰知道那個人跑到寂寥生那裡幹嘛。趕緊追。」

可是這哪兒還來得及追，待他們從住宅繞出來，再穿過支弄上了總弄出了石庫門，梁啟早就從窗子翻回，揚長而去了。

急行了一段距離，幾乎快到張園了，眼看人流增多，已經不會再輕易被抓到，他才終於放慢些腳步，調整呼吸。

竟然連經理另外安排的活兒都變得這般凶險……最近絕對是犯了什麼沖。

梁啟越發感到無奈。

方才雖然看得匆忙，但從寂寥生的書籍和舊報紙中，多少看出了一點兒端倪，接下來就該認真翻閱資料去印證自己的猜想了。不過，梁啟一直沒有忘記，這一天正是和宗義民三日之約到期的日子，該再走一趟四馬路青蓮旅社，繼續未完成的交易了，哪怕譚四那邊還沒有給出個確定說法。

夜探

每當入夜，淨社總社碼頭前就是一片肅殺。而這一夜，淨社二當家耳朵趙親自帶著一隊人馬，站到垃圾橋的橋頭，注視著吳淞江下游。白日的陰雲已經消散，正是一輪皎月當空，銀色的月光遠離兩岸的電氣路燈，灑在烏黑平靜的江面上。

這條黃浦江的支流，昔日上海與內陸的大動脈，此時只剩死寂中躁動的暗流，一派山雨欲來的架勢。

終於，怪模怪樣的東西從遠方靜悄悄駛來，大概是一艘船吧，劃開江上的銀光。

耳朵趙用泥鰍眼狠狠地盯著來船，冷笑一聲，低語道：「這小子分明就是在挑釁淨社的威嚴，早晚讓他付出代價。」

船徐徐開來，過了垃圾橋，順理成章地停靠到淨社總社的碼頭。說是怪船，確實很怪，靠了碼頭，卻不見有人扔纜繩。再看這艘船，只有個全金屬的船殼，甲板上光禿禿的，連個船艙都沒有，不見輪子，更不見人。

淨社的這些人整日生活在水上，卻也是看著怪船新鮮，一時間吵鬧著開始三兩開盤下注賭這艘怪船如何停靠。吵鬧聲影響了淨社的威嚴，耳朵趙毫不客氣地呵止，但賭局已開，明面上已經重歸於無聲，暗地裡卻都盼望著出現自己所押的結果。

怪船終於有了動靜，停靠在那兒，忽而「吱呀」一聲，甲板前端翻起一塊鐵板，一個人就像剛從地窖爬出來一樣，探出了頭。

「吱呀，趙老闆！」探出頭的是譚四，他揚著手向耳朵趙打招呼，就像撞見了老朋友一樣，「在下真是榮幸萬分，竟能有趙老闆親自迎接。」

說著，他已經出了怪船內艙，跳上碼頭。

耳朵趙正故作姿態地上下打量譚四，從內艙又鑽出一個人。這個人一探頭，就引起一陣喧嘩。不過，耳朵趙倒是相當淡定，因為這個人他本來也見過，只是意味深長地「哦」了一聲，問譚四：「這位洋人兄弟是……」

「在下的好友。」

「沒想到你還能有其他的好友。」

「看您說的，把在下想成什麼樣的人了。」

譚四還在打趣，怪船裡鑽出了第三個人。一腦袋的碎茬頭髮，竟然連辮子都沒有留，活脫脫像個剛剛還俗的無賴和尚，不修邊幅，身上的衣服破破爛爛。這人一冒出頭來，也不管岸上是怎樣的陣勢就開始罵譚四，說船艙裡擠得他頭暈，氣味難聞得簡直要吐。

說到「吐」，這傢伙竟然言出必行，跳下船就趴在碼頭吐了起來。

一半吐進江裡，另一半吐到了碼頭上。這要是一般人早就自己嚇死過去，可是這個人毫不介意，吐完之後用袖子胡亂擦了擦嘴，說：「你就感謝我沒吐在你船上吧。」

這樣目中無人，要不是有耳朵趙一直鎮在最前面，淨社眾早就一擁而上把這個傢伙綁上石頭扔進吳淞江裡了。當然，他們還顧忌另一個人，譚四。一個人單挑十幾個淨社打手的本事，有他在，誰還敢輕舉妄動？

「還是介紹一下這兩位新朋友吧。」耳朵趙強忍著沒有發作。

「雨果．根斯巴克，在下的好友。勝七，一個賭徒。」

「呸！老子就這麼幾個字可以說？」勝七嘴上流里流氣地說著，人已經走到淨社眾當中，不知怎麼從手裡變出一個碗和兩個骰子，問道，「要不要來兩局。」

「趙老闆，在下想要的人呢？」譚四問道。

耳朵趙使了個眼色，身邊的一個小個子走到譚四面前。譚四上下打量一番這個小個子，實在看不出是不是最好的機械船操控師，或者說是不是機械船操控師都無法判斷，於是索性說道：「有趙老闆擔保，在下一萬個放心。」又看向了小個子，「這回相當凶險，成敗全仰仗兄台了。稍不留神，恐怕兄台就要和我的好友一起葬身江底了。」

小個子好像並不以為意，看來確實有些自信？事到如此，那就聽天由命吧。對了，畢竟還有如同擁有天命的勝七……再看那個賭徒，已經和耳朵趙身後的淨社眾混到一起，大呼小叫地賭起了大小，不亦樂乎。

看著這般景象，譚四趕緊向勝七喊道：「你只有七次機會，別隨便浪費了。」

「成功一次還不夠？用掉六次正好賺點兒零花錢。」勝七賭得正酣，根本無暇理睬譚四。

勝七這樣的回應，似乎反倒讓耳朵趙很滿意，他又恢復了陰陽怪氣的語調，拈著泥鰍鬍，說：「譚大俠，人我只能借你今天一晚上，你可要好好利用，不要白白浪費了我的一番誠意。」

「託趙老闆吉言，今夜一定馬到成功。」

耳朵趙正要再揶揄兩句，就見雨果過來，跟譚四說了兩句洋話，然後兀自回怪船上了。因為雨果是個洋人，耳朵趙多少有些克制，再次忍下來沒有當場發作。

「趙老闆，時候不早，那我就帶著您的人先去幹活兒了。」

耳朵趙咬著牙說了一聲「請」，就連打帶罵，把那一群已經輸紅眼的人趕著回了總社。

「還有幾次？」

譚四確實非常關心這個問題，立刻來到勝七身後詢問情況。

「一次。」勝七一邊收拾賭具，一邊不屑地說，又把地上的碎銀子一塊一塊撿起來，「你怎麼當大俠的？這麼婆婆媽媽。」

「事關重大。」

「行了行了，你那個洋朋友又把那套破玩意兒給拿出來了。幸好我不用再下水，祝那個淨社的小朋友好運吧。」

語畢，勝七已經把骰子、破碗和碎銀子都揣到懷裡，揚長而去了。

雨果聽不懂那麼多的中文，不必鬥嘴，反倒清淨，這會兒正在強行給那個淨社的小個子戴上一個奇怪的頭罩。這個頭罩看上去就是一個把腦袋完全包裹起來的頭盔，只有眼睛的位置鑲著兩塊滑稽的玻璃鏡片，嘴部接著一根管子，連上氣瓶，顯得相當笨拙可笑。

淨社小個子十分不情願，但還是被語言不通的雨果硬給戴上了。

兩個人頂著座鐘一樣的頭盔，搖搖晃晃上了怪船，鑽進去，關上艙門。

怪船依舊悄無聲息，卻不像來時那樣駛於江上，而是向前走了一段，離開碼頭，到了江心，像一頭準備靜候獵物的鱷魚，悄悄潛入水中，沒了踪跡。

淨社小個子確實是一名相當優秀的機械船操控師。他進了這艘怪船之後，和語言不通的雨果用機械操作的動作交流片刻，再實踐了一遍，就基本掌握了這艘船的基礎操作。

耳朵趙登上淨社總社制高點塔樓瞭望台，看著那艘怪船下潛消失，過了一會兒又浮出水面，像一艘正常的船一樣行駛在吳淞江上，向著黃浦江而去。而譚四並沒有登船，和那個賭徒一起走在吳淞江北岸的大街上。方才賭徒說船艙裡面擠得要死，看來那艘怪船雖然外觀已經有半艘沙船大小，裡面給人的空間卻相當狹小。這麼大的一艘船，裡面全是機械設備不成？而且還能潛到水下，顯然用的不是蒸汽動力。不過，耳朵趙一點兒也不急，等自己的人回來，這艘會潛水的船以及他們到底要幹什麼，就都一清二楚了。

地下居然還有庭院，這也太亂來了吧。

再次從青蓮旅社乘坐那個浮誇的升降梯去玉蘭公會的地下世界後，梁啟直接被等待在隧道門口的人帶入一條僻靜小徑，和上次截然不同。

小徑兩側也是房屋，只是並未住人，更不是給洋人娛樂的功能性建築，有可能以後會開發出新的項目，也有可能本就另作他用，抑或只是在炫耀地下世界主人的財力，就像小徑盡頭的這片地下庭院和庭院裡的別墅。

把梁啟帶到庭院後，引路人就自動退下。

庭院非常西化，和別墅的巴洛克式風格相得益彰。被剪裁出各種形狀的松樹，配上筆直的碎石子路，讓庭院顯露出幾何之美。庭院的頂上佈滿電燈，以保證整個庭院植物的光照。

「電都是英人電氣公司的副總偷偷拉線接過來的。」

聲音從梁啟背後傳來。梁啟回過頭，終於見到了宗義民的真容，滿臉商人賺到了大錢的得意笑容。

上海遍地都是有錢人，梁啟見過很多，上至盛宣懷盛大老闆，下至土豪地主，各有各的特點，但不外乎三類：其一是大官中飽私囊步步高升，這類人全是一副政客嘴臉；其二是幫著洋人做買辦的投機商，這類人洋里洋氣目中無人；再一類則是抓住某些特殊機遇的暴發戶，各個鑲著金牙滿身寶石，生怕別人不知道自己是有錢人。但宗義民卻與這三類都不相同，身材雖胖，卻並不臃腫，穿著西裝，卻不顯做作，手裡拄著文明杖，反而更像是行動不便者用的拐杖。走在大街上，只讓人覺得是一位讀過些洋書的學堂教書先生。就算是這樣的身材，也絕不起眼，是一個極好的隱匿者。

除了他的笑容。

「這就是這世上比金錢更好用的東西——人情。」宗義民指了指庭院小徑邊的石板椅，梁啟便像個提線木偶一樣坐了上去，正可看到他居高臨下的面容，「老夫從不貪財，因為有太多東西不是用銀子就能買到的。比如，這裡的電。再比如，這裡的繁華。還比如，那些自大又可憐的洋人對老夫的依賴。」

坐在石椅上，梁啟只感到屁股上的冰冷傳遍全身。

「梁先生果然是一個守約的人，說好的三日期限，必定準時赴約，老夫十分欣賞。」

梁啟抬起頭剛要說點什麼，卻再次被宗義民似笑非笑的表情給擋了回來。如此的面對面狀態，讓梁啟感到一絲懼怕不安，彷彿一腳踩入河裡才發現河水深不見底。

「谷翮。」宗義民忽然說出了一個名字，「咸豐十一年出生於廣東順德，同治十一年跟隨容閎所選的第一批天才幼童前往美國。西曆1881年與其他被突然召回的留美學生一同回到國內。流離失所十年有餘，終於在上海華界落腳。他在美國學業有成，回國之前已順利從麻省理工學院畢業，所學專業：醫學。」

不用做更多解釋也能明白，宗義民所說的這個留美學生谷翮，就是三天前梁啟所希望調查的南洋咖啡館老闆谷孟松。而他的簡短敘述又證實了兩個猜測：其一是谷孟松確實就是當年留美天才幼童計劃中的影子兒童之一；其二是他的專業是醫學。那個建起康腦脫醫院前身的華人志士，也便是他無誤了。

那麼，他之所以惹來殺身之禍，就是因為康腦脫醫院的地契了？

梁啟還沒想明白這一層的關係，宗義民就把一本薄薄的冊子放到了他所坐的石椅空處。梁啟急忙拿起冊子翻了翻，發現這上面寫著更多更詳細的關於谷孟松的信息。

「不用著急硬記這些。」宗義民彷彿一眼看透了他的心思，徐徐說道，「這個本來就是給你的。這就是人情，拿走時悄無聲息。就算你答應與老夫交易情報的事情沒有兌現，老夫也毫不介意，因為你早晚要還回來，而且比高利貸還要貴許多倍。」

宗義民在慢慢走開時似乎笑了，但梁啟已經無心確認，只是看著他步履蹣跚的背影，腦中一片空白。

明暗兩界，一江相隔，文明之光似乎永遠抵達不了黃浦江的東岸。

不過這一晚，浦東陸家嘴的工業碼頭上倒是熱鬧，甚至點起了不少油燈來照明。

幸好黃浦江足夠寬闊，浦西那邊足夠明亮，在遠遠的浦東點著幾盞油燈，實在引不起誰的注意。不過，如果真的走到碼頭跟前，恐怕感受就不盡相同了。

一個龐然大物，儼然是一個蒸汽火車頭，正在碼頭的邊緣，顫抖著全身每一個部件，發出隆隆的機械聲。

說是蒸汽火車頭，實際上這個龐然大物看上去要比火車頭複雜得多。在車頭大鼻子蒸汽機鍋爐上層，直接暴露著一整套火輪機。高高低低的汽表各司其職，時刻指示著從汽缸中給到每一根軸桿的力有多少。裸露在外的火輪機前端，從車頭底部斜向上伸出一根粗大的長桿。長桿頂端有轉輪，繩索繫之。繩索一頭纏繞在火輪機最大的飛輪輪盤上，另一頭遠遠地探入江中，就像一頭機械怪物正坐在碼頭釣魚。

其實這個機械怪物在上海魔都不能算是多麼稀奇的東西。早在十幾年前，美國傳教士、中國通丁韙良已經在《中西聞見錄》裡介紹過，還給它起了一個中文名，叫：鶴頸秤。

現在這台鶴頸秤，比起丁韙良所介紹的那種要巨大得多。從鍋爐的大小來看，動力也更加強勁。在鶴頸秤尾端的控制平臺上，站著兩個人。一個目不轉睛盯著繩索的方向，雙手緊握身前複雜的操縱桿，正在小心翼翼控制著什麼；而另一個卻似乎無所事事，彷彿只是站在高處看風景。

「喂！那個什麼鬼玩意兒潛水船還能不能漂上來啊。」勝七雙手緊握操縱桿，雖然一直盯著江上動態，嘴上的抱怨卻也一刻都停不下來。

「誰讓你剛才浪費了六次機會，本來輕鬆完成的事，你只給自己留一次機會，氣氛這麼緊張怪誰？」譚四說。

「你信不信我立刻用最後一次機會直接拿剪刀把你捅死完事？」

「算了吧，你是真不想要一個新的計數裝置了？」

勝七正要回嘴，遠處的江面就有了動靜。漆黑的江水翻滾起大大小小的漩渦，那艘潛水船終於徐徐浮上水面。見船上來了，看似輕鬆的譚四才真地鬆了一口氣。他怕的是雨果所做的蓄電池支撐不了水下作業全過程。雖然這塊蓄電池已經經過多次嚴苛的試驗，但潛入江底還是第一次，太多不可控因素，讓人無法不提心吊膽。

待船完全浮上水面的一刻，勝七果斷地雙手用力拉動那根握了太久的操縱桿。操縱桿一拉到底，整座火輪機都隨之轉動起來。汽缸推動短小的軸桿，軸桿帶動小輪，小輪帶動大輪，大輪再帶動另外的大輪，輪與輪順時逆時關聯著轉動起來，蒸汽有節奏地從汽口噴出。

隨著飛輪扯動纜繩一點點收緊，能感覺到纜繩的另一頭實實在在地拉著什麼東西上來了。看來是成功了，譚四更是徹底放心了。

再看勝七，方才聚精會神的樣子早就不見，已經跳下了鶴頸秤的操作平臺。此時譚四其實也無事可做，接下來的任務只要交給必定會成功完成任務的鶴頸秤就可以了。

「我說，你也是奇怪。」

「怎麼？」譚四也下了鶴頸秤，擦了擦汗。

「我那個計數器，既然你也能做，為什麼不自己用？算到自己的『勝七領域』，直接操作不就結了？」

「哈！難得你能認真思考一次問題。但不巧的是，你是天助奇運，這個算法只對你一個人有效，其他人還要再推演新的算法。不過更有可能的是，除了你，其他人根本推演不出適用的算法。」

「聽不懂，隨你怎麼說吧。沒事的話，老子就走了。別忘了你的承諾，譚大俠。」

鶴頸秤暴躁地轟鳴著，吃力地拉扯著，整台火車頭一樣的巨大機器都在瘋狂地顫抖。儘管站在地面上，譚四還是能感到鶴頸秤在完成這次工作中的恐怖震動，一時有些心有餘悸。要不是因為有勝七「必會成功」的簡直違背自然規律的概率奇蹟，這次打撈工作的成功率恐怕連一成都到不了，行動時簡直近乎賭命了。

勝七已經走掉，那艘潛水船停靠在遠處的另一座小型碼頭，雨果和淨社的機械船操控師戴著滑稽的頭盔從船艙中出來。與此同時，他們辛苦打撈的東西終於隨著浪花從江中拔出。滿是水草淤泥的龐然大物，被鶴頸秤慢慢吊上半空。

「我們終於又重逢了，」譚四走到岸邊，仰頭看著懸在空中的巨物說，「鐵爵爺。」

鐵爵爺這位巨型差分機當然不會回應譚四，因為它還根本沒有重新啟動。

追踪

沒有誰的計劃追得上這個時代巨變的腳步。

譚四打撈鐵爵爺上來，當然是早早就開始的計劃，包括製造大型鶴頸秤，製造潛水船，和雨果合作研發大功率蓄電池，利用南洋公學的試驗場進行各方面試驗等，甚至還包括請來勝七為打撈上最有力的保險，確保全過程萬無一失。但當鐵爵爺真的打撈上來，運回到他的蒸汽發電廠，開始調試重新啟動時，譚四就已經深知，利用鐵爵爺這台高效的差分機提高一直停滯不前的W實業信息庫的硬計算能力，已經不再是全部工作的終點，而只是幫助梁啟那個倒楣蛋解決他現在所面對的一系列棘手事件的起點。

真是一個時刻督促自己進步的「諍友」。譚四無奈地繼續調試著鐵爵爺身上的每一個零件。

同樣是深夜都沒有入睡的梁啟，則正在已經寂靜無人的報館中，翻閱著資料庫裡的大量廢舊報紙。

《新新日報》創辦已經快三年了，在瞬息萬變的上海報界中，算得上躋身中堅。報館呂經理又一直稱自己是有新聞理想的人，弄一個囤放廢舊報紙的資料庫理所應當。只不過，這個資料庫根本沒有被重視過，就連進去，都要繞到報館樓後的側門才行。

資料庫裡滿是霉味，梁啟提著盞豆油燈，開始了檢索。資料庫中存放的廢舊報紙數量相當可觀，但是這裡沒有照明，只靠一盞可憐的豆油燈，實在是有些杯水車薪。更費勁的是，這些報紙根本未加分類，只是一捆一捆地胡亂堆在一排排架子上，如果本人沒有頭緒，完全無從查起。

幸好梁啟對自家報館的資料庫還算了解，在寂寥生那裡看到的幾份上海發行的報紙，很快就被他找出了兩三種。

這些報紙不全是小報，也有看似正經的報紙，可是全都有著相似的處境和結局。從報頭的發行渠道便能窺見，它們的銷量多麼堪憂。雖然報紙都堅持了半年以上，但它們如此銷量慘淡，最終都關門大吉，恐怕現在能記得它們的人，超過一百個都算奇蹟。

要不是呂經理有收集舊報紙的嗜好，這些報紙大概早就被時間之輪碾過，為世間所有人所遺忘。當然，這其中並不包括那個寂寥生。

藉著豆油燈的微弱光線，梁啟展開了第一捆目標報紙。

報紙名為《海上業報》，是光緒二十二年（1896）創報的小報，比李伯元的《遊戲報》還要早，不知什麼時候就已經銷聲匿跡，要不是在寂寥生的書桌上看到此報，誰能知道還有這樣的報紙存在過。

這一捆《海上業報》並不多，拆開一看就能瞭解大概。報紙一開始是三日刊，過了四個月改成了五日刊，再過不久就淪為月刊，隨後停刊。因為在寂寥生那裡翻得匆忙，能記住幾種報紙的名字，已屬不易，實在無法記下那一書桌的舊報紙都是哪年哪期，此時只好一張一張翻看，或許能找到些線索。

《海上業報》每期都只是一張報紙，單面印刷，算是典型的小報做派。內容是把「業」與「夜」字相通使用，整張報紙都是關於夜晚的魔都上海的。那時候還沒有電氣路燈，自來火路燈也才剛剛安裝了幾條街，其中就包括直到現在豔色不減的四馬路，而這張報紙完全就是一份四馬路指南，只不過是列出當時四馬路上的一些妓館，把最粗俗的介紹放到報紙上。不知道十多年前的人們是怎麼想的，竟會花錢買這種內容粗俗、滿篇廣告的報紙，相較之下，李伯元在《遊戲報》弄的花榜，都顯得超凡脫俗不少。

內容毫無創意，大概就是《海上業報》銷量不濟的原因。梁啟粗略地翻了一個月的內容，感覺要是在十來年前，自己也不會花錢買這種傳單一樣的小報，如果再不想辦法改變，這家報館的經理恐怕得賠得底褲不剩了。隨後……果然有了改變。報紙還是一張紙單面印刷，但在一個多月後，那份名單便只佔半版，另外一半變成了小說欄目。在十多年前，小說還並不流行，這個小報上就有了連載小說，實在有些讓人吃驚。仔細一看，原來一直連載的是同一部小說，名為《洋場警世記》，署名「小笑才子」。無論是小說還是作者，全不曾聽說。又隨便翻了翻內容，是典型的章回小說體例，一回大體上連載三到四期。文字沒有什麼特別之處，故事隨便看了幾章，同樣乏善可陳，多是某某才子在四馬路妓館中的無聊豔遇。可以說，這部最終也沒有寫完的小說，就是悄無聲息地寫了，又悄無聲息地成了一捆廢紙。

把《海上業報》放到一邊，梁啟繼續翻看其餘幾種從資料庫垃圾堆裡找出的報紙。都是大約十年前的小報，版面粗糙，辦一段時間就不了了之。這些特點基本相同，不必贅述。再仔細一看，果然發現上面都連載過小說。長篇章回小說還有兩部：分別是《海上花新傳》，署名「溫生」；《花都名錄》，署名「馳」。與那個小笑才子的《洋場警世記》如出一轍，無論是小說還是作者本人，早已跟著連載他們的報紙一同成了廢紙垃圾，消失於世人視野之外。內容也都是乏善可陳、了無新意，被遺忘本就在情理之中。

為什麼寂寥生會收集了這麼多陳詞濫調的……廢紙呢？呂經理囤積這些舊報紙，美其名曰出於他的新聞理想，實則只是做做樣子給別人看。那寂寥生也需要這種理想，也要擺出這般姿態？不合理，或者說是根本不需要。梁啟在寂寥生的家裡聽到那兩個上門來討稿子的編輯討論要不要進屋搜查，也就是說，他們之前從來沒進去過。以寂寥生在自己家做暗門這一點來看，恐怕他不會主動讓任何人進到他家裡去。這樣想來，他的奇怪收藏自然不是為了顯擺給別人看，那麼……梁啟從眼前這堆報紙中隨便撿出一些，再提著豆油燈向資料庫外側走去。說資料庫沒有分類存放也不太準確，至少是有時間排序的，往裡搬新貨時，舊的就會往裡踢一踢堆一堆，因此越是接近門口的報紙就越晚近。

到了門邊的報紙堆，梁啟輕易就翻出了如今的當紅小報《小快活》。這份《小快活》上已經有了之前見過的那個妓館美人圖的企劃。之前看的時候光注意這個妓館掮客一樣的企劃，而沒注意過上面連載的小說。再次拿起來看，正刊登著署名情可待寂寥生的熱門連載小說《繁華夢》。

就著豆油燈的燈光，只是掃了兩眼，梁啟心裡就大體有數了。恐怕真的和自己一開始所設想的一樣，這個叫什麼寂寥生的傢伙，拿著《小快活》高額的稿酬，卻做著雞鳴狗盜的事情。

這個世上還真是不乏這種可笑卑鄙的聰明人。

梁啟翻了翻手上的幾張報紙，更有信心，就又回到了資料庫深處，把剛才翻出的那些報紙重新打開來看。雖然有點兒辛苦，但很快還是找到了。一模一樣，完全一模一樣，連錯別字都原封不動地搬了過來。再翻幾章，這個《繁華夢》竟和方才找出來的《海上花新傳》完全一致。梁啟拿著兩份相隔有十年之久的報紙來回對比，哭笑不得，不知該用什麼樣的心情來評判這件事了。

難道這些都是寂寥生十來年前的舊作？

梁啟小心提出新的質疑，重新思索了一下，便又予以否定。如果是舊作，寂寥生沒有必要攢下那麼多舊報紙。況且，《海上花新傳》和另外幾部未完成的小說的語言風格完全不同，實在難以想像是同一個人寫的。更重要的是，幾份舊報紙刊登小說的時間有所重疊，任誰都不可能有這個本事，同時創作那麼多小說，還能保持相當穩定的連載頻率。退一萬步講，就算寂寥生真的有這等能力，他為什麼要沉寂將近十年？早在幾年前新小說就已經如日中天，包天笑等號稱「洋場才子」的人，稿酬能達到千字四五塊錢的水平，為什麼他不更早地重出江湖？而且既然能有那等能力，那他再寫些新的，而不是重發這種已經落伍了的小說，也並非難事才對。

所以，梁啟有九成九的把握認定，情可待寂寥生這個人，就是看準了十來年前的那些小說早就被人們遺忘，正是他發財的寶庫，只要隨手抄一抄，早晚有一部可以賺到。就比如說現在的《繁華夢》。這傢伙，還真是撿垃圾來賣錢的人了……

如此欺世盜名的行為，倒確實是足以拿來和不可一世的曾傳堯對話的籌碼了。

本來就差半步，可現在，聽那兩個《小快活》的人所言，寂寥生有三天沒交稿了。梁啟翻了一下《海上花新傳》，現在的連載進度還遠遠不到它的終章，也就是說，寂寥生不會是因為躲稿而逃離。房間沒有上鎖，十有八九是從那道暗門逃走的，因此暗門才同樣未鎖。恐怕是有什麼事，讓他不得不倉皇逃竄。而時間和谷孟松被殺的時間過於接近，會不會有什麼聯繫……這些姑且放置一邊，現在手頭有了如此一樁醜聞，足可以去找曾傳堯一談了。只要有對談的機會，就能從中挖出新線索，到時候再回頭來調查也不遲。

梁啟打定主意，便把所需要的材料統統捆好拎上，離開了自家報館的資料庫。

又是一個清冷的上午，經過了一個通宵的準備，梁啟趕在同僚起床來報館上工之前，就已經收拾好了所有的材料，同時把自己過夜的經理室收拾整齊。看著呂經理的那把藤椅，他不由得再次歎道：這隻老狐狸啊！

銃報館不在報館最集中的望平街，卻在更為喧囂的三馬路街面上。三馬路上也有不少報館，但因為是個寸土寸金的地段，小報館根本租不起，只有《申報》《時報》那樣的暢銷大報才能在這裡佔據一席之地。僅憑館址所在，已可見到銃報館的了不起了。

從望平街出來，和三馬路交叉的路口處是申報館。申報館旁邊是那片陰森森的外國人墓園，墓園不大，再往前走不遠，便是銃報館了。與斜對面的慕爾堂遙相呼應，也是一派西式風格，頗有些威嚴肅穆。

雖然才剛到中午，但銃報館已然沒有其他報館的冷清，早已是人來人往，全是那些自視精英的銃報館報人。同是報人，梁啟與他們相比卻相形見絀。

走進銃報館，同樣感到這裡與其他報館之大不同。其他報館那種文人扎堆兒才有的閒散氣全然沒有，不僅每個人的工位書桌佈置得井井有條，就連西洋樓固有的大堂都弄得像是洋行一樣，通透敞亮，讓人不敢大聲喧嘩。

梁啟剛剛在大堂站了片刻，立即有人上前詢問。

「請問這位先生，您是要訪哪個部門？」用詞很客氣，語氣卻是咄咄逼人，「可曾提前預約？」

當然沒有……梁啟笑而不語。

正當此人打算把梁啟攆出報館時，從門外進來一個人，十分眼熟。那人個子很高，一進報館就看到了兩個人僵持在大堂，原本沒有理會，可是走過梁啟身邊時，不出所料地停住了。

「你……」高個兒死死盯著梁啟。

梁啟則是微微一笑，說：「小生正是來代替寂寥生交小說稿的，寂寥生有要事在身，不便在舊居久留，故讓小生代交稿件。」

高個兒的目光變得更銳利了幾分，瞪著眼睛沒說出話來，但眼見同僚都注意到自己，又怕因為寂寥生的事遭到同僚恥笑，只好迅速打發走了攔住梁啟的人，叫梁啟去自己的工位再說。

到了高個兒的工位，他自然迫不及待地伸手就要稿件。寂寥生的《繁華夢》已經開天窗四天，顯然已經讓他焦頭爛額。看來說什麼隨便就能替代掉寂寥生的小說，全是虛張聲勢。這樣很好，只要捏住了他最利益相關的東西，什麼事都好辦。

梁啟不緊不慢地從提包中掏出一頁紙，遞給了高個兒。他看到寫滿了字的紙，立刻搶了過去，看了片刻，皺起眉頭，說：「這不是寂寥生的字跡。」

「那又何妨。」

高個兒瞪著梁啟，不知何意。

「看看內容便知。」

高個又仔細看了看手中的稿子，沉吟片刻，就像看賊一樣看向梁啟，說：「故事確實對得上……你這稿子哪裡弄來的？」

「自然是寂寥生輾轉交給小生的。」

「別騙人了。你口口聲聲說『寂寥生』，但你根本不認識他吧？寂寥生姓甚名誰，何許人也，你說得出，我再信你。」

「哦？你能說得出來？」這是一次十有八九能贏的賭博。

聽到梁啟的反問，他頓時心頭一沉。梁啟則不失時機地從提包裡又掏出了幾頁紙，在高個面前晃了晃，卻沒有給到他手中。

「只要不斷有稿不就好了？」

「你把寂寥生怎麼了？」高個兒突然警惕地問，「他現在人在哪裡？」

「這個嘛，」梁啟笑笑繼續說，「你不夠格，讓我直接跟你們經理來談。寂寥生該是你們報紙的當紅小說家了吧?他的事，夠份量請出經理來。」

「你不要得寸……」

高個兒還沒說完，就見梁啟當即把手中幾頁紙撕成了兩半，並作勢又要再撕。高個兒趕緊阻止了他，幾乎是用哀求的眼神看著已經被撕掉的稿子。他沒有再堅持，立刻狠狠地說了一聲「好」，就頂著大堂裡眾人的目光，帶著梁啟去了銃報館的經理室。

「進。」

高個兒敲了門之後，只是聽到裡面傳來簡短的指令。僅僅一個字，甚至沒有聽出任何語氣，卻因為十分洪亮飽滿，讓這間經理室都變得威嚴起來了。

門打開後，高個兒讓梁啟一個人進去，自己默默退下，把門帶上。

經理室的佈置和范世雅的辦公室幾乎相同，與門正對的是張書桌，書桌後正坐著那位幹練的銃報館經理——曾傳堯。

可算又見面了。梁啟心中暗想。

曾傳堯本來在低頭忙於工作，抬起眼從圓框眼鏡邊緣瞅了一眼，看見梁啟，微微一愣，皺了一下眉，又低下頭，繼續批閱手頭的文書，像是沒有人進來過一樣，只是在用鋼筆沙沙地書寫著什麼的同時，不動聲色地說：「我們見過面。」

「曾經理好記性，在那次划船大賽……」

「三分鐘。」沒等梁啟說完，曾傳堯便打斷了他。他停下了筆，從懷裡掏出錶來，打開蓋子，看了一眼，終於正正經經抬起了頭，摘掉了眼鏡，「說明來意。」

和傳言一樣，拒人千里，惜時如金。而現在居然能給出三分鐘時間，簡直是莫大的榮幸了。

「貴報的副刊《小快活》上有情可待寂寥生的一篇連載小說，最近幾日我看是突然停更了。」

說到這裡，梁啟故意停頓了片刻，想看看曾傳堯會有什麼樣的反應，可是他根本不動聲色。完全看不出開場白有怎樣的效果。這樣的對手，可以說是相當恐怖了。

「小生有幸，得了寂寥生的委託，拿來他新寫的幾頁小說，希望不給貴報平添麻煩。」

「二十五秒，」曾傳堯看了一眼懷錶，「但閣下恐怕沒有繼續說下去的打算了。本人對閣下所言不感興趣。小說能不能連載，那是副刊的事。如果他們處理不好，自會辭掉他們，不需要閣下費心。」

他說完，收起懷錶，戴上眼鏡，重新拿起鋼筆，蘸了蘸墨水，繼續批閱。

在他一開始提到「曾經見過」時，就明確了這次談話是有基礎的。只是需要一個突破口……故作姿態，真是最讓人不悅的一種做派。

「但如果，」這是你逼出來的，本可以不必鬧到這個層面，梁啟心想，「貴報刊登的小說是剽竊來的呢？」

曾傳堯手上停頓片刻，把鋼筆緩緩放到一邊，看起來還是相當沉著。

「貴報素以鐵面無私正氣浩然聞名於世，即便不是正刊而是副刊小報，發生了刊登剽竊之作的事情，恐怕在聲譽上……小生同樣是報館中人，怕是……」

「梁啟，新新日報館。」曾傳堯直接打斷了他的話，「在美人划船俱樂部時，你自報過家門。」

這個人確實有相當恐怖的一面。

「拿出證據吧。本報的宗旨從未改變。剽竊是最讓人不齒的行為，只要證據確鑿，本人必定立即嚴懲，向世人發佈公告，承認工作失誤。不必勞煩貴報。」

真是銅墻鐵壁固若金湯啊。可是明明他是要和梁啟深談，卻又偏偏不開城門，專門為難梁啟一樣。

梁啟只好見機行事，先擺出一小部分證據給曾傳堯看。

「十年前的報紙，名不見經傳，上面刊登的小說也同樣。但湊巧的是，和寂寥生的名作《繁華夢》一模一樣。順便一提，他是個慣犯，我報同樣是受害者。」梁啟又把另外一份十來年前的破舊小報和一份刊登了《南雲記》的《新新日報》遞給了曾傳堯。

曾傳堯只是把幾份報紙拿來瞥了一眼，就放到了一邊。大概是因為看到梁啟做足了準備，已經沒有現場逐一驗證的必要，只是想看看這個做了這麼多準備的年輕人接下來還要出什麼牌。他態度緩和了一點，拿起一張剛才批閱過的紙，對梁啟說：「寂寥生已經潛逃。」

終於鬆口了！梁啟簡直感動得要哭出來，立刻抓穩機會，連忙說：「確實，但如果不是因為小生急於求稿去了寂寥生家，又因為他不知何故潛逃了，小生也不會進到他家中，看到他書桌上堆滿的舊報紙。如果沒有那些舊報紙，小生怎麼可能發現得了他的剽竊行為？他剽竊的可都是些從未聽聞的東西，從這一點看，他算得上是個報界老手了。真不知他下了多大的工夫刨出這些鮮為人知的小說來給自己換錢。這樣說來，小生倒是有一事不明：他為什麼會突然棄家而逃？小生不才，在他家還發現了暗門，顯然是從他住到那裡時起就做好了潛逃準備。這又是何故？難不成貴報館對剽竊的懲罰是要人命？」

曾傳堯冷眼看著梁啟，沒有說話。

「小生當然是在開玩笑，曾經理千萬不要往心裡去。可是，一個至少還有十來回的篇幅可以交的剽竊者，到底是因為什麼可怕的事情，讓他出此下策？小生翻遍和寂寥生有哪怕一丁點兒聯繫的報紙，卻都一無所獲，直到忽然翻回最近幾天的新聞才有了點發現。寂寥生每天都會把親手抄好的小說新章節放到家門口某個固定的地方，供前來討稿的人自行領取。這樣做當然是怕報館中人進屋後發現端倪，使得剽竊小說有敗露的危險。但因為字跡很難模仿，方才也驗證了貴報的人辨別字跡的能力，所以可以肯定在連載中斷之前，寂寥生一直都在那棟小樓裡，沒有換過其他人。隨後，他逃走了，小說也同時中斷連載。他消失的時間就有點意思了。說來是不是太過巧合，寂寥生消失後第二天，張園南洋咖啡館的谷老闆遇害，凶手至今未能抓出。兩個人本來應該毫無關係才對，可是呢，一個是在銃報館的副刊小報《小快活》上連載小說的當紅小說家，另一個則是和您銃報館經理、大名鼎鼎的曾傳堯過從甚密的咖啡館老闆。冥冥之中所謂『不相干』竟被銃報館給聯繫到了一起。現在想來，怕不會寂寥生就是凶手吧？可是不能放任凶手危害社會啊。」

「梁先生，」這是曾傳堯第一次正面稱呼梁啟，「你還真是善於牽強附會，羅織罪名。」

「曾經理息怒，」梁啟這樣說著，但曾傳堯依然是不動聲色，根本沒有表現出憤怒的樣子，「小生只是隨便猜測一下，說到底寂寥生哪有什麼殺人理由？只是這個時間點和他們之間的聯繫，確實讓人不免浮想聯翩。我想，既然愚笨如小生都能猜到這一層，其他聰明人恐怕更……」

「吞吞吐吐拐彎抹角讓人生厭，你是想藉機來打探咖啡館老闆的事吧？」曾傳堯皺著眉頭，「不清楚你來打探這些到底是何目的。你們報館的呂大雄也不是什麼上得了檯面的人才，但為了扼殺沒有必要的謠言，確實需要給你說清楚一些事情。本人與南洋咖啡館老闆結識多年，他算是有些學識，我們相談十分投機。如今友人遇害，本人自是痛心。但本人身為報館經理，既非巡捕又非官府，無權插手，只望早一天真相大白，還友人公道。梁先生，同是報界中人，雖然不應越界管貴報之事，但身為報界同行，姑且算你的長輩，好生勸你一句：做新聞，切勿無事生非。」

「曾經理教訓得是。實際上，小生也與谷爾谷老闆有過些許交往。」梁啟直呼谷爾這個名字時，見曾傳堯掩飾不住地跳了一下眼皮，「谷老闆一聽小生是個報人，立刻就說起了您曾經理。他講了許多您和您的夥伴們暢談的事情。那些理想著實讓小生心潮澎湃。」

曾傳堯不帶情緒地「哦」了一聲，終於又摘下眼鏡，用極為犀利的目光看向梁啟，說：「很好，本以為你只是一個渾渾噩噩的混子，原來真應了老范的話。」他停下來，只是盯著梁啟，像是在重新審視，又像是在警告，卻什麼都沒有繼續說下去。

「曾經理教訓得是。」梁啟再次說了同樣的話，「您與另外幾位先生的理想，那種想要讓上海成為舉世矚目的都市的理想，小生第一次聽到時著實感動。當今大清國所缺乏的正是幾位先生這樣既滿腔愛國熱忱又有真才實學，並且不斷努力將理想付諸現實的英豪志士。能有幾位先生來到上海，本應該是上海的一大幸事，可是……」

「沒有什麼『可是』。很多事情還是不要涉足為妙，對你們年輕人有百害無一利。」

依然不肯透露一丁點兒信息，與之前范世雅滔滔不絕地講了那麼多看似無用的信息截然相反。但或許是出於同為報人的直覺，在梁啟看來，這個聞名黃浦灘的火藥桶，永遠一副鐵面示人的曾傳堯，竟流露出了比范世雅更真誠的態度。只是，這個「真誠」又是落在了哪一個層面上呢？

「同樣是報人，您應該非常理解小生現在的渴求。我們只希望讓真相大白於天下。如果事件只有開端，最終卻不了了之，您覺得出於報人的操守，能忍嗎？」梁啟沒有放棄，甚至語氣還加重了些。

「你在天文遇刺的報導上已經做得非常出色。」曾傳堯語氣緩和。

遇刺？這個詞忽然讓梁啟心頭一顫。自己的報導用的標題是《完美謝幕鍾天文，夜半喪命洋涇浜》，用詞非常小心，從沒有斷定鍾天文是遇刺。直到現在鍾天文喪命的案子仍舊沒有結果。曾傳堯口中的「遇刺」……是說漏嘴，還是另有所圖？梁啟不禁流露出了渴望的眼神，看向曾傳堯。然而他已經重新戴上眼鏡，意味著這次不是故作姿態，而是真要送客了。

「曾經理，」梁啟十分務實地放棄了堅持，「小生只想請教最後一個問題：您在做康腦脫醫院的深度調查之前，是否認識谷翩？」

曾傳堯不再理睬梁啟，也並未去繼續批閱案頭文件，只是用目光告訴他：請你現在儘快離開我的辦公室。

梁啟心中歎了口氣，知趣地示意一下，便起身準備離開。就在打開辦公室門的時候，他聽到身後傳來曾傳堯的聲音：「不曾認識。」

「謝謝。」

他沒有回頭，出了房間。

一拳

紙菸這種東西，真是微妙。

以往並不是沒有菸草，買些上好的菸絲，塞進菸斗裡，拿火一點，吸起來吧嗒吧嗒的，是一種愜意。可是菸斗不論大小，都算個物件，一來要花銀子買，時間久了還要換新的，二來總也佔著一隻手，自由大打折扣。紙菸則不同，只是把菸絲捲到薄薄的菸紙裡，劃一根洋火點燃就能吸，吸到尾巴，直接扔掉就是。而紙菸也好，洋火也罷，只要放在制服的兜裡就好。

即便如此，當梁啟被滿懷善意地塞來一支點燃的紙菸後，還是全然無法感受到吸這種東西的樂趣，索性厭惡地扔到一邊。

「嘖！」那聲音簡直痛心疾首，如同賬房先生眼睜睜看著一張萬兩銀票被人撕碎了一樣。

梁啟立刻察覺確實不妥，但再撿起來同樣不妥，索性毀屍滅跡，迅速用腳把地上亮著紅光的菸給碾滅了。碾滅之後，又故意沒好氣地補了一句：「算是你平白揍了我一頓的補償。」

還是那個無窗的黑暗房間，還是瀰漫著紙菸的煙霧，那個把「一介無照警察，平生所愛就是打抱不平」作為臨別自我介紹的辰正，又低沉地哼了一聲，隨即深深地吸了一口自己手裡的那支菸捲，好似這樣才算是真正的補償。

他吸菸的時候會發出嘶嘶聲，特別是在這個靜寂至極的房間裡，聽得更加清晰。

想要找到辰正太容易了。因為上次是從這裡逃出去的，梁啟自然清楚該去什麼地方找他。從銃報館出來，沿著泥城浜一路向下走，到了和洋涇浜交界的地方，那個露在街面上，讓梁啟看一眼都有幾分心悸的小樓，就是辰正的所在了。

這棟小樓原本屬於旁邊的石庫門里弄，卻獨自開出一道朝向街道的門，真不知道最開始是怎樣的設計理念。樓道只有一扇窗，好幾個房間恐怕都沒有窗子，彷彿從建造之初就是為了藏污納垢一樣。

可是，這裡面躲了一個警察，無照警察。

在不審訊的時候，辰正的這個房間裡也是點燈的，一盞豆油燈照得屋裡煙霧繚繞，才傍晚時分，屋裡就甚是曖昧不明。關於八年前的失蹤案，追查許久的辰正自然掌握了相當的線索。這條線可不能斷。

辰正吸完嘴裡這根菸，也像梁啟那樣扔到地上，用腳碾滅，重新看向梁啟，說：「你來的時間不湊巧，剛好趕上我要去上工賺菸錢。你要是有空，一起走一趟，讓你看看另外的世界。」

可笑，身為在上海摸爬滾打兩年之久的報人，還有什麼沒見識過的世界。梁啟點點頭，還是接受了辰正的邀請。

「不錯，沒有讀書人那種磨磨唧唧的毛病，在下很欣賞。」

辰正又點了一支菸，才帶著梁啟出了小樓，過了泥城浜，朝張園方向走去。最終卻是到了古剎靜安寺。

說是古剎，其實一點兒看不出這兩個字的韻味。近年來在滬行商的人，不知聽了什麼樣的謠言，開始給這座古剎所有能貼東西的地方貼上金箔，貼滿一層再貼一層，從寺院氣勢如虹的山門到後面的大雄寶殿，甚至側殿和佛塔，都像長了金麟的鯉魚一樣金光閃閃，妖豔耀眼。到了夜晚，再掛滿鎏金紅燈籠，讓這座寺院散發出一種紙醉金迷的魔性。

進了靜安寺山門，大雄寶殿前的香爐還冒著滾滾濃煙，毫不遜色於白日。而香爐四周的大殿側殿已被再次燻黑，只有院內的幾排紅燈籠照出些它們昔日的光彩。繞過大雄寶殿，正中是藏經樓，左邊是佛塔院，從院外便可望見佛塔，另一邊則是一扇未開的木門。木門上也貼了些金箔，但不知出於什麼原因，看上去相當低調，大概只有那些全然不明真相的人，才會為其貼金。

辰正所說的「另外的世界」，難不成就在這扇門後？確實從來沒進過裡邊，可是裡邊能是多麼不一樣的世界？

跟著辰正走到斑駁金箔木門前，梁啟翹首以待。辰正左手夾菸，右手熟練地在木門上敲了一連串長長短短的暗號。暗號敲畢，木門很快便打開了。一個瘦削的和尚探出頭來，打量了一下辰正和梁啟，遲疑片刻，指著梁啟問：「這位是……」

「一位朋友。」

就跟沒有解釋一樣，辰正吸著菸，已然走進了木門，梁啟也跟了進去。瘦和尚並不敢阻攔，隨即關上木門，躲遠了去。

木門內，是一條幽暗的竹林小徑，小徑碎石鋪成，曲折蜿蜒，氣氛和佈置都與外面群魔亂舞的世界甚是不同。走不多遠，便有一座石台路燈，點著油火，不用擔心越走越黑。

燈光影影綽綽，令竹林裡顯得更加迷離。越往深處走，也就越緊張。不過，在竹林小徑走了一陣之後，還沒看到小徑盡頭，就已經聽到不遠處傳來起哄、叫好、喝罵的聲音，烏七八糟，一片嘈雜。

正所謂曲徑通幽，現在他們所走的這條曲徑的盡頭，讓初來乍到的梁啟大吃一驚，果然稱得上是自己沒見過的世界了。

梁啟從竹林小徑出來，第一反應是：怎麼這裡還能有如此人山人海的場景？緊接著便注意到那座一人多高的比武擂臺。擂臺上正有兩個人打得不可開交，在完全不懂武功的梁啟眼裡看來，就像兩個小孩在摔跤打架，爭得你死我活，不過就是緊緊抱在一起，偶爾摔倒，再互相糾纏著在地上打滾。

梁啟正在瞎看，就發現辰正已經鑽過人群，到了擂臺一邊的方桌前，和方桌後面一個肥頭大耳的傢伙說著什麼。

院子算是不小，四角都立著相當高的木桿，對角的木桿之間拉著兩根交叉長繩，長繩上懸掛著一只只紅燈籠，為整個院子照明，紅彤彤的，顯得院子熱血沸騰，好不熱鬧。

不用告知也能明白，這裡竟是一個藏在魔性古剎院內的真人擂臺賭場。這樣的擂臺賭場，規則多半十分模糊，經常直到把對手打得重傷爬不起來甚至打死才判定結果。可以說，是一個充滿血腥暴力的非法場所。

對梁啟來說，這種事情雖然不算新鮮，但能藏在佛家寺院裡，還是這般香火旺盛的寺院，確實有些獨特神奇了。

辰正還在和那個肥頭大耳的傢伙說著話，梁啟怕錯過什麼有用信息，立即擠了過去。

「賺點兒錢，快得很。」見梁啟過來，辰正戀戀不捨地把嘴上最後一點菸使勁吸到肺裡，又瞇著眼睛慢慢呼出，緩緩地繼續說，「都是些十惡不赦的傢伙，揍一遍剛好。」

原來他是要上場打擂？再看那個肥頭大耳，已經給辰正做好登記，向著擂臺邊的一個人比劃了一連串看不懂的手勢。

辰正把辮子在腦袋頂上盤好，塞進警察的圓頂檐帽，摘掉別在腰間的短棍，把它和從警察制服上衣兜裡掏出來的半包紙菸和洋火一同塞到梁啟手裡，走向了擂臺。

擂臺上的這一輪比賽基本上已進入尾聲。兩個滾在一起的漢子，實在是滾得身心疲憊。終於其中一個體力不支，跌到了擂臺下面。另外一個自然不會錯過如此良機，鼓起力氣一同跳下擂臺，照著先摔下來的人的腦袋就是一套亂拳。打得那人口吐白沫，全身直挺，雙腳雙手抽搐不已，所謂的裁判這才終於喊停，在一部分觀眾的歡呼和另一部分觀眾的謾罵中，宣布了勝者。敗者就像一隻快病死的老狗，眾人將他扔到角落，隨即重新聚到擂台四周，大呼小叫要求快快繼續下一場。擂臺看著粗糙，實際上還是有不少人在打理。打完一場之後，就算沒有人去清理台下，臺上也會立刻上來兩個人，把血跡啦，各種碎屑啦清理乾淨，然後開始下一場。

一個猥瑣的小個子跳上了擂臺，眼看他胸腔一鼓，竟然發出和他的身材完全不相稱的洪亮聲音，力壓全場。

「接下來到了今晚的高潮。對陣雙方分別是……」小個子故作懸念地頓了頓，「神技奇能殺人越貨鐵牙張！」

一個滿臉橫肉、粗壯醜陋的人爬上了擂臺。

「鐵牙張力大無窮，手腕殘忍，雙手就能給人開膛破肚，而且他還有一項絕技，也是他『鐵牙』稱號的由來——」小個子再次頓了頓，「用牙咬住射來的洋槍子彈！這就是本場的選手，神技奇能殺人越貨鐵牙張！」

鐵牙張已經站在小個子身旁，感覺他一口就能把小個子的腦袋咬掉。

「鐵牙張的對手，不用再多介紹，」小個子指了指擂臺另一邊，辰正已經站到擂臺上了，「我們的老朋友，一拳傳奇的保持者，無照警察一拳辰！」

小個子介紹完，就聽剛才和辰正交談過的肥頭大耳開始「下注下注！買定離手！」地吆喝起來。這一吆喝，台下亂了套，叫喊著撕扯著互罵著，嘰哩咕嚕一團一團地給新一場比賽下注。

而擂臺，誰還管有多少人買好有多少人猶豫？兩個人各站一角。沒有行禮也沒有客套，鐵牙張張牙舞爪撲向了辰正，彷彿只要雙手一接觸到對手就能立刻將其撕碎。而辰正只是若無其事地背著手，緩緩向場地中央走了兩步，和鐵牙張迎面交錯。只是一瞬，就連那些已經下好注、全神貫注盯著擂臺的人，也都沒看清是怎麼回事，只見到辰正的拳頭重重地轟在了比他高出一截的鐵牙張面門上。

鐵牙張應聲而倒，全場一片嘩然。

「又是一拳！一拳啊！不愧是一拳辰！」小個子興奮地躥上了擂臺，把還沒來得及下注的人的抗議聲壓了下去，順便看了一眼仰面倒在擂臺中央的鐵牙張，門牙全都擊碎，滿嘴鮮血，不省人事，不由得倒吸一口涼氣。不過，不愧是這個黑窩點的王牌主持，小個子立刻重新控制住全場，再次用高亢的嗓門喊道：「怎麼樣！是不是覺得一拳辰上場沒懸念？我們開一場全新賭局，就賭一拳辰一口氣能連勝多少場，多少場時一拳辰會出第二拳。只要一拳辰在場上，你們隨時可以下注，隨時可以添注，隨時可以贏錢。怎麼樣！有不有趣！刺不刺激！激不激動！」

小個子又把氣氛煽動起來，連辰正都苦笑了一下。

接下來，還是同樣激情澎湃的介紹，一個又一個的對手，全都聽上去大有來頭十惡不赦，同樣一個比一個相貌凶惡，但在擂臺上永遠都是一拳就被打得不省人事。

完全不懂武功的梁啟，看著這樣一邊倒的擂臺賽，根本看不出辰正到底是什麼樣的身法，只能驚歎。難不成這就是譚四口中所說的燕青拳？

如果是的話，這種拳法實在強得誇張。

一拳、一拳、一拳、一拳……

宛如神話一般，只是不斷地累積著勝數。

八、九、十、十一……

場下那群賭徒，已經不再鬼哭狼嚎地為挑戰者吶喊，而是齊刷刷地為辰正的勝數計數。

十五、十六、十七……

為了讓擂臺上更加精彩，節奏更快，小個子主持人也不再上臺，而是一起帶著節奏在場下數數。

二十一、二十二……

突然，下一名挑戰者登上擂臺，全場突然一片死寂，就像聒噪的猴群突然看到猛虎來襲一樣。

真可算是個龐然大物了。一個巨大的身影，從人群後面緩緩升起。人群迅速閃開一條通道。這個龐然大物踩著沉重的腳步，幾乎是一抬腿就邁上了擂臺。

所有人都被這逼人的氣勢所懾服，這是正常反應，但其中最恐懼的那個大概就是梁啟了，因為這樣的龐然大物，全上海不會有第二個，他便是傻山。

突然的死寂，讓氣氛一下子降到了冰點。小個子主持人看清傻山並非前來滋事，而確實是下一個挑戰者，就又壯起膽子重新炒熱氣氛。他當然知道這個全上海獨一無二的巨人其實是淨社的幹部，可到底該怎麼介紹，他一時無法確定，只好乾巴巴地喊著：「懸念懸念！巨人親臨角鬥場，是一拳辰再續傳奇，還是巨人終結神話？緊張緊張！兩人已經……」

兩人在擂臺上只是一個對視，傻山緩緩抬起如蒲扇大的雙手，擺開架勢，準備撲向辰正。辰正卻率先動起來，一個閃身，輕巧地一躍……從擂臺上跳了下來，同時抬起手來，喊了一聲：「我認輸！」

全場再次一片嘩然，就連站在臺上正欲大打出手的傻山一時間也愣在了那裡。

接著自然又是罵街的罵街，摔東西的摔東西，都是因為剛剛押了辰正新的連勝場數，卻被突如其來的變故給坑慘的人。但誰都知道辰正的厲害，他們只圖口頭之快，不會有誰真敢對他怎麼樣，只能眼睜睜看著認輸的辰正去了肥頭大耳那裡做記錄。

突然認輸的舉動，最賺的無疑是莊家。肥頭大耳樂在心裡，自然不會為難辰正。就算已經狠狠地揍過二十二個惡徒，辰正臉上還是沒有任何喜悅或者悲傷的表情，只有一如既往的冷峻，隨便點了一下肥頭大耳遞給他的幾張鈔票，胡亂地塞進了警察制服的上衣兜裡。

他習慣性地又摸了摸上衣兜，這才想起梁啟。

梁啟當然明白他想要什麼，先把那半包菸和洋火遞還給他。辰正接過菸來，立刻從軟乎乎的紙包裡叼出一根，單手點燃了一支洋火，點上了菸，同時從咬著菸捲的牙縫裡擠出一聲「謝謝」，大概是說給梁啟的。

狠狠地吸上一口，眼看三成的菸捲已經燃盡，辰正如同沙漠中喝了甘泉一般舒坦，這才雙指夾著菸捲拿離嘴邊。梁啟又把那根短棍遞給辰正，辰正接過短棍，點點頭，熟練地插到腰間的扣上。

梁啟此時才注意到，辰正的警察制服已經濕透了，一道道汗水順著臉頰不斷地流淌下來。原來剛才的打擂，看著輕鬆，一拳一個，但其實相當耗費體能，絕非易事。

「那傢伙，」辰正低沉地說，他所說的當然就是傻山，現在的傻山就如同被扔到馬戲舞臺上展覽的黑熊一樣，伸著雙手卻不知所措，「我大概要抱著必須殺了他的決心，才能與之一戰。」

梁啟無從判斷辰正這句話到底是說自己有幾成勝算，只好附和著點點頭。

「走吧。」辰正把手上這支菸吸盡，破天荒地沒有立刻再點一支，用腳碾滅菸頭，從人群中擠開條路，帶著梁啟重新走上方才進來時的那條竹林小徑。瘦和尚一見他們，趕緊打開木門，兩人出門，穿過依舊喧囂如同廟會一樣的靜安寺，來到了寺院金燦燦的山門外。

靜安寺外，也正是熱鬧時間。街邊一溜的小吃擔子，迎接著夜半來寺偷偷拿著金條打金箔同時餓腸轆轆的香客。

「去找個地方吃點東西。」

說是找，但顯然辰正早就有相熟的攤位，直奔一個麵攤而去。麵攤老闆見這個身穿警察制服大汗淋淋的熟客又從靜安寺出來，知道生意又來了，立刻給他準備好了一大碗肥腸麵。又看到梁啟，不知他想吃些什麼。梁啟隨便要了碗素麵，挨著一旁大口大口吃起麵的辰正坐了下來。

一瞬間肥腸麵已經吃完。

梁啟還在愣神，辰正又去隔壁攤位要了二十個生煎饅頭，端著堆成山的碟子回到麵攤的矮木桌旁，坐回板凳上，也不怕燙，生煎饅頭一口一個，吃了七八個，才算停下來。

竟然消耗了這麼大的體能。

辰正擦擦嘴，狀態平緩下來，點上菸，恢復了舊態，一邊吸著菸，一邊徐徐地說：「那種地方，魚龍混雜，想要套出東西來，最為方便。只要動動拳頭，什麼都能揍出來。」

梁啟想起自己也被這傢伙一拳一拳地揍過，不禁打了個寒顫……

「給你看樣東西，」辰正仰著頭，把肺裡的煙緩緩吐到空中，伸手從另一邊的制服兜裡掏出一張疊得整整齊齊、反覆被汗浸透又晾乾的紙，「想必你來找我也是為了這個。算是我揍了一年人的唯一成果。」

梁啟接過這張還有辰正潮熱體溫的紙，小心翼翼地打開，卻一下有些失望，上面只是寫了兩個字：谷翮。

「那個人的姓名。」辰正吸著菸，不緊不慢地說，「失望了？我知道你去找玉蘭公會也是為了查這個，應該和我獲得的信息差不多。但是呢，很多時候交易下得到的，遠不如拳頭下得到的準確。宗義民那個老傢伙，給你再多的材料，你敢保證全是真的？」

確實，雖然手裡有著厚厚一沓材料，可是明顯那個宗義民有所保留，而且憑直覺來說，他一定扣住了最關鍵的東西。

「見仁見智吧。」梁啟挑起一根素麵，又放回碗裡，「謊言，經不起邏輯推敲。」

「還真是樂觀，你推敲的工夫，大概已經又死一百個谷翮給你看了。」

梁啟吸口涼氣，無言以對。

「說說吧，宗義民那個老傢伙都給了你什麼信息，我幫你斷一斷真偽虛實。」

這傢伙可真會搶佔有利局勢發起快攻，和他的拳法一個路子。不過，和這個人接觸幾次之後，梁啟知道他雖然手段過於粗暴，但腦子還算清晰，更主要的是人品不差，在閱人不少的梁啟看來，是個有擔當的漢子，足可以透露給他一部分信息，作為交換。

隨即，梁啟把谷翮的留學經歷告訴了辰正，但隱去了他影子幼童的身分。講完之後，辰正沒有立刻做出回應，吸了口菸，瞇起眼睛，把肺裡的煙再次全部慢慢吐出，這才說：「我知道你有所隱瞞，而且隱瞞的比你說出來的多得多。」他把菸頭扔到地上，認真地碾了許久，「不過我不在乎。因為你挑出了這些來告訴我，就可以判斷你得到的是哪些信息。你別忘了，關於谷翮，我已經調查了一年之久。你再神通廣大，或者說宗義民那個老傢伙再怎麼八面玲瓏，到你手裡的信息也不可能超出我所掌握的。直接跟你說吧，你這些東西，意義不大。」

「哦？」梁啟沒有太過吃驚，這樣的回應他大體上已經預料到，便順手拿起一個上面撒了黑芝麻的生煎饅頭，小心翼翼地咬了一口，還有些燙的油汁從裡面溢出，味道尚可。

「你們文人，總有一大堆改不掉的臭習慣。比如說，只要看見『歷史』就跟狗看見屎一樣，忍不住衝過去扒。越往童年扒越興奮，還美其名曰『知人論世』。說白了都是迂腐，臭不可聞。就這種固化思維，一葉障目，永無出路。」

不知道這個判斷是他對讀書人固有的偏見，還是警察學校的偏執灌輸。姑且不與他爭辯，聽其下文。

「谷翮這個人，到底怎麼開起一家醫院，只要知道他的大概身世就已經一清二楚，還沒完沒了地挖，簡直是浪費生命。從逃離那家醫院到開了南洋咖啡館，這期間他都做了些什麼？去過什麼地方？」

「請先生指點迷津。」

「先生？你別噁心我了，我就是一介無照警察，沒權沒勢，沒有名份，平生所愛就是打抱不平。」

這是他的口頭禪吧……

辰正非常認真地又點燃了一支菸，深深吸了一口，吐納一番後，說：「那傢伙後來直接逃出大清國了。為什麼一定要逃走，確實讓人匪夷所思。我到康腦脫路走訪了很多人家，不少是當年事件的親歷者。這些人呀，活得渾渾噩噩，搞不懂到底誰對他們好，誰在算計他們，但有一點可以信任，就是丟命的事絕對記得清楚。就算是七八年前的事，沒有什麼暴力衝突，沒有什麼武力斷殺，他們說沒有，所有人都說沒有，那就一定是沒有。反正他就是逃了，像個喪家犬一樣地逃了，逃到了南洋新加坡。所以，他說自己是新加坡人，多少也不算錯。」

「什麼時候回來的？」

「呵。」辰正冷笑一下，「倒是有些敏銳度。他應該跟你說過才對。」

梁啟微微皺眉，說：「他確實說過，是庚子之後就從南洋新加坡來了上海，先是做了一陣子橡膠公司的翻譯，後來自己單幹，開了南洋咖啡館。但這顯然都是謊話，不足為信，更何況他沒有說過具體時間，當時我也沒有在意過。」

「南洋咖啡館很容易查到，從租下張園裡那家店面算起到現在，尚不到兩年時間。開咖啡館之前才是重點：到底什麼時候回來的？之前又做了什麼？為什麼最後變成了咖啡館老闆？」

「蠻棘手的。」梁啟撇了撇嘴，「雖然我非常想立刻知道，但……」他又用筷子挑起沒吃幾口的素麵，「你是怎麼發現的，一個看似毫無關係的咖啡館老闆就是你苦苦尋找的那個逃離又返回的醫院主事？或者換一個問法，上海三教九流各行各業芸芸眾生，你怎麼就能鎖定一家不起眼的咖啡館？」

「確實有點兒意思了，今天的晚餐閒聊不算耽誤時間。」辰正終於正眼看向梁啟，「其實我早就敬你是一條漢子，雖然我還是覺著你們這些酸腐文人，往往軟弱無能成不了事。為什麼會鎖定南洋咖啡館？我覺得你應該很清楚，因為我開始關注的另外一個人頻繁和那個把『磕肥』譯成『咖啡』的咖啡館老闆往來，不關注到他身上，都有些難了。」

「另外一個人……難不成？」

「鍾天文。」辰正果斷地說出了這個名字。

「他有什麼問題，會被你關注到？」

辰正吸了一口菸，彷彿陷入了沉思，過了一會兒，才再開口說：「大概是因為他太優秀了吧。」

這是什麼鬼扯的原因！又轉念一想，鍾天文屍體被發現時，他就在現場驗屍，倒確實可以看出他真的在關注鍾天文。

梁啟沉吟片刻，說：「開咖啡館之前，谷翩在做什麼，自然也調查清楚了？」

「可惜沒什麼特別之處，他還算有些本事，從新加坡帶了一支商隊，往來上海與新加坡，跑了幾年貿易。」

「幾年？」

辰正哼了一聲，說：「他是光緒三十年回來的，搖身一變，已然是一個剪了辮子的外國人。」

光緒三十年（1904）。今年是光緒三十四年（1908），按辰正的說法，谷翩租下店面至今不到兩年，倒推回去就是光緒三十二年（1906）。這和他組織商隊又相差兩年。跑了兩年的海上貿易，賺到些本金開了一家咖啡館，這些線索此刻還無法判斷到底有多少意義。

而鍾天文之死……這個對梁啟來說真正的事件起點，在此時感覺更加微妙了，從曾傳堯那裡得到的一丁點信息也隱隱指向了鍾天文。

事情似乎就此回到原點。

「走吧。」

梁啟還在思索著，被辰正一聲打斷，再看小桌上所有食物都已蕩然無存——包括自己那碗素麵……

辰正已經起身，梁啟自然不好再坐。同時，他也明白為什麼辰正忽然急著要走。因為不遠的靜安寺金光閃閃的山門處，一個駭人的巨型身影正在不明真相的路人遊人的尖叫聲中向外走來。

確實趕緊離開為妙。梁啟緊跟幾步，追上了已經轉入小巷的辰正。

辰正還在吸著菸，皺起眉，說：「我在那裡打了一年。那個怪物……倒真是第一次見到。說不定是因為你，那個怪物才會跑去。」

梁啟無力反駁這種猜測，但他來靜安寺並不是提前計劃，那麼傻山在靜安寺擂臺等的人，實際上該是辰正才對。是狙擊，還是別有目的？淨社為什麼忽然盯上了辰正？也是與鍾天文、谷翮，甚至至今未再見到身影的康揆有關？

辰正大概也想到了一連串類似的問題，沒好氣地把才吸了一半的菸扔到地上，起步便行。走到一個不用大聲說話又有一些距離的地方，他側著臉和梁啟說了一句：「給你個忠告：淨社，十惡不赦。別隨便把命給丟了。你，好自為之。」

隨即，他向著小巷的黑暗深處揚長而去。

重啟

浦東工廠深處，外國墳山背後，那座蒸汽發電廠，從當初建成，到被廢棄，再到譚四將之據為己有，改造成基地，直至現在，從來沒有這麼擁擠過。

發電廠一面墻，明顯有拆開又重新補上的痕跡。再看廠房裡面，經過多次改造，補丁摞補丁的大馬力蒸汽發電機仍在廠房盡頭，獨享著房頂的煙囪。而廠房中央被一台比二層走廊還要高的巨型機械所佔據。機械由同樣高大的矩形金屬外框所支撐，框架之內，密密麻麻豎著數不清的紅銅機械軸。紅銅機械軸從上往下一共分成十三層，橫向又有四十二組，每一層之間都有幾根紅銅橫軸，橫軸上套有斜面齒輪，可以讓縱向機械軸有多種組合聯動，而縱軸上緊湊地由串聯齒輪數字盤組成，每一個齒輪數字盤都可以自行轉動並與其他齒輪數字盤聯動，每一個齒輪都由精密的探桿予以撥動。整座巨型機械如果分正面和背面的話，那麼正對發電廠原本大門的就該是它的正面了。所謂的正面有一個異於後面機械主體的操作臺，除了有精密複雜的數字羅盤以外，還上下排列著大大小小功能各異的手搖輪盤。看來是可以在這個操作臺上進行相當複雜的操作，而操作臺上並沒有大型蒸汽動力機械固有的那些氣壓錶。為什麼沒有，這個祕密只要繞到它的背面就一目了然。巨型機械的背後接著一架全封閉的金屬立櫃，櫃子裡是什麼結構無法直接看到，只能看見它一左一右從底部伸出兩股粗大的電纜，一股電纜直通不遠處飛速旋轉工作的蒸汽發電機，另一股則是如同馬尾辮一樣，由數十根電線攏在一起，馬尾辮每一根電線的另一端都接著一部無線電報收報機。收報機似乎一直在給立櫃傳輸數據，帶動著整個巨型機械不停運轉，並在另一端不停地冒出電報紙條。

「終於又見面了，爵爺您喜歡自己的新裝扮嗎？」譚四站在操作臺前，敲著那裡的發報機。

發報機的信號傳送到這座巨型機械組中。不過，誰都知道它不會有回應。這台沉入黃浦江底一年多的分析機加差分機，就算再怎麼給它升級組塊，哪怕是把昔日的蒸汽驅動換成電力驅動，那個被灌入鐵爵爺意識的初始程序也不可能再回來了。只是譚四明知這個龐然大物已然是一座嶄新的東西，卻還是沒有拆掉和鐵爵爺交流用的發報機，以及鐵爵爺用來和外界交流溝通的摩斯碼燈。說不定什麼時候又能和這位老對手敘敘舊呢。

姑且還是稱之為「鐵爵爺」好了。在雨果的幫助下，他的升級重啟十分順利，又與諸多收報機連接成功，W實業總算在時隔一年之後要重啟了。只是在正式重啟之前，還是要先把當下棘手的事情統統處理妥當才是。

有了鐵爵爺回歸，和宗義民談判的籌碼也就差不多足夠了。

譚四用英語和雨果交代了一下，要小心別讓玉玉跳到鐵爵爺裡面發生危險，便再度獨自離開了發電廠。

耳朵趙給出的最後期限是從那天起之後兩個禮拜，梁啟算算時間，尚有餘裕。

梁啟深吸口氣，敲響了最後一個必須去卻遲遲沒有再訪的地方：美人划船俱樂部。

美人划船俱樂部的規矩，華人一律非請勿進，即便曾經有鍾天文在，這一條也沒有鬆動過。梁啟想過再通過荒江進入划船俱樂部，但荒江恐怕也是因為那次划船大賽才收到鍾天文的邀請，而現在……要是去尋求荒江幫助，反倒是為難她。因此，他只好硬著頭皮，一大早發了張名片給俱樂部，成與不成隨他去吧。結果不到半天，梁啟就收到了「歡迎梁先生到俱樂部一聚」的邀請帖。

划船俱樂部的鐵門打開，是一個紅頭阿三，見是一個華人敲門，立馬把黑臉拉得老長，翻著白眼，恨不能啐口唾沫到梁啟臉上。梁啟趁紅頭阿三還沒有摔門關上，趕緊把邀請帖塞給了他。邀請帖上有俱樂部的標誌，非常顯眼，倒是防止了紅頭阿三拿過去立刻擤了鼻涕扔出來。

不過這只是本俱樂部的邀請帖，裡面沒有夾任何好處，他的臉依舊是那個鐵黑模樣。梁啟心裡罵著，臉上卻掛著笑，塞給了他一枚銀圓。紅頭阿三接過銀圓，咬了一下，這才放下心來，冷哼一聲，讓開一條縫，放梁啟進去了。

吳淞江邊的看臺早已拆除，一點痕跡不剩。莫說划船大賽時的盛況，恐怕就連鍾天文這個奇蹟之人，再過一段時間也會被遺忘，杳無痕跡吧，想來真是讓人唏噓。

可是……一塊大洋，讓梁啟更不痛快的是這個，進美人划船俱樂部比進公園還貴。他悶頭向著那座浮誇的巴洛克式洋樓走去，臉和這個天一樣死氣沉沉。

洋樓門前的大理石柱，雕著品味極差的粗糙花紋，梁啟正要去推沉重的大門，結果大門自己猛地打開了。他一愣，看見從裡面出來一個人，身材極為肥胖，走起路來步履蹣跚……

康揆?!

梁啟被眼前意想不到的人給驚到。已經失蹤快一個月的康揆，怎麼會突然出現在這裡?在梁啟這一個月來的思考裡，康揆應該和淨社有某種不可告人的關係。考慮到他在鍾天文死後第二天就拿著機械船的關鍵數據消失，傻山後來又潛入南洋公學，梁啟一直都以為康揆就是躲到了淨社的某個地方。

康揆幾乎是從門內衝出來的。雖然他走路搖搖晃晃，根本沒有「衝」的速度，但帶著一股氣勢洶洶的架勢。不知道是因為過於孤傲，還是因為氣憤而得顧不上周圍，康揆出門時一膀子把愣神的梁啟撞開，卻完全不予理會，徑自朝俱樂部外走去。

他好像一直在嘴裡嘀咕著什麼，可惜一來事發突然，梁啟毫無心理準備，二來康揆本身也口齒不清，加上聲音太小，無法聽懂他在說些什麼，所以只能姑且猜測，這個傢伙和俱樂部的人談了什麼，非常不滿意，於是憤然離去。

再看守在門口的紅頭阿三，剛才還不可一世得像個上等人，看見康揆踏著滑稽的步伐走過去，竟顯露出幾分懼意，沒有去開鐵門，而是像條小狗一樣往俱樂部的江邊碼頭跑。

康揆坐船離開，船夫看不出什麼特別，舢板的櫓搖得非常嫻熟，向著吳淞江上游而去。是故意不走陸路，還是正好要坐船去什麼地方？去吳淞江上游，那邊有什麼？

一時無法判斷，梁啟只好照原計劃行事。進了洋樓大門，正看到一個金髮美國人，穿著俱樂部統一的划船隊服站在門內，像是在迎接梁啟，一臉苦笑。此人算得上俱樂部裡除鍾天文之外的名人。只要看到這頭金髮，就知道他是美人划船俱樂部首席賽手查爾斯。

真不知道這是特意來迎接自己，還是剛好送走康揆……

梁啟是按照邀請帖上的時間來的，所以撞見康揆是意外事件還是有意安排，同樣無法判斷了。

就當他是出來迎接梁啟的吧。

梁啟擺出一副客氣的笑容走上前去，用洋人的習俗，與查爾斯握了握手。查爾斯力道十足，方才的苦笑全都收回，一本正經地握住了梁啟的手。梁啟明白現在絕非詢問康揆來此何事的好時機。

「Mr. Liang？」

梁啟努力把手抽回來，同時點了點頭。

「President 在樓上。」查爾斯中英混用地跟梁啟說了一聲，沒有引路，而是把梁啟一人扔在大堂，匆忙出去了。

去追康揆？梁啟很想看個究竟，可是樓裡說不準哪裡還有人盯著自己，不好輕舉妄動，只得透過洋樓的石墻，聽了聽外面的動靜。沒有鐵門打開的聲音，只聽到了有船下水。查爾斯穿著訓練服，雖說今日並非禮拜天，但他身為首席賽手，勤於訓練也不足為奇。

梁啟皺了皺眉，先不管這些，去找到他們的 President 再說了。

一層大堂因為挑高的房頂和極大的落地玻璃窗，光線十分充足。這裡更像是一座小型博物館，陳列著俱樂部獲得的種種榮譽。一個個展示櫃裡擺著各種形狀的獎杯。一邊的墻上掛著一排從古樸到新潮的船槳，另一邊則掛著一些人物畫像和照片，應該是歷代俱樂部會長。從會長們身後的背景可以看出俱樂部的歷史變遷——遠在上個世紀中葉發祥於美國港口城市紐黑文的划船俱樂部，被一步步發配到了遠東上海的歷史變遷……

大堂一邊是大理石樓梯。梁啟輕輕邁步上了二樓。

二樓的走廊很長，單面的墻上照舊掛著些歷年划船比賽的照片。一路走下去，如同走在時間長廊裡，每一張照片都是他們俱樂部獲勝的慶祝場面，從紐黑文郊外，到新加坡，最後到了上海。終於，梁啟看到了鍾天文。一張模糊的照片，也沒有標明到底是哪年哪月，若不是對鍾天文有所認識，恐怕照片中只能看出有一個樣貌模糊、留著長辮子的華人站在一群洋人中。這是最後一張照片，不知道是美人划船俱樂部在鍾天文成為總教頭後哪一場勝利的留影。這一次人機大賽，沒有一張留影。或者說，還沒來得及留下什麼，人就已經不在了。

梁啟敲了敲走廊盡頭的房間門。門應聲打開，開門的是一位衣著像英國管家一樣考究的年長侍者。

會長辦公室果然氣派。同樣有落地窗，讓整個房間看上去明媚光亮。一張厚重的歐式書桌正對房門，書桌後面坐著的自然就是俱樂部會長。

書桌一側是立櫃，另一側是洋人喜歡的沙發。沙發上……還坐著兩個人?!

「李……李玨?!怎麼又是你！」梁啟完全無法控制自己的情緒，當著第一次見面的划船俱樂部會長的面驚呼起來。但實際上更讓他驚訝的是另外一個。不同於李玨獐頭鼠目的樣子，那人看上去文質彬彬，是不久前才見過的人——范世雅的侄子范稀奇。

他在這裡，意味著什麼?

李玨、范稀奇、俱樂部會長，以及剛才氣鼓鼓走掉的康揆，抑或還要包括剛剛到場的自己。

一時間，梁啟根本想不明白到底是怎麼個局面，更何況李玨完全沒給他思考的時間……

「老梁，別來無恙？」李玨搶在其他人之前，賊眉鼠眼地冷笑著打斷了梁啟的思路。

梁啟不想理他，知道不管在哪兒，只要有李玨出現，自己恐怕就遇不到好事。

「原來李先生也認識梁先生？梁先生還真是大名人了。」范稀奇不冷不熱彬彬有禮地說，可是話中的嘲諷，恐怕是人就能聽得出。

「可是我多年的老搭檔了——是吧，親愛的梁先生？」

梁啟越過李玨和范稀奇，遞了一張名片到俱樂部會長桌上，以示禮貌。不過，這個俱樂部會長……長得活脫脫就是馬克・吐溫小說裡滿臉橫肉、在密西西比河上跑船的船長。

會長也不知衝著誰地點了點頭，那張名片連碰也沒碰，就對范稀奇說了兩句英語。梁啟大概聽懂了，是讓他們兩個中國人來說明一下這次會面的用意。

怪不得那小子要搶著說話，果然是別有用心。梁啟心中一歎。

范稀奇沒有說話，而是李玨先開口。

「我說老梁，叫你來你居然真的毫無防備就來了？不怕這個門走得進卻出不去嗎？」

梁啟冷笑一聲，說：「能比上次進淨社大門更凶險？你再出賣我多少次，也沒得甜頭賺。」

「你厲害，你一張嘴打天下。不過，你那個大俠朋友更是能言善辯。」李玨也是一聲冷笑，「竟然三下兩下就說動了我們經理，現在敝司正在和淨社那幫流氓交接租賃契約。可是小爺我呢，忽然又改變主意了。這麼好的一條馬路，怎麼能讓淨社獨吞呢，太便宜那幫流氓癟三了。老梁，你說對不對？」

「所以……你打算背地裡再搞動作？讓這個俱樂部插上一腳？」

「不愧是小爺我多年的好搭檔。」李玨的得意勁兒如同耗子進了穀倉，「俱樂部挑起競拍，敝司不會不樂意。到時候，小爺我就暗中周旋，讓俱樂部得它半條街的經營權。」

「你這是引火上身。」梁啟咬著牙說。

「老梁你真是愚不可及。淨社少了半條街是我們的錯嗎？不是。是你那個大俠朋友辦事不力啊！」

「你！」

「你別以為現在去通報還能僥倖挽回，木已成舟啦，咱們俱樂部會長已經和敝司簽好租房契約了。」李玨奸笑著，兩根食指在空中畫出一個方框，彷彿那就是一紙契約。

「梁先生，」范稀奇終於說話，「法律上的事務全是由家叔一手操辦，因此這方面也請放心，不會有什麼疏漏。」

這個人……簡直可以句句制敵了。

剛才康揆在這裡也是在討論這件事嗎？依舊無從判斷。不過，可以判斷的是，無論是兆順地產，還是淨社，甚至現在也摻和進來的美人划船俱樂部，都仍舊沒有弄到康腦脫醫院的地契。

雖然谷翩已經遇害，地契卻依然不曾落到任何一方手裡。因為如果在地產公司手裡，他們絕不會再同意譚四的遊說，甘願交出一條街的經營權，自己只做個房東；若是已經到了淨社手裡，他們更不會像現在這樣安靜，而一定會立刻反撲，同樣是為了霸佔整條街，而非只要經營權。這個時刻他們可不是只等了一天兩天。

樣貌恐怖的俱樂部會長只是在玩弄手裡的一枚瑪瑙戒指。而那位年長侍者走到會長書桌旁，顯然是要為會長代言。他一開口，梁啟略吃一驚，這人漢語說得相當流利，讓人不由地想到上海近年來流傳的一句話：對洋人都要小心，會說中文的洋人要倍加小心。

「我們知道鍾天文教頭的死，是先生報導的。報導做得非常漂亮，我們也同樣悼念天文先生，但是歷史終究要翻過這一頁。活著的人，終究要向前看，頑固不化只能辜負天文先生在世時的一片辛苦努力。」年長侍者說著，「因此，鄙人也在此代會長向梁先生提出一件微小的請求。」

梁啟不得不接下這一招，說：「請講吧。」

「希望梁先生能在今後的日子裡，多為我們俱樂部寫些報導，寫好報導，寫那些振奮人心的報導，傳播積極向上的奮鬥精神的報導。」

真是會說漂亮話！還專找了鍾天文的死來做整個請求的鋪墊，讓梁啟沒有任何餘地拒絕。這一個個全都不是省油的燈啊！

層層下套，處處算計。梁啟很清楚自己現在的處境，別說關於剛才康揆會出現在這裡的問題已經不可能套出情報，就連早就準備要獲取的關於鍾天文的更多細節，也是無從問起了。

或許這就是梁啟辦事的最大特點，一旦發現情況有變，就會立刻止步，絕不窮追不捨。

「怎麼樣，梁先生？」范稀奇說，「我們就此結成同盟，各司其職吧。以我們現在的實力，吞下公共租界指日可待。」

同盟？吞下公共租界的同盟？是在說笑嗎？梁啟不由得環視了一下在座的各位，每個人都面帶微笑，卻不懷好意。他頓感確實有結成同盟的基礎：兆順地產出地，美人划船俱樂部出錢，雅世律師事務所做法律後盾，如果再加上自己這個報人在輿論上做一番引導和掌控，何愁不成事？

如果真能坐擁公共租界，之後就是整個外國租界，再之後……

但是！梁啟當然是無比清醒的，越是面對美好的誘惑，他就越是清醒。與另外幾股勢力相比，自己渺小得不值一提。既然范稀奇都參與其中，范世雅自然也是這個所謂的同盟的一份子，那麼輿論方面為什麼不直接找曾傳堯？是因為曾傳堯的性情不符？說起來，梁啟雖然與范世雅只有兩次接觸，卻還是觀察得出來，他的野心絕不在此。這其中必然還有蹊蹺。

「好呀，小生當然願意盡自己微薄之力。」梁啟也面露微笑，索性演一齣和光同塵，跟他們不分你我。

自己上午發名片過來，在他人眼裡，自己當然就是計劃外之人，所以才會立即發來請帖，要下午便會面。這大概又是臨時形成的新算計，特別是有李玨那傢伙在。一腳之仇看似無足輕重，但以梁啟對他的瞭解，不報是不可能的，而且在報仇的同時，他必然已經算好了自己能賺到多少。

「你們相互握手，結盟達成。」俱樂部會長依然把玩著他的瑪瑙戒指，皮笑肉不笑地用英語說道。

契約

連契約都沒有，只是握手，足可以看出這些人的那點兒誠意。

從美人划船俱樂部出來，梁啟直接趕往南洋公學。必須在第一時間過去確認一下，因為從舢板廠橋沿河去上游，是完全可以到南洋公學的。

叫了人力車一路趕過去，到了南洋公學，已經是黃昏時分。

黃昏下的南洋公學和往常並無兩樣，牌樓正門染著夕陽餘輝。過了木橋，進了牌樓，康莊大道筆直寬闊。大概因為全天的課程已經結束，校園裡的學生看起來都很輕鬆，正三兩成群，散佈在路兩邊成排的香樟下。外院中院過後，氣氛大不相同。方才還是一些年幼的學生，滿懷憧憬，現在則充滿實幹的氣氛。這裡的上院學生，或是三三兩兩爭論著數學難題、世界局勢，或是跑到操場上去鍛鍊體魄，而最為顯眼的自然是機械特科的學生。他們在這條寬闊大道上試驗著自己設計的各種奇異機械，大的小的，能動的能跑的，蒸汽的人力的，不明白是靠什麼驅動的，還有會唱歌的，會旋轉像是在跳舞的。一撥撥學生全神貫注，調試著駕馭著獨自一人或幾個同學一起做的機械，一如既往地專注，呆呆的讓人憐愛。大概是被學生們的熱情所感染，梁啟不由得又想到了康揆，不是方才那個面紅耳赤憤然離開的康揆，而是那個心無旁騖，和現在這些學生一樣心中只有機械的康揆。

到了機械特科的試驗樓前，天已經全黑。學生們有的回了宿舍，有的還在訓練。梁啟穿過試驗樓，又一次進到特科的口字院。藉著月色，看到院子裡滿地的車轍印，有深有淺，有新有舊。看來機械特科的學生不會浪費任何空間，只要是能試驗新機械的地方，都會被他們利用。只是此時的機械特科，三棟車間都一片靜寂，既沒有滾滾黑煙，也沒有機械聲響。而中棟……也沒有亮燈。

特科的學生大概從自己上次造訪之後就明白了，康揆不會因為他們留不留燈而決定去留。推開中棟的廠門，車間裡冷冷清清。康揆那張正對大門的斜面桌還在原處，無人動過。懸掛在斜面桌上方的電氣燈沒有點亮，越發顯得孤寂。

梁啟走到桌前，摸了一下桌面，沒有灰塵，但並不能證明康揆回來過。更可能是來中棟的學生們每日打掃的結果。車間的右手邊恢復了原本組裝台的樣子，上次來時還能看到幾艘機械船，這回已不見踪影。

這樣的現場什麼都證明不了。既不能證明康揆從划船俱樂部回到了這裡，也不能證明他之前從來沒來過這裡。

沒有辦法了……梁啟只好默默走出中棟，又出了口字院。

「梁先生？」黃樟看到梁啟，愣了一下。

這次梁啟是特意來找黃樟的。

想要在校園裡找到黃樟實在容易。在這個時間，只要去他們常去的食肆，必然能尋到他。幾個學生應該是剛剛從操場上鍛鍊回來，點了些廉價的湯麵填肚子，其中正有黃樟。

「黃同學，好久不見。」梁啟笑瞇瞇地看著黃樟，黃樟旁邊幾個學生根本不顧這個人，只是一個勁兒地吃著。

「沒多久吧，」黃樟眼睛一轉，「二十六天而已。」

「你還是這麼不會聊天。」

「你這話也夠直接的。」

黃樟貌似沒有那麼饑餓，站起身來，沒和同學們打招呼，就叫著梁啟離開了狹小破舊的校內食肆。

兩個人向機械特科的方向走去。黃樟開門見山地問道：「梁先生，你就直說吧，這次來是又要套什麼信息？」

「看你這話說的。以後出了學校，要還是這麼愣頭青似的說話，早晚會吃虧，吃大虧。我來查康揆。

「轉折太生硬了吧……」

「康揆今天下午來過你們這裡嗎？」

「今天？沒有來過，康先生從上次出事之後，就再沒回來過。」

「確切？」

「確切，我們特科還專門四處去找過，生不見人……」說著，他把後半句嚥了下去。

「放心吧，活著呢，生龍活虎，氣勢洶洶。」

「氣勢洶洶？這什麼話？」

梁啟微微一笑，把下午在美人划船俱樂部撞見康揆的事說了一遍。

「真的碰見康先生了？」黃樟難以置信地瞪大雙眼，「在美人划船俱樂部裡面碰見？坐著船往上游來了？上游有什麼？只有學校啊！可是他確實沒出現過，難不成……」

「難不成他偷偷來了又偷偷走掉？」

「確實有這個可能，在我們下午都去試驗樓學習的時候。但……」黃樟停頓了一下，像是在腦中把所有可能性都排演一遍又逐一排除，「不可能，以康先生的體型和行動能力……再說，他本來就是全校名人，前段時間同學們找他都快找瘋了，要是他現在出現在校園裡，路上絕不可能沒有人發現。」

「除非……」梁啟看了看遠處，正好能看到操場。

「除非！」黃樟也恍然大悟，「他是開著什麼密閉的機械車過來的。那就不奇怪了，開到哪裡都不會有人多留意一眼……」

兩個人走回口字院，黃樟看了看院子裡那些橫七豎八的車轍，嘀咕著這個是某某號那個是某某號，隨後指著一條說：「這條……看上去像是簡易蒸汽動力車的車轍，輪胎倒是有點兒意思，八成是橡膠的。」黃樟說著，發現自己好像偏離主題了，「沒見過。」

梁啟若有所思地看著黃樟指出的車轍，點點頭，實際上他並不能看出多少門道。

兩個人又進了中棟，黃樟把康揆斜面桌上方的電氣燈點亮，過去看了看，回身說：「什麼都沒留下呀。」

「為什麼是『留下』，不是拿走什麼？」

「因為這裡本身就什麼都沒有了。自從康先生失踪，這裡的東西，主要是康先生的設計圖紙，同學們都認為那是鄙校的瑰寶，在康先生回來之前，必須妥善保管。因此早早就都運到機械特科自己的藏書館去了。」

「你們特科還有自己的藏書館？」

「當然有，我們可是特科。」黃樟自豪地說，「我們特科的藏書館也是南洋公學的一大驕傲了。不光藏有機械知識書籍，世界上最前沿的機械論文，在鄙特科藏書館都能看到，全是用火輪從英美德直接運來的原文資料。哦，對了，我們還有歷史館，裡面藏有你都無法想像的浩瀚歷史文獻。入學新生在學習機械知識之前，必須要學習的第一門課程，就是去歷史館把機械發展史弄明白，沒有對歷史的全方面認知就很難……」

「帶我去看。」梁啟一句話打斷了正說到興頭上的黃樟。黃樟雖然一臉不高興，但還是帶著梁啟去了藏書館。

機械特科藏書館就在機械特科這個口字院中棟的後面，只是口字院由三棟包圍，完全封閉，他們要先出了院子再繞到後面去。藏書館和一般的藏書樓沒有什麼兩樣，規模挺大，足有四層，坡頂青瓦，每一層都有柱廊，看上去十分傳統，散發著濃厚的中式建築的味道。

黃樟帶著梁啟進了藏書館。

到了夜晚，藏書館裡一片漆黑。不過，黃樟穿著機械特科的學生制服，所以有些特權。他到門房那裡領了一盞圓筒形古怪照明燈回來。黃樟拿著燈，熟練地擰了一下某個旋鈕，聽到圓筒內有火石打火的聲音，隨即點燃。圓筒頂端插著一個銀白色凹面鏡，一道白色光柱就從凹面鏡投射出來。

「直接去歷史檔案館吧。」梁啟說。

「哦？那倒是方便，就在一層。」

黃樟提著燈便帶著梁啟去了歷史館。

歷史館裡有幾張桌子，顯然是供學生們閱讀歷史文獻用的。桌子後面全是書櫃，裡面擺滿歷史資料。

「有沒有關於世界頂尖機械學科的綜述材料，關於西曆上個世紀美國的？」

「應該很多吧。」黃樟提著燈，走向某一座書架，「這上面大約都是。」

「有多少是關於耶魯大學的？」

黃樟用燈光指了指，可以看到不少打成捆的文書，說：「你應該早就想好要找什麼了吧？直說還能省點兒時間。」

「你真是聰明得一點兒都不可愛。幫我找找看，西曆上個世紀中葉開始，耶魯大學機械專業學生的名錄。」

黃樟把燈遞給梁啟，指點著他照亮的位置。隨後他去搬了一把椅子過來，爬上去趴在光照的區域，右手抵著下巴掃了一眼，就從中抱下一卷。兩個人，一人提燈一人抱書卷，來到桌前，鋪開這一卷名錄，就著燈光，梁啟開始仔細地一行一行看了起來。

看到西曆1881年，也就是光緒七年這裡，梁啟終於停了下來。沒有特別的表情，但黃樟知道，一定是梁啟找到了他想找的東西，便湊過去想看個究竟。

在西曆1881年的條目上，密密麻麻記錄了很多關於耶魯大學機械專業的功績。不過，他很快就發現了那個威氏拚音的名字——Kui K'ang。

「Kui K'ang……」黃樟念出了聲，「康揆康先生？」

梁啟微微一笑，點頭說：「接著往下看。」

黃樟接著往下看，立即明白了。這一條用英文記錄著：康揆，在１８８１年的耶魯—哈佛划船大賽上，不幸溺水身亡。

「這是怎麼回事？身亡？康先生在１８８１年就身亡了?!同名同姓？記錄有誤？」

黃樟難以置信，睜大了眼睛盯著梁啟。

「同名同姓的可能性幾乎為零。那時候能在美國留學的中國人，如果有同名同姓的，我們能不知道？」

確實如此，黃樟認可了這樣的推定。

「這樣一來，所有猜測恐怕都被證實了。現在的康揆，實際上是影子。或者更確切地說，是後來上位替代了正身的影子。」

同樣經歷過一年前過身客一役的黃樟，立刻就明白了「影子」的意思。不過，梁啟還是把被殺的谷朙的影子身分告訴了黃樟。

講完之後，梁啟不禁歎息，事情有時候就是這麼巧，剛好其他三人都不是華人留學大戶耶魯大學畢業，而是從哥倫比亞大學和布朗大學出來的。這樣一來，除了一開始坐同一艘船去美國外，另外三人幾乎和耶魯大學的那個正身康揆沒有任何交集。等到清廷下令召回所有留美幼童，他們一起坐船回來，自然分辨不出是不是十幾年前的那個康揆。現在的康揆的影子身分，根本不可能被發現。

「所以，你認為鍾先生就是現在這個康揆所殺？還有，那個谷翮也是？」

「這麼說太武斷了。不過，只要確認了現在這個康揆的影子身分，確實很多想法都能繼續推演下去，並有可能得到相對更合理的解答。」

「比如？」黃樟急切地問。

「比如……」梁啟正要說，眼睛一轉又停住了，「還不好說，我忽然有了思路，現在必須趕回去再查點兒東西，我查明白了一定立刻告訴你。」

梁啟竟然不用燈，就一溜煙跑出了藏書館。

他們認識。谷翮和康揆，早在來到上海之前，他們就認識。不僅如此，應該說在去美國的船上，他們就已經認識了。在船上，影子幼童被關在遠洋輪船的底艙，像牲口一樣只能得到最低限度的生命保障，不見天日。不能讓正選幼童知道，自己還有這樣一批同樣聰慧的候補。正選不知道影子，但影子知道他們，並且影子在底艙那麼久，彼此應該也都認識。梁啟趕回了報館。他一路上都在反覆揣摩著谷翮和康揆的關係，以及他們到底在上海暗地裡做了些什麼。這一批留美學生，都在光緒八年（１８８２）被大清國下令召回。回國後受到冷遇長達二十年，直到庚子之後，才再次得到重用。這正是所謂「歸國四傑」來到上海開始創造神話的時間，也是谷鬪離開他的醫院，去新加坡辦海上商隊的時間。

雜亂無章的齒輪，似乎一下都咬合到了一起。

而最終解開鎖扣的密匙……梁啟走進了報館的資料庫。這個密匙，便是寂寥生這個所有人都沒想到的變量。

關於寂寥生突然逃命一樣消失掉的原因，現在還只能猜想。

梁啟先從資料庫的外圍最近一年來的報紙裡翻找起來。光是這部分報紙就已可謂浩如煙海，紛亂複雜。梁啟雖然記憶力沒有強到過目不忘，但他可以推理。根據銑報館去索稿的兩個編輯所說，寂寥生從來不出那個房間，至少他從不親自與報館的人正面接觸。但剛好這傢伙在前段時間給《新新日報》投過一篇小說，這樣一來就有了線索。幫助寂寥生投稿的是一個在上海報界很臉熟的跑腿小廝。寂寥生是如何聯絡到這個小廝的無從知曉，但每個跑腿小廝慣常跑的報館都比較固定，他們之間也有明確的勢力劃分，這樣一來，寂寥生近期可能往什麼報紙投過稿就一目了然了。梁啟沿著這個線索，把目標報紙統統翻了出來。

報館資料庫裡，仍是那盞豆油燈。昏暗的燈光下，梁啟一張一張報紙地篩查。目標明確，而且基本上只篩近幾個月的，過不多時就找到了十來篇零散的小說投稿，全都署名「情可待寂寥生」。要說也是幸運，這個專門剽竊小說的傢伙，對自己的筆名同樣毫無創造力，永遠只會用這一個名字，倒是讓檢索變得輕鬆不少。

接下來——

梁啟提著燈，抱著剛找出來的十來份報紙，穿越時空一樣，走到了庚子年之後的架子前。用燈找了找上面打捆堆放的報紙，算了一下時間，決定更大膽一步，離開庚子年，向後走了四年的架子，即從光緒三十年（1904）開始找，工作量會小很多。

在寂寥生近期發表的小說中，有一個是連載小說，已經發表了四期，是在一份周刊報紙上連載的，在上一周還有出現，這一周則和他在《小快活》上的連載以及他本人一起銷聲匿跡。

這部連載小說，或許正是重點線索。

即便又減了四年的量，剩下的報紙還是數量巨大，如果每一份都來檢查，恐怕七八天都完不了工。不過，這幾天梁啟已經對寂寥生做了相當深入的研究，基本上掌握了他挑選報紙的習慣和規律。

無名小報，存在半年以上一年以下，首選多為三日刊，這樣既可以有足夠的小說供他來抄，又不會因為出刊頻繁而受人注意。

符合條件的報紙，在光緒三十年之後大體上有十幾種。數量依舊龐大，但終究是可逐一排查的。

挑起豆油燈，自日本留學歸來的五六年，梁啟再次如此用功地讀起了東西。

歌舞昇平，紙醉金迷，竟有這樣一個地下世界。

儘管與各種科技打交道這麼多年，造出了那麼多稀奇古怪的機械，譚四還是被眼前所見之景驚到了。隨即又想到梁啟也同樣是從青蓮旅社下來，走過隧道，豁然看到眼前這一幕，他的窘相絕對比自己有過之而無不及，譚四心裡倒是暢快了不少。

跟著帶自己下來的人，走到小巷，遠離了專供洋人醉生夢死的地方，看到一個肥胖的身影坐在小徑盡頭的庭院裡。

「譚大俠，終於見到你了。」宗義民手拄著拐杖，要從他坐著的藤椅上站起來。

譚四自然不能讓這位老人站著，趕緊示意他坐著就好。宗義民禮到，便安穩地坐了回去。

「久聞宗先生神通廣大，您這地方還真是讓在下大開眼界。」

「譚大俠說笑了，都是些蠅營狗苟的生意，勉強度日而已。倒是譚大俠文武雙全，藝高膽大，才是未來的棟梁。」

「那是未來的事了，現在是您的天下。」

「哈哈哈。」宗義民完全沒有否認，只是笑了起來，笑過之後又說，「當今咱們上海，還不是老夫的天下，差得遠，非常遠，還要有譚大俠這樣的能人志士，才能得了這片土地。」

「恕在下直言，天下不天下，在下毫不關心。」

「譚大俠素來才清志高，是老夫欽佩的品德。」宗義民意味深長地看著譚四，「老夫這裡什麼都知道，比如說，你那位姓梁的摯友，已經一腳踏進鬼門關了，難道大俠也不關心？」

譚四猛地瞪圓了雙眼，又迅速恢復常態，在心中暗自揣摩宗義民這句話到底意味著什麼。

找到了！

已然不知是深夜幾時，梁啟埋在故紙堆裡，藉著一盞光線微弱的豆油燈，竟然找到了。那是一份名為《今風》的小報。梁啟手中拿著的那四期寂寥生連載小說，在《今風》光緒三十一年（1905）十月份上刊登著一模一樣的原文。

這傢伙還真是不負眾望，一如既往地厚顏無恥。

梁啟拿著兩份報紙簡單對照了一下，既興奮，又因為寂寥生的做派而哭笑不得。確認無誤後，梁啟把寂寥生的小說放到一邊，開始專注地研究這份從來沒聽說過，存活僅僅半年有餘的小報《今風》。

說它是小報，但從報名就能看出，它並不像其他小報那樣專寫風月場上的豔事，而是專報時政。這樣的小報倒是也有一些，批判時政本來就是世人樂於參與的事情，只不過遠不如風月場那麼受普羅大眾歡迎。

恐怕就是這麼一份批判時政的小報，讓寂寥生不小心觸到了……

《今風》的小說並不是每期都有，差不多是三四期發表一章。因此，梁啟需要考察的大體就是十月份的《今風》了。

很快，在十月底的一期上，也就是寂寥生剽竊的小說第四章與就要剽竊的第五章之間的一期上，梁啟發現了一個熟悉的名字：周華明。

果然是這樣啊。看到了用「周華明」這個名字發表的文章後，梁啟心裡歎道。一看就知道，這個周華明就是那個一手把淨社打造成公共租界獨一無二的暴力幫會的青幫老頭子。因為這篇文章講的就是建立幫會的事情。

仔細看了看周華明的文章，發現文章相當有條理。從什麼是幫會講起，再深入講到幫會的好處和在洋人租界中華人幫會的重要性，最後開始有板有眼地介紹該如何從無到有建立一個像樣的幫會。是選洪門還是選青幫，周華明給出了明確答案，要選相對鬆散的青幫——立幫口會容易很多。

講解得如此頭頭是道，讓梁啟不禁大為吃驚。他想了想自己接觸過的淨社的人，耳朵趙也好，那個鼻血也罷，全都是不折不扣的流氓，大字不識幾個，只是憑著好勇鬥狠和人多勢眾欺壓手無寸鐵的老百姓。沒想到他們的老頭子，最高掌權者，一手締造這個流氓集團的傢伙，寫文章竟然如此條理清晰……

不一般，這絕對不一般。

寂寥生在發表了第四期小說之後，準備發第五期之前逃命了。也就是說，他知道自己發表的那篇小說已經無法撤回，只要周華明看到，必定知道他看到了自己當年那篇文章，於是選擇逃命。但如果僅僅是看這單篇的文章，能瞭解到的除了周華明是個有相當學識的人，絕非草莽之輩這一點外，恐怕只有他對建立青幫幫口的熱忱——這算什麼致命的祕密？

在好奇心的驅使下，梁啟往前翻看。翻了七個月，終於又見到了周華明。

文章不長，行文還是有板有眼，而內容是……如何與洋人做生意。

梁啟深吸口氣，又仔細看了看這篇文章。從行文來看，兩個周華明應當是同一個人無誤。感覺越來越接近已然預想到的那個事實了。

放下這篇短文，梁啟繼續往前翻，一直翻到《今風》的創刊號，赫然又見周華明。是一篇介紹「周華明」這個人的文章，文章相當醒目，一個從新加坡歸來搞海運貿易的有為商人形象躍然紙上。

梁啟看到這篇介紹周華明的文章，愣了許久，也明白了許多。

這個剽竊成性的人，洞察力絕對不弱，好奇心也不會小。因此，梁啟相信這個準備把第五期小說抄到稿紙上的寂寥生，一定是和今夜的自己一樣，看到了周華明這個名字，便好奇地往前翻找起來。雖然無法知道他猜到了多深的祕密，但顯然，他知道自己已經招來了殺身之禍。無論這個祕密是什麼，只要招惹到淨社，必定不會有好下場。所以他立刻逃命，此時大概早已經逃出上海了。確實是最明智的選擇。
而這個祕密，在現在的梁啟眼前，已經解開。
周華明……這個雄霸一方的流氓集團的最高頭目，他根本沒有真實存在過，他，就是那個看似老實的南洋咖啡館老闆谷翩！

死關

這一晚，信息量太大了！

現在的康揆是影子，這一點梁啟多少有所猜測，只是需要確鑿的證據來證實。但谷翮就是周華明，這完全出乎他的預料。他只是覺得寂寥生發現的祕密或許涉及康揆和淨社之間的關係，但完全沒想到竟然直接暴露了周華明。

這個衝擊實在太大了，但更多的疑問隨即冒出來。

既然谷翮是周華明，也就是淨社的最高頭目，那他怎麼會在這個時候被殺？誰有這麼大的膽子？還是說，下黑手的人並不知道這一層的祕密？但無論如何，淨社為什麼對此毫無動作？梁啟回想起谷翮被殺的那天上午，自己從譚四那裡出來，是直接被擄到淨社去的。但是觀察耳朵趙和其他淨社成員，沒有一絲最高頭目老頭子被殺後該有的異動。消息不可能沒有傳到淨社那裡，他們卻一直在死盯著康腦脫路……

說到康腦脫路，問題就更奇怪了。谷翩這個人身分太多，他不僅是淨社老頭子，還是那所一直處在風暴中心的醫院的創始者和昔日的擁有者。淨社這段時間一直在與兆順地產爭奪康腦脫路，雙方僵持不下，各不讓步。可是只要淨社直接拿出康腦脫醫院的地契，局面就不會像現在這樣。梁啟回憶幾次與耳朵趙的接觸，自己急中生智提出棄地權奪經營權的計策，得到了認可接受，由此可見地契不在淨社手裡。

淨社的人顯然是狗急跳墻了。不然不會在自己被擄到總社的同時，派人抄了他的住處，還搶走所有關於康腦脫路的材料。可惜那時自己還遠遠沒有觸及真相。

地契在哪裡？

當然不可能在兆順地產手裡，兆順地產可以最先排除。重新把目光放到「歸國四傑」身上……

與曾傳堯的會面，多少讓梁啟明白了他的立場。曾經靠報導康腦脫醫院一舉成名的銥報館經理曾傳堯，說自己那時並不認識谷翩，可信度到底有多少，很難判斷，但話語之間明顯可以看出，他想要和谷翩保持一定距離。另外，從他和谷翩的交往來看，他不可能不知道谷翩就是周華明，至少不可能毫無察覺。以曾傳堯的敏銳，早就會發現蛛絲馬跡，那麼淨社急求地契就不可能傳不到他的耳朵中去。他沒有做出任何動作，連谷翩被殺也沒有做出過預警，只能說他在一定程度上恐怕並不想參與到整個事件中去。換個角度來看，如果他知道地契的下落，大概也早就告訴了谷翩，好讓自己脫身。

范世雅就比較微妙了。梁啟同樣和他有過一次直接的接觸，范世雅故意漏出許多關於谷翩的信息，讓梁啟從荒江的推斷中更加確認谷翩就是當年的影子幼童之一。也就是說，范世雅在有意讓梁啟明白谷翩的身分。梁啟重新仔細回憶了一下范世雅的那一番東拉西扯，卻發現從頭到尾只是在透露谷翩的影子身分；至於谷翩是周華明，則沒有透露一絲一毫。是范世雅不知道谷翩的這一層身分，還是他有意隱瞞？無法判斷。他對梁啟的態度也是曖昧不明，似乎有意要拉攏梁啟，但在當時，梁啟可以說對整個事情一無所知，也沒有可能會知道真相的跡象，為何要拉攏梁啟？

然後不得不想到范世雅的侄子范稀奇。這個西裝革履的年輕人在那天晚上親自過來邀請梁啟去雅世律師事務所一談，他又在整個事件中處於什麼位置？他這次去美人划船俱樂部又是何意？不過，無論范稀奇在打什麼算盤，從俱樂部裡的會談可以輕易看出，他們幾方，包括范稀奇、兆順地產、美人划船俱樂部，手裡都沒有那張地契。

美人划船俱樂部沒有地契……

再回到事件的原點，鍾天文為什麼會死？正是他的死才把梁啟引到了爭得你死我活的地契上，地契顯然也不在鍾天文的手中。他的死，和地契到底有沒有關聯？有的話，又有多少關聯？要說沒有，那也太湊巧了吧，巧到……

梁啟一下子回想起，在划船大賽上，康揆曾突然爬到那個檯子上打了一套旗語。梁啟當時完全沒有意識到其中含義，以為是一個機械痴人無法正常交流的做法。可是現在想來……旗語，梁啟想起當時照相師傅還在打旗語的時候，一邊猛按快門，一邊多訛了自己報館不少的照片素材錢。

梁啟立刻把資料庫收拾整齊，提著豆油燈回到了報館。

當時的照片，因為屬於報館的財物，所以從張園拿回來就直接交給了呂經理。真是萬幸，不然此時想要重新拿出來查看，只能回自己租住的公寓，而那裡早已不再安全，現在回去就算不會被人算計，放在那裡的東西也早就被洗劫了。

回到經理辦公室，梁啟打開櫃子，看到裡面分門別類地擺放著各式報館財物，心中又一次讚歎呂經理。他的收集癖，看來又要立大功了。

梁啟很快在存放近期照片資料的盒子裡找到了划船大賽當時的照片。一共十一張，其中有兩張拍到了康揆的旗語——竟浪費了這麼多膠片……就算現在剛好用上了，也還是覺得這個照相師傅實在是不能再用，專門偷懶瞎拍。

梁啟拿起照片來看，照片裡，河對岸的康揆，圓滾滾的身材，雙手舉旗，動作定格在，右手在上，左手在下，打出一條斜線。

這是……沒有旗語知識的人，恐怕無法看懂。南洋公學的學生們當時能看懂嗎？他們是專攻機械的學子，旗語是水手的語言，他們十有八九也看不懂。梁啟再去資料室翻出了一本「旗語手冊」，一對照，立刻一目了然。這個動作的意思是：取消。

又去看另外一張，竟然剛好也是「取消」。梁啟估算了一下照相機更換底片的速度，兩張照片之間的間隔，大概正好是康揆打旗語的時間。

也就是說，康揆在這一套旗語中，一直在強調取消什麼。

取消什麼？

顯然不是取消划船比賽中的什麼內容，因為之後鍾天文還是完成了自己的謝幕表演，贏得全場喝彩。所以，取消的是他們之後的某些計劃？

結果鍾天文死了……

亂了，好像又亂套了，又鑽到了迷宮的死角裡去。

梁啟一屁股坐到呂經理的專座上，望著天花板，平復了一下自己的情緒。這裡還有什麼關鍵點沒有找到，所以走不通，再硬走下去也是徒勞，還是重新回到「地契在哪裡」這個更實際一點的問題上來吧。或許可以另闢蹊徑，找到更多線索。

地契……

不能排除地契已經丟了或者被銷毀了的可能性，但還是先假設地契就在他們某個人的手裡。不在范世雅、曾傳堯那裡，不在划船俱樂部那裡，甚至不在死去的谷翩那裡，也不在淨社……所以，只剩一個人，又是他——康揆。

谷翮把地契交給康揆，特別是瞞著另外三人交給康揆，是有合理性的。只有他們知道彼此的另一層身分，也就多了一層相互照應。這也可能就是日後淨社起來，康揆會和淨社走得那麼近的一個原因吧。

梁啟想起下午在划船俱樂部撞見康揆，恐怕是他暴露了什麼，另外幾個人一起把他叫來發出了威脅。以康揆這個人的性格來說，絕不會接受什麼威脅，所以才會怒氣沖沖地離開。

康揆這個人……太單純了……絕對是一個機械方面的天才，人情世故方面的白痴。受到威脅後，他當然不放心自己所藏的地契，所以就算冒險也要回去看上一眼。

他看到那份地契沒有呢？

梁啟望著天花板笑了，必然是沒找到。地契早就不在他曾經幾乎寸步不離的中棟了。因為，他的東西早就被那些可愛的學生一股腦運走了。所以，現在那份讓所有人爭得你死我活的寶貝地契，實際上就在……機械特科藏書館。

把它拿過來吧！趁著夜深人靜。

這個想法一旦冒頭，就再也揮之不去。確實，如果手中拿到這張地契，之前屢遭威脅、疲於應付的局面，就會立馬扭轉。淨社也好，李玨也好，還是那個連契約都沒有的聯盟，全都不再是威脅。

梁啟又長出一口氣，從經理的椅子上站起來，整理了一下經理辦公室裡狼藉的現場，下了樓，出了報館，走上望平街。街上空無一人，只有路邊矗立的一根根電氣路燈。

「你知道鍾天文怎麼死的，或者說是為什麼而死的嗎？」宗義民還是那個腔調，慢條斯理，卻句句問到關鍵。

「洗耳恭聽。」實際上譚四心中已經焦急起來。

「你們這些年輕人啊，一個個都有著通天的本領，卻還是天真得可笑。」宗義民就像能看透人心一樣，譚四越是心急，他的語速就越慢，「老夫早就說過了，只要你能協助老夫，老夫保證你的朋友能安然無恙，全鬚全尾地回到你身邊。」

「這和鍾天文……」

「你不著急救友了嗎？」宗義民緩慢地打斷了譚四的質疑，「以老夫這幾天看到的情報判斷，你的朋友今夜大概凶多吉少。哦，不，也許已經沒救了。」

梁啟叫了人力車，把他送到南洋公學大門口，塞給拉車師傅整整一枚銀圓，把他打發走了。

深夜的南洋公學，高大的牌樓變得黑漆漆的，有些陰沉的壓迫感。牌樓後的大道也是一片肅殺。所有的樓舍都熄了燈，整座學校已經陷入沉睡。唯有梁啟這一條身影，獨自穿行在整座學校的夢境之中，急行到了機械特科藏書館。

方才還見過的看門人，同樣也已入睡。梁啟小心翼翼，不讓腳下發出一丁點聲響，摸黑找到了通向二層的樓梯。

到了二層，梁啟稍稍鬆下口氣。提起從報館帶來的豆油燈，輕聲點亮。豆油燈的光線微弱搖蕩，讓藏書館裡氣氛森然。

二層沒有，又上了三層。在三層走了大半，終於在昏黃燈光下看到了「一級檔案保管室」的牌子。黃樟說過，康揆的那些設計手稿都是瑰寶，不僅是機械特科的，就算說是南洋公學的瑰寶都不為過。

試著推了一下這間一級檔案保管室的房門，直接推開了。竟沒有上鎖，也許根本沒有安過鎖。

推開門後，梁啟多少歎息了一下，南洋公學的這種瘋狂與自信，有時候完全就是毫無道理的天真。

一級檔案保管室裡，擠滿了規格款式全都一樣的櫃子，這些櫃子裡大概藏的都是瑰寶吧。說來機械特科不愧是有著嚴謹科學精神的地方，所有櫃子上都標有所藏物品的索引。根據索引，梁啟很快就在萬千相同櫃子中找到了屬康揆的那架。

梁啟把豆油燈放到地上，雙手去開櫃門。櫃子裡正是康揆所有才華和學識的結晶。

「得罪了。」梁啟忍不住默唸道。隨後，開始把櫃子裡的一捆捆繪圖手稿抱了出來。

連桿軸、齒輪機件、鏈條機件、彈簧裝置、聯軸器、偏心銷……每一種機件機構，他都做了相當詳細的設計、改造和創新。梁啟本以為那張地契會被康揆混在圖紙中間，結果幾乎翻遍了半櫃子圖紙，卻一無所獲。

難道自己從一開始就弄錯了？梁啟沮喪地自問。他歎了口氣，失神地盯著敞著門的櫃子，目光不經意間落在了幾本書上。

是康揆的著作？並沒有聽說過康揆出過書。

梁啟把那幾本書拿了過來，發現並無特別之處，不外乎《格致彙編總集》《西洋要義》《海國圖志》這樣的大眾書籍。他歎口氣，把幾本書又放了回去。

但就在放回去的一瞬間，他忽然意識到……不出奇，難道不就是最奇怪之處嗎？

這裡收藏的可是南洋公學的瑰寶，這種普羅大眾的書籍……只能說當時學生們忙著轉移康揆的東西，把它們一股腦都搬了過來，沒有做挑選。大概一切都算是一種幸運吧！

梁啟一本本拿起來翻看。這些書相當老舊，包背裝的書籍，已經有書頁黏在了一起，更不用說包背的書頁之間。

《海國圖志》……

這套書已經出版六十多年了，在南洋公學這種頂尖學府中早就沒人看了。梁啟翻著書，終於在正中間的那一頁發覺了異常。

同樣是包背裝，同樣是書頁黏在一起，梁啟用食指小心地拈了拈這一頁，書頁的頁心被拈開，小心翼翼伸進指頭，抽出來一張已經發黃的紙。

果然，沒錯了！正是康腦脫醫院的地契。看到這張近在眼前的地契，梁啟……

倏然，脖子上一陣冰冷。

是一把匕首，悄悄架在了自己的脖子上。

梁啟指尖還捏著那張地契，覺得一口涼氣倒抽進肺裡。

「梁先生，別來無恙啊？」

聲音就在耳旁，而這個聲音……

「范稀奇?!」

一聲冷笑，耳邊的聲音說：「叫我周華明，我會更開心一些。」

匕首鬆開了一點，顯然是有意為之。藉著空隙，梁啟不敢有大動作，但還是忍不住慢慢扭過頭去看了一眼。千真萬確，正是范稀奇那張臉，在微弱的豆油燈光下，變得扭曲恐怖。

「你為什麼要特意告訴我這些？」譚四的眼神透著一絲警惕。

「當然是為了給譚大俠去救摯友提供最大的便利。」宗義民慢慢地說，「也算賣個人情給譚大俠，以後老夫在江湖上混，還要仰仗譚大俠。」

譚四冷冷地笑了。他沒有再多耽誤時間，說了一聲「請」，就快步向地下世界的出口走去。

「你樂意也好，不樂意也罷，服服貼貼地為老夫衝鋒陷陣，當好馬前卒吧，譚大俠。」

宗義民手拄拐杖坐在藤椅上，影子被電氣燈組斜射過來的光線拉得修長，一直延伸到這個地下庭院的深處。

脖子上是一道血痕。

范稀奇的手法相當老練，匕首壓在梁啟的脖子上，剛好割破了皮膚，卻沒有壓進喉嚨，也沒有劃破動脈。

不知道會不會流血啊。此時已經被兩個淨社打手死死摁住的梁啟，還在擔心自己頸部的刀傷。

范稀奇已經把匕首收回鞘裡，舉起地上的那盞豆油燈，照著手中的地契，看得入迷，宛如在欣賞什麼珍寶。看著看著又笑了起來，「就為了這麼一張破紙，一個又一個的老頑固爭得你死我活。」

笑夠了也看夠了，范稀奇小心翼翼地把那張地契疊好，塞進西裝的上衣內兜，然後把手裡的豆油燈塞給一個眼疾手快立刻上來接燈的打手，向被壓著跪在地上的梁啟走來。

與此同時，門外傳來一陣咚咚的腳步聲。一個淨社打手像提著瘦雞一樣，連推帶拎地扔過來一個人，讓他跪到梁啟身邊。這個人腦袋被蒙住，布口袋裡面只是發出嗚嗚的聲音，顯然嘴也被堵住了。雖然這個人被蒙得嚴實，但只要看看他那小雞似的身材和猥瑣的小動作就知道必然是李玨那傢伙沒錯了。

拎人進來的打手，一把將蒙頭的布口袋扯下，李玨那個獐頭鼠目的腦袋立馬露了出來。他的嘴被麻繩死死纏著，麻繩上不停淌出口水。

一見到光，李玨的瞳孔立刻迅速收縮，也不知看沒看清眼前的情形，就已經恐懼得全身發抖，尿了出來。

范稀奇嘖了一聲，已經走到了李玨身後。不知什麼時候，那把收入刀鞘的匕首交到了他的左手上，范稀奇右手無聲地將匕首抽出刀鞘，面無表情地插進了李玨腰部右後側。

突如其來的一刀，讓李玨雙眼暴突，喉嚨裡卻痛苦得發不出聲響，全身從顫抖變成抽搐，被綁住的雙手用力扭動，腕上的麻繩發出吱吱的聲音。

所有人就像是在觀賞表演一樣，看著叫不出來的李玨在自己的尿液和血跡中扭動、抽搐。李玨雙眼暴突，已經失去了焦點，臉上的表情像是在懇求什麼，卻看不出是要向誰懇求。逐漸地，李玨失去了活力，只是微微地顫抖，翻著眼珠，斷了氣。

「臭死了，」范稀奇用一個打手的衣服擦乾淨匕首上的血跡，收入刀鞘，嫌棄地走遠了些，使了個眼神，說，「趕緊把這兒清理乾淨，別弄臭了人家高貴的學府殿堂。」

趁打手收拾屍體的工夫，范稀奇又回到梁啟身邊，挑著眉說：「留他活到現在，就是想讓梁先生親眼看看背叛我們淨社是什麼下場。怎麼樣，是不是很有趣？小爺跟你講，這匕首插到腎上最有趣。你知道為什麼嗎？那樣幾乎不流血，還是最痛的死法，痛到連喊都喊不出來。」

梁啟喘著粗氣，沒有說話。

隨即，范稀奇又做作地低聲說：「梁先生，你知道自己有多幸運嗎？本來你現在就應該和那個傢伙一起挨上小爺一刀，扔進吳淞江沉了。但誰讓你現在還有那麼一丁點的作用，小爺我只好再忍上幾個小時。」范稀奇似乎已經無法忍耐一樣，狠狠地揪著梁啟的辮子，讓他湊到自己面前，「要謝就感謝老天賜給你一個愛多管閒事的打手朋友吧。我們得拿你當個餌，先弄死他，除了後患再說。」

范稀奇說著說著，不禁嘖了一聲，也不知道是因為想到了譚四而心煩，還是因為覺得剛才說話太多有失身分。

「哦，你那位朋友，現在大概已經自投羅網去了。」

梁啟被鬆開辮子，繼續喘著粗氣，感覺口乾舌燥，緊張得連頸部的那道傷痕都忘了個一乾二淨，卻忽而帶著嘲諷一笑，說：「你做這些壞事，你叔父知道嗎？」

語氣就像在嚇唬一個不小心打碎了花瓶的小孩。

范稀奇倒是不為所動，走遠了些，看著收拾地上尿跡的打手們，說：

「叔父？那個老不死的？他去美國的時候，我還沒出生。他從美國回來，帶給我什麼了？什麼都沒有！他來上海時，我已經自學成才了，他卻拿我當個跟班使喚。他能給我什麼？這一切，都他媽的是小爺我自己靠真本事掙來的。」

「掙來一個『周華明』的稱號？」

范稀奇只是冷笑。

「所以，谷翩是你殺的？」

「哈哈！隨你怎麼想去吧。」

范稀奇幾乎要咬掉梁啟的耳朵一樣，貼在他耳邊，咬牙切齒地說：「這個世界哪兒還有什麼情義？早就沒了，我的朋友。」

理想

譚四隻身一人，直奔淨社總社而去。

從青蓮旅社出來，一路逆著四馬路上花天酒地的人流而行。電氣路燈和家家紅燈籠照耀著他決絕的身影。他摸了摸懷裡那把改造轉輪手槍，深知這回和上次不同，是要動真格的了。他故意讓步子走得輕快一些，以免露出殺氣，惹來不必要的麻煩。

才走出四馬路，在泥城浜東岸就有一輛馬車飛馳而來，停到譚四面前。華麗的四輪歐式廂車，坐在車伕邊的那位儀表堂堂的紳士……

譚四不禁笑了，笑容有些無奈。最不想牽連他人，哪怕是為了那個該死的梁啟。當然，雖說「該死」，卻還是不能讓那傢伙死了。

「天澤先生，這……」譚四抄著手仰著頭問道。

「不必擔心，我不會讓小姐冒險，她並不知曉。」天澤還是那個樣子，臉上波瀾不驚，態度彬彬有禮，「請上車吧。送譚先生一程。」

天澤都出來了，荒江那個鬼丫頭怎麼可能不知道。

譚四正要拔腳離開，馬車門一下子打開了，車廂裡傳出一聲喊：「Come on，My friend！」

不用看也知道，是雨果。天澤知道譚四今晚要去淨社總社，看來也是雨果去找了他的緣故。這個美國小夥子，還真是聰明過人。

譚四攤開手問天澤：「他來添什麼亂？」

「譚先生快上車吧，時間並不寬裕。」

天澤說得不錯。從四馬路口到垃圾橋還有一段距離，就算譚四的腳程了得，也需要兩刻鐘以上的時間，更何況真那麼快跑過去的話，接下來的惡戰可就凶多吉少了。沒有人喜歡做沒有勝算的事情……

「請。」天澤惜字如金地說。

譚四停了片刻，卻沒有上車，而是側過臉向街邊電線桿說：「別躲了，那麼大塊頭，還躲在電線桿後面，如何不被發現？小兒科。」

電線桿後面傳來「嘖」的一聲，依舊穿著那身惹眼的警察制服的辰正走了出來。

「那麼朋友，車上還能再坐下一個嗎？剛好我要去垃圾橋辦一點事，不知能否行個方便？」

已經上車的譚四，回身說：「座位倒是有，你樂意就上來。不過，車上禁止吸菸。」又是一聲「嘖」。辰正把嘴裡的菸捲扔到地上碾滅，跟了上去。

聽見車伕一聲吆喝，馬車動了起來。

馬車車廂裡原本坐三個人綽綽有餘，只不過這一回雨果的裝備就佔去了一半空間。雨果還是那身襯衫背帶褲長筒皮靴打扮，還戴了一頂圓沿皮帽。他沒有大清國的辮子，顯得既幹練又爽朗。而他身邊的這一大堆東西，譚四看了一眼就大概明白了。

一堆大大小小的測試儀表和電線包圍中的那個東西才是主角——一對他們剛剛研發出來的小型蓄電池。體積和重量都有突破性的壓縮，要比之前用在潛水船上的還要輕便許多。雖然為了便攜也損失了不少電能，但輸出功率依舊相當可觀。這是雨果在譚四的協助下完成的最新傑作。而現在，這傢伙把這一傑作用在了一套穿戴裝備上。

裝備同樣是背帶式的，很符合雨果的一貫審美，就像是照片中的美國西部牛仔，腰帶兩側本應該是槍套的位置各掛著一塊便攜蓄電池。蓄電池頂端正負兩極各連出一根包裹著膠皮的電線，電線在兩極上段擰成一股，麻辮一樣走了一小段直線後，變成彈簧一般的螺旋狀，螺旋電線的末端各接了一只拳擊手套。

這傢伙是真的要大幹一場嗎?譚四看著雨果的這套裝備，不由覺得這傢伙也同樣是個怪人。一個來華遊玩的洋人，明知此行是要和淨社這種暴力集團對決，居然連手槍都不準備，只是弄了這麼一套古怪裝備……看上去這次出征更像是要對自己這套戰鬥服裝進行測試一樣，是太有自信，還是太過天真？也許他對裝備的痴迷，甚至超過了對自己安危的顧慮吧。

反正攔是攔不住了。

再看辰正，他倒是一點兒都不關心雨果的裝備，只是看著車窗外的街景。但實際上誰都看得出，他已經第七次把手伸進警察制服的上衣兜裡，想去掏菸捲，卻又忍住了。

還真是難為了他忍這麼久。

「我說，」辰正忽然看著窗外說道，「你就這麼赤手空拳去？」

明顯是在和譚四說話。譚四對著辰正後腦勺笑了笑，偏不去搭茬。

「倒是一個英雄。靜安寺裡面有個擂臺。日後一定要過去和你堂堂正正、痛痛快快地打一場，一定很精彩暢快。」辰正又摸了摸自己的衣兜。

「呵，原來還是個賭錢的警察。」譚四冷笑著說。

「是無照警察。」

「無照就比賭錢好聽？」

馬車終於停了下來，垃圾橋的南端到了。

天澤跳下車頭座椅，主動過來打開車門，等在車外，沒有說話。

辰正和譚四率先下來。雨果忙碌起來，又是接表測試，又是拆卸配裝。

過了小一會兒，雨果才提著他的背帶裝備下了車。大概因為略耽誤了點時間，滿臉的不好意思。

「恕我家馬車只能送各位到這裡了，前路凶險，請一定保重。」天澤還是那麼一本正經。

「別別別，跟送荊軻似的。」譚四幫雨果穿上那身裝備，「你就趕緊回家給你們家小姐補習功課去就好了。」

「小姐才高，我已經教不了她了。」

「媽呀，你說得對，我看應該讓你家小姐教你。教教你怎麼說話才有趣點兒。」

天澤仍舊不動聲色，只是看著雨果把雙手從螺旋電線中穿過，戴上拳擊手套。

「走吧。」辰正早就急不可耐地點了一支菸，瞇著眼睛催促著。

三個人，一人吞雲吐霧，一人套著怪異裝備，一人走得瀟灑自如，上了一旦入夜便是一片漆黑的垃圾橋。

淨社總社形狀怪異的機械水寨，在此時顯得越發漆黑恐怖，也似乎更靜寂了一些，彷彿早就在這裡以逸待勞了。若說靜寂，恐怕也不是錯覺，垃圾橋再長，總也有走到頭的時候。昔日吳淞江北岸，雖不如中央區繁華，起碼也是有人煙有住家的公共租界。而此時，不僅是淨社總社附近，整條街上除了電氣路燈依舊不知趣地亮著，沒有一家一戶敢點燈。整條街，已是陷入死寂。

「諾，咱們待遇不差。竟然能讓淨社人馬夾道歡迎。」譚四說。

三個人一下垃圾橋，就看到在淨社總社門前，已然站了一大群人。全是手持長槍鐵棍砍刀板斧各式兵刃。黑壓壓一群人，全不是善茬。

「就是道夾得太窄了。」辰正環顧一眼局勢說。

「呦，別看你一臉嚴肅不苟言笑，倒是會逗趣。」譚四笑著說。

「承讓。」

「還沒讓呢。」

兩個人你一句我一句逗個沒完，三個人也朝著淨社人群越走越近，彷彿前面是個菜市場，他們只是要擠過去似的。

「他媽的！殺！」領頭的是個手持砍刀的傢伙，他大吼一聲就朝三人衝來，身後眾人隨之一擁而上。

方才還有說有笑，此時辰正迅速從腰間抽出短棍，譚四也做出迎敵架勢，畢竟對方人數眾多，何況還都持有武器……

可是，譚、辰二人擺開架勢，雨果卻徑自走上前去，經過譚四身邊時，向譚四側了一下頭，帶著又是嘲弄又是享受又有點兒認真的表情。

大軍殺近，雨果也不慌，雙肘抬起，再用力向自己腰間一夾，觸到開關，全身的裝置啟動了。只見他的拳套閃起了藍紫色的恐怖電弧。

一見有異，不少淨社打手嚇得立刻收步，可是身後的人並不知情，依舊悶頭向前衝，反而把前面的人當墻一樣推倒，自己先亂了起來。

領頭的倒是沒有收步，叫嚷著舉著砍刀就撲了上來。

雨果則用起拳擊的步法，一個墊步，閃開了一擊，再斜側方輕巧的一個左手刺拳，正中一馬當先的砍刀右肩。

要說正常情況下，這樣一個刺拳並不能帶來多大的傷害，但誰也架不住拳套上帶電。砍刀挨上一拳，應聲倒地，口吐白沫，全身抽搐起來。

後面互相推搡的眾人還在混亂之中，沒能穩住陣腳，雨果就又用那種輕快的步法，在人群之中左衝右突，一拳一個，打出一條血……不對，是打出了一條痙攣抽搐之路。

譚、辰兩大高手當然不會錯過時機，一瞬間就衝過了人群。兩人一衝過去，雨果立刻轉身，再度面對剛才被撕開的人群。

譚四沒有猶豫，立刻向浮橋跑去。

辰正忍不住喊了一聲：「他一個人行嗎？」

「他聽不懂中文。」

「嘖……」

「行了，那個洋小子一點兒不弱。」

辰正回頭看，發現雨果戴著電拳套，墊著怪異的步法，巧妙地躲過每一次的武器攻擊，而每一拳又都打得相當穩健毒辣，拳拳到肉，再加上全套帶電，一拳就能輕鬆放倒一個打手。

「好，以後也要跟他打一場。」

「我說英雄，能趕緊先把新上橋的人清了再下戰書嗎！橋頭門樓上面都要開槍了！」

兩人雖然已經衝上浮橋，但眼看水寨裡又殺出一群。

被譚四這麼一說，辰正一下衝得比他還要猛上許多。面對殺來的淨社打手，一根短棍舞得像鐮刀，如割草一般將他們統統掄進吳淞江裡。

譚四也不謙讓，幾乎和辰正同時衝進了寨門。

仍舊是那條腥臭通道，所有的電氣燈點亮了。

「好傢伙，這得多少電啊。」辰正第一次見到這種場面，不由得驚歎起來。

聲音在狹長通道裡迴響。通道兩側隔幾步就有一扇木門，突然間全開，又是一群淨社打手衝了過來。

「英雄，現在回頭還來得及。」譚四向辰正撇了撇嘴，說道。

「有你這麼嘮叨的時間，老子已經幹翻十幾個人了。」

棍聲帶著骨頭碎裂的聲音和哀號聲，三個衝在最前面的打手倒地了。

剩下的打手擠在狹長通道裡，猶豫了片刻，卻沒有退縮，又衝了上來。

通道的寬度差不多剛好夠兩個人施展拳腳，譚四不甘示弱地迎了上去。

「你苦苦追查一年的舊案，現在這樣難道不可惜？」譚四扭斷迎面人胳膊的同時問道。

「抓到真凶，解開謎題。別的全無所謂。」辰正反手用棍尾捶碎了一個人的鼻梁。

「問題是，根本就沒有什麼真凶。」

「但聞其詳。」

「先問你吧，你查出來的真凶是誰？」

又衝上來一撥淨社打手，舉著砍刀，可是通道狹窄，砍刀完全揮不開。辰正上前一步，正好迎面刺來一刀，他一側身，右手持棍在前，反手向外一抖，敲中已經刺到眼前的刀背，蕩開刀路，跟著短棍順勢向斜下一劈，正中對手鎖骨。鎖骨頓時斷裂，那打手丟了刀，哀號倒地。

「這招叫什麼？」

「誰知道，跟南洋那邊的勞工學的，叫八字劈吧。」

「很實用嘛。」

說著，譚四化手為棍，向外輕巧地一磕迎面刺來一刀的刀背，照著來襲者的頸根一掌劈下。沒有鎖骨斷裂的聲音，只是那人眼睛一翻，也倒地了。

「別光顧著偷我的活兒，趕緊說，什麼叫沒有真凶？」

「你先回答我的問題試試看。你認為真凶是誰？」

「這不是廢話，明顯就是淨社這幫兔崽子龜孫子幹的好事，只是我還沒找到確鑿的證據，沒法連鍋端了他們。」辰正一棍抽中一個淨社打手的腰上，讓他在痛苦和驚恐中喪失了戰鬥力，

「呃，等等，你說『真凶』，是哪件案子的真凶？」

「哈哈！你終於從裡面繞出來了。」

「什麼意思？」

「你追查的事件是失踪案，很久以前那個康腦脫醫院的最初所有者突然失踪的案子，對吧？」

「那個倒楣蛋告訴你的？嘖，我還特意告誡他別招惹淨社，可他執迷不悟，就是不肯鬆手……」

「他啊，膽小怕事油腔滑調，沒一點優點，只有這個容易『執迷不悟』的本性，倒算是個可取之處。」

「呵，聽起來你們關係倒是很好嘛。」踢襠捶胸，又用一個人帶翻三個，譚四沒接辰正的話茬，說：「所以康腦脫醫院的最初所有者，你查清是誰了？」

「當然，那還不是我用拳頭拷問出來的。」

「是誰？」

「這是要套我的答案不成？」

「是谷翮，那個南洋咖啡館的老闆，答案已經揭曉。」

「然後呢？」

「然後，他死了。」

「對，被淨社的這幫混蛋給除掉了。」辰正左手抓住一個淨社打手，右手用棍尾敲暈，「只是苦於沒有證據。」

「你為什麼會關注鍾天文的死？」

「偶然撞到而已。」

「我看不是，」譚四抓住兩個人的辮子，拽過來讓兩人的腦袋狠狠撞到一起，「你早就察覺到鍾天文的異常了，他和你調查一年之久的失踪案有著千絲萬縷的微妙聯繫，不是嗎？所以你才會極力關注鍾天文的動向，以至於他死的時候，你能第一時間出現在現場。」

「你什麼意思！要打架嗎！」

「這不正在打呢？」譚四不緊不慢，拽著一個人，一邊揍一邊說。

「給我說清楚。」

「說清楚就是，你早就發現了，鍾天文就是周華明。」

話一出口，連淨社的打手們都一時愣住了，隨後才又嚷嚷著「打呀！別停手！」再次亂戰成一團。

「廢話，他暗地裡搞的那些小動作，真以為別人都看不到？只要稍加調查，就能知道淨社的基礎是什麼。一群癟三組成的青幫，能弄出這些玩意兒？他們要是有這樣的科技水平，那大街上的乞丐都能考上南洋公學了。美人划船俱樂部一樣沒有一個好東西，一個狗屁愛好者俱樂部，竟有那樣氣派，他們銀子從哪兒來？稍微動動腦子就能發現問題。一個個全是蛀蟲，從淨社這邊直接拿銀子揮霍。從老百姓手裡搶來的銀子，從那些守法商鋪勒索來的銀子，甚至從洋人那裡訛來的銀子。」辰正說著，下手更狠了許多，嚇得後面的淨社打手都有些膽怯，「一個華人，就算是什麼留學生，能有本事進洋人的地盤？還不是給足了好處，才當上個奴才？呵！他們就是狼狽為奸，十惡不赦。」

「辰大俠，其實你說得太重了。」譚四語氣緩和，手上卻一點不見緩，「鍾天文的本事確實通天，所以才能讓洋人都服他。」

「什麼本事？嘴皮子功夫？」

「還真是嘴上功夫，三寸不爛之舌，可以打通天下事。在他的遊說下，這個讓你深惡痛絕的淨社才能壯大。」

「還真是大功勞一件了。」辰正把最後一個淨社打手踹倒在地，「不過我看不上，我只懂得用拳頭打抱不平。」

一時間，通道裡安靜下來，剛才打打殺殺的叫喊聲沒了，只剩兩人身後一地人的痛苦呻吟。前路一片空蕩，只有電氣燈照出來的牢籠一樣的光影。可還沒等兩人多喘口氣，空蕩的通道又一下子打開四道木門，衝出七八個打手來。

「得！接著幹！」辰正又率先一步迎上。

「鍾天文是有理想的。」譚四追上去，打翻一個人，接著說。

「理想個屁！他的理想就是弄出這麼一個幫會來禍害上海？」

譚四抓住一個淨社打手，鎖住脖子說：「你看看你們，名聲那麼臭，還好意思來打架？」隨後俐落地把他打暈。

「我懶得聽那些虛頭巴腦的，你就直說吧，堂堂淨社老頭子，怎麼就慘死在洋涇浜上了？」

「因為你沒有發現，其實谷翮也是周華明。」

「啊？等等！」辰正一把擒住一個打手，用短棍頂住他的下顎，喊道，「停！先別打了！讓爺先聽明白到底怎麼回事！」

這一擒一吼，嚇得剩下兩個淨社打手真的停了手，傻楞楞地面面相覷，不知該如何是好。就連接下來通道裡已經打開一道縫的木門都重新關了回去。

「……我是完全糊塗了。你說清楚，谷翩怎麼也成了周華明？」

「其實更準確地說，最開始『周華明』這個化名是谷翩的，後來他才找上了鍾天文，尋求幫助，共用這個化名。不信你問問他們——你們誰見過老頭子？」

被擒住的那個，還有另外兩個都搖起了頭。

「周華明從來就沒有出現過，一直是以影子的形象在幕後操控著整個淨社。」

「那……」辰正迅速思考了一下，「剩下的那幾個……」

「沒錯，康揆他們幾個歸國留美學生，都是『周華明』這個化名的共用者。」

「太荒唐了！這我就更不明白了。幾個人在幕後控制這麼一個青幫團夥，圖什麼？」

「我說了呀，為了他們共同的理想。」

「哈！真是可笑至極。理想？不管他們有什麼狗屁理想，就靠這幫癟三？且慢，那就更不對了。大理想家周華明們，怎麼全都一個個慘死了？根據我的調查，谷翩死的那天，可是有目擊者見過這幫淨社的癟三進出張園。」

「你還不明白？因為那張地契。」

「谷翩要是周華明之一，那他為什麼不把自己手上這張地契直接用到康腦脫路的爭奪戰上？」

「因為這幫癟三可沒那麼好控制。馴獸師也不敢真把狗熊脖子上的鐵鍊解開。」

「喂！」被辰正擒住的淨社打手喊了一聲，「你們兩個，到底打不打了！給個痛快。」

「誰？倒是個有骨氣的硬漢。」辰正反手抽了一棍，淨社打手當場昏厥。

剩下兩人如同終於收到行動指令一樣，一人一個被譚四、辰正擒住，話不多說，也一齊被擊暈倒地。

隨即，後面的木門再度打開，又殺出來七八個人。

「我忽然意識到另外一個問題。」辰正已然是滿臉無奈，「你從一開始就沒打算一個人闖淨社吧？」

「廢話，我一個人來，估計過了浮橋就已經累趴下了。」

「好久沒有這麼痛快地打過架了，小爺很滿意！」

可是嘴上這麼說，打出去的招式卻有些滯澀，少了一開始的激情。

「為什麼要告訴我這些？」

「這個問題，我同樣問了告訴我這些的人。」

「哈！」辰正大笑一聲，「看來是沒有答案了。」

「也不盡然，算是為了救我那個倒楣蛋朋友吧。」

辰正習慣性地嘖了一聲。

再強悍的武力，也擋不住人海戰術的消耗，譚四和辰正看似依舊閒庭信步，卻都已經汗如雨下，雖然下手仍是很重。譚四用快拳捶翻面前的打手，趁機調整呼吸，「你菸癮就這麼戒了？我算算看，有兩刻鐘沒有吸菸了。」

「呸！」辰正狠狠地抽打了一通撲上來的打手，「這條路到底有沒有完啊！」

然後，就完了。

終於又放倒了一批淨社打手，前面就是譚四進去過的那道木門。譚四做了個手勢，示意到了，便伸手去推門。

門內正是上次已經來過的，被電氣燈不計成本地照耀著的角鬥場。

而這一次，看樣子不會再有打手從四扇木門裡跑出來了，因為角鬥場中央赫然站著一座山一樣的怪物。

「嘖。」辰正已經點起了一支菸，深深吸了一口，「看來兄弟我先碰上了早就預定好的對手。」

「你跟這種怪物有仇？」譚四故作吃驚狀，「朋友……祝你好運。」

辰正微微一笑，又吸了一口菸，說：「想清理掉我，你們還不夠班。」說著，他扔掉剩下的小半截菸，重新握好短棍，今晚第一次擺開了迎敵的架勢。

而率先啟動的是譚四，他知道該進哪扇門，所以直奔過去。

傻山看到譚四一動，立刻伸著大手撲了過去，奈何辰正動作同樣迅速，立刻持棍擋在了傻山面前。同時，譚四已經衝到門邊，奪門而出。

他們……

他們都是周華明吧！

梁啟忽然就想明白了，把腦中的線索串在一起，終於明白了。可是，或許此時明白已經太晚，腦袋上還套著那個騷臭的布袋，呼吸困難，頭也越來越昏沉。他完全不知道自己身在何處，只知道從南洋公學機械特科藏書館一出來就被套上這個該死的布袋，丟上一輛平板車，在夜深人靜的校園裡顛顛簸簸，不知要去向何方。

好像在幾次轉彎之後，進了地下，只不過，意識間或有些模糊，終究難以判斷清楚。

激戰

電弧一閃一閃。

這可不是什麼好兆頭，雨果大口大口喘著粗氣，低頭看了看腰間佩戴的蓄電池，為了輕便，上面沒有配裝電量表，但快沒電的事實恐怕可以確定了。

還有源源不斷的淨社打手從浮橋殺過來，這些人是瘋了嗎？完全搞不懂他們的辦事邏輯，正主兒都已經殺進去了，為什麼還要和自己打個沒完？

不過，看著新一撥如潮敵手，雨果反倒笑了，這回來中國的冒險實在夠刺激，可比凡爾納的小說有趣多了，絕對終生難忘。

戴著電拳套沒法擦汗，雨果用小臂扶了扶帽子，又殺了上去。

這個怪物一點兒也不傻啊！

辰正手持短棍，與傻山保持了可攻可守的距離，只是和他對視的一瞬，心中就有了這樣的念頭。

世間竟有如此大腦空空的高效殺人機器……

辰正只是與其對峙，尋找潛在的空當，完全不敢率先出手。過了片刻，傻山突然發動，伸出雙手，如熊闖林一般撲向辰正。辰正不敢怠慢，短棍在面前逆時針快速畫圓，準備同樣是側向格開傻山左手，順勢抽中他的軟肋。

手多少是格開了，但辰正一棍抽在他的腰上，卻感覺就像打在沙袋上，除了震得自己虎口脹痛，傻山竟毫無反應。同時，他撲來的勢頭依然不減，左手雖沒有抓到辰正，但右手已然死死鉗住了辰正的左肩。

辰正心中大喊「不好」，幸而方才抽棍讓身體有了旋轉的先機，再加上右肩沒有鎖死，有著抽身空當，便腳下迅速兩個移步，藉勢旋身，勉強算是掙脫，跳到了安全距離。

僅僅一瞬的交手，辰正的右手還在震後發抖，而左肩只是被抓住一下，竟已然脫臼。豆大的汗珠滾下臉頰。

竟是如此恐怖的存在！比上次在靜安寺所預估的還要恐怖太多。

真想再吸一支菸，可是傻山根本不給辰正歇息的機會，剛剛錯身過後，便轉身再撲過來。

進了那條全是臺階的深邃通道，就聽不到角鬥場上的聲音了。譚四只有不回頭地走下去。幸好這條通道已經來回走過兩次，不用再點那根嗆人的銀光棒。譚四心裡笑著，輕快地下到了最底層。

推開通道底部的門，裡面還是那樣，電氣燈光被環繞四周的鏡子反射得更加刺眼。唯一不同的是，這次鏡屋裡沒有耳朵趙，空無一人。

又在故弄什麼玄虛？

那在下就不客氣了。譚四心裡想著，已經走到了正面的鏡子前面。

對著鏡子擠了擠眼睛，順手拎起依舊擺在鏡屋中間的沉重太師椅，拋了過去。

讓人神清氣爽的破碎聲，面前的鏡子被太師椅砸得稀爛，露出鏡子後面的房間。

「哈哈！果然如此。」譚四笑著，邁過鏡子殘渣，見到幾個倉皇逃竄的身影。大概是剛才一直在鏡子的另一面觀察鏡屋中的情況。

譚四沒有去追，而是撿起一塊碎鏡片，對著燈光翻來覆去地看。「單向透光鏡？居然還能有這種技術，淨社當個青幫社團真的是太浪費了。」

出了鏡屋，前面是一條拱頂磚石面的隧道，相當寬闊，足以並排跑兩輛馬車。那間鏡屋則位於這條隧道的一端。

隧道照明倒是比較簡單，十來步一盞煤油燈，不算太昏暗，但氣味實在不佳，而且隧道裡潮濕得很，陰風陣陣。

「哦……排場真是夠大的，這不會是在吳淞江的河床下面了吧。」

譚四自言自語地走在潮濕的隧道裡。

隧道是石板地面，就算輕步走在上面都會嗒嗒作響，傳出回音。譚四一邊走，一邊計算距離，以及剛才逃走那幾個人的腳步聲延續的時長。

差不多該到了。

果然，面前出現了一道鐵柵門，隧道的另一端到了。

果然是穿過了吳淞江？有這樣的隧道挖掘技術，貫穿黃浦江也只是時間問題了。譚四再次讚歎起了淨社的能力。

還沒到鐵柵門近前，就聞到了一股刺鼻的硫黃味。鐵柵門沒有上鎖，大概是剛才逃走的人匆忙打開卻不及反鎖的緣故。譚四不客氣地推開門，探頭察看門裡的情況。

像是……一座火車站？

一組粗大的石柱撐起更為寬闊的隧道，隧道一半是站台，另一半則是軌道，一輛拖著七八節車廂的蒸汽火車停靠在車站旁。蒸汽火車頭噴著蒸汽，像是正準備開動。而車頭前是耳朵趙，正在連打帶罵，起勁地教訓幾個手下。

「譚大俠？」耳朵趙像是才發現譚四一樣，停下教訓，做出驚訝不已的表情。

「趙老闆。」配合他一下吧。譚四心想。

「這是什麼風，把譚大俠又吹來了？哦，還吹到這麼深的地方。這地方可不是隨隨便便就能來的，工程還沒結束，現在進來很危險的，譚大俠。」

「還不是因為在下的好友前來做客，至今未歸嘛。我怕他喝多了找不到路，給貴社添麻煩，只好特地過來領人回家。」

「不巧，並無此人。」耳朵趙一躍登上蒸汽火車，「譚大俠請回吧。」

蒸汽火車隨即啟動，噴著蒸汽緩緩離開站台。

「喂！趙老闆，倒是讓在下參觀一下貴社建的地下鐵路啊。」

多說無益，譚四已經被站台上八個淨社眾圍上。

「你們稍微長點腦子吧。」譚四無奈地說，「既然在下能到這裡，你們覺得憑你們八個就攔得住在下？」

……

譚四從地上拎起一個不停呻吟的淨社打手，問：「下一班車幾點發車？」

已經被打得鼻青臉腫的淨社打手苦笑著不知該怎麼回答。

「什麼意思？沒有下一班列車了？」譚四控制住力道，又踹了這個倒楣蛋一腳，「那你給我想個辦法，我必須趕上那趟列車。」

此人越發無奈，把求救的眼神投向另外幾個躺在地上的同伴。同伴們紛紛搖頭，不知道是說沒有還是讓他不要說話。

譚四拎著此人又瞪了兩眼，似乎確實沒辦法，只好把他扔到一邊，自己來觀察這個地方。隧道只有站台這裡有幾盞煤油燈照明，除此之外一片漆黑。不過，萬幸的是，隧道這一頭在不遠的煤油燈光所及之處看到了盡頭。譚四抬頭看了看掛在牆上的煤油燈，對準一個，單腳蹬牆，縱身一躍，把燈摘了下來，又提著燈，跳下站台，去了隧道尾端。

整個隧道看起來像座礦洞，但要比礦洞牢固得多。

回想起張園門口已經可以看到淨社包下的地下鐵路工程，這條鐵路恐怕已經完工了。而隧道還從吳淞江下方穿過，竟能夠承受住整條吳淞江的壓力，實在是了不起的壯舉。可以說，僅僅建一條這樣的隧道，就已經是多少中國人魂思夢繞的理想。而這一理想竟是讓一個見不得光的淨社率先完成的，倒還真是值得玩味了。

或許是所有軌道交通在修建階段都會有的東西，軌道一邊停著一輛手壓式軌道車。

譚四提著煤油燈看了看這輛軌道車，能用，便又跳回到站台，剛好看見兩個傷勢最輕的淨社打手正準備從吳淞江底隧道逃走。譚四立刻放下煤油燈，追上去，一手一個將兩人擒拿。

「看兩位能蹦能跳，不如再幫在下一個小忙。」

譚四揪著兩個人，又令其中一個拎起煤油燈，一同跳下站台，登上了軌道車。

「行了，燈給在下便好，你們清楚該幹什麼吧？」

兩個人生無可戀地站到手壓杠桿兩頭，苦著臉，看向站在車頭的譚四。譚四回頭瞅了瞅他們，微微一笑，說：「能不能追上，決定著你們未來的人生道路。請吧。」

沒電了……

雨果看見拳套的電弧不再閃爍，而淨社的打手還在不斷地從那個怪異的水寨裡衝出來，他意識到自己恐怕即將止步於此了。

沒想到竟能到這般地步。可是雨果沒時間感歎，他迅速做出決定，摘掉拳套，卸下整套電拳裝備。電拳裝備重重地摔在地上，讓雨果覺得渾身輕鬆許多，但是面對一群持械衝殺過來的打手……只能狠狠地罵了一聲「Shit」。既然退無可退，那就只有迎頭反擊了。

對手仍然拿著刀棍，但雨果已經沒了電拳。同樣是閃身刺拳，卻因為體力大幅下降而效果不佳。能把襲來的人打開已屬不易。雨果瞬間淹沒在汪洋人海中，沒了先前戰鬥的酣暢淋漓，只是進入了消耗戰的尾聲。

雨果有點兒想笑，這樣的冒險確實夠刺激，刺激到自己都不知道該如何收場。胳膊上、背上被砍出一道道或深或淺的刀傷。帽子已經顧不上去扶，掉在了地上，被踩得亂七八糟，幸好背帶褲的背帶還算結實，雖然上面也挨了兩刀，但好在沒有斷，不然還會更加狼狽。

恐怕是沒法離開這裡了。這個念頭一旦浮現，便再也揮之不去。但就算死，也不能死得如此狼狽啊！他越是這樣想就越氣，可他的氣力幾乎耗盡，出拳變得綿軟，躲閃也變得遲鈍。

十來個淨社打手圍上了雨果，卻沒有一擁而上將他砍殺，而是圍成了一圈，像是玩弄皮球一樣，你一腳我一腳，讓雨果在圈內亂撞，一邊踢打一邊大笑，彷彿在玩一個有趣的遊戲。

雨果東磕西撞，頭暈目眩，被擊倒，倔強地爬起來還擊，再被擊倒……

肅殺的夜裡迴蕩著流氓的笑聲，忽而插入一陣馬蹄聲，聽起來格格不入。還在踢打雨果的幾個人愣了片刻，但更令他們意想不到的是，就在馬蹄聲迅速逼近的時候，一聲槍響驚動了整條街。

儘管已經處於任人凌辱的境地，雨果的頭腦還是保持清醒。就在所有人都被一聲槍響驚呆的一瞬，雨果用僅存的一丁點體力，衝出了包圍——順便還撿起了帽子。

果然還是那輛馬車，飛馳而來。朝向雨果這邊的馬車門敞開，是天澤！還是那套筆挺的西裝，半探出身來，伸出左手，高喊了一聲：「Mr.Gernsback!」

馬車絲毫沒有減速，雨果迎著馬車伸出手來，天澤一把抓住，把他拉了上去。淨社打手們隨即反應過來，開始叫罵著揮刀追來，而此時馬車已然飛馳而去。

「用力壓啊！」

譚四站在車頭，此時除了壓桿的吱吱聲，已經能聽到遠處蒸汽列車的轟鳴了。就算用同樣的蒸汽車頭，地下列車也不能像在地面上那樣跑，速度上不去是必然的。

譚四又喊了一次。正在拚命壓著壓桿的兩個人，經歷了剛才一役，此時就算譚四背對他們，他們也不敢造次，只好乖乖地壓，讓車更快一些。

「用力壓啊！」

說真的，大概只有追上去才能脫離現在的地獄吧！

現在的大清國還燒不到好煤，一燒全是硫黃味，刺鼻難聞。而在隧道裡跑蒸汽火車，那硫黃味就更可想而知。再加上隧道裡相當潮濕，又有蒸汽瀰漫，迎著尾氣衝上去，連嘴裡都是濃稠的異臭。

「還追不上，你們真喜歡吃……」譚四還沒說完，就被又一股更濃的異臭濃霧嗆得說不出話。終於，他看到了在隧道前方的列車屁股。

「看見了，加把勁啊兄弟們！我上去了，你們也能趕緊解脫。我都替你們覺得累，何苦啊，一天到晚的。」

還不是你逼我們做的！兩個人心裡叫著苦，卻只敢更使勁地壓。

前面的列車如同一頭只顧悶頭向前衝的野牛，根本不知自己屁股後面已經被一隻狼撵上。

「辛苦兩位了，加把勁兒。」譚四繼續給兩個倒楣蛋打氣。

兩人還沒反應過來，只感到一股強大的推力從壓桿上傳來，阻止了他們的動作，抬頭一看，發現譚四已經跳上了尚有一段距離的蒸汽列車車廂尾部，一手抓著末端的護欄，一手向他們兩人揮手告別，瀟灑得彷彿包裹著他的煙霧都沒那麼刺鼻難聞了。

「趙老闆啊趙老闆，你說說你，見了在下就坐下來好好談談不好嗎？坐著火車逃跑是什麼意思？」譚四一邊嘀咕著，一邊翻越護欄進了車廂。

說是火車，實際上車廂和這兩年突然興建的有軌電車車廂一樣，圓頭圓腦，沒有座位，左右各有一排頂到車頂的鋼管，供乘客站立扶靠。木框架玻璃窗一個接一個，看著就敞亮通透，要是外面不是漆黑的隧道而是地面世界……不過，算是仁慈的設計，車廂內也點著煤油燈，一共三盞，在車頂搖曳。

最末一節車廂裡沒有人，譚四便不停留，直接從窗戶爬出，上了車廂頂，再跳到了下一節。這次他沒有再進車廂，而只是從車廂的天窗探下頭來看了一眼。還是沒人，索性繼續跳到下一節。連續跳了三節車廂，也就是到了蒸汽車頭後的第一節車廂時，譚四實在忍受不了煙燻的煎熬，只好回到下面車廂裡。

這第一節車廂果然不同凡響，車頂的煤油燈掛了兩排一共八盞。車廂寬度沒變，但裡面少了扶手鋼管，而設置了座椅，還有桌子。桌子如番菜館的餐桌，四四方方，鋪著白桌布。

其他桌子都靠窗擺放，但在車廂盡頭有一張白桌布大方桌，擺在正中央。方桌後面正對著從車廂尾走來的譚四的，正是耳朵趙。

「趙老闆，想見您一面可真是難啊！」

耳朵趙面前擺著一隻歐式造型的銀壺和兩隻銀杯。他沒有接譚四的話茬，而是自顧自地端起銀壺，往一隻銀杯裡倒了些黑色液體，放下銀壺，端起銀杯，端詳了許久，才徐徐地說：「這就是那幫假洋鬼子愛喝的磕肥？哦對，谷翩谷老闆說叫咖啡。呵，是不是太矯情了？這種東西，比藥湯還難喝。」

「這麼臭的地方，您還有心情喝咖啡，在下倒是要敬您是真英雄了。」

「還是一嘴的嘲諷。」

「哪能跟趙老闆比。」譚四緩緩地向前走了幾步，「連自己幫口的老頭子都直呼姓名。」

「哦？你果然是知道了。」耳朵趙一本正經地把銀杯放下，「那看來現在更要把你解決了。」

「趙老闆，看您心急的，咱們還沒聊夠呢。」

沒有餐巾，或者說是根本不懂得用餐巾，耳朵趙拎起白色桌布擦了擦嘴，站了起來。

「其實在下有一事不明。」

耳朵趙走到了桌前，拈了拈自己的泥鰍鬍，把腰間的鐵釘摘了下來，說：「問吧，問完了，你也好死得明白。」

「為什麼偏要把在下引到列車車廂裡來?」

「因為,」耳朵趙把鐵釘拿在手裡,用一根繩索穿過鐵釘尾端的環,繫上扣,滿意地拉了拉鐵釘和繩索,「在這種地方,你無處躲閃。」

辰正也很想躲得更俐落一些,至少不像現在這麼狼狽。

幸好沒有人看到自己現在的樣子,不然真是太丟人了。辰正萬分無奈,卻也無計可施,只能看準每一次傻山撲來的動作路線,用最狼狽不堪的姿勢,拖著一條脫臼的胳膊躲開。

可這樣拖久了也不是辦法。辰正的體力在急速下降,而胳膊脫臼導致的疼痛讓他的體力流失得更快。不能再這樣下去,必須想辦法解決。

上次在靜安寺還和梁啟說「要抱著必須殺了他的決心才能與之一戰」,現在看來簡直是自大可笑。如今就算再有這種決心,也只是推遲被對方撕碎的時間。殺了他?唯一一次交手,抽他的腰,已經算是下了狠手。人體最下面一根肋骨實際上相當脆弱,吃下那樣的力道,正常人的肋骨早就斷了,而且照那一擊的角度,足以讓肋骨斜向上刺穿內臟。雖然不能刺進致命的位置,但讓敵人喪失戰鬥力還是綽綽有餘。現在想來,確實還是決心不夠,如果當時直接突刺心臟……辰正卻立刻否定了這個想法,自己手裡的只是一根短棍,不是匕首,更不是刀劍,抽打他的腰部都毫無作用,更何況突刺有肌肉和肋骨保護的心臟。而且傻山佔據身高優勢,自己想要突刺準確，必然要跳起發力。近身作戰時在敵人面前騰空，是世間最危險的動作。雙腳離地便失去閃躲的憑藉，萬一被傻山接住，那時候再想掙脫他的巨手，根本是痴人說夢。

辰正又打了一個滾，艱難躲開傻山的新一輪攻擊，重新思索對策。

唯一的參考經驗就是最開始那一棍了。儘管幾乎沒有傷及對方，終究還是有一丁點兒的收穫，那就是在短棍抽在傻山身上時的手感。那一棍如同打在沙袋上，力道完全反彈回來，卻又並不生硬。辰正對自己的出棍速度頗有信心，反應再快的人也不可能在那麼短的時間內，讓正確的位置正確的肌肉有正確的反應。也就是說，在傻山身上，保護他的不僅僅是緊繃的肌肉，而是厚厚的肉層。恐怕他全身都像覆著龜甲，可以提供無差別保護。所以……在傻山的身上不可能找到弱點。

真是讓人頭疼啊。

辰正站定，拖著左臂，右手右腳前伸，重新做出了準備迎擊的架勢。一直逃下去終究不是辦法，只能徒耗體力，直到被逮到擊殺，等同於坐以待斃。僅有的一次交手，確實是自己落了下風，而且還付出了相當大的代價，但這並不表明辰正一絲勝算都沒有。

短棍技，多是從拳法化來，道理相通，以棍代拳。警察學堂曾有短棍技教學，還說是日本國的杖術，可惜教練完全打不過辰正，不僅沒能教會他什麼，反倒次次被他修理得哭爹喊娘。倒是前段時間，辰正和一個南洋來的精壯勞工學的幾招非常實用。他們語言不通，但只是比劃了兩下，辰正就發現了其中的精妙。南洋棍技全都是從短刀刀法化來，凶狠毒辣，甚至不惜搏命。這一點，辰正十分欣賞。

辰正嘖了一聲，才想起嘴裡並沒有叼著菸。

只有殊死一搏的一招了。想到這裡，他興奮起來。

實際上，這搏命一擊的招式十分簡單，就是照準人體的一大弱點——關節——發起攻擊，在敵人毫無準備的情況下突然飛撲上前，出其不意地用短棍猛力抽擊對手膝蓋上的髕骨。這一招天知道叫什麼名字，南洋人嘰里咕嚕地說了一大串，最後演示出來，威力之大和動作之難看，讓辰正既驚歎又厭惡。可是現在，只能靠這一招來賭最後一把了。

連深吸一口氣再做一下心理準備的時間都不給，傻山一見辰正站穩，立即又撲了上來。傻山身材巨大，速度卻也極快。辰正的機會，只在一瞬之間。

幸好辰正的雙腿完好，蓄勢待發。

譚四一腳踹上身邊的一張桌子，位置恰到好處，一根桌子腿被幾乎完整地踹了出來。耳朵趙已經拴好鐵釘，笑眯眯地向前走了兩步，譚四卻毫不在意似的，低身去撿那根桌子腿。

「譚大俠還真是藝高人膽大啊，還是第一次見有人敢在老子的六棱釘面前側身撿東西的。」

「趙老闆，您客氣什麼？咱們又不是第一次交手。」譚四拿起那根桌子腿，在手裡掂了掂，撇著嘴說，「圓腿倒是不錯，比較好握，粗細倒也說得過去，就是這重心有點偏後啊，湊合用用也未嘗不可。」

「呵！」耳朵趙冷笑一聲，一抬手就要擲釘。

「且慢！」譚四果斷伸出桌子腿，封住了鐵釘的可能飛行路線。

「又怎麼了！」耳朵趙雖然一臉無奈，但也詫異譚四竟能如此準確地判斷自己的擲釘路線。繩鏢雖然變化多端，不會因為被封住就注定敗北，可現在還沒出手就已經輸了半招，多少讓耳朵趙更加謹慎了些。

「在開打之前，在下還是覺得應該說明一下。」

「屁話太他媽多了。讓你說三句話。」

「三句話太少了，趙老闆。」

「一句。」

「嘖……」譚四學起了辰正的習慣，「你知道我曾經有個師弟吧，我們原先在京城往東的通州習武。」

「兩句。」

「他是用飛刀的高手，當世英豪大刀王五都讚揚他的飛刀技巧。」譚四頓了片刻，掂了一下手裡的桌子腿，做出了長劍的起勢動作，「可是在下用長劍，從來沒輸過他。」

「少他媽廢話！」耳朵趙已然出手，釘一離手，立即一個馬步，雙手擺開，左手握緊繩索末端，右手送著繩索，時刻準備控制飛釘變線。

眼見鐵釘直奔自己眉心而來，譚四卻突然微微一笑，手上鬆開了桌子腿。

若是說傻山如猛虎撲食，相形之下，辰正就只能說是一頭瘦削的豺狼了。而猛虎與豺狼的第二次正面交手，虎依然帶著壓倒性的氣勢，但因為狼出其不意地躲閃，虎一下撲空。

纏鬥了將近一刻鐘，基本上全是辰正單方面逃竄，終於，他的那根短棍再次有了擊中敵手的機會。那一招前撲動作，看似簡單，實際上要求使用者心手身意高度統一，撲出的時機也要恰到好處，早了會被察覺擒到，晚了後果更加不堪設想。

這種擊中的手感不會有錯，是髕骨破裂的震感。辰正藉勢地上一滾，閃到一身遠的地方。

傻山轟然倒下，左腿已斷，卻連哼都沒哼一聲。辰正側倒在地，心想這樣的對手也的確是條好漢了，著實可敬。他喘著粗氣，甚至有些心有餘悸，但更多的是獲勝後的喜悅和興奮。放下了短棍，將左手重新接上，掏出一支皺皺巴巴的菸，點上深吸一口，才終於感到自己是實實在在坐在這裡的。

他感受著嘴裡叼著的菸，竟生出了恍如隔世的感覺。

桌子腿離手的一瞬，耳朵趙全無察覺，更不可能看清譚四的那一抹微笑。

跟著是一聲槍響。

直線飛來的鐵釘已經釘到了車廂頂上。

這時耳朵趙才明白剛才到底都發生了什麼——譚四手裡的桌子腿只是幌子，他在自己出招的同時，扔下桌子腿，掏出懷裡的手槍，射飛了鐵釘。全套動作瞬間完成，又快又準……

而譚四已經衝到了耳朵趙的身後，呵呵一笑，說了句「承讓」，便一掌砍在滿臉驚詫的耳朵趙後頸上。

「趙老闆啊趙老闆，在下有槍你又不是不知道。」譚四蹲在暈過去的耳朵趙身邊，檢查了一下他的情況，「有槍為什麼還要用刀劍？聰明如趙老闆，怎會不知？」

譚四起身，把轉輪手槍塞回懷裡，向車頭走去。

路過方才耳朵趙喝咖啡的桌子，摸了一下那只銀壺，居然還是熱的，便隨手往另一只沒有動過的銀杯裡倒了一杯，端起銀杯聞了聞，又放回去，不屑地說：「沒品味。」

列車車頭與車廂並不相通，譚四只好再次從窗子爬到車廂頂，目測了一下駕駛室的距離，後退幾步，助跑，縱身一躍，跳上了車頭。

就算蒸汽機的轟鳴震耳欲聾，方才的一聲槍響駕駛員也一定是聽到了。他慌張地探頭看後面到底發生了什麼，正與譚四打了個照面。

「我說這位朋友，」譚四揪住縮著脖子的駕駛員，「都過去好幾站了，咱們這趟車到底在哪一站停啊？」

「張……張園。」

「沒說讓你一定回答……你們這些人，不知道什麼叫打趣嗎？不過也好，算來確實快到張園地下了，可算能擺脫這趟該死的列車了。」

他鬆開駕駛員，閃身就鑽進了駕駛室。

「那不如再問你個問題，這個要如實回答。」

駕駛員連忙點頭。

「我的朋友到底在哪兒？」

隧道前方出現了燈光，駕駛員拉動了剎車桿。

終局

應該是在地下。

梁啟雖然被腥臭的布袋套著頭，但還是能感受到周遭的潮濕陰冷。

這樣的風，只有地下的隧道才會有。

地下。會是什麼地方？無從判斷，只能靜候。

方才聽到有鐵門的聲音，顯然自己是被關在了某個地下牢房中。淨社不可能去用別人家的牢房，所以一定是淨社的私牢，這就更難斷定現在身處何地了。而且更奇怪的是……明明從體感上判斷是在地下，為什麼隱約卻能聽到蒸汽火車在鐵軌上行駛的聲音？

緊接著是刺耳的剎車聲和打鬥聲。

打鬥得相當激烈，像是一群人在圍攻一個人。

這一個人該不會……

喊叫聲、廝殺聲、哀號聲、呻吟聲、咒罵聲，全都是單方面的，而被圍攻的那個人，似乎一直只是默默地打著，沒有出聲。

這麼安靜？反倒有些不像他了。

又是源源不斷的奔跑聲，從關押自己的牢房周圍殺出了一夥人。顯然這些是淨社的援兵，而在另一頭，那人還是悶不作聲地迎擊，緩慢而堅定地向自己這邊靠近。

更多的人殺了過去，計算下來，恐怕已經超出了三十人。但他依然在一步步前進，擊潰一撥又一撥的圍攻。

這傢伙絕對是吃錯了藥。

他到底有多大的能量，到底隱藏了多少實力……認識他已經五六年了，直到此時，才發現自己仍舊不算徹底瞭解他。就好像只要他想，單槍匹馬消滅整個淨社也只是翻掌之間。

四十、五十、六十……

被擊倒的淨社打手還在不斷增加，他也越來越近，連梁啟自己都變得緊張起來。

要不要喊一聲，告訴他自己的確切位置？

但因為被布袋蒙頭，根本不清楚自己到底是怎樣的處境，周遭又是什麼樣的設置。一來，如果有看守因為自己的過激行為而下了黑手，那反倒得不償失；二來，萬一自己被置身於機關陷阱之中，那豈不是害了他？還是聽天由命，任憑他前來救援好了。

已經不知道他到底打倒了多少淨社打手，只能聽到哀號遍地，呻吟滿堂。沒了援兵奔跑的腳步聲，也沒了厮殺聲，只是些許呻吟求饒聲，以及「怪物啊」之類恐懼的叫喊聲。

「我的朋友到底在哪兒？」

終於聽到了他的聲音。

果真是譚四。

終於放下心來，梁啟正要高喊以示自己的位置，就感到身後有一股力量，一把將自己提了起來，同時那個熟悉的冰冷刀刃再次架到自己的脖子上。

「他媽的不許亂動。」范稀奇原來一直在這裡，聲音顫抖，大概也是被譚四單槍匹馬打倒一片的恐怖實力嚇到了，「走，別他媽的想有小動作，給我往前走。」

「范少爺，我這蒙著頭，走不快啊。」

「他媽的！」范稀奇罵著，可還是把梁啟頭上的布袋扯了下來，「現在給老子往前走，別耍花樣！」

面前有一道鐵柵門，但並不是想像中的牢房。刀刃和脖子之間有一點空隙，梁啟悄悄側眼看了一下，剛才的位置，與其說是地下室，不如說是一間地下辦公室。雖然只能瞥見一點細節，但亮著的電氣燈和堆放文書的櫃子已經說明了房間的功能。

有刀架在脖子上，梁啟不敢怠慢，只好隨著范稀奇的節奏向前走。

出了鐵柵門，外面竟是一條拱頂隧道，隧道由煤油燈照明，算不上有多明亮。沿這條隧道再走不遠，就看到了一個站在東倒西歪的人群之中的人。

譚四顯然也看到了范稀奇用刀押著梁啟過來，把手裡提著正在拷問的人重重摔到地上，迎面走了上來。

「不許動！」范稀奇嘶啞地喊，「再往前走半步……」

「就弄死他？」

「你試試看。」

「呵。」譚四雙臂抱胸，一臉滿不在乎的表情。

可是在梁啟眼裡，譚四顯然體力早已透支。他到底是用什麼樣的毅力才擺平了如此之多的淨社打手，一時間難以想像。

「把武器扔過來，束手就擒。」

譚四攤開雙手給范稀奇看，說：「哪兒來的武器？手倒是有一雙，但並不太想被你這樣的人擒。」

「別想耍花招！」

譚四依然伸著雙手。

卻聽到隧道深處傳來一陣拍手的聲音，就像洋人鼓掌一樣。

「譚大俠還真是演得一齣好戲啊。」

熟悉的陰陽怪氣，說話者從隧道深處逐漸現形。梁啟看在眼裡，只感到了更深的絕望。

耳朵趙拍完手，把夾在腋下的一根桌子腿握到了手裡，邁過或者踩過滿地的淨社打手，走到譚四身邊，說：「你有一把轉輪手槍。還是趕緊交出來吧，免得你的摯友受罪。」

譚四雖然與耳朵趙近在咫尺，卻完全不敢動武，一來自己的體力透支嚴重，二來也是為了梁啟的安危。對視片刻後，只好把懷裡的轉輪手槍掏了出來，老老實實扔到地上。

耳朵趙自然不滿意槍和譚四之間的距離，一腳就將那把轉輪手槍踢向了范稀奇。隨後，又看向了譚四。

「恐怖恐怖，譚大俠，原來你隱藏了這麼深的實力，我這個和你交過兩次手的人都有些心有餘悸了。」

話音剛落，那根桌子腿已經狠狠地抽在了譚四的頭上。

「你姥姥的敢陰老子！你姥姥的打老子兄弟！你姥姥的俠肝義膽！你姥姥的喝老子的咖啡！」

耳朵趙每罵一句，就抽譚四一桌子腿，頭上肩上腰上背上隨便什地方。再是硬漢，已然體力透支的譚四也架不住如此痛揍，終於跪倒在地。

耳朵趙把桌子腿打折了，似乎也算消了氣，一腳踹倒譚四，笑著看向梁啟。這樣的笑容掛在一張泥鰍臉上，簡直比這條隧道裡的陰風還要陰冷。

「梁小哥，我們也是好久不見了。你們倆這齣雙簧，老子看得很滿意。給你成績打B＋。」

「……」恐怕他的文盲舉止全都是裝的。

「老趙，地契已經到手了，不如我乾脆殺了他，以除後患。」范稀奇的匕首又壓緊了一點，完全沒有了在藏書館時的沉著。

「別急，梁小哥和譚大俠為了咱們的事，追查了那麼多。我想多少也該讓他們知道自己到底有多愚蠢，一會兒再殺他們也不遲。懊悔著去死，更有意思。」

「你可真是十足的變態。」

「真不知道你們為什麼會對『周華明』那麼感興趣。有意義嗎？那只是一個代號。對，那個名號曾經統治過我們淨社，呵，可是有老子在淨社一人之下的地位，再加上范小兄弟對他叔父的背叛，一個名字，能有多少控制力？」

一瞬間，梁啟眼前一花，感到有個東西從自己耳邊飛過，脖子上的刀隨即鬆開，范稀奇悶聲倒地。

突如其來的變故，嚇得梁啟癱倒在地，思量片刻，還是忍不住回頭看了一眼。一根六棱鐵釘深深地插在了范稀奇的眉心，他連驚恐的表情都還沒來得及做出，就一命嗚呼了。

鐵釘沒有拴繩索，耳朵趙還是那副陰冷笑容，走了過來。他並不搭理癱軟在一邊的梁啟，蹲下來從范稀奇眉心拔出鐵釘，用范的西裝擦乾淨了上面的腦漿和血跡。收好鐵釘，再去摸范稀奇衣兜，翻出了那張地契。

「價高者得，天經地義。淨社不淨社，老子沒興趣。再說了，淨社折騰這麼長時間，霸佔著河道，還開始弄地下鐵路，到頭來呢？想上陸？」他捏著地契晃了晃，「比他媽登天都難。還有什麼意思？你們這些聰明人，早該明白這裡面的門道才對。」

倚在墻根的譚四緩緩扶墻站起。他滿臉是血，一瘸一拐地向耳朵趙和梁啟的方向走來。

「姓譚的，咱倆沒仇沒怨，雖然我揍了你，但你也揍了我，還揍了我的手下。就算兩清了吧。」就算是面對現在這樣的譚四，見他一步步靠近，耳朵趙還是感到了恐懼，「你救你的朋友，我找我的錢路，兩不相干。」

譚四繼續向前走，路過了他那把轉輪手槍，便緩緩地彎下腰，撿起槍來。耳朵趙當然緊張，立刻又把鐵釘從腰間帶出，握到了手中。

隨即四聲槍響，耳朵趙應聲倒地。

梁啟不敢相信譚四會開槍，立刻回頭去看，才發現耳朵趙依然活著，只是雙手雙腳都中了槍，已成廢人。

梁啟立刻站起來衝向譚四，扶住這個幾乎無法站穩的傢伙。譚四挑了挑眉，示意還要走過去說話，梁啟便扶著他過去了。

耳朵趙躺在地上，突然大笑起來，笑得肆無忌憚，到最後咳了許久，說：「我趙某，也該謝謝譚大俠才對吧！咳咳！姓范的，我趙某一個人是鬥不過的。咳！就他攢的百十號親兵我趙某就……咳！」

「最後一個問題，」譚四聲音虛弱，「康揆現在在哪兒？」

耳朵趙勉強坐了起來，看了看自己被射穿的手腕，並沒有大量出血，但沾了血跡的地契，自己已經無法拿起，又抬起頭看看譚四和梁啟，說：

「往前走走看吧。你們全都是不懂世事的瘋子。」

知道耳朵趙不會再有威脅，梁啟就扶著譚四「往前走」。依舊是隧道，沒有太多的照明，但至少不算是摸黑前行。剛進隧道時，梁啟忍不住又回頭看了一眼耳朵趙。那傢伙雙手雙腳都已經廢掉，卻還是翻過了身，用嘴叼起了地上的地契，艱難地爬走了。

隧道不長，走不多時就看到了盡頭，那裡有一扇緊閉的木門。

木門沒有上鎖，譚四點點頭，梁啟便把木門推開了。

房間裡一盞電氣燈照明，原本應該挺亮堂的，但因為堆滿了書籍和圖紙，房間變成迷宮一樣曲折，照明也明暗不均。梁啟扶著譚四從紙堆成的夾道穿行，終於看到了那個肥碩的身軀。

和機械特科中棟裡的斜面木桌一樣，桌子上方同樣垂下來一盞電氣燈。康揆正站在桌前埋頭工作。可以聽到鉛筆在紙張上畫線的聲音，還有圓規旋轉的聲音。如果仔細聽，甚至會覺得這樣的聲音富有音樂的韻律。

梁啟扶著譚四走到康揆身邊，見圖紙上正在設計的是隧道建築結構。

梁、譚兩人一時愣住了，這個康揆……竟然還懂得建築設計，看來整條隧道，大概都是出自他一人之手吧。

人，竟能天才到如此地步。

康揆心無旁騖地畫著圖，根本沒有理會，抑或是不屑於理會走近的梁啟和譚四。

譚四拉了拉梁啟的肩，兩人默不作聲地轉身離開了。

已經是清明時節了，魔都上海陰雨綿綿。

雖說天氣糟糕透頂，但沒了淨社的潛在威脅，梁啟終於能回家住了。

回到公寓，當然少不了房東老頭的漫天抱怨。不過，房東老頭也知道，梁啟是個不錯的租戶，又不拖欠房租，又是單身，還講究乾淨。因此，抱怨歸抱怨，但絕不捨得把梁啟趕走。

沒有多少人知道為什麼雄霸一方的淨社突然一蹶不振。短短幾天，公共租界的河濱上那些癟三流氓就都不見了蹤影，一個又一個河濱的淨社據點消失了。甚至幾天後，連垃圾橋那裡的淨社總社都已人去樓空，日夜不停地冒著黑煙的煙囪不再運作，水寨日夜不息的隆隆轟鳴也已停息。

不知是哪位膽大的第一個在夜晚划著船上了洋涇浜。沒有人再來打砸他的船，那一晚這個人簡直如同英雄一般，得到了沿岸民眾的歡呼和讚譽。

河濱宵禁沒有了。

到了夜晚，洋涇浜、泥城浜，甚至吳淞江上終於恢復了昔日的繁華，舢板遊船商船妓船川流不息，夜夜笙歌。

然而，老百姓並沒覺得鬆了一口氣。因為在淨社銷聲匿跡的同時，玉蘭公會卻突然壯大，甚至迅速成為公共租界第一大幫會。新的幫會來接管，放開了河濱的禁忌，沒有了大街小巷四處遊蕩的流氓，還開始出資開發地下鐵路，看似都是好跡象。但從四馬路和遠在公共租界西區的康腦脫路開始，一條街道一條街道地納入了玉蘭公會的掌控，未來會怎樣，是福是禍，沒有人猜得透。對普通的老百姓來說，這一切只是換了一批人來擺佈自己的生活吧。

當然，民間也有另外的傳說，說在這偌大的公共租界裡，有一個整日吸著紙菸捲，自稱「無照警察」的怪人，專為老百姓打抱不平，洋人也好，流氓癟三也罷，只要欺負了人，全都逃不過他的鐵拳教訓。

有些事情翻天覆地，有些事情卻亙古不變。

比如，新新日報館的經理呂大雄。《新新日報》輝煌了一期，結果現在還是沒有銷量。呂經理又開始了他的日常哀號。

「小梁，你說怎麼辦，怎麼辦！」

「經理您別著急。」同樣的戲碼時不時地重新上演，每個人的對話內容、語氣，甚至表情都已成了固定模式。

「能不著急嗎？再這樣下去根本連秋天都堅持不到了。小梁啊，你想想，沒了咱們報館，你怎麼辦？房租那麼貴，吃飯也越來越貴，你還怎麼在上海生活？快想想辦法吧！」

「……經理，其實我有個計劃，一直想實施，就是怕您覺得太費力。」

「說啊，吞吞吐吐的救不了報館。」

「咱們可以單獨印一些摘要文章出來。開本不用太大，只要用報紙裁邊切下來的邊角料就行。幾乎不用成本。然後，我們就可以把這些摘要文章送出去。看到摘要文章，感興趣的讀者自然會來買咱們的報紙。」

「你在逗我嗎？贈送摘要文章？」呂經理仍舊癱在那把藤椅上，語氣倒是從有氣無力的泥潭裡拔出來了一點點，「我們可是堂堂正正的大報，不是那些上不了檯面、靠低俗內容撈錢的小報。我們不做釣讀者的勾當。」

「這不是釣，您聽我慢慢說。」梁啟從懷裡掏出一張紙，鋪開給經理看，「這個我早有統計。」

經理饒有興趣地坐起來，拿過那張紙看了看。紙上全是住在上海的達官貴人和洋人買辦的名字，名字旁邊還寫著他們都會看哪些報紙，多數集中在《申報》《新聞報》這些響噹噹的大報上。

「光是報紙名字遠遠不夠，所以我早就派各路線人著重觀察了這個。」梁啟又掏出一張紙來，「這裡就只是以陳老爺為例。您看，在我的線人長期觀察下，發現陳老爺對《申報》第二版中間部分十分感興趣，每次讀報時眼睛停留在那個地方的時間都是最長的。特別是每隔三天的第二版。那麼我們就太容易瞭解到他到底對什麼感興趣了。是的，《申報》第二版中間位置是泰西要聞，從當月起每隔三天就會有一次俄國要聞。所以，陳老爺非常關心俄國，那麼我們就可以每次刊登俄國新聞的時候，特意印一張專為陳老爺量身訂製的新聞摘要送到他府上。陳老爺看到了，必然想看我們的報紙，來買也是不在話下。這還不算完，久而久之，陳老爺自然就有了訂閱我們報紙的習慣，還會逢人就推薦，以陳老爺的影響力，還不愁每天多賣掉二十份報紙？我這個名單上統計到的『陳老爺』不下五十人。這筆賬您不妨算算。」

「哈！有點兒意思！」經理已經坐直了身子，一邊看著梁啟的名單，一邊在腦子裡飛速地算起了賬，「不過……」

「我知道您擔心什麼，這些訂製的新聞摘要，本身只是一張紙，打上包也沒多大份量，門口找個流浪的小報童，給他一輛小推車，一趟跑下來，全送到也沒多長時間，比鋪零售攤都便宜，簡直跟不花錢一樣。而且，您想想，第一批老爺習慣訂閱咱們報紙以後，也就沒必要再給他們送摘要了，到時候這份錢就又能開闢第二批第三批第四批老爺。雪球越滾越大，成本當然也就越攤越薄，豈不是皆大歡喜？」

「對呀！小梁，你可真是我們報館的寶啊！」

「經理，整個計劃我都想出名字了。」

「哦？」

「就叫『新聞推送計劃』，怎麼樣？」

「好！太好了！我們就來做這個新聞推送！」

總算從經理辦公室解放出來，梁啟沒精打采地坐回到自己的辦公桌前，腦子裡浮現出來的卻還是多日前的畫面。

看看窗外的景象，又到傍晚了。

沒了淨社，不僅河濱上重獲生機，就連街面看上去都煥然一新。這就是鍾天文他們「歸國四傑」和谷翩五個人的理想嗎？實在是諷刺。

再看看現在，歸國的五個人，只剩下曾傳堯、范世雅兩人，做著並不出奇的事情，銃報館也好，雅世律師事務所也罷，和一個本土成長起來的人才所能做的又有多大差別？而康揆，從那天之後再沒露過面，就連南洋公學的機械特科，最終都放棄了尋找康揆，發出了招聘啟事，再尋特科教師。

更為諷刺的是鍾天文。

梁啟又把一個多月前那場舉世矚目的划船大賽的照片拿出來仔細打量。一代英傑鍾天文的颯爽英姿，只是留在這些恐怕永遠也不可能上報的照片上。就連他的死，大概也只能成為人們一時的談資，甚至鍾天文是怎麼死的，為什麼死，也不會有多少人真的去關心。

無所謂的真相。

不過關於真相，梁啟那天倒是聽譚四說過兩句，大體上是從宗義民那裡聽來，什麼幾個人共用著「周華明」的名號，實為淨社老頭子，卻已經被耳朵趙和范稀奇由下而上架空了。幾個歸國的英才一手建起的龐大幫會，最後卻視自己為絆腳石，更別提其中還有一個是自己一手教導成才的親人。實在是莫大的諷刺。

而鍾天文的死，在這種現實中，顯然變得合情合理。一個最為礙手礙腳，影響也最大的人，當然要首先除之而後快。

然而……

梁啟依舊拿著那幾張照片，看著康揆打旗語的那兩張，搖著頭。

太多不合理的地方。

況且那只是宗義民的一面之詞，他那樣說必然有他自己的目的，必然和他醞釀已久吞掉淨社的計劃有關。

再想想范世雅和曾傳堯，兩個人言語中對整個事件曖昧不明的態度，似乎多少摻雜著幾分對鍾天文之死的複雜感情，懊悔？不滿？遺憾？還是愧疚？

「取消，」梁啟對著照片低聲嘀咕著，「到底是要取消什麼？」

這其實並不算是一個問句。一種猜想早已在梁啟腦中開始扎根，現在已然確定：取消鍾天文的死。

只有這樣，所有的事件才更合理。關於淨社，關於那五人的理想，以及關於他們理想的一步步破滅。

以范世雅的能力，他不可能沒有察覺自己一手培養起來的侄子已經在背地裡做著各種骯髒的動作。可是，他並沒有干預。同樣地，曾傳堯也與淨社漸行漸遠，甚至不願承認自己早就認識谷翩。大概這就是谷翩在咖啡館裡所說的，他們已經逐漸被現實打磨掉了最初的鬥志，走上了各自的職業道路，放棄了集體的理想。

所謂的影子幼童身分，或許有其作用，但並沒有起到決定性的作用。

谷翩和康揆肯定有著更深的默契，但他們和鍾天文並不能說就有多麼疏遠。他們一同想要的是，自己親手建起一個足夠強大的組織。這個組織到底要強大到什麼程度，實際上從谷翩的文章中已可以窺見——武裝，有序，機動，高效。

可是現實就是這樣不遂人願。再遠大的理想，到頭來都難免被現實侵蝕腐化。可更讓他們心寒的，可能還不是組織的背叛和自身的無力，而是范世雅、曾傳堯的放棄和退出。這一點，從谷翩的言語中都感受得到，雖然他沒有直接指明是誰，也沒有提到自己。

所以，鍾天文的死，是他們的共謀，是鍾天文的捨生取義。所以，那次划船大賽，恐怕也是為了他的死而促成的。這樣想來，鍾天文最後的個人表演就更顯悲壯了。

大賽結束，鍾天文就要以自己的死，刺激同志們的鬥志，讓他們重拾理想，讓辛辛苦苦建立起來的淨社重歸正軌。

那他為什麼會死於洋涇浜帶鈎橋？理由很簡單。帶鈎橋正對著的望平街是著名的報館街。屍體必然會在第一時間被報界中人——無論是哪家報館的哪個報人發現。剛剛辦完舉世矚目的划船大賽，任何一個報人都不會錯過把鍾天文的死當成大新聞去大書特書。而這個被計算進來的報人，正好就是梁啟。

「取消」，打了兩次「取消」，抑或在照片沒有拍下來的動作中還有更多次「取消」。大概那個時候的康揆已經完全失去了理智。相較於理想，恐怕這位摯友才更重要，更無法替代。

梁啟拿著這兩張照片，忽然覺得感慨萬千，然而，就算他猜到了這許多隱情，卻並不打算寫成報導。沒有意義了，只能給活著的人平添痛苦。特別是這樣捨生取義的激進計劃，其結果反倒……讓淨社更加失控，同時害死了另一位周華明──谷翩。

更何況，這些依然只是猜測……

「梁先生，」一個報館後輩站到梁啟身邊叫道，「下面有一位先生找您。」

梁啟把照片收起來，說了一聲「知道了」，便下了樓。

下樓一看，竟是一位稀客。

電線桿一樣的天澤。

還是那身筆挺的西裝，還是那副不苟言笑的表情。

「天澤先生？是什麼風把您吹來了。」梁啟趕緊一副笑臉迎了上去。

「兩件事。」天澤說。

「好，給我幾分鐘來理解？」

「第一件，」天澤沒有理會梁啟的打趣，「雨果．根斯巴克先生已經買好回國的船票，明日啟航，小姐希望咱們一起去港口送行。」

「可以呀，這當然可以。不過，譚四的傷……不知道能不能動彈，大不了咱們租輛平板車拖著他去。」

「不用考慮譚先生了。他已經不見了。」

「啊?!」梁啟驚訝得差點掉了下巴，或者說，心中一慌，只剩不安。

「陸家嘴的發電廠已經是玉蘭公會的了。就連那個鐵爵爺也歸玉蘭公會所有。」

「這！」梁啟想起了宗義民那副早就吃定一切的嘴臉，全都明白了。這恐怕都是自己的魯莽種下的惡果，結果卻讓譚四去承受……

「不用擔心，應該只是一時的變動。大招和劉龍的墓都沒有動，譚先生一定還會回來。」

梁啟全身顫抖，滿是悔恨和自責。

「第二件事，」天澤依然並不理會梁啟的狀態，拿出厚厚一沓稿紙，交給正在發呆的梁啟，「小姐最近寫了一部新小說，希望你們報紙連載。」

梁啟心不在焉地點了點頭，翻看了一下稿紙。

「《問君西來意》？寫什麼的？」

天澤沒有回答。

梁啟只好自己翻看，看了兩頁不禁又有點兒想笑，這都是些什麼啊……一個書生和俠士的糾葛，之後還冒出一個從泰西來的英俊洋人？

「三個男人之間的……嗯……的故事？」

「是小姐的意思，不允許修改。」

梁啟嘴角抽搐了一下，只好點頭認可，收起了稿子，說：「好，我看看怎麼發表。署名還是『荒江釣叟』？」

「不，用小姐的本名——安帛。」

這意味著荒江她終於認可了自己的女性身分？在這樣的小說上認可了？抑或是自己想得太多……

「呃……」

「告辭。」天澤交代完兩件事後，一秒也不浪費，轉身便走。

梁啟則拿著荒江的稿子又看了起來。

或許真的應該努力讓這部奇怪的小說問世。

她曾經寫出了《月球殖民地小說》這種相當新穎的科學小說，這一次似乎又創造出一個嶄新的類型來，大清國頭一份，不，沒準兒是全世界頭一份吧……

只是梁啟看得多少有些不自在，心裡奇怪得很。

再看看門外，天已經黑了。

他想起方才天澤說的話。譚四這個渾球，不知又跑到什麼地方逍遙遊蕩了。他歎了口氣，自己是離不開這裡啦。拿著荒江的稿子，梁啟默默回到二樓，繼續工作去了。

至於譚四，只要那傢伙還活著，總能相見。

完

TITLE

新新新日報館　魔都暗影

STAFF

出版　瑞昇文化事業股份有限公司
作者　梁清散
繪師　Cola Chen

創辦人 / 董事長　駱東墻
CEO / 行銷　陳冠偉
總編輯　郭湘齡
文字編輯　徐承義　張聿雯
美術編輯　謝彥如
國際版權　駱念德　張聿雯

排版　洪伊珊
製版　明宏彩色照相製版有限公司
印刷　桂林彩色印刷股份有限公司
　　　紘億彩色印刷有限公司

法律顧問　立勤國際法律事務所　黃沛聲律師
戶名　瑞昇文化事業股份有限公司
劃撥帳號　19598343
地址　新北市中和區景平路464巷2弄1-4號
電話 / 傳真　(02)2945-3191 / (02)2945-3190
網址　www.rising-books.com.tw
Mail　deepblue@rising-books.com.tw
港澳總經銷　泛華發行代理有限公司

初版日期　2024年4月
定價　NT$420／HK$131

國家圖書館出版品預行編目資料

新新新日報館：魔都暗影/梁清散著. -- 初版. -- 新北市：瑞昇文化事業股份有限公司, 2024.04
448面；14.8 X 21公分
ISBN 978-986-401-718-8(平裝)

857.83　113003012

文化部部版臺陸字第112097號